Jane Austen
INVESTIGA

JESSICA BULL

Jane Austen
INVESTIGA

Tradução de Elisa Nazarian

Rocco

Título original
MISS AUSTEN INVESTIGATES

Primeira publicação por Penguin Michael Joseph, 2024

Copyright © 2024 by Everything Engaging Ltd.

Imagens de abertura de capítulo: Shutterstock

Direitos para a língua portuguesa reservados
com exclusividade para o Brasil à
EDITORA ROCCO LTDA.
Rua Evaristo da Veiga, 65 – 11º andar
Passeio Corporate – Torre 1
20031-040 – Rio de Janeiro – RJ
Tel.: (21) 3525-2000 – Fax: (21) 3525-2001
rocco@rocco.com.br
www.rocco.com.br

Printed in Brazil/Impresso no Brasil

Preparação de originais
NINA LUA

CIP-BRASIL. CATALOGAÇÃO NA PUBLICAÇÃO
SINDICATO NACIONAL DOS EDITORES DE LIVROS, RJ

B954j

Bull, Jessica
　　Jane Austen investiga / Jessica Bull ; tradução Elisa Nazarian. - 1. ed. - Rio de Janeiro : Rocco, 2024.
　　　　(Jane Austen investiga ; 1)

Tradução de: Miss Austen investigates
ISBN 978-65-5532-486-0
ISBN 978-65-5595-308-4 (recurso eletrônico)

1. Ficção inglesa. I. Nazarian, Elisa. II. Título. III. Série.

24-93360
CDD: 823
CDU: 82-3(410.1)

Meri Gleice Rodrigues de Souza - Bibliotecária - CRB-7/6439

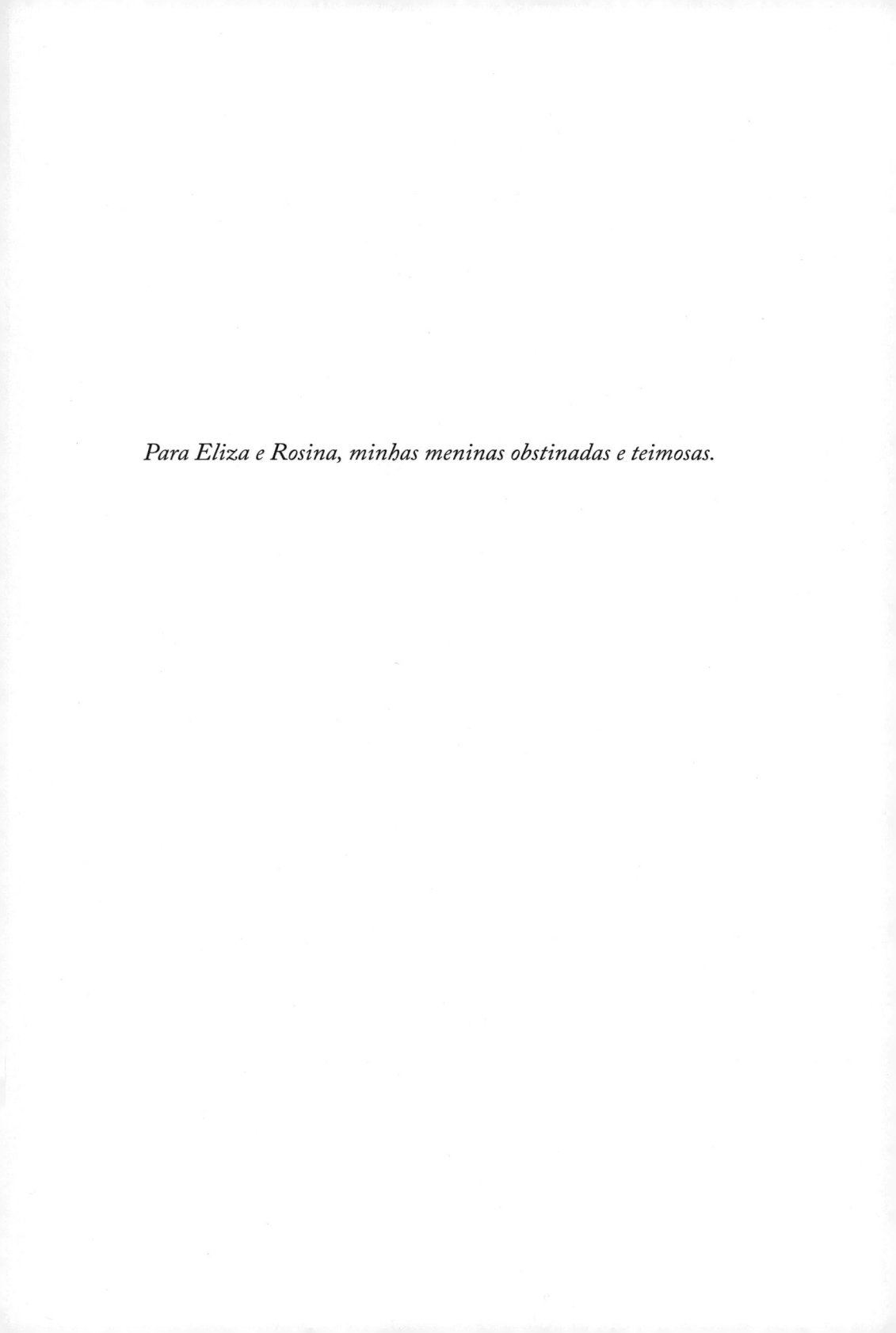

Para Eliza e Rosina, minhas meninas obstinadas e teimosas.

Os oito filhos do reverendo Mr. George Austen e sua gentil senhora, Mrs. Cassandra Austen (nascida Leigh), listados segundo a ordem de seu nascimento, por uma parcial, preconceituosa e ignorante historiadora da *família*:

O reverendo Mr. James Austen (nascido em 1765):
o mais velho. Um nascimento acidental que ele considera um ato de providência divina.

Mr. George "Georgy" Austen (nascido em 1766):
antes que eu pudesse escrever ou falar, ele me ensinou a conversar usando os dedos.

Mr. Edward "Neddy" Austen, mais tarde Cavaleiro (nascido em 1767):
meu preferido. Porque é prudente que o irmão mais abastado seja o preferido.

Tenente Henry Austen (nascido em 1771):
horroroso. O irmão mais terrível que já existiu.

Miss Cassandra Austen (nascida em 1773):
a mais doce, gentil e ingênua das criaturas.

Tenente Francis (Frank) Austen (nascido em 1774):
jovem, obstinado, navegando mar afora grande parte do tempo.

Miss Jane Austen (nascida em 1775):
tenha dó, preciso mesmo ser apresentada?

Aspirante da Marinha Charles Austen (nascido em 1779):
vide Frank.

Capítulo Um

Hampshire, Inglaterra, 11 de dezembro de 1795

Ao luar, Jane ergue a barra do vestido longo de musselina e dispara por um gramado perfeitamente aparado. Os fogos de artifício terminaram, mas o penetrante cheiro almiscarado de pólvora permanece em sua garganta. Atrás dela, o ruído de uma multidão tumultuosa supera os esforços do quarteto de cordas que se apresenta na mansão Tudor. São nove horas da noite e o baile mal começou. Jane, acompanhada por dois dos irmãos mais velhos, James e Henry, chegou há menos de uma hora, mas os membros mais distintos da sociedade de Hampshire já estão embriagados e berrando uns com os outros acima da melodia.

Conforme atravessa o jardim bem-cuidado, Jane se agacha atrás de cada teixo colossal para garantir que não há testemunhas. Seu coração palpita perante a desastrosa perspectiva de ser vista. Deus a livre de ser pega desacompanhada se esgueirando para fora da festa. Seus pés estão gelados, e a umidade se infiltra pelas sapatilhas de seda rosada. Elas foram feitas para rodopiar num assoalho de mogno encerado, não para disparar por um gramado gélido.

Sua respiração se transforma em vapor. Os ramos desfolhados de uma chuva-de-ouro se estendem como os braços ossudos de um grande esqueleto, mas ainda assim ela corre. Nesta noite, ela e seu rapaz engenhoso entrarão em entendimento. Ele a pedirá em casamento, ela tem certeza. Que palavras Tom escolherá para fazer o pedido? *Minha querida Jane, permita-me dizer-lhe... Miss Austen, ofereço-me a você...* Ela ouvirá com atenção e guardará cada frase na memória. Pode ser útil na próxima vez que uma de suas heroínas for pedida em casamento.

A luz trêmula dos lampiões guia o caminho até a estufa. Jane pressiona o trinco com delicadeza, mas ele estala e as dobradiças rangem quando ela entra. Orquídeas exóticas perfumam a atmosfera enevoada, e ela leva a mão à nuca. A criada prendeu seu cabelo castanho em um coque razoavelmente elegante, com pequenos cachos emoldurando o rosto. Se os cachos ficarem arrepiados, seus irmãos descobrirão onde ela esteve e contarão à mãe.

Uma figura esbelta surge por detrás de um pinheiro isolado. É um homem de olhos e cabelos claros, com traços marcantes e imediatamente reconhecível em seu fraque cor de marfim.

— Mademoiselle.

O timbre grave da voz derrete o coração de Jane e a impele até ele. A poucos centímetros de seu alcance, ela para e ergue o olhar, pestanejando.

— Foi da maior crueldade você me atrair para cá sozinha.

Os luminosos olhos azuis do rapaz brilham, e a boca se curva em um sorriso sedutor.

— Então, entendeu meu recado?

— Entendo-o perfeitamente, Monsieur Lefroy.

O olhar de Jane crava nos lábios dele e ela se entrega a seu abraço. A boca de Tom paira sobre a dela, e Jane inclina a cabeça para trás, aceitando o beijo. Ela é quase tão alta quanto ele. Suas estaturas proporcionais parecem ter sido feitas para contribuir para seu *amour*. Atracados, eles tropeçam em uma estante. Ao lado de Jane, um vaso de terracota tomba e se quebra a seus pés. Uma terra escura se esparrama pelo chão de ladrilhos. Jane se afasta, inclinando-se para pegar o emaranhado de raízes e devolver a planta, com cuidado, para dentro do vaso quebrado.

CAPÍTULO UM

Tom põe um dos joelhos no chão, envolvendo o rosto dela com as mãos. Será este o momento em que fará o pedido? Ele traz o olhar de Jane de volta para o seu.

— Deixe essa erva infeliz, Jane. Ela não tem importância.

— Mas eu preciso! Somos convidados! É uma questão de respeito.

O coração de Jane retoma o ritmo regular enquanto ela coloca a orquídea de volta na prateleira, ao lado de suas companheiras. Manuseia a longa haste, rodeada de flores verde-limão finas como papel, até que a planta pareça nunca ter sido perturbada. Com a ponta do sapato de dança, Tom chuta os cacos de terracota para debaixo do armário.

— Além disso, alguém saberá que estivemos aqui...

Ele silencia seus protestos com beijos. Lentamente, puxa a luva de pelica do braço dela até tirá-la. Jane coloca a palma da mão nua no rosto dele, os dedos dos dois se entrelaçando. Por olhos semicerrados, ela vê a condensação formar pequenos riachos e descer pelas paredes da estufa. Espera que as cordas voltem a tocar. Uma gota de umidade cai no chão.

— Espere, tem algo de errado. Não ouço a música.

Ela vai até a vidraça mais próxima, desembaça um pedaço e aperta os olhos para observar lá fora. As portas do grande salão se abriram para o terraço. Os convidados estão por lá, as cabeças inclinadas na mesma direção. O salão de dança está vazio.

Tom a solta, aprumando-se.

— Você tem razão. Está quieto demais. É impossível que Sir John já esteja fazendo o brinde, não tão cedo.

— Imagino que Mrs. Rivers esteja importunando Lady Harcourt e o baronete para dar a notícia. Jonathan Harcourt é o solteiro mais cobiçado de toda Hampshire. Sophy Rivers deve estar impaciente para ser cumprimentada pelo noivado. É melhor eu voltar. James e Henry devem estar procurando por mim. Há semanas, apostei meia coroa com eles que seria Sophy quem o laçaria.

Tom abaixa os ombros, rendido.

— Vá na frente. Vou depois.

— Podemos nos encontrar de novo mais tarde?

Jane reluta em deixar passar o momento sem que o futuro em comum dos dois esteja resolvido. A estufa é o cenário perfeito para Tom declarar suas intenções em relação a ela. Contudo, se a família de Jane descobrir sua ausência no baile, o risco é de que a limitada liberdade que tem seja ainda mais cerceada.

— De volta aqui, assim que a dança for retomada? — propõe.

Tom lhe dirige um sorriso triste.

— Então vá. Permita-me alguns instantes para me recompor.

Jane ruboriza ao se virar para a porta, apertando os lábios com os dedos para impedir a própria risada.

— Espere!

Ele agita a luva para ela.

Jane corre de volta para seus braços, rindo. Pareceria uma tola voltando para o baile com apenas uma luva. Seus irmãos ficariam furiosos caso descobrissem que ela a tinha perdido em um encontro amoroso com um rapaz que conhecera havia tão pouco tempo. Por mais que James e Henry pareçam aprovar Tom, Jane é sua irmã caçula, e eles têm o dever de proteger sua virtude. A reputação de uma dama é seu bem mais precioso. Principalmente em se tratando de uma jovem como Jane, com recursos bem limitados para recomendá-la.

Ela retoma seu item roubado, inclinando-se para um último beijo antes de sair para a noite. Tom pode não ter feito o pedido, mas, pela expressão de fascínio em seus olhos e a paixão em seu beijo arrebatador, Jane tem certeza de que ele nutre o mais ardente afeto por ela.

As imponentes portas de carvalho do saguão da Deane House estão abertas. Calor e luz irradiam do aglomerado de prósperos convidados lá dentro. Jane hesita, contemplando as manchas de grama nas sapatilhas e ao longo da barra de seu melhor vestido longo de musselina. Cassandra, a irmã mais velha de Jane e dona oficial do traje, ficará muito irritada. Mas Cassandra não pode censurar Jane por arruinar a roupa nem por seu

CAPÍTULO UM

comportamento irresponsável com Tom na estufa, porque não está aqui. Preparando-se para se unir à sua nova família, os Fowle, ela está passando o Natal em Kintbury com o noivo.

Portanto, Jane está correndo solta com sua virtude para garantir um noivo e não ser a única dos oito filhos dos Austen a permanecer na Casa Paroquial de Steventon. Não consegue imaginar um destino pior do que ser uma solteirona pelo resto da vida, forçada a atuar como enfermeira dos pais na velhice. Ela enche os pulmões com uma última inspiração do frio ar noturno antes de entrar.

Debaixo do abobadado teto de carvalho do saguão elizabetano, mais de trinta famílias circulam e murmuram umas com as outras. Senhoras de pálpebras pesadas cochicham por trás dos leques, enquanto cavalheiros franzem o cenho e sacodem a cabeça. Com certeza, é impossível que já tenham descoberto a indiscrição de Jane. Dando as costas para as tapeçarias, ela se esquiva pela margem da multidão. Acima dela, tochas enormes brilham em candeeiros de ferro dispostos em intervalos. Nos balcões, os músicos bebem e conversam, os instrumentos em silêncio dispostos no colo.

Trechos de conversas flutuam no ar denso:

— Um incidente...

— Sir John chamou...

Graças a Deus. Alguma coisa além de seu próprio delito deve ter perturbado a noite; um dos convidados derrubou a vasilha de ponche ou deixou cair os óculos na sopeira. Pobres Sir John e Lady Harcourt, tendo que aguentar tal comportamento dos convidados.

Sophy, a mais velha das irmãs Rivers e suposto objeto dos afetos de Jonathan Harcourt, está sentada em um sofá, contemplando as deslumbrantes rosas brancas em seus sapatos. Sem dúvida, ela poderia demonstrar um pouco mais de entusiasmo. Jane não sabe qual poderia ser o motivo para qualquer uma das meninas Rivers, com sua beleza insípida e trinta mil libras cada, estar de cara fechada. Sobretudo Sophy, que aparentemente enlaçou o solteiro mais cobiçado do condado e ostenta uma gargantilha de diamantes com, em sua modéstia característica, um pendente de camafeu de marfim representando a si mesma.

No entanto, os olhos cinzentos de Sophy estão implacáveis, os cantos da boca virados para baixo. Deve estar ansiosa para ter o assunto acertado publicamente. Trata-se de uma situação precária para uma jovem, seu bom nome ligado a um cavalheiro, sem a proteção de ter assumido o dele em troca. A viúva Mrs. Rivers está de pé ao lado da filha, tagarelando em altos brados para compensar a melancolia de Sophy. A fortuna do falecido Mr. Rivers foi construída com algodão, mas sua viúva prefere sedas e peles. Nesta noite, ela está magnífica em um gorgorão preto arrematado com tafetá.

Do outro lado do saguão, a figura esguia de Jonathan Harcourt está engolida pela porta que leva à ala principal da casa. Talvez ele já esteja lamentando a perspectiva de se ligar à filha de um emergente desavergonhado. Jonathan acabou de voltar de sua grande viagem pelo continente. Jane gosta ainda mais dele por ter estado fora, mas não a ponto de querer ser *sua* futura noiva.

Jonathan e o irmão mais velho, Edwin, foram pupilos do pai de Jane e passaram a infância vivendo ao lado dela na Casa Paroquial Steventon. Ela tem o mesmo problema com todos os homens solteiros do lugar onde vive. Tendo convivido além da conta com eles enquanto garotos, não consegue vê-los como pretendentes em potencial.

Seu interesse só é despertado por recém-chegados, tais como o deleitável Tom Lefroy, e talvez Douglas Fitzgerald, o jovem candidato a clérigo cujo ouvido está sendo alugado por Mrs. Rivers. O saguão está repleto de clérigos, mas nenhum como esse. Ele é filho do cunhado de Mrs. Rivers, capitão Jerry Rivers. O capitão possui uma fazenda na Jamaica e mandou Mr. Fitzgerald de volta à Inglaterra para estudar. O rapaz é extremamente alto e marcante e usa uma peruca prateada que contrasta com sua pele marrom-escura.

Jane encontrará James e Henry e lhes garantirá que seu comportamento é condizente com uma jovem de sua posição. Depois, assim que Sir John tiver resolvido qualquer que tenha sido o incidente ocorrido e

CAPÍTULO UM

o quarteto de cordas assumir seus arcos, ela disparará para a estufa para ouvir o que Tom tem a dizer. Jane sorri sozinha enquanto pega uma taça de cristal com vinho Madeira de um criado que passa. Dá um longo gole, tentando aplacar a sede. O vinho é servido morno e tem gosto de casca de laranja e açúcar queimado.

James está parado no fundo do salão. É magro e imponente, vestido com um traje eclesiástico, os cachos à altura dos ombros polvilhados com pó de arroz. Seus traços são um reflexo distorcido das feições de Jane. Todos os irmãos Austen têm os mesmos olhos cor de mel, testa alta e longa, nariz reto, boca pequena, lábios cheios e rosados. James é o mais velho — um nascimento acidental que ele considera um ato de providência divina.

— Aí está você! — Ele abre caminho pelo mar de gente, indo em direção a ela. — Onde esteve? Procurei por toda parte.

— Fui buscar uma bebida — mente Jane, levantando o vinho como prova. — Não queria ser pega de mãos abanando na hora dos discursos.

James esfrega a longa nuca.

— Não acredito que agora haverá algum brinde.

— Por quê? Jonathan fez alguma tentativa de última hora de escapar do laço matrimonial?

— Não seja ridícula, Jane. Jonathan não se atreveria a decepcionar os pais a esse ponto. Não depois…

Edwin. Cinco anos antes, o irmão mais velho de Jonathan, Edwin, foi derrubado de seu garanhão puro-sangue na véspera do casamento com a filha de um duque. Morreu na hora, quebrando o pescoço e despedaçando o coração dos pais. A tragédia acentuou o temperamento já instável de Lady Harcourt. Neste momento, ela segura o braço de um criado, virando a cabeça para os convidados, de modo que seu penteado monstruoso oscila como uma gelatina recém-desenformada.

— Onde está Henry?

Jane inspeciona o salão lotado. Se o incidente for sério, ela espera ardentemente que seu irmão não esteja envolvido. Henry seria fácil de localizar. Dentre as pessoas reunidas, quase todas as senhoras estão com vestidos em tom pastel, enquanto os cavalheiros vestem azul-marinho ou preto. Apenas Tom Lefroy destoa da tendência, disfarçando-se como o mais simpático libertino da literatura inglesa, Tom Jones, em seu medonho paletó marfim, enquanto Henry anda se exibindo feito um pavão com sua farda escarlate.

James faz uma careta.

— A última vez que foi visto, dançava com a simpática Mrs. Chute.

Mrs. Chute tem vinte e seis anos, com uma personalidade animada e uma bela fisionomia. Casou-se recentemente com um velho rico que evita encontros sociais e, sendo assim, não comparecerá ao baile. É irritante que Henry não precise ocultar seus flertes com tanto cuidado quanto Jane.

Do outro lado da sala, Tom dirige a Jane um sorriso triste, fazendo-a corar, empolgada. Ele deve ter se esgueirado para o salão logo depois dela.

Atrás de James, a porta para a casa se abre mais uma vez e Mrs. Twistleton, a governanta dos Harcourt, entra deslizando. Com seus olhos amendoados, vestido de seda preta e punhos de renda branca, ela lembra a Jane o melhor caçador de ratos dos Austen — a menor gata do quintal tem pelo preto e patas brancas. Passa o dia todo sentada ao sol, lambendo as garras e aguardando a próxima presa.

Mrs. Twistleton agarra o braço do mordomo. Conforme ela cochicha algumas palavras em seu ouvido, os olhos do homem se arregalam e ele empalidece. Que desastre poderia ter recaído sobre os Harcourt para levar o mordomo, cuja expressão costuma ser impenetrável, a perder qualquer aparência de compostura? Jane desliza o pulso pela dobra do cotovelo de James, subitamente agradecida por ter a seu lado a figura familiar do irmão.

O mordomo se recompõe e toca um sino de bronze, dizendo numa voz aguda e clara:

CAPÍTULO UM

— Damas e cavalheiros, há algum médico presente?

Um arquejo reverbera pelo saguão. O médico local se levanta com esforço, rosto vermelho, oscilando, depois cai com toda a força em seu traseiro bem acolchoado. Jane estala a língua. Ele está claramente bêbado. Mrs. Twistleton fica na ponta dos pés para falar ao ouvido do mordomo. Ele recua. Ela ergue as sobrancelhas escuras e assente.

Com a boca aberta, o mordomo olha fixo para ela antes de dar uma nova badalada no sino.

— Por favor, me perdoem. Senhoras e senhores, há algum religioso presente?

Uma risada nervosa percorre a multidão. Mais da metade dos homens aqui é formada por membros do clero. Hampshire está infestada deles.

James abre bem os braços, depois deixa que caiam de lado. Acontece que ele é o clérigo que está mais próximo dos criados.

— Tenho que ir. Você vai ficar bem?

— Vou com você. — Jane entrega a taça semivazia para um criado próximo. — Só para verificar que não é Henry.

O vinco na testa de James se aprofunda enquanto ele se apressa em direção à porta. Jane vai atrás. Vai se assegurar de que Henry não tenha entrado em nenhuma enrascada e depois escapulir. Com sorte, nem tudo estará perdido, e Tom terá outra oportunidade para se declarar antes do fim da noite. Ela tenta captar seu olhar antes de sair, mas ele vira as costas para ela, envolvido pela multidão.

James chega à entrada da ala principal da casa no mesmo momento que Mr. Fitzgerald. Seus ombros colidem. Mr. Fitzgerald pode ainda não ter sua indumentária clerical, mas o futuro clérigo tem grande ansiedade para realizar seus deveres sacerdotais. Ele pisca, inclinando-se em uma reverência para indicar que James e Jane devem prosseguir. Velas de cera de abelha cintilam nos candeeiros de bronze, projetando luz e sombra nos retratos a óleo que forram as paredes. De dentro das pinturas, gerações de Harcourt lançam olhares frios sobre Jane. Ela reconhece os mesmos rosto comprido, nariz adunco e queixo pontudo do atual detentor do título e do filho dele. Os passos da governanta e de Mr. Fitzgerald ecoam logo atrás.

Eles entram no grande vestíbulo. Uma pesada corrente sustenta um lustre de bronze do teto de pé-direito alto. Uma série de velas ilumina o revestimento de carvalho e a escada entalhada que leva aos andares superiores da mansão. Henry está de guarda em frente a uma portinha entreaberta no revestimento de madeira. Com os pés firmes à distância do quadril, a mão direita pousada no punho de seu sabre reluzente, está deslumbrante em seu traje militar. O paletó escarlate transpassado destaca seu porte alto, e as dragonas douradas assentam bem em seus ombros largos. Em protesto contra o imposto para pó de arroz, ele abandonou os tradicionais penteados empoados e cortou o cabelo castanho curto, atribuindo-se um aspecto ousado. Assemelha-se tanto a um soldado de lata que Jane tem vontade de rir de alívio ao vê-lo.

— O que houve? — pergunta James.

Mas Henry permanece em silêncio, o rosto estranhamente sombrio. Acena com a cabeça para Mrs. Chute, que está sentada em frente, em um sofá adamascado cor de sangue, soluçando em um lenço. Uma criada se ajoelha a seus pés, oferecendo a ela um frasco de vidro verde contendo sais aromáticos. Outra criada mais jovem está parada ao lado, com um esfregão mergulhado em um balde de água e sabão. É uma moça pequena e roliça, de ombros largos e pescoço grosso. Está tremendo, com o rosto pálido como um fantasma.

As penas de avestruz do arranjo de cabeça de Mrs. Chute, de um tom pálido de dourado, balançam e ondulam quando ela assoa o nariz.

— Eu não fazia ideia de que ela estivesse ali. Quase tropecei nela.

Jane leva a mão ao pescoço.

— *Quem* está lá dentro?

— Ninguém sabe — diz Sir John Harcourt, pisando duro enquanto anda de um lado a outro da passadeira turca.

CAPÍTULO UM

Sob os cachos largos da peruca volumosa, seu rosto está em brasa. Ele sempre foi uma figura imponente, com seu barrigão e a papada ondulante. Nesta noite, está especialmente intimidante.

Henry dá um passo para o lado.

— Acho que encontramos um... Bom, um corpo.

James abre a porta com força. Ele hesita. Jane se aproxima dele e fica a seu lado, perscrutando o cômodo. Trata-se de um quartinho de depósito. Dele emana um cheiro sinistramente metálico, como o interior de um açougue. No chão, pela luz que entra do corredor, Jane só consegue discernir uma saia de chita estampada. Está muito manchada com uma substância escura. Dois sapatos marrons de cadarço despontam sob ela. São calçados femininos, com solas de couro bem gastas.

— Eu não entraria — adverte Henry, colocando a mão no braço de Jane e a impedindo com delicadeza de avançar.

Mr. Fitzgerald passa por eles com uma vela fina e se ajoelha ao lado da saia, iluminando o espaço limitado.

Jane sente a bile no fundo da garganta.

Trata-se de uma jovem, com os braços abertos, uma palidez cinzenta e os traços congelados num terror abjeto. A boca está aberta e os olhos vítreos não têm expressão. O sangue coagula em um enorme talho em sua têmpora e empoça no chão ao redor.

— Deus do céu!

Jane dá um passo para trás, mas não consegue desviar os olhos.

Mr. Fitzgerald se abaixa, colocando o ouvido no peito da mulher, procurando escutar sua respiração. Após alguns segundos, põe dois dedos no pescoço dela, depois faz que não com a cabeça.

— Que o Senhor, em sua misericórdia, lhe conceda paz eterna — diz baixinho, estendendo o polegar e o indicador sobre o rosto da moça, tentando fechar seus olhos.

Não consegue. As pálpebras dela não cedem.

Retirando a mão, ele abaixa a cabeça e faz o sinal da cruz. Neste momento, a luz da vela bruxuleia sobre a forma sem vida e provoca uma centelha de reconhecimento. Jane solta um grito agudo, algo que lhe é tão impensável que até ela mesma se choca. Seus joelhos fraquejam. Ela se agarra às lapelas de James para não desabar enquanto encara o rosto conhecido.

Deve ter sido no início de outubro, porque o ar ainda não estava gélido, quando Jane viu pela primeira vez os traços delicados da mulher. Ela havia viajado para Basingstoke com Alethea Bigg e se deparara com a chapeleira, Madame Renault, empoleirada em um banquinho de madeira no mercado. Em uma mesa coberta com um feltro verde, Madame Renault havia disposto alguns chapéus de palha e vários barretes delicados de renda. Suas roupas, embora não fossem elegantes, estavam arrumadas e limpas. Usava um vestido de chita com uma corrente de ouro e pérolas enfiada no corpete e um dos próprios barretes de renda sobre o cabelo escuro. Jane pensou em comprar um presente para Cassandra. Alguns dos barretes eram tão requintados que dariam um belo toucado para uma noiva.

Mas, como sempre, a vaidade de Jane superou suas boas intenções. Em vez disso, comprou um dos chapéus de palha para si mesma. Tinha pensado em experimentá-lo só por diversão, mas lhe caiu muitíssimo bem. Tentou negociar o preço, dizendo que não acreditava ter levado o suficiente e que teria que voltar outro dia para comprá-lo. Madame Renault deu de ombros, indiferente. Em um inglês canhestro, explicou que passava a maior parte do tempo trabalhando por encomenda e alugava a banca quando tinha estoque excedente. Não podia garantir quando, ou mesmo se, voltaria a Basingstoke. Poderia ser convencida a aceitar uma encomenda, caso tivesse tempo.

Alethea achou a chapeleira arrogante, mas Jane ficou tão impressionada com sua segurança que pagou o preço cheio de doze xelins e seis centavos. Era evidente que Madame Renault sabia o valor de sua maestria e confiava que sua obra tinha procura. Como era libertador pertencer a uma classe de mulheres que podiam se orgulhar abertamente do próprio trabalho.

O encontro deu a Jane a audácia de se imaginar sentada atrás de uma banca no mercado, com todos os seus manuscritos caprichosamente

CAPÍTULO UM

copiados, amarrados entre placas de mármore e pousados sobre feltro verde...

Agora, ela leva o punho à boca, reprimindo um soluço, paralisada pelo corpo brutalmente atacado da chapeleira.

Os braços de James envolvem seus ombros.

— Vamos embora, Jane. Não fique transtornada.

— Mas não posso. Eu a conheço.

Todos olham para ela com expectativa.

— Então, quem diabos é ela? — Sir John bate o punho gordo no aparador de mogno. — E o que ela está fazendo morta na minha lavanderia?

Jane se desvencilha dos braços de James, entrando no cômodo para ver melhor o rosto sujo de sangue da mulher. Precisa ter certeza antes de dizer qualquer coisa.

Mr. Fitzgerald segura a vela ao lado do rosto da mulher, e Jane fica tomada pelo cansaço. Tudo mudou. Já não é uma noite de frivolidades. Ela não receberá seu pedido romântico nem desfrutará mais beijos secretos na estufa com o seu amado.

— O nome dela é Madame Renault. Era uma chapeleira. Comprei um chapéu dela no mercado de Basingstoke.

Henry faz que sim com a cabeça, como se essa informação lhe dissesse tudo o que precisa saber.

— Mandei chamar o policial da paróquia. Seja como for, o magistrado é esperado para o baile.

Mr. Fitzgerald cobre Madame Renault com um cobertor, envolvendo-o com cuidado ao redor dos ombros dela, como se ainda pudesse mantê-la aquecida.

James encaminha Jane para a entrada principal.

— Vamos, deixe-me ajudá-la a subir na carruagem e levá-la para casa. Isto foi um choque terrível para todos nós.

Enquanto cambaleia em direção à porta, Jane estica o pescoço para dar uma última olhada em Madame Renault. É tomada por uma nova onda de náusea ao ver a poça de sangue se infiltrando no cobertor usado por Mr. Fitzgerald para cobrir o cadáver. Como um ato tão monstruoso poderia ter sido cometido ali, em meio a tanta alegria? Violência e assassinato não cabem no mundinho seguro e calmo de Jane. No entanto, ali está Madame Renault, espancada até a morte por alguém que, ao que tudo indica, não pode estar muito longe. Quem, no convívio de Jane, poderia ter cometido esse crime abominável?

Capítulo Dois

Na manhã seguinte ao baile, Jane pula os dois degraus do seu quarto até o patamar, desce correndo a escada estreita até a cozinha, depois sobe para entrar na sala da família. A Casa Paroquial de Steventon é uma construção confusa, com uma estrutura que revela a história de uma moradia montada ao acaso ao longo dos dois séculos anteriores. Jane se vestiu depressa, apavorada com a ideia de que Tom pudesse ser um madrugador. Com certeza ele a procurará hoje. A declaração do rapaz foi bruscamente interrompida, e ele deve estar desesperado pela resposta de Jane, assim como ela está ansiosa para ouvir os termos de seu pedido. Não permita, Deus, que ele complete os dois quilômetros e meio de caminhada da Casa Paroquial Ashe, onde está hospedado com o tio, o reverendo George Lefroy, antes de Jane estar pronta para recebê-lo.

Várias mechas castanhas escapam de sua trança, e os laços de seu vestido amarelo-canário estão desamarrados. Sally, a criada dos Austen, cantarola baixinho enquanto coloca uma bandeja de pratos sujos sobre a mesa e segue para ajudar Jane com os cordões do decote. Toda a família está reunida na sala, e uma chama brilha na lareira de tijolos vermelhos. No centro do cômodo, a mãe de Jane, Mrs. Cassandra Austen, está sentada junto a uma mesa antiquada de cerejeira, coberta com uma toalha simples de linho e arrumada para o café da manhã. Mrs. Austen segura com firmeza uma vasilha de madeira contendo maçãs cozidas, enquanto Anna, a filha bebê de James, inclina-se precariamente em seu cadeirão para alcançá-la com uma colher.

Mr. George Austen, pai de Jane, analisa o jornal da véspera, deixado por um amável vizinho depois de tê-lo lido. James lê uma seção diferente do mesmo jornal. Mr. Austen o dividiu ao meio, permitindo que James folheie os anúncios e as fofocas enquanto ele próprio examina as informações navais, procurando alguma menção aos navios reais *Glory* e *Daedalus*. O último registro de ambas as embarcações foi feito ao largo da costa das Índias Ocidentais, e cada uma delas leva uma carga extremamente preciosa: um jovem Austen. Frank, de vinte e um anos, e Charles, de dezesseis, estão a serviço da Marinha Britânica.

Tecnicamente, como pároco de seu pai para Overton, uma aldeia vizinha, James tem a própria casa, mas desde a morte trágica e totalmente inesperada de sua jovem esposa, no começo do ano, ele encontrou consolo voltando para o ninho. Pode dormir e pregar em Overton, mas faz suas refeições e deixa a roupa suja em Steventon. Anna, aos dezoito meses, está sempre em Steventon, aos cuidados da avó. Jane costumava ficar de coração partido quando a bebê chorava pedindo a mãe. Agora, o fato de ela ter parado de fazer isso é quase pior.

— Vou ficar com isto, muito obrigada. — Mrs. Austen força para abrir o punho de Anna e retirar um vidrinho de remédio. — Quem foi que deixou isto por aí?

Sally solta um pedido de desculpas enquanto enfia o frasco nas dobras do avental. Jane não ressalta que foi Mrs. Austen quem deixou o remédio na mesa. Sally já estava na cama quando Jane chegou em casa e contou o terrível incidente aos pais, que ficaram fascinados. Mrs. Austen havia destrancado o armário de remédios para pegar o frasco e quase precisara forçar Jane a tomar uma gota de láudano por causa do choque. Jane travara os lábios e recusara firmemente o extrato. Seu raciocínio rápido

CAPÍTULO DOIS

é a arma mais afiada em seu arsenal. Não ia deixar que fosse embotado. Quando Tom vier, e com certeza ele *virá* hoje, pedirá a ela que tome a decisão mais importante na vida de uma jovem. Talvez a única decisão importante que ela tomará sozinha. Como poderia se deparar com tal perspectiva se sua mente estivesse vacilando pelas consequências de um atordoamento induzido pelo láudano?

— Perdi o Henry? — indaga Jane enquanto puxa uma cadeira, cujos pés de madeira raspam no chão de lajotas.

As paredes do agradável cômodo são caiadas e enfeitadas com placas de latão e bordados em ponto-cruz, que pouco colaboram para absorver o barulho da turbulenta família.

James assente enquanto ajeita sua metade do jornal.

— Ele disparou de volta para Oxford logo cedo.

Henry é estudante, outro rapaz de Hampshire destinado ao clero, mas, com a iminente ameaça de uma invasão de jacobinos vindos do outro lado do Canal, entrou como voluntário no Exército. Por ser Henry, conseguiu de algum modo que seu regimento estacionasse próximo a Oxford, permitindo-lhe continuar os estudos enquanto serve ao rei e ao país.

— Que pena. Queria conversar com ele antes que saísse.

Jane se serve da chaleira preta de basalto. Não dormiu bem. A cada vez que fechava os olhos, surgiam as bochechas encovadas e a boca aberta de Madame Renault, como se sua máscara mortuária estivesse impressa nas pálpebras de Jane.

Sendo filha de pastor, já viu inúmeros cadáveres. Os pobres da paróquia não conseguem arcar com os próprios caixões. Chegam para o funeral envoltos em suas mortalhas e, para o culto, pegam emprestada a caixa comunitária, da qual são derrubados na terra recém-cavada para serem enterrados. Da janela da diligência ela viu até os restos mortais de assaltantes de estrada, envoltos em correntes e suspensos em forcas nos cruzamentos. Seus corpos em decomposição, exsudando vermes e infestados de moscas, são expostos com destaque perto da cena do crime para impedir que outros repliquem seus pecados.

Mas olhar o rosto de uma mulher cuja vida tinha sido exterminada havia tão pouco tempo, e tão injustamente, é algo muito diferente, uma experiência que Jane já sabe que a assombrará pelo resto da vida.

— Imagino que temesse que, se ficasse mais tempo em casa, o velho Mr. Chute pudesse desafiá-lo para um duelo relativo à virtude da esposa — diz Mr. Austen, sem erguer os olhos do jornal.

Jane se engasga com o chá diante da perspectiva de o geriátrico Mr. Chute enfrentar o jovem tenente Austen. Visualiza o velho soltando a bengala para pegar a pistola e caindo de cara no gramado.

— Não tem graça, pai — diz James, olhando por cima da sua metade do jornal.

Apesar de terem ido dormir tarde, ele já está barbeado e muito bem-vestido.

— Você não precisa me dizer isso — retruca Mr. Austen, tomando um gole de chá. Ele usa uma túnica acastanhada sobre as vestes clericais. Seus cabelos, de um branco intenso, despontam de um barrete no mesmo tom. — Serei forçado a vender a casa para manter Henry longe de Marshalsea, caso Mr. Chute o processe por conduta criminosa.

Jane engole um pouco de chá, queimando a garganta. Para a classe média, o divórcio é tão difícil e custoso que se torna quase impossível. E, uma vez que uma mulher casada não tem dinheiro nem posses próprias, o único recurso que um marido enganado pode usar contra uma esposa adúltera é processar seu parceiro por "conduta criminosa". Estritamente falando, o termo se refere a buscar uma compensação pela desvalorização da propriedade. Aos olhos da lei, o status de uma esposa é apenas levemente maior que o de um cavalo preferido. Ambos podem ser chicoteados e explorados até a morte, mas apenas um deles pode ser legitimamente abatido quando passa de seu período útil. Trata-se de uma verdade bem desagradável de se reconhecer.

— Talvez tenha sido por isso que Mr. Chute se casou com a moça — opina Mrs. Austen. A matriarca é alta e magra, com um nariz aquilino que ela acredita ser prova de sua linhagem aristocrática. — Na esperança

CAPÍTULO DOIS

de ela fisgar um jovem abastado para um caso sórdido, de modo a que ele possa colher uma indenização.

Ela passa um pano úmido no rosto bochechudo da neta.

Os processos por prevaricação se tornaram tão lucrativos que homens têm sido acusados de incentivar as esposas a flertar com conhecidos abonados, com a intenção de flagrá-los no ato. Mr. Chute é rico demais para se preocupar com um esquema tão cansativo, mas é o tipo de homem que sempre quer mais.

Ainda bem que a heroína atual de Jane, a diabólica Lady Susan, é viúva e, portanto, não suscetível a tal humilhação em um tribunal. Em vez disso, a um toque da pena de Jane, ela está livre para semear o caos no sexo masculino. Há certa ironia no fato de que apenas se submetendo ao marido, e depois sobrevivendo a ele, uma mulher possa conquistar a verdadeira liberdade.

— Então, por que raios ele a deixou se aproximar de Henry? — Mr. Austen apoia a xícara de volta no pires, alinhando a asa a exatamente três horas. — Deveria tê-la colocado na direção de Jonathan Harcourt.

— Mrs. Chute não teria sorte com Jonathan — diz James. — É pouco provável que ele seja tentado por alguém que não seja Miss Rivers, não é?

Mrs. Austen aperta os lábios.

— Sophy é uma moça bem simpática, e imagino que seu dote seja muito bem-vindo, até para os Harcourt...

Jane fica mordida com a descrição da mãe para a ambiciosa herdeira. Sophy nasceu quase um ano antes de Jane, chegando com entusiasmo no primeiro dia do ano de 1775. Apesar de as duas serem quase da mesma idade e morarem próximas, desde que a família Rivers se estabeleceu em Kempshott Park, mais de uma década atrás, a arrivista Sophy nunca foi especialmente *simpática* com Jane.

Anna tenta agarrar o toucado de renda de Mrs. Austen com a mão encrustada de maçã.

— Mas sempre esperei que Jonathan fosse conhecer alguém que o ajudasse a encontrar o próprio caminho. Alguém como você, Jane — diz Mrs. Austen, tentando afastar as mãos grudentas de Anna.

— Eu? Sinto muito, mãe, mas tarde demais. A não ser que você queira que eu arraste Jonathan para Gretna Green, onde os casamentos são facilitados, e o faça jurar fidelidade em frente a um ferreiro antes que a cerimônia religiosa aconteça.

— Eu não disse que ele deveria se casar com você, só com alguém *como* você. — Mrs. Austen desembaraça os dedos de Anna dos babados da sua touca. Está tão respingada de maçã cozida que combina com o avental manchado. — Uma moça de pensamento mais independente, que não se deixasse ser intimidada pelos pais dele.

Sem saber se deveria se sentir lisonjeada ou insultada, Jane passa manteiga na torrada e a cobre com um pouco da geleia de framboesa feita pela mãe.

— Então, Henry arruinou a reputação de todos nós?

— De forma alguma — diz James. — A descoberta macabra ofuscou a indiscrição dele. Conseguimos espalhar a história de que Mrs. Chute tropeçou no corpo e o tenente Austen foi às pressas em seu socorro *depois* de escutá-la gritar.

— Que cavalheirismo da parte dele — comenta Jane, sorrindo.

— De fato.

James franze o cenho.

— Que alvoroço! Eu gostaria de ter estado lá — diz Mrs. Austen, suspirando.

Anna enfia a colher na maçã cozida e a sacode em direção à avó. Jane mastiga a torrada.

— Eu disse que a senhora deveria ir.

— Fora de cogitação. Está frio demais. Minha saúde jamais suportaria. — Mrs. Austen tira a garotinha do cadeirão e a senta em seu joelho. — Além disso, não poderíamos deixar a querida Anna.

CAPÍTULO DOIS

— Querida Anna? — Jane se inclina para agitar as mechas douradas da bebê. — A senhora nunca se incomodou em nos deixar. Nós ainda morávamos com Dame Culham quando tínhamos o dobro da idade dela.

Ter que tomar conta de um bando de meninos em idade escolar e supervisionar uma fazenda significou que Mrs. Austen delegara o trabalho diário da maternidade quando os filhos eram muito pequenos. Uma vez desmamados, todos os bebês Austen eram entregues a uma babá na aldeia e proibidos de voltar à Casa Paroquial de Steventon até o momento em que pudessem cuidar de suas necessidades básicas.

Mrs. Austen contrai a boca.

— Jane, nós visitávamos vocês todos os dias.

Jane sorri com meiguice.

— Ah, quanta consideração! Deixavam um cartão de visitas quando não estávamos?

Jane escutou milhares de vezes a explicação da mãe para essa prática incomum. Considerando o tempo e a energia exigidos por Anna agora que ela mora na casa paroquial, Jane não pode criticar o argumento da mãe, mas também não pode deixar de sentir certo ressentimento por ter sido expulsa da casa da família em seus primeiros anos de vida. Especialmente por ser improvável que qualquer membro da prole Austen consiga algum dia viver de maneira independente. George "Georgy" Austen é o segundo irmão mais velho de Jane. Na idade em que as crianças costumam aprender a andar e falar, ele começou a ter tendência a acessos violentos que interrompiam sua capacidade mental e exauriam seu corpo. Nunca aprendeu a formar palavras, mas, como um verdadeiro Austen, não deixa que isso o impeça de se fazer entender. Antes que Jane conseguisse escrever, ou mesmo falar, Georgy lhe ensinou a se comunicar através dos dedos.

Georgy é quase dez anos mais velho do que ela e, em sua ingenuidade infantil, Jane jamais poderia ter imaginado que se mudaria para a Casa Paroquial de Steventon enquanto ele permanecia com Dame Culham no chalé. Mas a dificuldade de Georgy para compreender as ameaças mais cotidianas — tais como uma carruagem puxada por seis cavalos acelerando pela estrada em sua direção, ou o motivo de não ser recomendável um mergulho em um lago infestado de sanguessugas — e suas necessidades médicas significam que ele exige uma supervisão constante.

Para ser justo, por diversas vezes Mr. e Mrs. Austen tentaram trazê-lo para casa para viver com os irmãos e as irmãs, mas após um incidente apavorante, quando eles temeram tê-lo perdido no fundo do poço, concordaram que Georgy deveria permanecer sob o olhar mais vigilante da babá. É o melhor a se fazer, e ele está muito feliz na aldeia, cercado de amigos e vizinhos. Mas a ideia de o irmão viver excluído da casa paroquial, apesar dos esforços da família para mantê-lo por perto, é um grande peso no coração de Jane.

Hoje em dia, é Georgy quem costuma visitar a casa. Vem e vai tão furtivamente quanto um falcão para visitar as irmãs, evitando a mãe sempre ansiosa. Seu truque preferido é aparecer na cozinha dos Austen, sem cerimônia, para se servir do lendário biscoito de gengibre de Sally (às vezes está tão condimentado que você pensaria que ela colocou mostarda em vez de gengibre) antes que o restante da família tenha a chance de prová-lo.

Mrs. Austen morde as bochechas e olha para Jane, enquanto Mr. Austen simplesmente ri. James abaixa o jornal para olhar pela janela. Uma figura compacta, com chapéu de copa abaulada e capa marrom, caminha com dificuldade pela alameda.

— Aquela é Mary Lloyd? — pergunta ele.

Jane confirma com a cabeça e solta um grande suspiro.

Em geral, Cassandra e Jane formam um quarteto agradável com Mary e sua irmã mais velha, Martha. A doce disposição de Cassandra e Martha equilibra a acidez de suas irmãs mais novas. Mas Martha, que é prima dos Fowle, acompanhou Cassandra em sua ida a Kintbury, deixando Jane e Mary se virarem sozinhas no período das festas natalinas. Virou um tédio, porque todos os passeios divertidos foram estragados pelas brigas delas. Se não fossem tão irritantemente bondosas, Cassandra e Martha estariam dando uma bela risada à custa das outras duas neste exato momento.

Sally abre a porta da casa e encaminha Mary para a sala da família.

CAPÍTULO DOIS

A jovem se demora na entrada, olhando as pontas das botas de caminhada.

— Desculpem-me. Estou interrompendo o café da manhã?

Quando criança, Mary teve varíola. As cicatrizes sumiram, mas ela tende a adoecer com frequência e pode ficar terrivelmente constrangida — em especial na presença de James. Ainda mais depois que ele ficou viúvo. É o irmão mais alto, mais sombrio e mais taciturno de Jane.

Mrs. Austen desliza a cesta de pães pela mesa.

— Entre, querida. Aceita um pouco de chá?

Mary fica corada.

— Não quero incomodar. Vim buscar Jane.

Mrs. Austen se apoia nas mãos, levantando-se da mesa.

— Bobagem, você não está incomodando...

— Me buscar para quê? — pergunta Jane, encobrindo a fala da mãe.

Mary se aproxima de James com um passo vacilante.

— Tio Richard está pedindo para todos irem até a Deane House ajudar na busca pelo assassino.

O tio de Mary, Richard Craven, é magistrado do condado. Ela espia pela borda curta do chapéu.

— Ah, Mr. Austen, soube que o senhor foi chamado para rezar sobre os restos mortais da falecida. Que coisa terrível. Deve ter sido simplesmente horrível para o senhor.

Jane e sua família se entreolham, confusos, antes de perceberem que Mary se dirige a James, e não ao pai de Jane.

O irmão se vangloria:

— Bom, eu...

Jane desconfia de que Mary não ficaria tão impressionada se tivesse visto como James empalidecera diante da visão do corpo assassinado de Madame Renault. Se bem que, levando em conta como é cega a devoção de Mary por James, é provável que ficasse, sim.

— Apareço lá mais tarde — diz ela.

Mrs. Austen estala a língua em desaprovação.

— Você não pode deixar Mr. Craven esperando.

Jane contempla a borra do chá. Tem certeza de que Tom estará a caminho para vê-la. Se sair agora, quem sabe quando eles terão outra chance para conversar? Ele pode até pensar que ela o está evitando, depois da maneira como desapareceu do baile. Segundo Cassandra, um cavalheiro precisa de muito incentivo para fazer tamanha declaração. Cassandra tivera que pintar as aquarelas mais lisonjeiras de Mr. Fowle, chegando ao cúmulo de incluir pombinhos na borda, até que ele caísse em si e fizesse o pedido.

— É só que... estou terrivelmente cansada esta manhã. Não dormi muito bem, sabe?

— Bom, eu bem que avisei... — diz Mrs. Austen, cruzando os braços.

O queixo de Mary treme.

— Mas você precisa. Soube que você identificou a falecida.

Jane brinca com a asa da xícara.

James ergue os olhos do jornal.

— Se estiver fazendo hora esperando a visita de Tom Lefroy, não se dê ao trabalho. Ele vai se juntar ao grupo de busca, procurando o canalha que fez isso, assim como todos os outros rapazes capacitados da região.

Jane fez o possível para guardar segredo sobre seu encontro com Tom. Não que ela ponha em dúvida a aprovação da família. Embora ele ainda não seja bem estabelecido, é fantasticamente inteligente e trabalhador. Ainda não tem vinte anos, mas já se formou na Trinity College Dublin e planeja estudar Direito na Lincoln's Inn. Talvez leve um tempo até que ele e Jane possam de fato se casar, mas ela está certa de que seu pai dará a bênção ao casal. Com um pouco de convencimento de Jane e da mãe, em todo caso. Ainda assim, Jane é orgulhosa demais para deixar que alguém, a não ser Cassandra, saiba com que ansiedade ela aguarda o pedido de Tom.

— Como você sabe? — pergunta ela.

— Porque o policial da paróquia estava pedindo voluntários. Ele me disse que Lefroy já havia se inscrito.

CAPÍTULO DOIS

— Quando?

— Logo de manhã cedo, enquanto você se esforçava para dormir. — James abre um sorriso malicioso. — Eu vou assim que terminar meu café. Se quiser, posso arrear Greylass e lhe emprestar meus cães de caça. Você pode tentar caçar Lefroy.

Jane faz uma careta para o irmão.

James se esconde atrás do jornal, os ombros balançando.

Greylass é a pônei de Cassandra. Teoricamente, Jane sabe cavalgar, mas prefere não fazê-lo. Ainda mais por não ter testado suas habilidades desde que caiu de uma égua imprevisível, aos doze anos.

— Isso significa que eles identificaram o culpado?

James afasta o canto do jornal e franze o cenho.

— Acho que não.

— Então, como vocês vão saber quem procurar?

James dá de ombros.

— Vamos juntar todos os vagabundos, os indesejáveis de sempre.

— Espere aí, Mary, vou buscar a minha touca.

Se existir ao menos a menor chance de que isso ajude a identificar o verdadeiro assassino e salve alguma pobre alma de ser falsamente acusada, Jane precisa contar a Mr. Craven tudo o que sabe sobre Madame Renault. Deve isso à assassinada, em busca de justiça. Era um egoísmo da sua parte querer ficar em casa. E, se Tom não fizer a visita hoje, pelo menos isso lhe dará mais tempo para imaginar uma resposta que não demonstre um entusiasmo tão óbvio. Afinal de contas, uma moça deve preservar o recato.

Capítulo Três

Jane se aproxima dos portões da Deane House, acenando com a cabeça em cumprimento a um fluxo de conhecidos no sentido contrário. Mary deve ter divulgado as ordens do tio a caminho da Casa Paroquial de Steventon. Famílias prósperas, comerciantes e criados se movimentam confusos na passagem de cascalho. Uma das paroquianas mais devotas do pai de Jane enxuga os olhos com um lenço, enquanto o lavrador ao lado dela cerra o maxilar e murmura consigo mesmo.

Jane aperta as costelas com a mão para abrandar uma pontada. Saiu de Steventon subindo a colina num passo apressado, o canto do pintarroxo na cerca viva compensando a falta de conversa entre as duas amigas.

— Diga-me, Mary, como é que seu tio acha que o fato de convidar todo o condado para ver o cadáver de Madame Renault ajudará na investigação?

— Não seja estúpida, Jane. Todo mundo sabe que as almas das vítimas de assassinato permanecem. Elas não podem passar para a eternidade até terem tentado comunicar os detalhes de sua sina para os vivos.

— Entendo.

Jane concorda, apesar do seu ceticismo. Está ansiosa para falar com o magistrado e acabar de uma vez com aquilo, na esperança de que Tom possa visitar a casa paroquial na volta da caçada ao assassino, embora isso

CAPÍTULO TRÊS

não pareça muito romântico. Agora, parada em frente à fachada com detalhes em madeira da mansão Tudor, fica desolada diante da perspectiva de voltar à cena do crime.

— E seu tio capturou muitos assassinos desse jeito?

— Talvez não.

Mary segue em frente, subindo, decidida, os degraus de pedra em direção à porta dupla da entrada. A Deane House é toda cheia de ângulos e bordas acentuadas, com vigas pretas e telhados bem inclinados. Até a vidraça das janelas termina em ponta, com luzes de cristal no formato de diamantes.

— Na maioria das vezes, ele é chamado para procurar caçadores clandestinos, e não imagino que aves de caça tenham alma.

Jane hesita, visualizando os braços abertos de Madame Renault e a poça escura de sangue ao redor do rosto pálido da mulher.

— Vá em frente. Encontro você daqui a pouco.

— Qual é o problema? Você está se sentindo mal? Está um pouco verde.

— Só quero recuperar o fôlego.

Mary dá de ombros e segue porta adentro.

Depois que ela se vai, Jane fecha os olhos para dissipar a súbita sensação de tontura que ameaça dominá-la. Quando torna a abri-los, avista um traseiro conhecido por entre os arbustos. Segue o caminho em direção à movimentação enquanto recupera o equilíbrio. Da janela da sacada do primeiro andar, logo acima de Jane, as feições macilentas e os olhinhos atentos de Lady Harcourt apontam por detrás das linhas entrecruzadas de chumbo que separam os vidros. Jane ergue a mão, cumprimentando-a, mas o corpo frágil da mulher permanece imóvel.

Ao que parece, Lady Harcourt não está com disposição de receber os turistas que se atropelam por sua casa. E por que estaria? Perder o filho mais velho, Edwin, em um acidente tão súbito e trágico e ver o noivado de Jonathan ser prejudicado por outra morte brutal e sem sentido deve ser insuportável.

Jane espera pacientemente que o dono do traseiro termine o que quer que esteja fazendo nos arbustos. Passados alguns instantes, ele se levanta e se vira de frente para ela. Tem a mesma altura e os mesmos traços atraentes de todos os seus irmãos, mas uma estrutura ligeiramente mais atarracada, e se veste de maneira mais casual. Ele não cavalga e caça como os outros e sente bastante prazer na comida.

— Ora, Georgy! Que raios você estava fazendo aí?

Os olhos de Georgy brilham e ele abre um sorriso. Agarra a mão dela, sacudindo-a vigorosamente. Quando enfim a solta, leva uma das mãos à boca e faz gesto de comer alguma coisa.

— Quer um biscoito? — pergunta Jane.

Dame Culham trabalhou certa vez para uma família de deficientes auditivos em Southampton e ensinou a Georgy a extensa litania de gestos manuais que ele usa para se comunicar. Em seguida, todas as crianças Austen ficaram fluentes em falar com os dedos, por pura proximidade com o irmão, ainda que às vezes Georgy goste de pregar peças introduzindo novos sinais de sua própria invenção. Jane tem certeza de que ele poderia ter aprendido a ler se os pais tivessem tido tempo e paciência para ensiná-lo.

— Bom, ali você não vai encontrar biscoito, vai? Bobinho.

Georgy repete o gesto de mordida, só que mais enfático.

Jack Smith chega correndo da parte de trás da casa. É filho de Dame Culham, alguns meses mais novo do que Jane. Ao avistar Georgy, coloca as mãos nos joelhos e arfa para recuperar o fôlego.

— Miss Austen. — Ele bufa, tirando o chapéu de feltro e encostando-o no peito. — Eu de fato pensei que, desta vez, ele me tivesse escapado.

Quando Georgy tinha vinte e um anos, Mr. Austen contratou Jack como seu cuidador profissional, acompanhando-o em suas aventuras e fazendo o possível para mantê-lo longe de problemas. Jack tinha apenas onze anos, mas desde o começo desempenhou o papel com uma seriedade admirável e nunca deixou de se dedicar à sua responsabilidade naqueles dez anos. Para manter os humores equilibrados, Georgy precisa comer e

CAPÍTULO TRÊS

dormir regularmente, algo que tem o hábito de esquecer se deixado por conta própria.

Jane aponta para as roseiras desfolhadas sob a janela da sacada.

— Eu o encontrei remexendo os arbustos.

O que ele poderia achar tão fascinante? Já perto do fim do ano, apenas os volumosos e vermelhos cinorródios permanecem nos arbustos, e não há nada no chão a não ser terra.

— Ah, Georgy, o que faço com você? — Jack ri, recolocando o chapéu. — Se você não tomar cuidado, vou ter que passar a levá-lo amarrado a uma corda.

Georgy faz um gesto totalmente impróprio, deixando Jack sem a menor dúvida quanto ao que faria se ousasse tratá-lo assim.

— Acho que ele está com fome — diz Jane, tentando desculpar os maus modos do irmão.

— Com fome, o Georgy? Acabamos de tomar o café da manhã! — Jack joga as mãos para cima, exasperado. — Imagino que você tenha ouvido falar do acontecimento horrível aqui ontem à noite?

Jane estremece.

— Ouvi. Terrível.

— Viemos prestar condolências. Minha mãe foi chamada para preparar a pobre mulher. Georgy estava do meu lado, mas quando voltei a olhar ele tinha sumido.

Jack bate a palma da mão na testa.

Georgy faz uma careta para ele. É justo dizer que, quando Mr. Austen indicou Jack, Georgy ficou completamente confuso ao descobrir que o garoto que considerava um irmão mais novo tinha, de algum modo, se tornado seu guardião. Na maior parte do tempo, Georgy trata Jack como um cúmplice, e eles se divertem circulando a pé pela região. Às vezes, porém, Jack é uma irritação da qual Georgy tenta se livrar, como um cavalo tentando espantar uma mosca com o rabo.

Mas Jane ainda consegue ouvir um eco do grito lancinante da mãe quando percebeu que o jovem Georgy havia sumido da Casa Paroquial de Steventon. Jane e as outras crianças pequenas correram a esmo pela fazenda, desesperadas para encontrá-lo. Quando não houve sinal, Mrs. Austen pôs na cabeça que Georgy devia ter subido no poço aberto. Ele estava sempre jogando pedrinhas lá dentro, esperando o barulho que elas faziam ao bater na água quinze metros abaixo. Mr. Austen correu para o estábulo em busca de um pedaço de corda enquanto James tirava a roupa, pronto para entrar à procura do irmão.

Felizmente, Henry voltou galopando com Georgy (que tinha vagado quase oito quilômetros pela estrada para Kempshott Park, onde certa vez a cozinheira de Mrs. Rivers lhe dera um *macaroon* proibido em segredo) antes que eles tivessem terminado de amarrar a corda em um carvalho próximo. Até hoje, aquele quarto de hora em que o irmão esteve sumido permanece como o mais longo na vida de Jane.

— Nosso Georgy é assim. Ele gosta mesmo de perambular — diz Jane, esfregando o braço do irmão.

Sente-se grata por saber que Madame Renault está sendo tratada com o devido respeito. Talvez voltar à cena do crime não se revele tão sofrido, embora não esteja claro como alguém poderia procurar pistas se o corpo foi retirado, mesmo cedendo à afirmação de Mary de que Madame Renault tentará se comunicar com todos lá do além.

— E eu não sei? Vamos, Georgy. Vamos até a Estalagem Deane Gate ver se alguma das tortas de Mrs. Fletcher já está pronta. Você sabe, ela sempre separa a melhor para você — diz Jack, abrindo a mão e desenhando um círculo na palma com o indicador da outra mão.

Georgy arregala os olhos. Ele assente enfaticamente e repete o gesto.

Jack inclina o chapéu em direção a Jane, um rubor se insinuando em seu rosto.

— Tenha um bom-dia, Miss Austen.

Jane observa os dois se afastando: o grande Georgy em sua sobrecasaca de lã azul-marinho; e o pequeno Jack, com um paletó mais modesto, de um tecido marrom puído. Um sentimento de ternura pela dupla surge em

CAPÍTULO TRÊS

seu peito. Lembra-se de quando ela e Jack não eram de uma polidez tão intensa; quando crianças, eles se perseguiam e compartilhavam segredos no velho chalé de chão batido de terra de Dame Culham.

Dentro do hall de entrada da Deane House, Jane engole em seco quando avista a porta da lavanderia. Está fechada, novamente oculta no revestimento de carvalho. A passadeira turca foi retirada, e o cheiro de vinagre e cera de abelha impregna o ar. O corredor, e presumivelmente a parte interna do quartinho exíguo, foi esfregado até ficar limpo. Todos os vestígios da morte violenta de Madame Renault foram apagados.

 Jane contrai o maxilar. As autoridades terão uma noção incorreta do acontecido. É compreensível que os Harcourt quisessem eliminar tudo o que pudesse lembrar o terrível incidente, mas Mr. Craven é um tolo se acha que alguém conseguirá descobrir a identidade do assassino no assoalho encerado. Se conseguir uma identificação fosse uma simples questão de esperar uma mensagem do falecido, nenhum crime ficaria impune, e os grandes mistérios do passado da Inglaterra seriam resolvidos. Entre os dois príncipes assassinados na Torre de Londres, era de se pensar que ao menos um se mexeria para passar uma mensagem quanto ao paradeiro de seus restos mortais.

 A voz doce de Mrs. Twistleton flutua do patamar na virada da imponente escadaria, onde ela está parada ao lado de um busto de Edwin Harcourt apoiado em uma base de mármore.

— E você não o considerava um cavalheiro muito bonito, senhorita?

Mary está ao lado dela, seus olhos perfurando Jane, enquanto Mrs. Twistleton acaricia sedutoramente a estátua do filho falecido dos Harcourt. O busto não faz jus ao rapaz exuberante que Jane conheceu. O maxilar não tem energia, e as bochechas são fundas. Mas, afinal, foi esculpido de acordo com um molde de gesso da máscara mortuária de Edwin. Sir John, com profundo pesar e de coração partido por não haver um único retrato do filho mais velho a ser acrescentado à galeria da família, encomendou o trabalho após a morte do rapaz.

— Tenho certeza de que *eu* não conheço ninguém mais bonito — afirma Mrs. Twistleton, correndo os dedos pelos cachos marmóreos de Edwin. Seu comportamento é afetado, como se estivesse representando um solilóquio shakespeareano.

— Só cheguei na Deane House depois da tragédia, mas dizem que ele era parecido com o pai, e sem dúvida percebo a semelhança — continua ela.

— Jane, aí está você. — Mary tem familiaridade com luto. Seu próprio irmão mais novo não sobreviveu à epidemia de varíola que roubou a beleza da jovem. Mas nem ela é mórbida o suficiente para agir de forma tão constrangedora com uma máscara mortuária. — Pronta para ver o corpo?

O mordomo entra, a boca curvada para baixo, como que para sublinhar o aspecto sombrio da situação.

— Por aqui, por favor.

Ele encaminha as moças, descendo um lance estreito de escada até o porão e passando por um corredor.

Mary dá o braço a Jane, sussurrando:

— Sabia que Mrs. Twistleton era atriz?

— Você não deveria dizer uma coisa dessas, Mary, as pessoas podem entender mal.

— Ah, não. Quero dizer que ela era uma prostituta.

— Hã-hã. — O mordomo tosse na mão quando os três chegam a uma porta fechada. — No momento, Mrs. e Miss Rivers estão com... a falecida. Quando elas terminarem a vistoria, vocês poderão entrar. Mr. Craven pede que preste atenção em todos os detalhes e, antes de sair, revele qualquer observação que venha a fazer.

— Claro — responde Jane, fazendo que sim com a cabeça.

O mordomo se inclina e sai a passos largos pelo corredor. Jane estala a língua em desaprovação, abaixando a voz.

— Sinceramente, Mary, de onde você tira essas histórias?

— Eu? Ora, as que você escreve são ainda mais devassas.

— É, mas pelo menos eu não finjo que são verdadeiras.

CAPÍTULO TRÊS

— Shh...

Mary coloca um dedo sobre os lábios e encosta o ouvido na porta. Vozes alteradas saem lá de dentro. Jane se aproxima na ponta dos pés e encosta o rosto na madeira lisa.

— Que desastre — geme Mrs. Rivers, em seu característico sotaque londrino. — Como seu noivo pôde deixar isso acontecer?

— Não o chame por esse nome, mamãe — responde Sophy. — Não estamos noivos, não oficialmente, e você não me ajuda em nada se comportando como se fôssemos.

— Mas serão. Assim que esse assunto for resolvido.

— Não deveríamos apressar os Harcourt, ou podemos parecer insensíveis.

— Insensíveis? E o meu coração, como é que fica? — grita Mrs. Rivers. — Você estava à beira de ser reconhecida como noiva de Jonathan. Esse casamento é tudo que seu pai e eu sempre quisemos para você. Você será uma futura baronete.

— Estritamente falando, mamãe, a esposa de um baronete é somente uma *Lady*. Apenas uma mulher que detém uma patente de baronete por seu próprio direito pode se tornar uma, e acredito que só tenha havido uma até hoje.

Jane e Mary se esforçam para conter uma risada. Pelo tom de Sophy, fica óbvio que seus traços simétricos estão dispostos em sua costumeira expressão de afetada condescendência.

— Basta de impertinência, mocinha. Eu deveria ter arranjado um bom casamento para você anos atrás. Deus sabe que pedidos não faltaram. Mr. Chute a teria tirado das minhas mãos com o maior prazer quando você tinha dezessete anos. Mas não, você quis esperar alguém mais novo, e agora eu deixei que adiasse além da conta. Mais cinco minutos e você estaria estabelecida. Em vez disso, essa infeliz miserável aparece morta e estraga tudo.

— Você não pode culpar a mulher assassinada, mamãe. A culpa não é dela — diz Sophy.

— Você tem razão. É sua. Toda essa maldita confusão é culpa sua. Se não tivesse convencido a mim e a Lady Harcourt a não colocar o anúncio no *Times*, insistindo que esperássemos até você poder ter seu grande dia, nada disso teria importância. O noivado teria sido oficializado, e agora você estaria a meio caminho do altar.

É verdade. O pedido frustrado de Jonathan Harcourt deixou Sophy em um limbo romântico. A reputação dela exige que ele resolva a situação imediatamente. No entanto, como a própria Sophy diz, seria da maior indelicadeza ter para sempre sua feliz notícia atrelada ao assassinato de alguém.

— Talvez fosse melhor se déssemos um tempo aos Harcourt — continua Sophy.

— Não, essa é a última coisa de que eles precisam. Vou conversar com Lady Harcourt, pedir que ela pressione Jonathan. No final do ano você estará casada.

— Mas qualquer coisa poderia acontecer antes disso, mamãe.

— O que poderia acontecer, Sophy? Diga!

Jane e Mary se entreolham, ambas se esforçando para escutar do que Sophy tem tanto medo, mas um silêncio sepulcral persiste no outro lado da porta. Seria profundamente humilhante para Sophy se, durante esse período de esfriamento forçado, Jonathan mudasse de ideia e seu tão esperado pedido nunca se concretizasse. Essa ideia quase basta para acabar com a longa animosidade de Jane com Sophy, mas não totalmente.

Como sua relação com Mary Lloyd prova, Jane está disposta a ser amiga de qualquer moça da região, mas Sophy esnobou consistentemente todas as suas tentativas de amizade. As garotas Rivers só se relacionam com os ricos ou nobres, de preferência ambos. Não pareceria uma grande depreciação se Sophy fosse tão vulgar quanto a mãe, mas Miss Rivers é de uma perfeição gélida. Ela é a jovem mais talentosa que Jane já conheceu. De um modo irritante, demonstra pouco entusiasmo por qualquer uma das atividades artísticas e musicais que domina. Jane só viu sua máscara

CAPÍTULO TRÊS

de compostura escorregar uma vez. No ano passado, quando Sophy se juntou aos irmãos Austen na caçada do Boxing Day — o dia seguinte ao Natal —, um aspecto mais obstinado e mais furioso da sua personalidade veio à tona: ela galopou ao lado dos homens, pulando sebes numa perseguição acirrada à aterrorizada raposa.

— Você precisa ser tão teimosa? — insiste Mrs. Rivers. — Não vê que estou tentando fazer o melhor para você? Jonathan é um homem de linhagem inquestionável. Case-se com ele e terá não só um título, como também um marido respeitável. O que mais poderia querer? Está mesmo tão determinada a permanecer uma pedra no meu sapato, ameaçando manchar a família com um escândalo? Como é que suas irmãs poderão encontrar maridos de ascendência adequada com você se comportando dessa maneira?

Segundos depois, a maçaneta gira. Jane e Mary pulam para trás, e Mrs. Rivers sai deslizando. A viúva tem o nariz empinado e olha diretamente à frente. Sophy vai atrás dela, apertando um lenço com borda de renda sobre a boca e o nariz. Jane e Mary fazem uma reverência, mas as damas passam direto. Mary entra na sala no mesmo instante, mas Jane a segura pelos ombros e para na soleira por um momento antes de segui-la.

Os Harcourt levaram o corpo de Madame Renault da lavanderia para um depósito de botas e casacos. As paredes são cheias de prateleiras, entulhadas de graxas e escovas. A figura delgada da chapeleira está no centro, deitada em uma bancada de madeira. Seu corpo cheira levemente à lavanda e está vestido com uma camisola branca de algodão e coberto até o peito com uma manta cinza-ardósia. Seu cabelo escuro foi bem penteado e está espalhado ao redor da cabeça. O ferimento na têmpora foi lavado, e seu rosto pálido foi limpo de qualquer vestígio de sangue. Dois xelins de prata manchada pressionam suas pálpebras, mantendo-as fechadas, mas a boca insiste em permanecer aberta.

Ela poderia estar dormindo, a não ser pelo entalhe na têmpora e acima da sobrancelha esquerda. É quase como se fosse uma boneca de cera, deixada tão próxima ao fogo que parte de sua testa derreteu. Jane quer gritar perante a injustiça daquilo.

Como é possível que, numa sociedade supostamente civilizada, uma jovem possa ter sua vida roubada de modo tão violento? Que esperança existe para Jane, para qualquer mulher, se for permitido que tal crime permaneça impune? No breve encontro que tiveram, Jane reconheceu um reflexo de seu próprio orgulho no comportamento altivo da chapeleira. E agora ali jaz Madame Renault, em uma camisola emprestada, estendida para que todo o condado se estarreça e especule quanto à causa de sua morte prematura. Ela ficaria furiosa ao saber que seu corpo estava sendo tratado com tal indignidade.

— Deus do céu, é *ela*! — Mary arqueja, levando as mãos ao rosto.

— Você também a conhecia?

— Eu a conheci no mercado coberto. Foi ontem mesmo, pela manhã. Ah, isso é muito injusto!

— Eu sei.

Jane pousa a mão com delicadeza no punho de Mary.

— Não, não é isso. Eu lhe dei dez xelins para ela me fazer uma touca de palha.

Jane fica paralisada, olhando boquiaberta para Mary.

— O quê? — Mary pestaneja. — É muito dinheiro, e não acredito que algum dia vá tê-lo de volta.

— Com certeza. E você também teria ficado ótima naquela touca. Como a própria rainha da França. — Mary se entusiasma. — Com sua cabeça em uma cesta de vime — arremata Jane.

O queixo de Mary treme.

— Você precisa ser tão cruel?

— Eu? É você quem se acha a vítima aqui.

Jane gesticula em direção à Madame Renault jazendo sem vida na bancada. Ela também sentiria profundamente a perda de dez xelins, mas esperava que fosse ter a compaixão de não lamentar isso de forma pública quando a sina da devedora era tão mais dramática.

CAPÍTULO TRÊS

Ela vira o ombro para Mary, com o olhar fixo no rosto de Madame Renault: os cílios escuros e longos, o nariz gracioso, os lábios pálidos. Seu olhar se demora na garganta exposta da falecida. Existe uma leve linha de pele rompida em um dos lados do pescoço.

— Espere.

Jane agarra o punho de Mary com mais firmeza.

— O que foi? Está sentindo o espírito dela? Ela está presente?

— O quê? Não. É só que... — Jane segura o próprio pescoço. — Quando eu a conheci no mercado, ela usava um colar. Era longo, como uma daquelas correntes para relógios de bolso, enrolado duas vezes em volta do pescoço e enfiado no corpete.

Mary se inclina para a frente, comparando ambos os lados do pescoço de Madame Renault.

— Usava mesmo. Também notei e deduzi que ela estivesse escondendo uma bugiganga católica. Você sabe como são esses estrangeiros. E, veja, isto é um arranhão? Você acha que ele poderia ter sido arrancado?

Jane visualiza o colar. Era de ouro amarelo, muito fino e intercalado com pérolas minúsculas.

— Devia ser valioso.

Mary concorda.

— Ela ainda estava com ele ontem à noite, quando você a identificou?

Jane fecha os olhos, relembrando uma nítida imagem de Madame Renault deitada no quartinho.

— Estava escuro e havia sangue demais... Mas não, tenho certeza de que não estava. Devemos contar a seu tio.

Mary dá meia-volta.

— É, também vou perguntar a ele o que devo fazer quanto aos meus dez xelins.

Jane segura a raiva, controlando a vontade de dar outra alfinetada em Mary. Depois que fica sozinha com o cadáver, faz uma prece silenciosa para que o espírito de Madame Renault descanse em paz. Não tem muita esperança. Apesar de suas dúvidas quanto aos métodos investigativos de

Mr. Craven, se algum bandido tivesse roubado sua própria vida, ela faria questão de permanecer neste reino terrestre para assombrar o canalha até fazê-lo se arrepender.

De volta ao andar de cima, Jane se prepara para conversar com o magistrado. Vai garantir que ele saiba do colar desaparecido e note a marca no pescoço do cadáver. Depois, vai insistir para que assuma uma abordagem mais empírica na investigação. Atirar para todos os lados não trará justiça para Madame Renault.

Mr. Craven vagueia pelo hall de entrada, sob um lustre de bronze gigantesco, conversando baixinho com Mrs. Twistleton. É um homem de rosto rígido, caminhando para a meia-idade. Os botões de couro do seu traje de caça se seguram por pouco sobre a cintura avantajada. Um brilho de suor cobre as bochechas, e o nariz tem a textura de uma couve-flor.

Com a escandalosa afirmação de Mary ainda fresca na mente, Jane dá uma boa olhada na governanta. Mrs. Twistleton deve ter apenas trinta e poucos anos. Com as sobrancelhas escuras e o cabelo loiro-acinzentado, é muito impactante. Faz questão de demonstrar que está ouvindo cada palavra que o magistrado diz, concordando enfaticamente.

— Mary, criança, o que está fazendo aqui? — indaga Mr. Craven em um tom seco quando elas entram.

O lábio de Mary treme.

— Você disse que todos deveriam vir e verificar se poderiam detectar alguma coisa que pudesse ajudar.

— É, mas eu não estava me referindo a você.

— Senhor, sou Miss Austen... — diz Jane, dando um passo à frente.

Mr. Craven puxa o colarinho.

— Deixe-me adivinhar. Mais uma jovem em busca de emoção? Isto aqui não é um teatro. Aconteceu um incidente muito sério ontem à noite.

— Sei disso e só quero ajudar. Sabe, eu conhecia Madame Renault. Na verdade, fui eu quem identificou o corpo.

CAPÍTULO TRÊS

Mr. Craven examina Jane com seus olhos de pálpebras pesadas. Suas sobrancelhas cerradas são pretas, entremeadas de prata. Quando juntas, passam um presságio tão mau quanto nuvens de tempestade.

— Então, desembuche.

— Ela usava um colar. Ele desapareceu, e há uma marca em seu pescoço.

— Só isso?

Ele tira um relógio de bolso do colete, abre o estojo de prata e verifica a hora.

— Era uma corrente longa, de ouro amarelo...

— Com pérolas pequenas. Eu sei. Sua amiga, Miss Bigg, já me esclareceu. Ora, já perdi tempo suficiente conversando com moças. Deveria estar com o grupo de busca, trazendo esse bandido para cá.

Jane fica boquiaberta.

— O que o senhor quer dizer com "trazendo esse bandido para cá"? Está dizendo que sabe quem fez isso?

Mr. Craven continua mexendo no relógio de bolso. Jane se vira para Mary, mas a amiga não a encara, e as pontas de suas orelhas estão rosadas e brilhantes. Está claramente humilhada por ter sido repreendida pelo tio na frente de Jane e sem disposição para questionar seus métodos.

— Não é um mistério. — Mrs. Craven enfia o relógio de volta no bolso. — Sir John me informou que sua propriedade foi importunada por um bando de invasores. Um dos vagabundos deve ter usado a distração do baile para roubar o colar de Madame Renault, deixando-a morrer. Eu não ficaria surpreso em saber que ela os conhecia. Malditos franceses, sempre aprontando alguma.

— Mas isso não faz sentido — diz Jane, cravando as unhas nas palmas das mãos.

Mr. Craven aperta os lábios numa linha fina, fazendo-os sumir sob o bigode hirsuto.

— O que disse, minha jovem?

— Eu disse que sua teoria não faz sentido. — Jane tamborila os dedos na coxa enquanto fala. — Se o assassino fosse um ladrão itinerante, por que escolheria Madame Renault como alvo? Reconheço que o colar dela parecia valioso e, ao que tudo indica, foi arrancado, mas eis a questão: ontem à noite, havia mulheres aqui *gotejando* diamantes. Com tal abundância em oferta, por que alguém arriscaria a forca por uma corrente de ouro insignificante?

Mr. Craven inclina a cabeça para trás, soltando uma risada seca.

— Miss Austen, a mente criminosa não é guiada pela lógica. Se a senhorita tivesse tanto tempo de atuação como magistrado quanto eu, saberia que um bandido insensível simplesmente agarra qualquer oportunidade que puder.

— Mais uma vez, sua teoria é fraca. — A voz de Jane está tensa, e sua cabeça começa a latejar. — O senhor se certificou do motivo de Madame Renault estar aqui, na Deane House? É improvável que ela fosse uma convidada, afinal...

— Jane — Mary interrompe —, tenho certeza de que o meu tio sabe o que está fazendo.

— Imagino que ela estivesse aqui para ajudar — sugere Mr. Craven, olhando para a governanta.

— Nunca a vi antes, juro. — Mrs. Twistleton coloca a mão sobre o peito. — Quero dizer, ela não estava aqui como empregada da casa.

— Viu? — diz Jane. — Ela era uma artesã, uma artífice, não uma faxineira.

Mr. Craven dá de ombros, hesitante.

— E daí? Era uma comemoração muito importante. Imagino que houvesse comerciantes, tanto homens quanto mulheres, pra lá e pra cá o dia todo. O que me diz quanto a isso, Mrs. Twistleton?

— Ah, com certeza, senhor. — Mrs. Twistleton abaixa a mão, assentindo, ansiosa. — Vários deles, indo e vindo o dia inteiro. Não consegui ficar de olho em todos.

— De fato, comerciantes de vinho, cozinheiros, coisas assim. Mas Madame Renault vendia chapéus de palha — explica Jane. Mr. Craven ainda a observa, com os olhos semicerrados e a boca entreaberta. Ele não entendeu o significado do que ela disse. — Ninguém usa uma

CAPÍTULO TRÊS

touca em um baile. Não existe um motivo óbvio para ela ter estado aqui. Existe, senhora?

Mrs. Twistleton dá um passo para trás.

— Bom, eu... eu não gostaria de especular.

— Miss Austen, tenha dó. — Mr. Craven eleva a voz. — Tenho um assassino para capturar. Não tenho tempo para ficar parado discutindo moda feminina.

— Mas o senhor não percebe? Precisa olhar além do óbvio, questionar todas as possibilidades para chegar à verdade. É como erguer o véu em *Os mistérios de Udolpho*.

— Os mistérios do quê? — balbucia Mr. Craven, as faces já rosadas adquirindo cor de beterraba.

— É um livro, tio, de Mrs. Radcliffe — observa Mary. — Naturalmente não o li.

Jane estreita os olhos para a amiga. Até então, só teve oportunidade de ler *Udolpho* uma vez. Recomendou a Mrs. Martin que acrescentasse o romance a sua biblioteca circulante, e a bibliotecária o guardou para que ela fosse a primeira a ter acesso a ele. Desde então, por diversas vezes Jane tentou pegá-lo novamente, mas está sempre emprestado a uma "Miss M. Loyd, de Deane".

— Basta! Este não é o momento para moças ficarem vagando por aí desacompanhadas. Este país está se deteriorando, se querem saber. Venha, Mary, vou acompanhá-la de volta para sua mãe. — Perdigotos voam pelo ar enquanto Mr. Craven pega Mary pelo braço. — Miss Austen, se tiver algum juízo, irá para casa e ficará lá até termos capturado o canalha.

Mary dirige um olhar de pânico a Jane enquanto o tio a leva até a porta. Jane se enrijece. Pode ser altamente impróprio para uma jovem ser pega se esgueirando para fora de um baile, e ela se submete com alegria a ser acompanhada em viagens para Basingstoke, mas sua liberdade para perambular pela conhecida área rural nunca foi cerceada.

— Mas que tolo insolente e ignorante — murmura ela depois que fica sozinha com Mrs. Twistleton. — Uma gangue de invasores. Como é conveniente para Sir John vir com tal história. E o que o fato de ela ser francesa tem a ver com isso?

— Basta, Miss Austen. — Os belos traços de Mrs. Twistleton endurecem. Parece uma mulher completamente diferente agora que Mr. Craven se foi. — Não cabe a mim ou a você contrariar o baronete. Estas são suas terras ancestrais, e ele as conhece melhor do que ninguém.

Jane se surpreende com a transformação da governanta.

— Mas não é bem esquisito? Não ouvi falar de qualquer estranho pelas redondezas nos últimos tempos, você ouviu?

Mrs. Twistleton agarra Jane pelo cotovelo.

— Venha comigo, Miss Austen. Eu a acompanho até a porta.

Jane fica chocada demais para protestar enquanto é conduzida às pressas em direção à porta de entrada. Assim que Jane a atravessa, Mrs. Twistleton a fecha com força às suas costas.

Ela permanece na soleira, confusa e agitada. Por que estão todos tão dispostos a engolir uma história obviamente absurda? Mrs. Twistleton depende de Sir John para viver. Deve se sentir obrigada a defendê-lo, mas Mr. Craven não deveria ter esse motivo para parcialidade. É nítido que ele está influenciado por uma deferência obsequiosa ao baronete. Basta. Mr. Craven deixou Jane sem escolha. Se ele não for investigar o assassinato de Madame Renault com a devida diligência, então essa tarefa caberá a Jane — por medo de que a incompetência do magistrado permita que o assassino da jovem acabe impune.

Capítulo Quatro

À medida que Jane caminha penosamente em direção às imaculadas portas brancas da Manydown House, a transpiração se acumula sob seus braços e ela está morta de sede. O imponente solar fica a uns bons cinco quilômetros da Deane House. Ela fixa os olhos nas glicínias que se espalham pela grande construção de tijolos vermelhos. Estão tristemente retorcidas nesta época desolada do ano. Mr. Craven pode ter mandado Mary para o quarto de brinquedos, como uma criança malcriada, mas Jane se recusa a ser intimidada. Não corria qualquer perigo caminhando ali, na estrada principal, em plena luz do dia, ainda mais com metade do condado em busca do assassino. Seu estômago está tenso, e ela se assusta a cada veículo que se aproxima ao longo do caminho, mas não pode perder tempo para iniciar sua própria investigação.

Começará com Alethea Bigg. Jane e Alethea conheceram a chapeleira ao mesmo tempo e, até então, Alethea forneceu a única pista que o magistrado usa como ponto de partida. Antes de Jane chegar ao pórtico de estilo grego, o mordomo abre um dos lados da porta dupla. Alethea sai em um luminoso vestido roxo, que contrasta lindamente com seu cabelo ruivo.

— Vi você da janela. — Alethea leva a mão aberta até a testa, protegendo os olhos castanho-amarelados da forte luz do sol. As camadas de sua saia diáfana flutuam na brisa, de modo que a jovem parece o mastro de um navio cortando as ondas. — Quer que eu peça para que tragam um chá? Você está em péssimo estado!

— Ah, obrigada, Alethea. — Jane entra na casa, tirando sua capa. — Permita-me dizer que você também está desmazelada nesta manhã.

Alethea dá uma risadinha, sem deixar que o insulto a atinja, como uma mulher que sabe que é bonita e refinada. Ela conduz Jane pelo hall de entrada revestido de mármore, provocando batidinhas graciosas com as sapatilhas, enquanto a amiga segue atrás em suas botas de caminhada.

As duas entram em uma sala de visitas que dá para um parque bem-cuidado. Alethea se joga em um sofá azul-turquesa.

— O que você está fazendo, perambulando sozinha pela vizinhança? Não sabe que tem um assassino à solta?

— É exatamente por isso que estou aqui.

Jane se acomoda em uma poltrona com respaldar alto, ao lado das chamas suaves que cintilam na lareira de mármore de Carrara. A sala é clara e arejada, revestida com papel de parede em motivos chineses e perfumada com vasilhas de cristal contendo flores secas aromáticas com perfume de rosas. Conforme Jane conta os detalhes irritantes de seu encontro com o magistrado, um criado traz uma bandeja de chá laqueada e a coloca na mesinha baixa entre elas.

Alethea pega um bule japonês e serve a amiga.

— Mr. Craven fez algo parecido comigo. — Na porcelana esmaltada, mulheres de quimono passeiam entre pagodes, e uma montanha com o topo coberto de neve se eleva atrás delas. Todos os utensílios do chá fazem parte de um conjunto, decorados com ouro e tão finos que são quase transparentes. — Depois que eu contei a ele sobre o colar, ele me dispensou completamente.

— Você também notou isso, então, quando a conhecemos em Basingstoke?

CAPÍTULO QUATRO

Jane pega a xícara e o pires, recusando o creme oferecido por Alethea. Prefere chá preto com açúcar, se houver. Em Manydown, ela pode se servir de todo um torrão sem ser advertida quanto a sua gulodice.

— Era tão incomum, com todas aquelas lindas perolazinhas. Mas concordo, era uma ninharia se comparado com as joias que as senhoras do baile estavam usando.

— Exatamente. — Usando a pinça, Jane se serve de açúcar e o joga dentro do chá. Mexe a colher de prata, batendo na borda da xícara até os cristais se dissolverem. — Você viu o tamanho dos diamantes baguete da tiara de Lady Harcourt?

— Ah, não, aqueles eram obviamente falsos.

— Eram? Como você sabe?

Jane toma o chá, com sede demais para deixá-lo esfriar. Está tão doce que ela estremece. Que estranho Lady Harcourt escolher usar falsificações no lugar de joias genuínas. Talvez ela esteja tão acostumada com sua coleção ancestral que tenha se cansado dela.

— Pelo brilho. — Alethea balança os longos dedos brancos. — Mas a gargantilha de Sophy era sem dúvida verdadeira.

— Claro que era. Você sabia que dizem que o dote dela é de trinta mil libras?

— Sim, e ela devia estar usando quase todo ele. Diga-me, Jane, por que os *noveau riche* estão sempre loucos para desperdiçar suas riquezas?

— Alethea — balbucia Jane —, você também não é lá uma descendente de Guilherme, o Conquistador.

— Não. — Alethea manuseia o cordão de pérolas em seu pescoço. — Mas tenho um gosto excelente.

Não é apenas pelo açúcar que Jane fica feliz em percorrer os seis quilômetros até Manydown; as observações de Alethea são quase tão argutas quanto as suas.

— Mas isso tudo deixou Sophy numa enrascada, não foi? Ela não está formalmente noiva, mas todos sabem que a expectativa disso foi a própria razão de os Harcourt organizarem o baile.

— Imagino que ela esteja muito ansiosa para resolver o assunto assim que for decentemente possível. Mas que começo assustador para um casamento!

— É.

Jane relembra a conversa entre Sophy e a mãe. Alguma coisa a deixou inquieta. Se Sophy se sente tão nervosa quanto à firmeza de Jonathan, é esquisito que tenha insistido em um pedido público, em que qualquer coisa poderia dar errado, e de fato deu, em vez de resolver o assunto de uma vez por todas com um anúncio no jornal. Ela fala mais baixo, sentindo-se tão tagarela quanto Mary:

— Hoje de manhã, na Deane House, escutei Mrs. Rivers acusando Sophy de estar relutando em oficializar o noivado.

— Como ela ousa? Que atrevida! Espero que não esteja pensando em rejeitar Jonathan. Ela não vai encontrar ninguém melhor do que ele, mesmo com todo o dinheiro do pai.

Jane reprime um sorriso malicioso por ter conseguido provocar a amiga com a fofoca. Alethea e Jonathan têm a mesma idade, e houve uma época, antes que Edwin morresse e Jonathan partisse para sua grande viagem, em que o jovem era considerado o pretendente de Alethea. Se existe algo de desagradável nos galanteios de Jonathan, Alethea saberá.

— Então, por que você não se casou com ele?

Alethea fica de queixo caído, fingindo estar ofendida.

— Pobre Jonathan, as intenções dele a meu respeito nunca foram *sérias*.

— Foram, sim. — Jane equilibra a xícara e o pires no joelho. Há muito ela farejava que havia uma história mais interessante por trás do pedido de casamento frustrado de Jonathan, mas Alethea é sempre muito resguardada quanto a seus interesses românticos. — Soube que foi por isso que ele viajou para o continente, para curar o coração partido.

— Ele foi para o continente estudar arte.

— E para fugir de uma arrivista insolente?

CAPÍTULO QUATRO

Alethea se recosta no sofá, apertando a mão junto ao peito e rindo.

— Ah, Jane! Você é terrível. Mas por que o súbito interesse no passado? Tudo isso aconteceu anos atrás, é melhor deixar enterrado.

Jane devolve a xícara e o pires para a bandeja e se levanta do sofá.

— É que estou muito abalada com a morte da pobre Madame Renault. Minha mente vaga em todas as direções.

— Assim como o seu corpo, não é mesmo? — reprova Alethea.

Jane vai até as grandes janelas e observa o parque. Em uma pequena colina, um grupo de veados pasta no mato irregular. Os de manchas brancas estão amontoados, enquanto um macho veterano fica a alguns metros de distância. Tem o corpo esguio, e sua enorme galhada é pesada demais para sua estrutura. As extremidades estão quebradas numa ponta afiada, por alguma briga em que ele foi vencido. Um macho mais novo e musculoso perambula a seu lado, a galhada intacta. No próximo verão, ele substituirá o pai.

— Você não acha que Mr. Craven deveria estar interrogando todos nós, investigando o que cada um estava fazendo naquela noite e inclusive descobrindo o motivo de Madame Renault estar na Deane House, em vez de ir atrás de desconhecidos escondidos nas cercas vivas? — pondera Jane.

Alethea junta as finas linhas vermelhas de suas sobrancelhas.

— Você não está sugerindo que um dos convidados tenha algo a ver com o assassinato, está?

Jane dá de ombros.

— Sei lá. Aí está a questão, sem dúvida. Ninguém pode ser eliminado como suspeito, não até sabermos quem cometeu o crime.

— Ele é o magistrado. Tenho certeza de que sabe o que está fazendo.

— Qualquer idiota com terras suficientes pode ser magistrado. — Jane afunda na poltrona. — Pense no meu irmão, Neddy.

Edward "Neddy" Austen é o terceiro mais velho dos irmãos de Jane. Foi uma sorte ele ter sido abraçado pelos abastados cavaleiros com que a família mantém relações: não é inteligente como James e Henry, nem obstinado como os meninos Austen mais novos.

— Jane, ninguém se salva da sua língua ferina?

Pela janela, os veados estão de partida. O macho veterano ergue a cabeça, farejando o ar em busca de predadores, enquanto o bando de fêmeas caminha casualmente atrás dele.

— Qualquer idiota que não seja uma mulher, é o que eu digo — responde Jane, cruzando os braços.

É dever do proprietário de terras manter a paz, oferecendo-se como magistrado. Muitas vezes, Neddy reclama da tarefa penosa que é arrastar um homem até o altar para se casar com a mãe de seu filho bastardo, para que a responsabilidade sobre a criança não recaia sobre a paróquia. Ou extrair o Juramento de Fidelidade à Coroa de um católico não conformista. Alguns magistrados, como Mr. Craven, se empolgam com a função e assumem mais do que sua cota justa de trabalho. Todos são indicados com base em gênero, patente e riqueza; mérito e conhecimento legal sequer entram na equação.

— Bom, assim são os homens, sempre nos subestimando e espezinhando — diz Alethea. — Não compreendo por que uma mulher se sujeitaria de bom grado a ser governada por um homem.

Como filha de um clérigo, faz parte do dever de Jane argumentar que o santo matrimônio é o estado mais elevado, se a pessoa conseguir laçar o parceiro adequado. Os pais de Jane estão bem satisfeitos na companhia um do outro, mesmo após todos esses anos. E Cassandra está positivamente alegre com a perspectiva de se casar com seu amado de longa data, Mr. Fowle. Mas a amiga de Jane parece não ter considerado essa perspectiva. Talvez seja porque sua mãe morreu quando os filhos eram pequenos, e o pai tenha permanecido viúvo, não estabelecendo um exemplo de felicidade conjugal a que os filhos aspirem.

— Mr. Craven mal escutou uma palavra do que eu disse — reclama Alethea, espanando grãos de açúcar da saia. — Não até eu mencionar o colar que faltava. Homem horroroso. Foi ainda mais desdenhoso com Hannah. Ela tentou mostrar a ele onde Madame Renault foi encontrada, mas ele a afastou como se ela fosse um cachorro de rua.

CAPÍTULO QUATRO

— Hannah?

Até onde Jane sabe, na noite anterior não havia Hannah alguma no baile. Mas em sua educada sociedade todas as mulheres, com exceção das confidentes mais próximas, referem-se umas às outras como Miss e Mrs. seguido pelo sobrenome, portanto pode muito bem ter havido várias. Jane só pode reivindicar o título de "Miss Austen" quando Cassandra não está presente. Ser tratada como "Miss Jane" talvez seja a única coisa da qual não sentirá falta quando a irmã abandoná-la para se tornar a portadora do infeliz título de "Mrs. Fowle".

— Uma de nossas criadas. — Alethea pega um fio solto no vestido. — Nós a emprestamos para a noite. Lady Harcourt nunca consegue manter suas criadas por muito tempo. Está sempre tentando roubar as nossas.

Jane bate o dedo nos lábios.

— Posso falar com ela?

— Com a Hannah? Se quiser.

— Quero. Muito. Mr. Craven pode ter se recusado a escutar o que ela tem a dizer, mas estou ansiosa para tal.

Uma criada teria acesso ao que quer que acontecesse nos bastidores da Deane House. Hanna teria visto e ouvido mais do que qualquer convidado.

Alethea ergue as sobrancelhas, formando duas luas crescentes vermelhas acima dos olhos.

— Nesse caso, mandarei um criado buscá-la.

Ela pega um sininho de bronze na mesa e dá uma tilintada.

Quando Hannah aponta a cabeça pela porta da sala de visitas, Jane a reconhece como a pequena garota roliça da noite anterior, parada no hall de entrada dos Harcourt com um esfregão e um balde. É muito jovem, quinze ou dezesseis anos, no máximo. Usa uma touca de cozinha e um vestido cor de estanho, com um avental engomado preso a ele. Seu rosto está inchado e os olhos estão vermelhos. Deve ter passado a noite toda chorando.

Alethea faz sinal para que a criada entre.

— Você está bem, Hannah?

— Estou, miss.

A garota aperta o avental, amassando-o enquanto entra lentamente na sala. Fica de pé sobre o tapete turco, de costas para a lareira.

— Não fique tão preocupada. Você não fez nada de errado. Miss Austen e eu só queremos fazer algumas perguntas. — Alethea cruza as pernas. — Agora, Hannah, quem você acha que matou a pobre mulher?

A criada arregala os olhos e fica de boca aberta.

— Você não pode fazer essa pergunta a ela! — dispara Jane. — Ela não saberia... Você não sabe, certo, Hannah?

A respiração da jovem fica entrecortada, e ela recua. Sua saia balança perigosamente junto à lareira.

— Não, miss, eu juro.

Alethea faz um beicinho.

— Vou deixar as perguntas para você, então.

Um silêncio desconfortável paira sobre a sala. É óbvio que Hannah foi profundamente afetada pela penosa experiência, e agora Jane está prestes a fazê-la reviver tudo.

— Você já tinha trabalhado para os Harcourt, Hannah?

— Tinha, sim, miss — concorda a criada, com a voz fraca. — Eles sempre me fazem ir. Estou me referindo aos outros criados daqui de Manydown.

Ainda sentada, Jane se inclina para a frente.

— Por quê?

Ela abaixa a cabeça, tentando olhar nos olhos de Hannah. Por detrás deles, vê uma expressão assustada. A criada sabe algo sobre o assassinato, alguma coisa que a faz tremer de medo, mesmo horas depois de ter deixado a cena.

— Bom, ninguém gosta muito de ir para a Deane House, e sou a mais nova aqui...

O olhar de Hannah vagueia pela sala. Ela olha para todo canto, exceto para as moças.

CAPÍTULO QUATRO

— Ah. — Alethea franze o cenho. — Pensei que vocês, meninas, estivessem sempre satisfeitas com a chance de ganhar um dinheirinho extra. É por causa de Sir John? Ele pode ser bem obstinado.

Hannah se apressa a negar com a cabeça.

— Não, miss.

— O que é, então? — pergunta Alethea, mas a boca da criada permanece travada.

— Não precisa se preocupar — garante Jane. — O que quer que você diga, não vamos repetir fora desta sala. Só estamos tentando entender o que aconteceu com Madame Renault. Você quer que o assassino seja capturado e punido, não quer?

Hannah arregala os olhos.

— Madame Renault? Era esse o nome dela, da mulher morta?

Jane confirma com a cabeça.

— Então você não a conhecia? Ela não estava trabalhando na Deane House naquele dia?

Mrs. Twistleton tinha confirmado que a chapeleira não havia estado lá para trabalhar para a família, mas talvez Hannah a tivesse visto com algum dos outros comerciantes.

A jovem criada pestaneja, com os olhos rasos de lágrimas.

— Não, miss. Eu nunca a tinha visto, não até eles me chamarem para limpar a bagunça.

Jane inclina a cabeça, tentando transmitir à garota sua solidariedade.

— Ah, Hannah, deve ter sido mesmo horrível. — Se ninguém tinha visto Madame Renault durante o dia, talvez o corpo dela tivesse ficado escondido no quarto por algum tempo. — Você teve oportunidade de entrar naquele quartinho antes? Talvez mais cedo no mesmo dia?

— Sim, miss, entrei lá ao meio-dia, e minha primeira tarefa foi arrumar as camas da ala leste. Era para o grupo Rivers pernoitar se houvesse geada. Eles chegaram cedo e se vestiram na Deane House. Fui direto para o quartinho pegar os lençóis. Depois, voltei para buscar as toalhas de mesa para arrumar o salão.

— E você tem certeza de que o corpo de Madame Renault não estava lá em nenhuma das ocasiões?

— Não estava, miss. — Hannah olha para Jane de soslaio. — Acho que eu notaria um cadáver a meus pés enquanto estivesse tentando trabalhar.

Jane reprime um sorriso. Hannah não é nada boba.

— Isso deve significar que Madame Renault foi morta depois de você ter deixado o quartinho pela segunda vez. — Havia tanto sangue ao redor do ferimento da morta que teria deixado um rastro caso ela tivesse sido assassinada em outro lugar e movida para a lavanderia. — Que horas eram quando você foi buscar as toalhas de mesa?

— Não tenho certeza. Depois das quatro, porque a luz já havia diminuído, e precisei de um lampião para ter certeza de que peguei as peças certas. Lady Harcourt pode ser muito meticulosa, e eu não queria me meter em problemas. — Hannah se aproxima de Alethea. — Por favor, não me faça mais ir para lá, miss. Vou passar semanas sem dormir, pensando naquela pobre mulher. Enquanto eu viver, nunca mais quero pisar naquele lugar amaldiçoado.

— Claro que não. Daqui para a frente, vamos mantê-la aqui conosco. E agora vamos deixá-la ir, certo, Miss Austen? — Alethea estende o braço para dar um tapinha na mão de Hannah, dirigindo um olhar incisivo a Jane. — Diga à governanta que mandei você folgar o resto do dia. Tente dormir.

Jane tenta focar, pela última vez, o olhar vago de Hannah. Ela tem certeza de que existe algo na consciência da criada, mas por mais que tente a jovem não a encara.

— É, você precisa descansar. A não ser que exista mais alguma coisa que queira nos contar. Qualquer coisa que você ache que poderia ajudar no caso.

Hannah agarra o avental com tal força que seus nós dos dedos ficam brancos.

— Eles me fizeram limpar aquilo.

Um tom esverdeado surge em sua pele e ela começa a balançar, tonta.

CAPÍTULO QUATRO

— O chão? É, senti cheiro de vinagre quando estive lá esta manhã. Parece que você deu uma boa esfregada.

— O chão... e o antigo aquecedor de cama. Foi isso que o bandido usou para abatê-la. — A voz de Hannah falha. Ela cobre a boca com a mão. — Havia pedaços da pele e do cabelo dela grudados no cobre, e eles me fizeram...

Ela sente uma ânsia de vômito, e seu corpo se contorce enquanto ela cospe um bocado de bile amarela e brilhante no avental.

— Ah, meu Deus... É melhor chamarmos uma criada.

Alethea pega o sininho de bronze e o sacode com urgência.

Jane cerra os punhos. Ao se recusar a conversar com a criada, Mr. Craven perdeu a oportunidade de estabelecer uma janela para o horário da morte de Madame Renault *e* ficou à toa enquanto uma criança era obrigada a limpar a arma do crime, destruindo uma prova vital. É óbvio que ele não tem competência para comandar uma investigação tão séria. Se depender dele, o assassino de Madame Renault tem grandes chances de escapar ileso.

Alethea insistiu em mandar a amiga para casa na carruagem do pai. No entanto, assim que chega à aldeia Steventon, Jane bate no teto e diz ao cocheiro que fará a pé o restante do caminho até a casa paroquial. Conforme a carruagem se afasta, ela segue pela rua principal, acenando para os tecelões, fiandeiros e lavradores que constituem a congregação de seu pai, dirigindo-se para a última casa, no limite da aldeia, onde passou os primeiros três anos de vida. Porque foi Dame Culham, e não Mrs. Austen, quem segurou a mão de Jane quando ela deu os primeiros passos bambos, gritou de alegria quando ela verteu água no pinico e lhe ensinou as orações da hora de dormir. E agora Jane quer saber o que Dame Culham pode lhe contar, se é que pode, sobre a morte de Madame Renault.

Uma treliça de aveleira cerca o chalé de telhado de palha que a antiga babá de Jane compartilha com o filho, Jack, e Georgy. A casa é maior, com um extenso jardim, e está numa condição muito melhor do que as outras moradas mais humildes na sequência. Nos fundos há um chiqueiro ainda em construção, que Jack vem erguendo com pedaços de madeira descartados. Georgy vagueia pela horta, observando as galinhas escavarem e bicarem os canteiros recentemente rastelados. Jack está ao lado de uma pilha de tocos, cortando lenha para a fogueira com um machado. As mangas de sua grosseira camisa de linho estão enroladas até os cotovelos, e os músculos dos seus braços ficam retesados quando ele desce a lâmina.

— Bom dia — grita Jane do portão.

Georgy sorri, acenando com os braços.

— Miss Austen. — Jack leva a mão à cabeça na intenção de tirar o chapéu. Fica ruborizado quando, ao roçar os cachos escuros, percebe que não está usando um. — Duas vezes no mesmo dia. Que prazer.

Jane sorri, puxando o trinco do portão para entrar.

— Fiquei triste ao saber sobre a porca de Terry, Jack.

Nos últimos anos, Jack demonstrou aspirar a uma carreira mais lucrativa do que cuidar de Georgy. Até visitou o ferreiro para indagar se poderia se tornar seu aprendiz. Por sorte, pelo menos para os Austen, nenhuma outra oportunidade significativa se materializou. Teria sido quase impossível para o pai de Jane encontrar uma companhia mais adequada para seu irmão inquieto. A última tentativa de Jack de reforçar a renda envolvia o investimento em uma porca para procriar. Infelizmente, antes que ele conseguisse o dinheiro, o fazendeiro Terry percebeu que o animal já estava prenhe e decidiu mantê-lo.

Parecendo cansado, Jack dá de ombros, recusando-se a encarar Jane.

— Ah, vai aparecer alguma outra coisa.

A porca tinha sido o único assunto de Jack durante semanas. Ele tinha planejado como iria arrumar comida suficiente para alimentá-la e qual dos porcos do seu vizinho seria um macho adequado.

— Eu queria saber se você notou algum estranho por aqui ultimamente.

Jack deve caminhar uns bons quinze quilômetros por dia para não perder Georgy de vista. Se qualquer desconhecido estiver rondando a região, com certeza cruzou com a dupla.

CAPÍTULO QUATRO

Jack passa a mão calejada pelo cabelo.

— Estranho?

— É, alguém acampando na mata, por exemplo.

— Ah, não. Os ciganos viajam por estas estradas há séculos e têm seus próprios costumes. Não voltarão para estes lados até a primavera, para a Feira Equina Wickham.

— Certo. E você não soube de ninguém mais passando por aqui? — Jane alterna o peso entre os pés, apertando os olhos para ver Jack à luz do sol que enfraquece. — É que Sir John disse a Mr. Craven que estava preocupado com intrusos na mata atrás da Deane House.

Jack faz que não com a cabeça.

— Georgy e eu sempre caminhamos por lá, mas não vimos nenhum acampamento. Sinto muito, Miss Austen.

Dame Culham empurra com o quadril a porta lateral do chalé, carregando um cesto com restos de comida. É uma mulher graciosa de cinquenta e poucos anos. Sua pele é marrom e há vincos profundos de risadas ao redor dos olhos escuros.

— Aí está você, Georgy. Poderia dar isto para as galinhas, meu querido? — Ela hesita ao ver Jane. — O que está fazendo aqui?

— Bom dia, Ba. Que bom vê-la também.

Jane usa o apelido das crianças Austen para sua babá. De acordo com o registro paroquial, ela é Mrs. Anne Culham, mas, quando pequenos, suas boquinhas lutavam para pronunciar Anne ou Mrs. Culham, e não seria de bom tom eles a chamarem de "mamãe".

— Imagino que você vá querer entrar. — Dame Culham entrega a cesta para Georgy antes de voltar para dentro de casa. — Como está a sua mãe?

Jane a segue, desfrutando do aconchego da cozinha aquecida. É modesta, mas arrumada, cheia de vasilhas que não formam um conjunto e com móveis surrados que Jane reconhece da infância. Ramos de ervas pendem das vigas de carvalho do teto baixo, e um caldeirão de ferro está suspenso por uma corrente sobre a chama da lareira recuada.

— Tão imprevisível como sempre, acho.

Dame Culham enxuga as mãos no avental.

— Ela está tomando o chá de dentes-de-leão e bardana que fiz para ela?

— Não. Acho que ainda prefere cerveja amarga.

Jane puxa uma cadeira de espaldar duro e se senta à mesa de pinho. A superfície está polvilhada com farinha, e uma vasilha de cerâmica aguarda no centro, coberta com musselina.

Dame Culham embrulha um pouco de gordura animal em papel pardo, amarra com barbante e coloca em uma lata enferrujada.

— Então, o que ela espera?

Jane puxa as amarras da sua capa, deixando-a cair solta ao redor dos ombros.

— De fato.

Flores de lavanda se destacam junto aos discretos verdes da sálvia e do tomilho, amarrados de cabeça para baixo para secarem acima da lareira. Jane visualiza Dame Culham colocando algumas pétalas secas na água morna e mergulhando um pano para lavar o corpo de Madame Renault com a mesma ternura com que, um dia, limpou o cascalho dos joelhos esfolados de Jane.

Dame Culham estala os lábios.

— Vamos lá. Por que está aqui?

Jane inclina a cabeça de lado.

— Preciso de um motivo para fazer uma visita?

Com uma colher de pau, Dame Culham cutuca o conteúdo fumegante da panela sobre o fogo.

— Eu diria que, normalmente, é o que acontece.

Ela está cozinhando um pescoço de carneiro com alecrim. Jane não precisa olhar dentro do caldeirão — percebe pelo aroma. Seu estômago ronca.

— Como andam os negócios, Ba? Você fez muitos partos ultimamente?

— Fiz. Na verdade, fui chamada ontem à noite.

— E tudo correu bem, espero?

CAPÍTULO QUATRO

— Como foi a vontade de Deus.

Um cacho em sua nuca se soltou do lenço de cabeça. Houve um tempo em que seu cabelo tinha cor de caramelo. Agora, está grisalho. Quando isso aconteceu?

Jane morde o lábio.

— Imagino que no seu ramo de trabalho você tenha precisado se acostumar com isso. Com a morte, quero dizer.

— Uma hora ou outra, todos temos que nos acostumar com ela, Jane.

— É... Mas você deve ter precisado realizar algumas tarefas bem aflitivas. — Jane corre o dedo sobre um nó na superfície da mesa. — Arrumar Madame Renault na Deane House, talvez.

— E lá vamos nós. — Dame Culham apoia os punhos nas curvas do quadril largo. — Como é que eu sabia que você estava procurando uma conversa mole sobre aquela pobre moça?

— Não estou fofocando. É só porque eles não pegaram o assassino.

— E imagino que você julgue que pode se sair melhor em sua caçada do que o magistrado.

Jane endireita o corpo, suas espáduas roçando as barras das costas da cadeira.

— Por que não?

— Por nada. — Dame Culham enxuga o rosto com as costas da mão. — Nenhum motivo. Eu sempre disse que, de todas as crianças Austen, você seria aquela que poderia fazer o que desse vontade. Isso se conseguir manter o foco.

Jane continua mexendo no nó da mesa, a ponta do dedo pressionando o sulco até o fundo.

— Então, o que você pode me contar sobre Madame Renault?

— Nada.

Dame Culham dá as costas para Jane, usando a colher de pau para espetar e cutucar com fúria o osso do carneiro.

— Você não precisa me proteger de nada. Fui eu quem a identificou.

— Claro que foi.

— Nós tentamos fechar os olhos dela, mas não conseguimos. Por que você acha que isso aconteceu?

Jane tem alguma compreensão do declínio do corpo nos dias e horas que se seguem à morte, mas, como parteira, Dame Culham é uma especialista. Suas mãos firmes trazem vida ao mundo e preparam um corpo para a jornada final de volta à terra.

A senhora dá de ombros.

— Imagino que fosse tarde demais. Ela já estava enrijecida.

— E normalmente quanto tempo isso leva para acontecer?

— Depende. Algumas horas, às vezes várias.

Jane relembra o depoimento de Hannah.

— Então, se Madame Renault não estava no quartinho ao entardecer, mas às dez da noite ela estava morta por tempo suficiente para seu corpo ter enrijecido, deve-se deduzir que ela foi morta entre quatro da tarde e sete da noite.

Dame Culham a encara por sobre o ombro.

— Imagino. A não ser que tenha sido movida depois.

Jane relembra a enorme poça de sangue ao redor da cabeça de Madame Renault.

— Não. Ela sangrou demais. Movê-la teria feito uma enorme sujeira. E ela foi atacada com um aquecedor de cama, que imagino pertencer à lavanderia.

Dame Culham solta um grande suspiro, esvaziando o peito.

— Bom, eu a aconselharia a cuidar da sua própria vida e não se envolver em confusão, não que você fosse me ouvir... — Ela franze o cenho, projetando vincos profundos em seu rosto normalmente alegre. — Mas espero que descubra quem fez isso, de verdade, Jane. Quando penso naquelas pobres almas, deixadas para morrer de modo tão cruel...

Jane se inclina à frente, cotovelos na mesa.

— Naquelas?

Dame Culham é muito reservada e raramente se engana ao falar. Alguém mais foi morto? Se fosse o caso, Jane certamente já saberia.

CAPÍTULO QUATRO

— Quis dizer *naquela*. Estava falando daquela Madame Renault. Ela balança a colher de pau, respingando a fornalha com o caldo.
— Então, por que usou o plural?
— O quê?
— Por que você disse "naquelas pobres almas", como se houvesse mais de uma?
— Ah, Jane, você e suas perguntas. — Dame Culham ergue os olhos para as vigas de madeira que se estendem pelo teto baixo. — Você sabe a dor que senti por ter que devolver seus irmãos e sua irmã para sua mãe. Mas, quando ela veio buscar você, fiquei feliz pela paz.

Jane faz bico e abaixa a cabeça. Olha para Dame Culham por entre os cílios, como Henry às vezes faz quando conversa com mulheres.

Dame Culham bufa.
— Ela estava grávida. Eu diria que de uns cinco meses. Satisfeita?

Todo o corpo de Jane desmorona. Então, não foi apenas a chapeleira que foi morta; a vida inocente que crescia dentro dela também foi extinta. Pobre Monsieur Renault. Será que alguém já lhe contou sobre a morte brutal da esposa? E se ela tiver outros filhos? Como eles vão viver sem a mãe? É doloroso demais para pensar.

Cascos de cavalo ressoam na rua. Dame Culham espia pela janela de vidro e metal.
— Que diabos eles estão fazendo aqui?

Mr. Craven pula de sua égua preta. Mr. Fletcher, proprietário da Estalagem Deane Gate e policial da paróquia, estaciona um carroção aberto.

Jane sente um embrulho no estômago. O magistrado e o policial juntos só pode significar uma coisa: vieram prender um dos moradores da aldeia pelo assassinato.

Ela segue Dame Culham para fora.

Mr. Craven está no jardim, falando com Jack e Georgy. Mr. Fletcher desce do carroção e se aproxima do portão aberto. É um homem grande, de nariz torto, parecendo que foi quebrado em uma briga algum tempo atrás.

Jack fecha a cara.

— Estou dizendo, Georgy não sabe nada sobre nenhum colar.

Mr. Craven estreita os olhos e caminha em direção a Georgy, dirigindo-se diretamente a ele.

— Mr. Austen, várias testemunhas afirmam tê-lo visto esta manhã na Estalagem Deane Gate, exibindo um colar feminino. Exijo que nos mostre esse colar imediatamente.

Todos os músculos de Jane ficam tensos. Por que Mr. Craven está falando com Georgy de maneira tão ríspida? É óbvio que ele não pode pensar que seu irmão saiba alguma coisa sobre o assassinato. Ela atravessa o gramado, interpondo-se entre Georgy e o magistrado.

— Mr. Craven, o que significa isto? Não há necessidade de falar com meu irmão nesse tom.

Mr. Fletcher entra no jardim, aponta para seu próprio pescoço e desenha um semicírculo sobre o peito.

— Vamos Georgy, mostre seu lindo colar. — Ele sorri, encorajando-o. Um dos seus dentes da frente está faltando. — Aquele que você me mostrou enquanto Jack buscava sua torta.

Georgy sorri. Enfia a mão nas calças e procura. Quando abre o punho, segura algo brilhante. É uma corrente de ouro amarelo intercalada com pequeninas pérolas.

Jane cambaleia, como se o chão tivesse se inclinado.

— Ah, Miss Austen, que oportuno! — Mr. Craven fuzila Jane com o olhar por baixo das espessas sobrancelhas. — Você poderia olhar para o colar que seu irmão está segurando e dizer se já o viu antes?

Jane engole em seco.

— Eu... eu vi.

As palavras custam a ser pronunciadas.

— Em quem?

Um arrepio gelado corre pelo corpo de Jane.

— Em Madame Renault, quando a conheci no mercado... Mas isso não faz sentido. Deve haver algum engano.

Mr. Craven aponta o carroção com o polegar.

CAPÍTULO QUATRO

— Leve-o para o carroção.

Mr. Fletcher suspende as mangas do casaco. Seus braços são tão grossos quanto jarretes de presunto.

— Ah, Deus nos ajude... — Dame Culham fica lado a lado com Jane. — Não, não, isto não está certo. Ele não machucaria ninguém.

— Saia do caminho, Mrs. Culham.

Mr. Craven põe a mão no alto do braço dela. Mas ela não precisa sair do caminho. Atrás das mulheres, Georgy se abaixa e escapa pelo portão. Sobe no carroção sorrindo, enquanto balança a corrente de ouro de Madame Renault perante o policial da paróquia.

Jane dispara até o portão.

— Espere! Aonde vocês vão levá-lo?

Ao lado de Jane, Jack salta a cerca de salgueiro, chegando ao carroção antes dela.

Mr. Craven monta no cavalo.

— Cadeia do Condado de Winchester.

O coração de Jane pulsa na garganta. Ela não pode deixar Mr. Craven levar Georgy. O que seus pais dirão quando souberem que ela permitiu que isso acontecesse? Seu querido, doce e ingênuo irmão. Precisa protegê-lo a todo custo.

— Winchester? Por favor, pare. Georgy não poderia ter feito isso.

Jack se agarra ao carroção com ambas as mãos, como se pudesse impedi-lo de sair andando apenas com sua força.

— Pelo menos deixe-me ir com ele! Ele não está acostumado a ficar sozinho. E vocês vão precisar de mim lá, se quiserem entender o que ele está tentando dizer.

Mr. Craven solta um grande suspiro, mas assente, e Jack pula no carroção ao lado de um sorridente Georgy, que ainda segura com orgulho a corrente de Madame Renault. Os delicados elos de ouro reluzem ao sol.

Dame Culham agarra os ombros de Jane, enfiando os dedos fortes na carne dela, sacudindo-a de seu desalento.

— Corra, Jane. Vá contar a seu pai que eles estão levando Georgy embora. Vá o mais rápido que puder.

Jane engole em seco. Isso não pode estar acontecendo. Mr. Craven não pode estar levando Georgy embora para acusá-lo da morte de Madame Renault. Não Georgy, a mais gentil das almas. Manchas brancas anuviam a visão de Jane. É como se alguém estivesse segurando um travesseiro sobre sua boca e seu nariz. Ela mal consegue respirar.

Do carroção, Georgy sorri, acenando alegremente para a irmã enquanto os cavalos levantam seus cascos e as rodas chiam ao entrar em movimento.

Está tudo errado. Jane precisa impedir isso. *Precisa*. Mas como?

Capítulo Cinco

Jane está em pé junto à janela da sala da família, com um nó no estômago, aguardando o pai voltar de Winchester. Nas últimas duas noites, desde a prisão de Georgy, visões do irmão em grilhões e algemas atormentam seu sono agitado. Os olhos ardem e a garganta dói com a persistente preocupação com ele.

Certa vez, quando era pequena, Jane perguntou ao pai por que Georgy não era como os irmãos. Mr. Austen franziu a testa e disse a ela, com firmeza, que Georgy era exatamente como Deus queria que fosse, e não cabia a ela questionar o projeto do Senhor. Jane ficou irritada, incomodada em nome de Georgy, por ele não poder formar palavras ou escrever. Mr. Austen soltou um suspiro resignado.

— É, mas temos este consolo. Em sua eterna inocência, Georgy não pode ser uma criança má ou cruel.

Quando Mr. Craven perguntou a Jane se ela reconhecia o colar e pediu que confirmasse a quem ele pertencia, não lhe ocorreu mentir. Agora, ela faria qualquer coisa que pudesse para poupar o irmão.

Assim que Henry recebeu o recado do pai, pediu licença para seu comandante e cavalgou de Oxford para casa sem parar. Seu cavalo, um enorme garanhão malhado chamado Severus, parecia quase morto ao chegar à casa paroquial, pobrezinho. Agora, Henry não consegue ficar parado. Anda de um lado a outro em frente à lareira, em mangas de camisa, fazendo uma trilha no tapete já puído. A figura alta e escura de James, em seus trajes clericais, está imóvel ao lado da lareira. À mesa, Mrs. Austen se envolve com os próprios braços, olhando para as chamas crepitantes como se elas pudessem oferecer uma solução para sua tristeza. Anna, desprovida de atenção, chora e bate os punhos no cadeirão.

Em dado momento, quando o frio se infiltra nos ossos de Jane e o céu branco fica lilás nas beiradas, Mr. Austen aparece em sua fiel montaria, no ritmo de um homem condenado.

Mrs. Austen salta sobre o marido assim que ele passa pela porta.

— Como está nosso menino? Está comendo? Dormiu? Diga-me a verdade.

Ela ajuda Mr. Austen a tirar o sobretudo e o joga para Sally.

A criada espana o fino pó dos flocos de neve e pendura a pesada peça de lã para secar em um cavalete próximo ao fogo. Ainda não faz um ano que Sally trabalha com os Austen, mas seu rosto está marcado pelo desespero.

— Está confuso, assustado, contrariado por ser mantido trancafiado. — Mr. Austen parece uma década mais velho do que era ao partir. Suas costas estão curvadas, e seu bigode chinês estava ainda mais pronunciado. — Eles não concederão fiança, mas consegui que ele e Jack se hospedassem na casa do diretor. Fica ligada à prisão. A esposa dele cozinhará e cuidará dos dois.

— Não podemos deixar Jack ficar com ele — diz Mrs. Austen. — É pedir demais. Um de nós deveria ir.

Henry e James trocam um olhar carregado. Jane sabe exatamente o que eles estão pensando. Frank e Charles estão no outro lado do mundo; Neddy não pode se arriscar a envolver sua benfeitora em um escândalo; Henry está comprometido com o exército; e James tem sua congregação, sem falar de Anna, órfã de mãe. Nenhum dos irmãos de Georgy está em situação de ficar preso com ele.

CAPÍTULO CINCO

— Acho que poderíamos mandar Jane. — Mrs. Austen aponta a filha desocupada. — Não é como se ela estivesse fazendo algo importante aqui.

— Não vamos mandar Jane. — O rosto de Mr. Austen fica afogueado. — Jack ganha a vida tomando conta de Georgy, sempre foi assim. Ele insistiu em ficar. Se fôssemos dispensá-lo, o pobre sujeito pensaria que, de algum modo, nós o culpamos por deixar Georgy entrar nessa fria.

James aperta a robusta barra de carvalho que fica em cima da lareira de tijolos, formando uma cornija rústica.

— Eles não podem estar realmente pensando que nosso Georgy seria capaz de tirar uma vida!

Jane se adianta, circundando o pai.

— E com certeza ele terá um álibi. Nunca fica sozinho.

Mr. Austen leva a mão ao rosto cansado.

— Em geral, não... Mas, naquela noite, Jack estava fora resolvendo umas coisas quando Dame Culham foi chamada para um parto inesperado. Aparentemente gêmeos. Prematuros. Georgy já estava dormindo, exausto de uma de suas longas caminhadas, com a barriga cheia de pão de ló. — Mr. Austen solta uma risada sem humor. — Então, Dame Culham achou que fosse seguro deixá-lo por algumas horas.

— Certo — diz James. — Mas isso não significa que eles possam condená-lo por assassinato.

Mr. Austen afunda na surrada poltrona de couro ao lado da lareira.

— Não, e eles não o acusaram de assassinato.

Uma centelha de esperança nasce no peito de Jane. Mr. Craven deve ter percebido que tudo isso foi um terrível mal-entendido e, neste exato momento, deve estar providenciando a soltura de Georgy.

— Eles o mantêm detido pelo roubo do colar — prossegue Mr. Austen. — E como o objeto estava claramente na posse dele...

Mrs. Austen solta um grito sufocado. Jane fecha os olhos com força para impedir que as lágrimas caiam. O roubo de qualquer item que valha mais do que doze centavos é tratado como furto qualificado, como crime capital. Em algumas ocasiões, jurados solidários podem desvalorizar bens roubados em alguns centavos, ou até xelins, de propósito para poupar o réu da morte. Mas o colar de ouro de Madame Renault, com suas inúmeras perolazinhas, valeria uma pequena fortuna, várias centenas de libras. Um juiz jamais deixaria um júri cometer perjúrio desvalorizando tal item de forma tão grosseira. Se Georgy for considerado culpado, pode ser enforcado pelo crime.

James apoia as mãos na lareira, os braços trêmulos.

— O que vamos fazer?

— Encontrar um advogado para defendê-lo. Reunir tantas testemunhas quanto possível para atestar seu bom caráter...

Mr. Austen se cala, mas a boca permanece aberta.

Hesitante, Jane coloca a mão no ombro da mãe.

— Não poderíamos explicar as dificuldades de Georgy? Não seria justo fazê-lo enfrentar um tribunal.

Henry cruza os braços.

— Declará-lo mentalmente incapaz, é isso que você quer?

Mr. Austen franze o cenho.

— Não, eles o considerariam culpado e o trancariam em um hospício. Se você soubesse como são esses lugares, Jane, não sugeriria isso. Um animal em um zoológico atrairia mais compaixão. — Sua voz fica mais alta, e mais urgente, conforme ele continua: — Além disso, Georgy *não* é insano. Ele sabe o que é certo e o que é errado. Desde o dia em que nasceu, apesar de suas inúmeras dificuldades, ele lutou para viver uma vida tão digna quanto possível. E não vou condenar meu próprio filho. Nem agora, nem nunca.

Jane se agarra à mãe enquanto Mrs. Austen segura os soluços. Henry bate o lado do punho na parede, derrubando um bordado e deixando uma marca no gesso.

— Se ao menos ele conseguisse nos dizer onde achou a maldita coisa.

O bordado é um trabalho manual de Cassandra. Jane é mais do que competente com linha e agulha, mas qual é o sentido de bordar palavras

CAPÍTULO CINCO

se escrever com pena e tinta é tão mais rápido? Abaixo do alfabeto e da fileira de números, sua irmã bordou, em ponto-cruz: "Crê no Senhor com todo teu coração, e não te apoies em teu próprio entendimento."

Jane queria que Henry tivesse acertado o punho no provérbio.

— Mas Georgy *encontrou* mesmo o colar? — pergunta ela. — E se alguém, talvez o assassino, tiver entregado a joia para ele, para despistar as autoridades?

O estômago de Jane parece despencar com a ideia de que alguém possa ter resolvido, deliberadamente, colocar Georgy em risco.

Henry segura os próprios cotovelos.

— De fato, essa é uma boa observação. Todo mundo sabe que o nosso Georgy é ingênuo o suficiente para aceitar tal presente sem desconfiar. E, é claro, ele não conseguiria explicar onde o conseguiu.

Mr. Austen fecha os olhos e sacode a cabeça.

— Jack e eu tentamos convencê-lo a explicar, mas isso o perturbou ainda mais.

Anna solta um grito agudo. Jane larga a mãe para levantar o bebê pelas axilas. Anna enrijece o corpinho, de modo que Jane precisa lutar para tirar suas coxas gordas e seus pés do cadeirão. Sua cabeça penugenta cheira a leite quente e lar.

— Quando vão julgá-lo?

Mr. Austen está com olheiras profundas. Quando fala, sua voz é severa:

— O próximo tribunal está marcado para a primeira semana de fevereiro.

Jane tenta engolir, mas é como se uma grande lasca de pedra estivesse bloqueando sua garganta. Se os Austen pretendem salvar a vida de Georgy, têm apenas sete semanas para tal. Crimes sérios, como roubo, só são julgados uma vez por ano, quando um juiz vai para Winchester e indica um júri de doze homens. No decorrer de dois ou três dias, eles ouvem os casos pendentes e desocupam a cadeia. Os que forem considerados culpados são retirados da sala do tribunal e enforcados perante a vaia de uma multidão.

— Não podemos apenas confiar na lei para provar a inocência de Georgy. Precisamos descobrir o que de fato aconteceu com Madame Renault, e reunir provas, antes que seja tarde demais — diz ela.

James e Henry a encaram, confusos. Mrs. Austen retorce o lenço de bolso ensopado. Pela expressão dolorosa deles, Jane percebe que a agonia da situação de Georgy está ofuscando suas mentes em geral afiadas. Estão como camundongos atordoados, salvos do gato, mas aturdidos demais para fugir.

Mr. Austen solta um profundo suspiro.

— Aquela pobre mulher! Eu me ofereci para enterrá-la, também, antes de tudo isso acontecer com Georgy. Foram tomadas providências para o terreno a ser cavado? Vai ser um trabalho duro, neste tempo gelado.

James confirma.

— Foi tudo resolvido, pai.

— Por que *você* a enterrará? — pergunta Jane. — A igreja de Ashe fica a um pulo da Deane House.

Com frequência, Mrs. Austen reclama que o marido é exageradamente prestativo. Ele é o tipo de clérigo que devolve seis centavos para uma recém-mãe depois de tê-la abençoado com a cerimônia de recuperação do parto e batiza um filho ilegítimo sem questionar sobre o pai errante. Jane o ama ainda mais pela sua bondade e desconfia que, secretamente, a mãe sinta o mesmo.

Mr. Austen ergue as mãos.

— O bom reverendo Mr. Lefroy pareceu relutante, então ofereci meus préstimos. Também não acredito que os Harcourt iriam querer uma recordação do incidente à sua porta.

Jane se encolhe à menção do tio de Tom. Com todo o horror de lidar com a prisão de Georgy, ela mal registrou que Tom ainda não apareceu. Precisa enviar uma mensagem para ele. Agora, mais do que nunca, precisa da sua ajuda.

— Você tem certeza de que ainda quer realizar a cerimônia? — pergunta Henry.

CAPÍTULO CINCO

— Por que não? — Mr. Austen olha ao redor. Recusar-se agora a enterrar Madame Renault sugeriria que a família tem algum motivo para se envergonhar, implicando Georgy ainda mais no crime. — A pobre mulher precisa ser posta para descansar. Não é culpa dela que, de alguma maneira, nosso Georgy tenha se envolvido no caso.

— Isso é muito cristão da sua parte, meu querido.

Mrs. Austen pega a túnica e o barrete do marido das mãos de Sally e os entrega a ele, exausta. A criada vai até o aparador pegar uma taça de vinho do Porto.

— Foi isso que pensei até Sir John se oferecer para pagar pelos preparativos.

Mr. Austen se levanta para enfiar os braços longos e magros nas mangas folgadas da túnica e coloca o barrete sobre o sedoso cabelo branco. Depois de sentado, pega a taça de Sally, agradecendo com um gesto de cabeça enquanto toma um gole.

— Ele se ofereceu? Mas por que os Harcourt pagariam? — indaga Henry.

Ele para de caminhar de um lado a outro, dando ao tapete um momento de descanso. Houve um tempo em que era de um vermelho vibrante entrelaçado com motivos mongólicos. Agora, é de um coral desbotado pelo sol, apenas com resquícios de folhagens geométricas.

Mr. Austen dá de ombros.

— Imagino que, de certa maneira, Sir John se sinta responsável por ela. Afinal de contas, Madame Renault morreu na casa dele.

Jane estremece com a maneira casual com que os homens resolveram entre si os detalhes do enterro de Madame Renault. É como se o cadáver da chapeleira fosse um contratempo com o qual lidar, e não o que restou de uma pessoa que merece ser sepultada com uma solenidade cristã.

Ela embala Anna nos braços. Os olhos do bebê estão pesados, mas, toda vez que se fecham, ela volta a acordar em um sobressalto.

— E os parentes dela? Não querem que ela seja enterrada mais perto deles, em Basingstoke?

Mr. Austen franze a testa já bem vincada.

— Infelizmente, ninguém a reivindicou. Pelo menos não até agora. Coloquei um aviso no jornal local. Talvez um de seus conhecidos veja.

Jane aperta Anna com mais força. Imagina Monsieur Renault preocupado com o paradeiro da esposa grávida, depois lendo os detalhes de seu brutal assassinato no *Hampshire Chronicle*. Que jeito devastador de receber a notícia. Talvez ele nem fale inglês. Pode ser por isso que a notícia ainda não chegou até ele. Talvez os Renault sejam recém-chegados na Inglaterra. Monsieur Renault deve ter se apoiado na esposa para traduzir para ele. Por favor, Deus, faça com que alguém o avise antes do funeral, para que ele possa dar um último adeus à esposa e ao bebê.

Mr. Austen aponta para seu sobretudo no cavalete, gotejando neve derretida nas lajotas de cerâmica.

— Aliás, isso me faz lembrar que, na volta, parei na Estalagem Wheatsheaf e peguei as correspondências.

Henry vasculha os bolsos e retira um punhado de cartas, distribuindo-as pela sala. Uma delas é para Jane.

Reconhecendo a caligrafia elaborada, ela equilibra Anna no quadril e agarra a carta entre os dentes, usando a mão livre para romper o lacre.

— É da prima Eliza.

— Eliza? — dizem James e Henry ao mesmo tempo.

Os dois esticam o pescoço, interessados.

Eliza de Feuillide é filha da falecida irmã de Mr. Austen, tia Phila. Desde a morte do marido, um nobre francês executado pelo novo regime, Eliza está hospedada com amigos em Northumberland. Para Jane, é estranho pensar em sua sociável prima de luto. Eliza está sempre alegre, não importa como a vida planeje deixá-la pesarosa.

— Ela diz que está desesperada para passar o Natal com a família e que devemos esperá-la aqui em Steventon em vinte de dezembro.

Jane lê a carta em voz alta enquanto Anna agarra o papel, puxando-o para a boca.

James examina os punhos gastos de sua camisa.

CAPÍTULO CINCO

— Mas isso é daqui a menos de uma semana.

Mrs. Austen se levanta da cadeira, pondo as mãos na fina cintura.

— Tarde demais para adiar a visita. Quando nossa mensagem chegar a Northumberland, ela já terá partido. Não que ela fosse se deixar persuadir a fazer a viagem em outro momento. Se Eliza soubesse que Georgy estava em apuros, insistiria em vir de qualquer jeito, para fazer o que fosse possível para ajudar. Jane, venha comigo. Precisamos arejar a roupa de cama e banho e arrumar um quarto.

Jane coloca Anna nos braços esticados de James. Ele aninha a filha junto ao peito, enquanto Jane segura a mão rechonchuda da bebê e solta seus dedinhos da carta.

Ela se anima com a perspectiva da companhia de Eliza. A audaciosa prima escapou da revolução na França, sobreviveu à revolta de Mount Street, em Londres, e até levou a melhor sobre um salteador de estrada. Se existe alguém que saberá como agir para solucionar um assassinato, é Eliza.

Capítulo Seis

Dezesseis de dezembro de 1795, vigésimo aniversário de Jane. Tom ainda não apareceu, mas ela se mantém otimista, uma vez que se convidou para um lanche com sua querida amiga e tia de Tom, Mrs. Lefroy. Jane imagina que Tom tema ser insensível de sua parte pedir a mão dela ao pai enquanto o destino de Georgy é incerto. Ainda assim, ele *poderia* declarar suas intenções à própria Jane, principalmente por ser aniversário dela. O escândalo da prisão de Georgy não o terá dissuadido. Ele é mais leal do que isso. Ou é o que ela espera.

Sendo assim, Jane se veste com muito cuidado. Passa pelo sofrimento dos terríveis cacheadores de ferro, em vez de confiar na leveza de suas ondas naturais, e se permite pegar emprestado o vestido azul-celeste com saia rodada de Cassandra. Jane tem seu próprio vestido de saia rodada, feito do mesmo rolo de algodão, mas como não cuidou muito bem dele a cor desbotou.

Na sala de família dos Austen, seus pais estão sentados à mesa coberta com toalha, em seus robes de chambre e toucas. Anna, com as bochechas rosadas, mordisca a própria mão com covinhas em seu cadeirão, e James está agachado junto ao fogo com um pedaço de pão em um garfo de tostar. Uma friagem percorre o presbitério, apesar da chama na lareira.

CAPÍTULO SEIS

Mrs. Austen abre um sorriso forçado, mostrando os dentes, mas sem conseguir virar os cantos da boca para cima.

— Muitas felicidades, querida.

— Obrigada, mãe.

Jane se senta, servindo-se de uma xícara de chá preto, mas lamentavelmente falta açúcar. No centro da mesa, há um grande pacote embrulhado com papel pardo. Em vez de sentir prazer, Jane está cheia de culpa. Como os pais podem comemorar o dia do seu nascimento quando a vida de um dos outros filhos continua em perigo?

— Mas não havia necessidade. Não nas atuais circunstâncias.

Mr. Austen espia por sobre o jornal, dirigindo o olhar para o pacote.

— Já tinha sido providenciado. Além disso, temos que seguir com tanta normalidade quanto possível. O Senhor no céu sabe que Georgy é inocente, e nossa família não tem do que se envergonhar. Atermo-nos a nossa rotina, até onde conseguirmos, é a única maneira de sobreviver a esta turbulência.

No passado, Jane julgava os pais insensíveis por sua firmeza diante das dificuldades. Agora, ela tem mais empatia pelo pragmatismo deles. O medo constante da condição precária do irmão é como uma pedra pesada em seu peito, mas passar o dia todo chorando e lamentando no quarto não salvará Georgy. Ela precisa manter a cabeça fria se quiser capturar o assassino.

— Acho que você tem razão.

James solta a torrada do garfo, queimando a mão no pão ao empurrá-lo para cima do prato.

— Ai. — Ele sopra as pontas dos dedos e sacode a mão. — Não vai abrir seu presente, Jane? Você não costuma ser tão comedida.

Jane empurra o chá de lado e puxa o pacote para perto.

— Bom, agora eu sou quase mulher feita. Uma criatura mais refinada e diferenciada. Mais um ano e terei alcançado a maioridade.

O presente é pesado. Jane torce para que não seja um bastidor para bordar ou alguma bobagem do tipo. Desamarra o barbante e desdobra o embrulho com cuidado. Não vai rasgá-lo; até papel pardo custa caro, e ela nunca perde uma oportunidade para reaproveitá-lo.

Sob o embrulho, há uma caixa de madeira, com as fibras envernizadas finas demais para que seja um mero recipiente. A tranca tem o formato de um diamante e há alças de latão nas laterais. A tampa é presa com dobradiças. Jane abre a caixa como se fosse um livro. As partes são em formato de cunha, de modo a formar uma inclinação: um aclive para escrever.

Ela leva a mão à boca. A caixa se transformou em uma escrivaninha portátil coberta com couro verde-escuro.

— Gostou? — pergunta Mr. Austen.

Ela faz que sim, sem acreditar na consideração e na generosidade do amado pai.

— Mais do que consigo expressar com palavras.

Em suas viagens para visitar a família estendida Austen, Jane contemplou, com inveja, cavalheiros nas salas de jantar de várias estalagens utilizando suas escrivaninhas portáteis. Desde a primeira vez que viu uma, sonhava em ter a sua. Dentro da caixa há vários cubículos contendo um vidrinho de tinta, um pequeno pote de prata contendo pó secante, maços de papel de tamanho adequado e até um canivete para afiar a pena.

O pai de Jane não lhe deu simplesmente uma caixa de madeira. É um meio de carregar tudo o que ela precisa para criar suas histórias aonde quer que vá, mantendo suas ideias a salvo até estar pronta para compartilhá-las.

Mrs. Austen enche o bule com a água fervente de uma chaleira de cobre.

— Pensamos que você poderia guardar *Lady Susan* aí dentro. Assim, não terá desculpa para não terminá-la aonde quer que a vida a leve. Só o Senhor sabe onde será.

— Cruz credo!

Os cotovelos de Mr. Austen parecem tão pontudos quanto alfinetes enquanto ele sacode as páginas do jornal.

Jane encontrou duas pequenas chaves dentro de um dos compartimentos internos e está ocupada demais trancando e destrancando a

CAPÍTULO SEIS

gavetinha de sua nova escrivaninha para perguntar ao pai o motivo de sua exclamação. Ela desliza a gaveta para dentro e para fora da caixa, segurando a alça de latão e espiando seu interior, como se algo pudesse ter aparecido ali por mágica.

Mrs. Austen sopra o vapor da vasilha de madeira de Anna contendo mingau de arroz.

— O que foi, querido?

— É Madame Renault. A notícia de sua morte chegou ao *Times*.

James fica paralisado, com a faca da manteiga suspensa no ar.

— Ah, Deus do céu. Eles não mencionaram Georgy e o colar, mencionaram?

É difícil imaginar como alguém que conhecesse Georgy pudesse considerá-lo capaz de machucar Madame Renault, mas, nas mãos inescrupulosas da imprensa londrina, ele se transformaria em um monstro.

Mr. Austen analisa o artigo.

— Não, eles não citam o nome de ninguém. Está nas páginas sociais, focando como a descoberta horripilante de uma mulher roubada e assassinada prejudicou o noivado de um futuro baronete com uma herdeira do algodão. Todos saberão a quem ele se refere, é claro. Sir John deve estar cuspindo fogo.

— Assim como Mrs. Rivers. — As feições refinadas de Mrs. Austen adquiriram uma expressão atormentada, e há círculos escuros debaixo de seus olhos normalmente brilhantes. — Não é bem a entrada na alta sociedade que ela esperava.

Ela oferece uma xícara de leite morno para Anna. A menina agarra o punho da avó e faz o leite se espalhar pela mesa.

Jane coloca um braço protetor ao redor da sua escrivaninha portátil e a puxa para perto do corpo.

— Se está no jornal, então eles deveriam estar procurando testemunhas, não publicando os detalhes da morte de Madame Renault para causar agitação. — Ela bate a tampa da caixa e a fecha com a chave. — É exasperante. Mr. Craven está fazendo sua investigação da maneira errada.

É claro que ela não foi morta como parte de um roubo. Pelo menos não premeditado.

Mr. Austen inclina a cabeça.

— Como assim?

Jane mantém as mãos abertas sobre a tampa da escrivaninha portátil, atraída pela textura da madeira sólida e lisa.

— Porque um ladrão profissional levaria sua própria arma, tipo uma faca ou pistola. Não precisaria usar um dos aquecedores de cama de Lady Harcourt, precisaria?

— Pode ter sido um oportunista — sugere Mrs. Austen. — Um comerciante que avistou o colar e sentiu tentação demais para resistir? Pode ser que ele tenha tentado tirá-lo sem que ela notasse, mas ela gritou por ajuda. Se o ladrão só queria calá-la, não matá-la, isso poderia explicar por que ele descartou a prova. O colar era óbvio demais para um amador se livrar dele.

— Isso também não faz sentido. — Jane está irritada por todos estarem dispostos a aceitar o motivo do crime sem questionamentos. — Por que ela? E logo na lavanderia dos Harcourt?

Mrs. Austen estremece, puxando seu robe de chambre para mais junto do corpo.

— Quem sabe? Aquela pobre criada sobre quem você nos contou. Ela deve ter levado uma vida para tirar as manchas de sangue do assoalho de madeira, sem falar em devolver o brilho ao cobre.

Jane respira fundo.

— Isso é um absurdo! Deve haver um jeito de identificarmos o verdadeiro culpado. Aí, Mr. Craven terá que retirar as acusações contra Georgy.

A família olha para ela, atordoada em um silêncio anormal.

James se inclina, pousando os cotovelos nos joelhos.

— Mas, Jane, estamos fazendo o possível. Vasculhamos quilômetros deste território, mas até agora não encontramos sinal dos invasores. Eles devem ter fugido do condado. Precisamos ampliar as buscas, envolver alguns proprietários de Sussex, para o caso de os imprestáveis estarem rumando para a costa.

CAPÍTULO SEIS

Jane cerra os dentes. Não havia desconhecidos acampando na propriedade dos Harcourt. Por que Sir John iria querer que as pessoas acreditassem que havia? Está começando a desconfiar dos motivos de ele ter inventado tal história, e sua lembrança de Mrs. Twistleton pulando em defesa do baronete a deixa ainda mais instigada.

Mr. Austen esfrega os olhos.

— Bom, se o mais esperto dos meus filhos não pode resolver o caso, que esperança têm as autoridades?

— Que simpático da sua parte, pai. — James apoia o queixo na mão. — Mas reconheço que estou desorientado. Eles não poderiam ter encoberto totalmente seus rastros. Você viu o esboço da carta que escrevi para o advogado? Neddy confirmou que ele está satisfeito com o acordo e que é para mandar a conta diretamente para ele.

Mr. Austen dá uma piscada bem rápida para Jane, animando o coração ferido da filha.

— Vi, James, obrigado. Eu diria que está pronta para ser enviada.

Jane olha para o colo, tentando esconder um sorriso. Quando estava a sós com o pai no escritório, ele disse que um dos estratagemas mais inteligentes a que a filha recorria era permitir que James acreditasse ser mais inteligente do que ela, de modo a poder despistá-lo com mais facilidade.

Madame Renault tinha sido morta antes das sete da noite. Jane havia verificado o convite para o baile dos Harcourt: os convidados deveriam chegar a partir das oito, o que significava que o assassinato ocorrera em um horário no qual muito menos gente do que ela imaginava estaria por ali: os Harcourt, os Rivers, os criados e os comerciantes. Esse dado reduzia de forma significativa a lista dos suspeitos. Agora, ela só precisava analisar cada um deles e enganar o assassino para que ele se revelasse.

Ashe fica a quase três quilômetros de Steventon. É uma boa caminhada em um dia bonito, e Jane já a fez várias vezes, embora nunca com um assassino à solta. Apesar de sua determinação em não deixar o bandido roubar sua liberdade pessoal, como fizera com a vida de Madame

Renault, ela aperta o passo e se sobressalta a cada farfalhar das cercas vivas. Quando chega à igreja de St. Andrews, seu coração bate mais rápido que o de um rato silvestre. Não querendo parecer afobada ao ver seu namorado secreto pela primeira vez após o encontro amoroso na estufa, ela se obriga a perambular pelo cemitério da igreja para recuperar a compostura. As lápides são mais elaboradas do que as da igreja de St. Nicholas, mas também estão salpicadas com líquen e bolas aveludadas de musgo verde.

Mrs. Lefroy abre a porta da Casa Paroquial Ashe e estica a cabeça envolta por um turbante dourado para a pálida luz do sol. Ela chegou à meia-idade, mas é uma amazona excelente, e o exercício conserva sua silhueta graciosa.

— Entre, Jane, entre...

Jane se pergunta se um dia ela e Tom conseguirão ter o mesmo ar relaxado de requintada hospitalidade dos tios dele. Espera que sim.

Os Lefroy aperfeiçoaram sua casa do mesmo modo como enriqueceram a sociedade de Hampshire com sua desenvoltura cultural. A outrora desgastada construção de tijolos vermelhos agora ostenta uma fachada elegante estilo paladiano, e uma hera se estende por baixo das janelas em guilhotina recém-pintadas. Jane passa pela soleira e segue a anfitriã, procurando, em segredo, sinais de Tom. As botas de cano alto do rapaz não estão no suporte, e seu casaco não está pendurado na fileira de cabides de bronze. Com seu suntuoso roupão estampado, Mrs. Lefroy desliza pelo corredor estreito em direção a sua melhor sala de visitas, à qual se refere como seu "salon". É revestida por papel de parede com um desenho de treliça verde, recheada de móveis de estilo francês e forrada de estantes.

A ausência de Tom é evidente.

— Mr. Lefroy vai se juntar a nós?

Mrs. Lefroy segura a cesta de Jane para que ela possa tirar a capa e a touca.

— George está fora, organizando a ajuda assistencial de inverno para os pobres — responde ela, falando do marido, o reverendo George Lefroy.

CAPÍTULO SEIS

— Não, eu estava me referindo a Mr. Tom Lefroy.

— Tom? — Mrs. Lefroy leva os longos dedos brancos ao pescoço. — Por que ele se juntaria a nós?

Jane abaixa a cabeça, sentindo o rosto desmoronar.

— Ah, por nada.

Se Tom não compartilhou com a família a notícia do afeto entre os dois, não pode estar levando a sério suas intenções para com ela. Talvez a esteja evitando de propósito e tenha saído correndo quando a viu chegar, horrorizado com a perspectiva de ser associado a uma mulher cujo irmão foi acusado de roubo, ou talvez nunca tenha gostado dela de fato. Jane agarra as costas de uma poltrona para manter o equilíbrio, depois a contorna e desaba em seu assento.

Mrs. Lefroy se vira de costas, colocando a cesta de Jane no aparador de mogno.

— Está catando abrunhos? Vai fazer licor?

Jane franze o nariz.

— O quê? Ah, não... Tinta.

— Está conseguindo escrever, então? Sob as atuais circunstâncias?

Mrs. Lefroy se empoleira na beirada de uma espreguiçadeira.

— Não, na verdade não. Mas pensei que uma boa caminhada ao ar fresco poderia ajudar a clarear a mente.

Jane flexiona os pés gelados em direção ao fogo. Vem tentando prosseguir com *Lady Susan*, mas não conseguiu nem escrever uma mensagem para Cassandra. Começou uma carta para a amada irmã, mas, em vez da sua costumeira e animada rodada de fofocas da aldeia, viu-se escrevendo:

Steventon, quarta-feira, 16 de dezembro de 1795

Querida Cassandra,

Quem teria matado a pobre chapeleira Madame Renault?

A carta para ali, com apenas três linhas. Inacabada, imóvel no tampo de couro verde da escrivaninha portátil, em casa, em cima da cômoda. Ao lado dela, o chapéu de palha comprado de Madame Renault está à mostra sobre um suporte de madeira que Frank esculpiu para ela. O convite em pergaminho firme para o malfadado baile dos Harcourt está apoiado no espelho.

— Deve ser horrível para todos vocês. — Mrs. Lefroy dá um tapinha na mão de Jane. — Meu marido já se ofereceu para ser testemunha do caráter de Georgy, mas me avise se houver mais alguma coisa que possamos fazer para ajudar.

Jane força os lábios numa imitação de sorriso enquanto olha para a lareira de carvalho. Há guirlandas de uvas e urnas etruscas entalhadas no entorno. Sobre a cornija, um relógio de latão assinala os minutos e as horas.

— Obrigada, farei isso.

A sala se enche com o forte aroma de café quando uma criada entra com uma bandeja contendo um bule de porcelana Staffordshire e a apoia na mesa lateral. Mrs. Lefroy fecha os olhos ao aspirar o aroma.

— Sua mãe, pobrezinha. Como ela está lidando com tudo isso?

— Não sei, mas ela sempre parece se sair bem.

Quando era mais nova, Jane achava que seus pais eram imunes a uma série infindável de infortúnios que pareciam se abater constantemente sobre eles. Em meio a todos esses contratempos, entre os quais houve doenças, perdas de parentes, desastres agrícolas e a luta constante para conseguir dinheiro suficiente para cobrir as despesas, eles demonstravam seguir com bom humor. Agora, ela consegue perceber a angústia em relação a Georgy estampada no rosto e no arrastar lento dos pés de seus pais. O estoicismo deles pode não ter limites, mas cobra seu preço.

Mrs. Lefroy se inclina, servindo um café puro e forte em duas pequenas xícaras.

— E aquela pobre mulher... Fui ao preparo do seu corpo.

Jane enrola no dedo um de seus cachos conseguidos a duras penas e o puxa.

CAPÍTULO SEIS

— Madame Renault.

— É, que descanse em paz. Lady Harcourt também está arrasada. Ela tinha grande esperança para aquela noite, e ver tudo terminar com aquela tragédia… Ela se dedicou de corpo e alma à organização daquele baile. Fazia anos que eu não a via tão animada. Você sabe como ela costuma ficar entorpecida. E quem pode culpá-la? Passou por poucas e boas. A perda de Edwin e todas as *indiscrições* de Sir John… — Mrs. Lefroy estala a língua em desaprovação. — Jonathan voltar para casa e se arranjar é tudo o que há de bom no horizonte dela.

Com o canto do olho, Jane analisa o lábio curvado de Mrs. Lefroy bebericando na xícara. Será que havia alguma verdade na fofoca obscena sobre a governanta de Sir John? Se ele tinha de fato convidado uma mulher perdida para administrar sua casa, isso sem dúvida explicaria a devoção absoluta de Mrs. Twistleton por ele.

— Ah, sim, todas as indiscrições de Sir John — responde Jane. — Céus, as bebedeiras também… — Mrs. Lefroy faz um som de reprovação. — … E a jogatina… — Mrs. Lefroy acaricia o pescoço enquanto Jane parte para o golpe fatal. — Sem falar em Mrs. Twistleton.

— Argh… *Mrs.* Twistleton. Não consigo compreender por que Sir John sente a necessidade de se comportar assim debaixo do nariz da pobre esposa. Uma coisa é ele agir como um libertino enquanto está em Basingstoke, mas trazer a atrevida para a Deane House e desrespeitar os votos matrimoniais debaixo do próprio teto! Lady Harcourt ficaria horrorizada se um dia descobrisse. Que homem desprezível! Não tem a menor compaixão pelos nervos em frangalhos da esposa.

Jane endireita o corpo, olhos arregalados.

— Está dizendo que Sir John dorme com a governanta?

Mrs. Lefroy arqueja, os dedos voando para a boca.

— Jane, sua atrevida! O que foi que eu disse? Às vezes você parece tanto uma matrona que me esqueço como é inocente. Não deixe sua mãe saber que contei esse boato. Soube pela minha cabeleireira, e ela é uma fofoqueira terrível. É tudo especulação. Eu jamais deveria ter dito nada.

Contra a vontade, Jane está rindo. Se Mrs. Lefroy fosse a assassina, Jane tem certeza de que tiraria a verdade dela em menos de cinco minutos.

— Não direi nada. Mesmo que eu contasse, ela me acusaria de excesso de imaginação, como sempre.

Mas, mesmo enquanto enxuga as lágrimas de tanto rir, Jane estremece.

Seu pai prega um antigo e saturado sermão alertando sobre o caminho escorregadio para a ruína e a destruição. Se Sir John e Mrs. Twistleton são culpados de fornicação, que outros pecados eles poderiam ter cometido? Mas nenhum dos dois teria qualquer motivo para querer a morte de Madame Renault. A não ser que a chapeleira tivesse reconhecido o casal de Basingstoke e ameaçado expor seu acordo. É uma ideia preocupante.

No restante da visita, Jane sonda Mrs. Lefroy por mais detalhes sobre a promiscuidade de Sir John e o verdadeiro caráter de Mrs. Twistleton, mas a anfitriã está atenta aos subterfúgios de Jane e se recusa a satisfazer a jovem amiga com qualquer outra fofoca não fundamentada, desviando a conversa para a literatura.

Um dos motivos de Jane gostar de suas visitas à Casa Paroquial Ashe é o livre acesso à biblioteca. Antes que ela vá embora, Mrs. Lefroy enfia *Evelina* em sua cesta de vime. Jane já leu esse romance várias vezes, mas é claro que sua amiga sabe que o texto familiar lhe trará conforto, mesmo nesse período de agonia. Quando a anfitriã abre a porta de entrada, o coração de Jane dá um pulo inesperado. Ali, vagando em meio às cercas vivas, está uma esguia figura conhecida.

— Ah, a encantadora Miss Austen. — Tom Lefroy aperta o chapéu contra o peito e se inclina. À luz do dia, ele parece menos um almofadinha e mais um esportista, de sobrecasaca transpassada azul-marinho e botas de cano alto. — Perdi sua visita? Nesse caso, deve me permitir acompanhá-la até em casa.

Mrs. Lefroy leva a mão ao peito.

— Quer que eu peça a carruagem?

— Ah, não, obrigada. O dia está lindo e não quero dar trabalho.

CAPÍTULO SEIS

Jane troca um sorriso tácito com Tom, depois atravessa o portão do jardim e entra no cemitério. A luz do sol cintila nas lápides de granito.

Tom se apressa em segui-la.

— E para mim seria um prazer.

Assim que entram na rua, Tom lhe oferece o braço. Jane enfia a mão pela pequena brecha entre o cotovelo e a estrutura musculosa dele. Estão tão próximos que seus quadris batem e todo o corpo dela formiga.

— Senti muito ao saber do assunto desagradável com seu irmão. Espero que seus pais estejam resistindo à tensão.

— Obrigada. — Jane mordisca o lábio, perguntando-se qual a melhor maneira de solicitar seu conselho legal. A situação é mais do que um "assunto desagradável" e ela precisa da mente brilhante de Tom para ajudar a resolvê-la. — Eles estão tão bem quanto possível. Mas foi um choque terrível para todos nós. Fico desejando acordar e descobrir que tudo não passou de um horroroso pesadelo.

— Posso imaginar. — Ele estremece, como se estivesse tentando se livrar de algo desagradável. — Então, sentiu a minha falta?

Jane mantém os olhos no caminho.

— Sentir sua falta? Por quê? Você esteve ausente? Se esteve, nem percebi — provoca ela.

Folhas dos mais diferentes formatos e tons de marrom, dourado-claro e chocolate-intenso forram o percurso. A cada passo, Jane carimba o contorno delas na terra.

— Tive que voltar à cidade para realizar alguns negócios para meu tio-avô Langlois. Ele será meu patrocinador na Estalagem Lincoln, então estou à mercê dele. Mas ele me garante que agora estou livre. No mínimo até fevereiro.

Uma sensação calorosa irrompe no peito de Jane. Tom não tornará a desaparecer. Até fevereiro, eles com certeza terão acertado seu futuro.

— Então, você é um cavalheiro diletante.

— Sou, de fato. Você precisa me mandar mais da correspondência de Lady Susan. Ela me deixa completamente encantado.

Jane está acostumada a receber elogios às suas histórias vindos das pessoas que ama. Desde que se lembra, faz os amigos e familiares ficarem de olhos arregalados e morrerem de rir, mas Tom é a primeira pessoa fora de sua família imediata ou de seu círculo de amizades de uma vida inteira com quem ousou compartilhar seu trabalho.

— Não posso dizer que esteja surpresa. Lady Susan é a mais perfeita coquete de toda Inglaterra.

Tom pega no cotovelo de Jane, puxando-a para trás.

— Ah, eu diria que ela tem uma concorrente para esse título.

Um grande carvalho estende os ramos desfolhados sobre o caminho, protegendo Jane e seu amado. Ele olha em volta, depois a envolve em um caloroso abraço e roça os lábios macios nos dela. Jane sente vibrar cada terminação nervosa do seu corpo. Sonha com este momento desde a última vez que eles se separaram. Agora que ele enfim chegou, queria poder preservá-lo e se agarrar a ele para sempre.

Quando Tom se afasta, seus lábios se abrem num sorriso arrependido.

— O que você andou fazendo enquanto eu não estava aqui, além de receber seus inúmeros admiradores, dos quais imagino estar no final da fila? — Ele dá mais alguns passos. — Rabiscando o dia todo?

Jane permanece imóvel.

— Na verdade, não. Como eu disse, andei preocupada com o problema do meu irmão Georgy. Gostaria que houvesse algo que eu pudesse fazer para ajudar.

Ela encara Tom, incentivando-o a oferecer a resposta.

— Admito que andei refletindo sobre o caso e, bem, duvido que você goste do que tenho a dizer… — Ele faz uma pausa, mãos nos quadris, e olha para o céu enquanto espera que Jane se recupere. — Mas meu conselho seria interná-lo, evitando um julgamento.

— Interná-lo?

— É. Ele não é bom da cabeça, não é? O seu irmão?

CAPÍTULO SEIS

Tom batuca um dedo na têmpora.

Jane fez a mesma sugestão para os pais, mas, vinda de Tom, a ideia de Georgy ser declarado mentalmente incapaz soa profundamente impiedosa. Não é de se espantar que seu pai a tenha rejeitado de imediato.

— Levantei essa possibilidade, mas meu pai disse que ela seria uma declaração de culpa de Georgy à revelia. E que um hospício seria ainda pior do que a cadeia.

À frente deles, uma grande poça de lama abarca a largura do caminho. Protegido pelas botas, Tom a atravessa.

— Nesse caso, a única opção que resta é seu irmão se declarar culpado do roubo e se colocar à mercê da corte. Não existem garantias, mas, contanto que você consiga um juiz solidário, a sentença dele pode ser reduzida a deportação.

Jane ergue a saia e escolhe o caminho com cuidado por sobre as raízes da grande árvore para seguir Tom.

— Deportação?

— É, ele seria transferido para uma colônia penal, provavelmente Austrália, e obrigado a permanecer lá por até catorze anos.

— Eu sei o que deportação significa, mas...

Jane hesita. Não dá para confiar em Georgy andando sozinho pela aldeia sem se meter em apuros. Ela não consegue imaginar como ele sobreviveria se fosse removido à força para Botany Bay por mais de uma década. Com seus problemas de saúde, talvez não sobrevivesse nem à travessia.

— Sei que não é o ideal, mas é o melhor em que consigo pensar. Se seu irmão for a julgamento, se declarar inocente e o júri considerá-lo culpado, considerando que ele claramente estava de posse do colar sem uma explicação crível de como chegou a ele por meios legais, o que é certo que eles farão... — As belas feições de Tom se tornam sombrias. — Por Deus, Jane, espero que eu não seja o primeiro a falar isto para você, mas... será uma sentença de morte. Sem dúvida.

— Eles vão enforcá-lo por causa de um colar?

— Por qualquer coisa que valha mais de um xelim.

Jane busca desesperadamente um fio de esperança. Sabia de tudo isso, mas escutar Tom expondo a situação em termos legais torna a coisa ainda mais aterrorizante.

— Mas os jurados, às vezes, não ajustam o valor dos artigos roubados para poupar o réu da forca?

— Em alguns centavos, não centenas de libras. Nenhum juiz de respeito permitiria isso. É perjúrio.

— Mas não é justo.

— É a lei, Jane. — Tom estica os braços para o lado. — Sua melhor chance é evitar que o caso vá a julgamento, fazendo seu irmão ser declarado mentalmente incapaz.

— Não, essa não é nossa melhor chance. Não é nem mesmo uma chance, reconhecer a derrota antes de o jogo começar. — Jane recupera o fôlego, esforçando-se para suprimir a irritação na voz. — Nossa melhor chance é descobrir o que de fato aconteceu com Madame Renault e, assim, limpar o nome de Georgy.

— Quem?

Tom olha para ela, o rosto sem expressar qualquer emoção.

— Madame Renault, a chapeleira encontrada morta no baile. A mulher de cujo colar meu irmão está sendo acusado de roubo. Como é possível que você nem ao menos saiba o nome dela?

Tom dá um tapa na própria testa.

— Ah, certo. É, acho que ouvi mencionarem esse nome.

Eles caminham pela estrada principal num silêncio desconfortável. Passam várias carruagens e alguns homens a cavalo, o que significa que Jane precisa desistir de segurar a mão de Tom.

— Você sabe por que Madame Renault vai ser enterrada na igreja de St. Nicholas e não na de St. Andrews? Afinal de contas, Ashe é muito mais perto da Deane House.

Com o frio, a pele pálida de Tom ganhou calidez, e seus olhos azuis brilham contra a luminosidade do céu.

CAPÍTULO SEIS

— Acredito que seja porque meu tio não quer ficar junto ao túmulo de uma indigente papista. Tolo foi seu pai por se oferecer para a função.

— Ela não era uma indigente. Era uma comerciante. E pensei que você, dentre todos os outros, demonstraria mais tolerância do que isso, considerando a sua ascendência.

Tom pode ter nascido na Irlanda, mas descende de uma longa linhagem de huguenotes franceses.

— Exatamente. Estou inclinado a ter para com qualquer católico a mesma tolerância com que eles nos trataram quando nos expulsaram da França.

Jane olha para Tom. Analisa os traços que passou a admirar, com os quais chegou até a sonhar: o cabelo claro, a curva angulosa das maçãs do rosto, os lábios sedutores. O único som vem dos carneiros balindo na pastagem próxima. O que Jane conhece do verdadeiro caráter dele? Quem é o jovem por detrás do rosto bonito e do charme fácil?

Depois que eles atravessam a aldeia de Deane e viram na alameda em direção a Steventon, Jane respira fundo.

— Você não está intrigado em descobrir quem a matou? Afinal de contas, espera se tornar um advogado.

Tom estreita os olhos.

— É tarefa do magistrado identificar o culpado e denunciá-lo. Um advogado se concentra em desenvolver o argumento a ser usado em corte, convencendo o júri, sem sombra de dúvida, de que o réu é culpado ou não.

Jane franze o cenho, o corpo enrijecendo. Esperava mais de Tom. Havia imaginado os dois se debruçando sobre o problema, questionando-o por cada ângulo até descobrir uma solução. Sendo seu irmão, Georgy merece mais atenção de Tom do que isso.

— É exatamente isto. Georgy não é culpado.

Tom olha por sobre o ombro.

— Mas como é que você sabe?

Jane para, sem fôlego.

— Georgy não é ladrão e com certeza não é capaz de machucar ninguém.

— Mas como você pode provar? Não é possível que ele tenha feito isso por acidente? Sem se dar conta da sua própria força?

— Tom! Você não o conhece.

Como é que Tom pode estar dizendo coisas tão horríveis sobre seu irmão? Eles chegaram a uma encruzilhada: um caminho leva ao centro da aldeia Steventon e o outro, à casa paroquial.

— Não quis dizer nesse sentido. — Tom ergue as mãos como que se defendendo de um golpe. — Estou fazendo o advogado do diabo, mostrando como um advogado pensa. São esses os argumentos que serão expostos contra seu irmão no tribunal. Se sua família estiver determinada a deixar o caso ir a julgamento, você precisa estar preparada se quiser ter qualquer chance de defendê-lo.

Jane fala por entre dentes:

— Ele não é culpado.

— Não estou dizendo que seja. Por favor, não fique irritada comigo. Posso parecer insensível, mas de fato estou tentando ajudar. — Ele pega na mão de Jane, enfiando um dedo dentro da luva para acariciar seu pulso. Os olhos de Tom, da cor do céu em um dia quente de verão, encaram os dela. — É uma pena que nunca tenhamos terminado nossa conversa no baile.

É isto? Finalmente ele vai pedir a Jane permissão para falar com o pai dela?

— Não, não terminamos.

— Vamos ver se conseguimos encontrar um celeiro aberto. Deve haver algum por aqui. Então, podemos concluir a nossa conversa.

Jane abaixa a cabeça. Seu coração está pesado como um saco de farinha.

— Acho que não.

Flertar com Tom depois de escurecer, na estufa durante o baile, em que todos estavam bebendo e se divertindo, era uma coisa. Esgueirar-se para dentro de um celeiro em plena luz do dia, quando os empregados do seu pai poderiam vê-la e contar à sua mãe, era outra, completamente diferente.

CAPÍTULO SEIS

Além disso, depois das palavras duras de Tom, Jane não está no clima de fazer amor.

— Tenha um bom dia, Mr. Lefroy. Agradeço por me acompanhar até em casa. Não há necessidade de seguir mais à frente.

— Jane! — Tom a chama de volta. — Miss Austen!

Mas Jane se vira e segue em frente para a casa paroquial sem olhar para trás. Está claro que Tom sente confiança demais no afeto dela. Talvez lembrá-lo de que ela tem a opção de desistir do envolvimento entre eles o encoraje a se esforçar um pouco mais pela sua mão.

1. *Para Cassandra Austen*
Steventon, ~~quarta-feira, 16 de dezembro de 1795~~
quinta-feira, 17 de dezembro de 1795

Querida Cassandra,

Quem de fato matou a pobre chapeleira Madame Renault? Por favor, não desperdice tinta me aconselhando a não me envolver na investigação. Se a esta altura não souber que fazer isso só serve para me deixar ainda mais determinada, você não tem metade da perspicácia que lhe atribuo. É certo e devido que a Justiça seja feita por seu triste destino, mas seu criado, o magistrado, deveria ter uma visão mais aguçada. Se o estúpido tio de Mary é temerário demais para entender que nosso Georgy não consegue nem matar uma mosca sem lamentar o desnecessário derramamento de sangue, cabe a mim tirar a venda dos seus olhos. E pobre Madame Renault, seu corpo maltratado e sua vida preciosa roubada antes da hora, temo que sua alma não descansará até que eu descubra o assassino. Mas quem, em nosso círculo de conhecidos e além, poderia ter cometido tal atrocidade, querida irmã, e por quê?

- *Um ladrão idiota (idiota mesmo, roubar uma comerciante humilde, enquanto permite que mulheres de posses conservem suas joias, e depois desistir completamente do prêmio).*

- *Mrs. Twistleton (uma vez que uma mulher se entregou ao pecado, será possível que se recupere?).*
- *Sir John Harcourt (adúltero libertino transformado em assassino para proteger seu bom nome?).*

Sei que lhe causará uma dor insuportável considerar qualquer um dos nossos amigos ou vizinhos culpado desse ato de depravação. Você, que vê o brilho da bondade reluzindo nos corações mais sombrios e reza pelo arrependimento da mais maculada das almas. Mas também sei que você compartilhará minha fé inabalável na inocência de Georgy, por isso imploro que assuma esta investigação comigo. Por favor, tome o máximo cuidado para que ninguém mais leia esta carta. Na verdade, depois que seus olhos passarem por ela, rasgue-a em pedacinhos e alimente os porcos de Mr. Fowle com eles.

Com afeto,
J. A.

P.S.: Já pedi profundas desculpas pelo seu vestido de musselina. Por favor, não seja tão grosseira a ponto de guardar rancor. Realmente, com as trágicas circunstâncias que puseram fim ao baile dos Harcourt, você deveria me agradecer por ter evitado qualquer mancha de sangue ao longo da bainha.

Miss Austen
Residência do Rev. Mr. Fowle,
Kintbury,
Newbury.

Capítulo Sete

Funerais são acontecimentos públicos, e não privados. Sendo assim, não é costumeira a presença de mulheres anglicanas bem-nascidas, motivo pelo qual Jane está enrolada em sua capa, com as costas apoiadas no robusto tronco vermelho do velho teixo, no cemitério da igreja de St. Nicholas. Os galhos enormes e sempre verdes se esparramam ao redor dela, proporcionando um excelente local para espiar os acontecimentos sem ser flagrada. Ela esperava avistar Monsieur Renault em meio aos presentes. No entanto, quando seu pai conduz o cortejo que sai da igrejinha de pedra, Jane conta um total lamentável de cinco homens o seguindo, dos quais dois são seus irmãos, James e Henry.

Seu coração dói quando ela percebe que, entre os três homens restantes, não existe um que admita ter conhecido a falecida enquanto viva. Sir John se agarra ao braço do filho para se apoiar, mas os olhos de Jonathan Harcourt vagueiam e ele tropeça no gramado. Mr. Fitzgerald está rígido, seus traços marcantes sem transparecer um indício de emoção. Jane se lembra do ar de calma sobrenatural do futuro clérigo perante a descoberta do cadáver assassinado de Madame Renault. Seria porque ele já sabia o que iria encontrar, tendo deixado a vítima sangrando até a morte enquanto se vestia para o baile? Como membro do grupo Rivers, ele estava próximo quando a chapeleira foi assassinada. Mas que motivo poderia ter para querê-la morta?

Os carregadores levam o caixão até um canto do cemitério, parando perto de onde os pobres da paróquia são enterrados. Pelo menos Madame Renault tem o próprio caixão. Não enfrentará a indignidade de ser enterrada na terra fria, envolta apenas em sua mortalha. O pai de Jane diz algumas palavras ao lado da sepultura, mas ela está longe demais para ouvi-las.

Talvez Sir John pague por uma lápide. Será culpa ou misericórdia o motivo de sua generosidade? Jonathan tira um lenço do bolso e o leva aos olhos. Sir John olha para ele, e o jovem funga, embolando o pano e o devolvendo para dentro do casaco. O pobre Jonathan sempre foi uma alma sensível, característica que seu pai obstinado claramente detesta. Deve ter saído à mãe, mais ansiosa, pois estava sempre irrompendo em lágrimas com as provocações dos colegas de escola. Ele até chorou quando Mrs. Austen voltou do galinheiro com uma galinha sem cabeça balançando a seu lado. Tolo, de fato, uma vez que devorou o jantar com tanto gosto quanto todos os outros.

Durante a cerimônia, Mr. Fitzgerald abaixa a cabeça, e os irmãos de Jane permanecem plácidos, como de costume. Quando o sacristão lança a primeira pá de terra sobre o caixão, Sir John agarra o braço do filho e o arrasta em direção à sua carruagem com brasão. Jonathan está atordoado, mas o pai faz com que ele se arraste pelo gramado. Sir John é, sem dúvida, um bruto deplorável, mas isso significa que seja capaz de tirar uma vida?

Mr. Fitzgerald desamarra seu cavalo preto do portão do cemitério. Depois de montado, açoita bruscamente a traseira do animal com o chicote e segue pela via. Enquanto isso, Mr. Austen e James entram na igreja de pedra. Henry passa por Jane no teixo, chegando tão perto que os galhos se curvam e farfalham. Ele passa pelo portão enferrujado e some por detrás do muro de pedra que circunda o cemitério.

Depois que os presentes vão embora, Jane se desenreda dos braços da velha árvore e se agacha. O ano já está muito adiantado para que haja

CAPÍTULO SETE

flores, mas ela encontra um ramo de azevinho com frutinhas vermelho-sangue. O sacristão se apoia no cabo da pá, enxugando a testa com um trapo sujo, enquanto Jane joga o azevinho no buraco recém-cavado. Ele faz um barulho oco ao bater na tampa do caixão.

Jane range os dentes, prometendo à Madame Renault que sua curta vida não será esquecida. Com Deus como testemunha, jura que descobrirá quem empunhou aquele aquecedor de cama, salvará seu irmão e garantirá que o assassino pague pelo crime. O bandido já ceifou as vidas de Madame Renault e do bebê. Jane não pode deixar que ele também roube a vida de Georgy.

Depois de dizer suas preces e sua jura mais vingativa, ela faz o mesmo caminho de Henry e atravessa o portão, que leva diretamente para a propriedade particular dos Austen. Segue pelo caminho pedregoso entre as construções decrépitas, passando pelo celeiro e pelo galinheiro. Ao chegar à cocheira, uma figura indistinta obstrui sua visão periférica.

— Argh!

Braços retesados agarram sua cintura, girando-a no ar. Os pulsos estão cobertos por punhos amarelo-mostarda ligados a mangas vermelho-sangue. Botões de latão se afundam em seu abdômen. Jane bate e chuta para trás com toda a força, mas sua defesa vigorosa só incentiva o captor a balançá-la com mais velocidade, esquivando-se dos golpes.

É Henry, o bufão. Deve ter ficado à espera dela. Quando ele enfim a põe no chão, Jane esmurra seu ombro.

— Você quase me matou de susto, seu monstro.

— Ah, estou vendo. — Henry ri dos murros dela. — Mas você pode ficar se esgueirando para nos observar?

— Você sabia que eu estava no enterro?

— Conheço seus truques. — Ele sorri, os olhos brilhando com malícia. — Fui eu quem ensinou a maioria deles.

— Seu patife, você me deu um baita susto. — Mas Jane também está rindo, enxugando as lágrimas do rosto enquanto leva a mão ao peito, tentando acalmar as palpitações do coração. — Você é bestial, o irmão mais horrível que já existiu.

Henry estufa o peito.

— Mas ainda sou seu preferido.

— Não. — Jane continua a rir. — Não é. Isso é mentira. Nunca gostei nem um pouco de você.

— Então quem é?

Jane fica pensativa.

— Neddy. Porque é prudente que o irmão mais abastado de alguém seja o preferido.

Henry sorri, oferecendo o braço a Jane.

— Nada mais justo. Neddy também é o meu preferido, exatamente pela mesma razão.

Jane se apoia no cotovelo de Henry e eles caminham lado a lado, descendo o morro em direção à casa paroquial. O céu paira cinzento acima dos dois, e as colinas onduladas se estendem no horizonte. As únicas companhias da dupla são os animais da fazenda. As garnisés e os perdizes da mãe vagam livremente pelo terreno. Algumas das galinhas andam com o bico no chão, as penas do rabo para cima, enquanto ciscam na terra com garras vermelhas enormes para expor suas presas. Outras estufam as penas e cavam reentrâncias em formato de tigelas no solo para se banhar.

Jane se indaga o que o irmão achou da natureza impessoal do serviço fúnebre de Madame Renault. Sob toda sua bravata, existe um coração empático.

— Foi um evento patético, não foi?

Henry passa a mão pelo cabelo curto e observa os carneiros balindo e se unindo para se aquecer no campo varrido pelo vento.

— Pobre mulher. Dá para imaginar não ter um único amigo disposto a comparecer a seu enterro?

Jane se junta mais ao irmão.

— Não acredito que ninguém veio. E a família dela? O marido?

CAPÍTULO SETE

— Não sabemos que tipo de vida ela levava. Se estava envolvida com os vagabundos que acampavam na propriedade de Sir John...

— Você não acredita nisso, acredita? — Enquanto fala, Jane olha para o perfil do irmão, avaliando a reação dele. — Não vejo um bom motivo para se suspeitar de invasores. James ainda não descobriu qualquer evidência de um acampamento, apesar do que Sir John contou a Mr. Craven. Na verdade, estou ficando bem desconfiada do motivo de Sir John para inventar tal história.

Henry ergue as sobrancelhas.

— Você acha que Sir John a matou?

Jane hesita. Não quer ser repreendida por difamar os vizinhos. Ou que riam dela e a rotulem de fantasiosa.

— Não *necessariamente*, mas ele deveria ser investigado assim como todos os outros. Você sabia que ele tem um... arranjo bem sórdido com a governanta, a Mrs. Twistleton?

— É mesmo? Velho sacana. Quem lhe contou isso?

Jane solta um suspiro exasperado. É típico de Henry estar mais interessado em fofoca do que imaginar o que poderia estar por trás de um ato tão sinistro.

— Não importa. Precisamos averiguar todos que estavam por lá quando Madame Renault morreu. Já lhe contei por que acredito que ela foi morta no mínimo uma hora antes de os convidados chegarem para o baile. Com isso, restam os Harcourt, seus criados, os comerciantes e até Mr. Fitzgerald. — Jane conta nos dedos cada um dos suspeitos em potencial. — O grupo dos Rivers chegou cedo para se vestir... e Mr. Fitzgerald foi bem estoico ao descobrir o cadáver de Madame Renault. Você não acha?

Henry faz uma careta.

— Acho, mas deduzi que isso teria mais a ver com os horrores que ele deve ter presenciado quando criança. Crescer na Jamaica não deve ter sido fácil. Você leu aquele panfleto que deixei para você?

— Ainda não, mas vou ler, prometo.

É nobre da parte de Henry dar a todos o benefício da dúvida, e sob circunstâncias normais ela o admiraria por isso. Mas neste exato momento nada é normal, e na cabeça de Jane todos os seus conhecidos são culpados até que se prove o contrário.

— Por que você não fala com ele? E com Sir John? Veja o que consegue descobrir.

Henry deixa os ombros caírem, colocando as mãos no quadril.

— Jane, se um deles matou a mulher, não vai admitir isso para mim, não é?

— Mas você precisa fazer isso. *Eu* não posso. Seria impróprio da minha parte me aproximar deles. Os cavalheiros não trocam confidências como fazem as damas? Convide ambos para um jogo de cartas e veja o que consegue arrancar deles.

Para Jane, é uma frustração investigar à distância. Como fará qualquer progresso quando o decoro a controla com tal rigidez que ela precisa se esconder debaixo dos ramos de uma árvore?

Henry leva as mãos aos céus.

— Talvez Mr. Fitzgerald. Mas, com as regras de jogo de Sir John, eu iria à falência antes que ele chegasse a dizer o nome do seu alfaiate.

— Ele é um apostador?

— Todos os cavalheiros não o são? — ironiza Henry.

— Você não é.

— Seria, se tivesse meios para tal.

— Huumm... — Primeiro a libertinagem, e agora jogos de apostas altas. O "bom nome" de Sir John está cada vez mais abalado. — E Jonathan Harcourt? Vocês dois eram amigos na escola.

— Não exatamente.

É verdade. Os meninos Austen são um grupo turbulento, sempre inquietos para estar ao ar livre, competindo entre si em algum esporte violento. Jonathan, por outro lado, ficava horas pintando em silêncio depois de terminar suas lições. Provavelmente ele tinha mais em comum com Cassandra e Jane do que com qualquer um de seus irmãos.

CAPÍTULO SETE

Henry esfrega o queixo. Tem mais do que uma barba de meio dia crescendo por lá. Seu comandante repreenderia tal desleixo, mas os padrões de Henry decaíram desde que ele voltou para casa.

— É muito mais provável que ela tenha sido morta por algum conhecido de Basingstoke. Afinal de contas, era uma chapeleira.

— E? — Jane o encara, esperando uma explicação.

Henry ergue uma sobrancelha.

— Elas têm uma... certa reputação.

— Têm? De quê?

Jane está desconcertada. Nunca viu Henry menosprezar as classes trabalhadoras.

— Bom, como senhoras de... — Ele cerra os lábios, as bochechas rígidas sendo manchadas pelo rubor. — Moralidade negociável?

— Mas tia Phila era chapeleira, não era? Antes de ir para a Índia e se casar com Mr. Hancock?

Henry sorri com ironia.

— É, acho que era.

Desta vez, Jane o soca com ainda mais força na parte superior do braço.

— Você não acha que era por isso que Madame Renault estava no baile, acha? Para um encontro com um homem?

— Não faço ideia do motivo de ela estar lá. Gostaria de nunca ter aberto aquela porta.

Henry esfrega o braço e aperta os olhos para a irmã, que diz:

— Ah, é... Você nunca me explicou o que estava planejando fazer lá dentro com a simpática Mrs. Chute.

Ele dirige a Jane sua melhor expressão envergonhada.

— Vamos. Vou apostar uma corrida com você até em casa.

Ele sai em disparada. As galinhas cacarejam e se espalham num voo desengonçado.

Jane vai atrás dele.

— É você quem tem uma moralidade discutível... Tenente Austen!

Capítulo Oito

Uma carruagem surge na via entre Steventon e Popham. Jane, que está parada junto à janela, perscrutando o horizonte à espera de sua chegada desde o café da manhã, sai correndo da casa paroquial, seguida de perto por ambos os irmãos. Eliza coloca o torso para fora da lateral da carruagem. É mãe e viúva, em meados dos trinta anos, mas olhando para seu rosto juvenil e sua silhueta empinada era de se pensar que fosse uma recém-casada de vinte e cinco anos. A estrela de Eliza brilha tão forte que às vezes as outras mulheres se ressentem de serem ofuscadas em comparação. Jane não: está sempre feliz em gozar do brilho da prima.

— Meus queridos de Steventon, que bom ver vocês! — exclama Eliza, enquanto o cocheiro vai parando o veículo.

Seu chapeuzinho tricórnio com o véu de renda preta está disposto em um ângulo alegre, de certo modo disfarçando a sobriedade do traje de luto.

O desejo de Jane já é roubar Eliza do restante da família e consultá-la em particular sobre sua investigação do assassinato de Madame Renault, mas também sobre Tom. Ele não apareceu desde que a acompanhou até em casa, mas lhe deixou um bilhete, escondido debaixo de uma pedra solta no muro da igreja de St. Nicholas, endereçado para uma "Miss Weston".

CAPÍTULO OITO

Desde que ela tivera a temeridade de perguntar a Tom se ele usava seu terrível casaco leve em deferência ao personagem fictício do livro *Tom Jones*, ele se refere a ela, ao escrever, como a namorada do famoso enjeitado, e não como "Miss Austen".

É provável que ele tenha tomado essa precaução para proteger o bom nome de Jane caso o bilhete fosse descoberto, independentemente de ela ter lhe garantido à exaustão, e em várias ocasiões, não haver necessidade de tal disfarce, já que ela mesma soltou a pedra com seu canivete e tem certeza de que ninguém mais tem conhecimento disso. No entanto, Tom está claramente se divertindo com essa bobagem. Por mais que seja divertido, Jane não pode deixar de pensar que seu pretendente deveria ter escolhido um modelo de consistência mais adequada para imitar.

Madame,

Como a senhorita tornou prisioneiro o meu coração, peço-lhe que evite emitir julgamento sobre a insensatez dos meus lábios até se dignar a ouvir meu apelo. Perdoe minha presunção e minhas ofensas. Neste caso, o argumento foi dito com a intenção de ajudar; é apenas ensaiando a acusação que será feita por outros que posso apoiar sua defesa. No entanto, esteja certa de que nenhuma tristeza na Terra pode se igualar à minha, enquanto me julgo culpado de piorar seu sofrimento. Sendo assim, peço--lhe, voe de volta para estes braços que estão sempre abertos para recebê-la.

Seu devotado servo,
Thomas Jones

Jane ainda não respondeu. Por mais que, para ela, seja grosseiro continuar a puni-lo por suas palavras insensíveis depois de já ter pedido desculpas, ela não consegue pensar em outra maneira de estimulá-lo a provar seu amor do que arrumar um modo melhor de salvar Georgy e tornar públicas suas intenções em relação a ela.

Da janela da carruagem, Eliza toca os dedos enluvados nos lábios vermelho-cereja e abre bem os braços, atirando beijos indiscriminadamente para os Austen, todos os seus carneiros e até o touro do fazendeiro Terry, que mora no campo no alto da estrada. Está com o cabelo levemente empoado, preso atrás, deixando três grandes cachos escaparem para cair perfeitamente sobre um ombro. Jane se perguntou se, como Henry, àquela altura Eliza deveria ter prescindido da formalidade do empoamento. Ela sempre estivera na vanguarda da moda. Talvez James esteja certo, e cabelo empoado permaneça *de rigueur* apesar da crescente taxa do pó. Jane, uma menina simples do campo, nunca se preocupou com isso. Elas podem ser primas de primeiro grau, mas Eliza é uma espécie completamente diferente de mulher; uma vez *ela* dançou no mesmo saguão que a rainha Maria Antonieta.

James e Henry se atropelam para ajudar a visitante glamorosa a descer. James vence e tem o privilégio de segurar a mão elegante de Eliza conforme ela desce da carruagem, revelando uma meia de seda preta e um elegante escarpim. O salto tem no mínimo cinco centímetros, e a fivela prateada cintila com pedrarias.

Um James corado se inclina bastante perante Eliza, ao passo que Henry vai até a carruagem e pega o filho dela. Aos nove anos, Hastings continua loiro e bonito. Suas bochechas rosadas até se tornaram gorduchas. Ele sofre de um problema fleumático semelhante ao de Georgy. Também tem tendência a convulsões, em especial quando nascem novos dentes. No entanto, com a perseverança da mãe, agora o inteligente Hastings balbucia em francês e inglês e até aprendeu suas letras. Do que Georgy seria capaz se fosse filho único de uma mãe tão dedicada? Jane espanta o pensamento. Seus pais fizeram o possível.

Durante o chá, Mr. Austen transmite a situação de Georgy para uma Eliza cada vez mais transtornada, enquanto Mrs. Austen mordisca seu lencinho e engole os soluços. Estão sentados na melhor sala de estar — aquela ligeiramente maior, reservada às visitas —, a que dá para o jardim. As paredes têm papel amarelo e são adornadas com pequenas pinturas a óleo em lata e uma série de gravuras francesas com motivos agrícolas.

CAPÍTULO OITO

James e Henry se sentam cada um de um lado da hóspede no sofá apertado, enquanto Mr. e Mrs. Austen se acomodam em duas poltronas. Jane se empoleira no braço da poltrona do pai.

Eliza bate nas próprias bochechas cobertas com ruge.

— Ah, isso é deplorável, simplesmente deplorável. Meu pobre Georgy. Por favor, imploro, me digam o que posso fazer para ajudar. Vocês contrataram um advogado?

Jane faz uma careta.

— A lei está pouco ligando para o nosso Georgy. Precisamos descobrir o que realmente aconteceu com a falecida. Andei fazendo algumas investigações discretas…

James suspira.

— Agora não, Jane. Não percebe que está perturbando Eliza?

A prima funga, as lágrimas manchadas de rímel escorrendo pelas bochechas rosadas.

Mr. Austen dá um tapinha na mão de Eliza, que ostenta um pequeno diamante.

— Por favor, não se desgaste, querida sobrinha. De fato, James já contratou um advogado, e Neddy está insistindo em cobrir as despesas. Um sujeito de Winchester, cujo filho estudou comigo aqui, na casa paroquial.

Jane deixa os ombros caírem. Não adianta requisitar a ajuda de Eliza com o restante da família presente. James poderia convencê-la de que o melhor é deixar com as autoridades, ou Henry caçoará de Jane por tentar solucionar o crime. Seus pais estão completamente indiferentes aos pedidos da filha para que trabalhem juntos na descoberta da verdade. Sem a presença de Cassandra, não existe ninguém em quem ela possa confiar para apoiá-la. Agora, Anna é a única que a leva a sério, olhando para Jane com um olhar triste enquanto ela embala a bebê para dormir e cochicha suas teorias sobre quem matou Madame Renault. Não, Jane precisa dar tempo ao tempo e ir com calma para trazer a prima para seu lado.

Eliza leva aos olhos um lencinho arrematado com renda, sujando-o com o delineador preto.

— Que reviravolta trágica dos acontecimentos. Sinto muitíssimo ter me imposto em uma fase tão aflitiva.

Hastings se espalha no tapete turco, brincando de esconde-esconde com Anna. A garotinha está encantada com o novo companheiro e cai na risada a cada vez que o rosto empolgado do menino aparece por detrás das mãos.

— Eliza, você é da família.

Os olhos de Mr. Austen estão enevoados quando ele aperta a mão da sobrinha. Faz quase quatro anos que tia Phila, mãe de Eliza e tia de Jane, sucumbiu à devastação de um câncer de mama. Desde a morte da irmã, os encontros de Mr. Austen com a sobrinha se tornaram comoventes.

— Você é sempre bem-vinda, nos bons e maus momentos.

Eliza faz um belo biquinho e coloca a mão sobre a do tio.

Anna se agitou tanto que está com soluços. Seu rosto alarmado diverte a todos.

— E o pobre Jonathan Harcourt e Mrs. Rivers terem um escândalo tão terrível associado à sua união — comenta Eliza, amassando seu lencinho entre as mãos.

Jane cruza os braços.

— Quanta inconveniência de Madame Renault ser morta na Deane House e estragar o grande momento de Sophy — diz. — Aparentemente, foi ideia de Sophy desistir de um anúncio no jornal e, em vez disso, levar Jonathan a pedir sua mão em público, no baile. Não há dúvida de que, assim, ela poderia enaltecer sua estratosférica ascensão social sobre o restante de nós. Deve estar arrependida da decisão agora que ele a deixou na incerteza.

Jane se lembra da ansiedade de Sophy em relação à constância de Jonathan.

No final do ano você estará casada.

Mas qualquer coisa poderia acontecer antes disso, mamãe.

Por que Sophy está tão nervosa? Seria possível a chapeleira ter testemunhado algo indiscreto da sua parte e estar lá para exigir dinheiro em

CAPÍTULO OITO

troca do silêncio? Com todas as suas cavalgadas solitárias, Sophy tem inúmeras oportunidades para um flerte inapropriado.

— Vai ver que ela não está com pressa de se casar com o velho Johnny mijão — opina Henry.

— Eca. — Mrs. Austen abaixa o lenço encharcado. — Espero que a esta altura ele tenha deixado de molhar a cama.

— Pobre Jonathan. — James balança a cabeça. — Vocês se lembram de como ele se encolhia sempre que papai olhava zangado para ele por esquecer os particípios?

Henry entrelaça os dedos atrás da cabeça e estica as longas pernas, cruzando-as nos tornozelos.

— Ele tinha ainda mais medo de você, mãe. Praticamente desmaiava de pavor cada vez que enfiava o cotovelo na camisa.

— Querido Jonathan. — Mrs. Austen suspira. — Era um menino ansioso. Imagino que seja por seu temperamento artístico.

Eliza inclina a cabeça.

— E você disse que ela era uma chapeleira francesa?

Jane confirma com um gesto de cabeça.

— Conheci-a quando comprei um chapéu de palha no mercado de Basingstoke.

Os olhos castanhos de Eliza reluzem.

— Posso vê-lo?

— Claro.

Jane sai da sala e a prima a segue apressada.

Muito tempo atrás, Jane e Cassandra concordaram em compartilhar um quarto para poderem manter o pequeno cômodo ao lado como quarto de vestir. Na verdade, é sua sala de estar privada, mas tão pequena que seria motivo de piada chamá-la assim. Jane abre a porta com um rangido, resvalando seu pianoforte, sobre o qual há altas pilhas de cadernos e partituras. Eliza se aperta atrás dela para passar. As paredes do pequeno cômodo estão cobertas com um papel azul-claro com raminhos brancos, e nas janelas há cortinas com listras azuis. Ao longo do piso com carpete marrom, Cassandra dispôs suas aquarelas e caixas de trabalho numa fileira perfeita.

Depois de entrarem, Eliza agarra as mãos de Jane e enche seu rosto de beijos.

— Ah, minha doce e pequena Jane, é tão bom vê-la! E você ficou tão linda!

— Não exagere.

Jane se retrai e se olha no espelho acima da cômoda. Os beijos a deixaram pontilhada de ruge, como se ela tivesse pegado uma varicela terrível.

— É verdade. Olhe só sua silhueta graciosa, seus traços doces, seus olhos espetaculares... — Eliza põe a mão no rosto de Jane. — Não acho que conheci outra família tão abençoada em aparência e temperamento quanto os Austen. — Ela inclina a cabeça e ergue uma sobrancelha delineada. — E soube que não sou a única a pensar assim. Exijo que me conte tudo, imediatamente, sobre seu amigo irlandês.

— Como é que você sabe sobre o meu "amigo irlandês"?

Eliza dá um tapinha na lateral de seu delicado nariz.

— Tenho meus informantes.

Seus olhos voam para a cômoda, onde, sobre o pedestal de madeira, está exibido com orgulho o chapéu arrematado com renda de Madame Renault. A escrivaninha portátil de Jane está aberta, e sua última carta a Cassandra, com a lista de suspeitos, encontra-se sobre o tampo de couro verde. Atrás dela, o convite para o baile dos Harcourt junta poeira.

— É este aqui?

— É, é sim.

Jane prende o fôlego. O chapéu é uma das melhores coisas que Jane já teve, mas ela teme que Eliza o descarte como provinciano ou fora de moda. Tem um formato simples, pastoril, mas a faixa de renda marfim que vai em cima e cai de cada lado é linda. Seu padrão de textura encorpada exibe redemoinhos de flores e folhas reunidas de forma intrincada.

— É muito bonito. — Eliza ergue o chapéu do pedestal. Equilibra-o em um dedo e lhe dá uma rodada, examinando-o de todos os ângulos. — Mas não é francês.

CAPÍTULO OITO

Jane franze o cenho. Se Madame Renault se revelar como apenas uma Mrs. Reynolds, ela não tem certeza se quer saber que foi ludibriada em seus doze xelins e seis centavos por um simples chapéu inglês.

— Tem certeza?

Eliza encara Jane com um olhar duro.

— Conheço minha renda, Jane.

— Não quis insinuar...

— E isto é primoroso. — Eliza corre a ponta do dedo sobre a faixa. — Olhe, está vendo a maneira como os fios foram trançados para formar o desenho? As francesas não se incomodam mais com métodos tradicionais tão meticulosos. Elas compram telas feitas à máquina e bordam a padronagem nelas. Isto é muito delicado para ser francês. Eu diria que é renda de Bruxelas.

— Bruxelas?

Jane visualiza o globo de madeira na sala de aula de seu pai. Bruxelas fazia parte dos Países Baixos Austríacos, mas isso foi antes que a nova república francesa começasse a anexar seus vizinhos.

— Eu apostaria minha fortuna nisso. — Eliza deixa a faixa de renda correr sobre as costas da mão como se fosse água. — De que parte da França Madame Renault disse que vinha?

Por um momento, Jane fica em silêncio.

— Acho que ela nunca disse. Por causa do sotaque, nós simplesmente...

— Deduziram? — Eliza estala a língua em sinal de reprovação. — Ah, *ma chérie*, você vai ter que se esforçar mais do que isso se quiser capturar um assassino. — Ela pega a carta inacabada para Cassandra por um canto. — Esta é a sua lista de suspeitos, presumo?

— Bom, eu não diria isso, mas são pessoas com as quais gostaria de falar que têm a ver com a minha investigação.

Jane morde a língua, esperando a repreensão de Eliza. Ela se deixou levar pelo entusiasmo.

Em vez disso, Eliza se empoleira com as costas retas em uma ponta do banco do pianoforte de Jane.

— Muito bem. Agora me conte tudo o que sabe sobre cada um deles. Quero saber exatamente o que ganhariam com a morte de Madame Renault.

— Então, eu não deveria deixar a cargo do magistrado? Tentei obter a ajuda dos meus irmãos, mas acho que eles me consideram tola.

Eliza ergue o queixo gracioso.

— Jane, se tivesse deixado que meu marido ou as autoridades me protegessem da multidão furiosa da França, eu literalmente teria perdido a cabeça.

Ela dá um tapinha no espaço vazio no assento a seu lado.

— Agora venha. Temos trabalho a fazer.

— Bom, quando você fala dessa forma…

Eliza tem razão. Ela provou ter razão. A audaciosa prima de Jane fugiu da França com o filho pequeno ao primeiro sinal de insurreição. Convenceu o marido, o capitão de Feuillide, a se juntar a ela na Inglaterra. No entanto, quando os jacobinos jogaram a amiga dele, uma marquesa idosa, na prisão, o galante capitão insistiu em voltar e até tentou subornar o Comitê de Segurança Pública para soltá-la. Na ocorrência, *ele* foi julgado por traição e executado.

Eliza não confia sua sorte, ou a sorte de quem mais ama, às mãos desajeitadas de terceiros. Jane tampouco.

Capítulo Nove

Nos dois dias que se seguem, Jane interroga os vizinhos sob o pretexto de estar realizando visitas sociais de fim de ano com Eliza. Sua tarefa se torna bem mais fácil com a presença da animada prima. Henry e James, que não se importam em deixar as irmãs perambularem pelo interior a pé, insistem em levar Eliza a toda parte de carruagem. Uma vez que, por toda a vida, a Condessa de Feuillide tem sido uma visita regular a Steventon, ela recebe uma calorosa recepção do amplo círculo de conhecidos dos Austen. Não existe uma casa respeitável na Inglaterra que impediria a entrada de uma condessa, ainda que seu título seja francês. Os vizinhos retribuem as visitas de Jane, convidando-a a voltar com a jovial condessa até que, finalmente, toda a vizinhança entra em confusão e ninguém consegue achar ninguém porque estão todos se visitando.

Em Kempshott Park, Jane planeja trazer à tona quaisquer segredos que a família Rivers possa estar guardando. Ela contou à sua cúmplice o plano de ataque em três etapas: além de questionar se os Rivers viram ou ouviram algo fora do comum antes da chegada dos outros hóspedes e investigar uma possível conexão entre Sophy e a vítima, ela quer que Eliza sonde o passado de Mr. Fitzgerald. Ele é basicamente um desconhecido.

Os Rivers são vizinhos próximos dos Austen há uma década, mas Jane nunca tinha ouvido qualquer menção a um "Mr. Douglas Fitzgerald" até ele ser apresentado algumas semanas atrás como filho natural do capitão Rivers.

A normalmente gélida viúva Mrs. Rivers convida Jane e Eliza à sua sala de visitas e insiste em que se aqueçam junto à lareira rococó, com decoração esculpida de conchas e arabescos. A sala é cheia de borlas e franjas, e toda superfície possível foi revestida com folha de ouro. Mrs. Rivers faz um gesto em direção a um sofá de mogno marchetado com porcelana. Em vez de ela mesma se sentar, sacode as mãos e gira em círculos.

— Aonde Sophy pode ter ido? Ela não pretende ofender.

— Tenho certeza de que logo ela aparece.

Jane sorri, desfrutando a deferência da viúva em relação a Eliza como lhe sendo socialmente superior. Os Rivers são tão rasos que Jane poderia passar por todos eles sem um único respingo em sua anágua.

Mrs. Rivers não oferece um lanche, mas, como a visita anterior das duas foi para a fazenda dos Terry, Jane já se fartou de pudim de ameixa e chá morno.

A segunda filha dos Rivers (cujo nome poderia ser Claire — Jane não consegue se lembrar, e elas se conhecem há tempo demais para ser apropriado perguntar) está sentada em um canto, bordando. Ela franze o cenho enquanto puxa um fio de seda pelo linho esticado.

— Não sei, mamãe. Deve estar conspirando com Douglas.

Mrs. Rivers fica escarlate.

— Veja como fala, Clara! Como ousa sugerir que sua irmã esteja se comportando de maneira inapropriada?

A boca de Clara (e não Claire, reflete Jane) se abre. Ela parece uma versão intocada de Sophy. Tem o mesmo cabelo claro e traços simétricos, embora sem o sorriso irônico ensaiado.

— O quê? Só quis dizer que eles estão sempre cochichando pelos cantos. — Clara se vira para Jane e Eliza. — Eles se acham bons demais para se juntar ao restante de nós.

CAPÍTULO NOVE

Mrs. Rivers abana a mão com desdém.

— Shh, criança. Chega de bobagem.

A porta da sala de visitas se abre e Mr. Fitzgerald entra a passos lentos, com um livrinho encadernado com couro preto debaixo do braço. Já se veste como um clérigo, embora seu alfaiate seja muito melhor do que o que Mr. Austen ou James podem dispor. O paletó preto e a calça são talhados com a melhor lã e primorosamente ajustados à estrutura longa e musculosa do homem.

— Miss Austen, que prazer!

Ele faz uma reverência.

— Mr. Fitzgerald. Esta é minha prima, a Condessa de Feuillide. Acho que vocês não foram apresentados.

Ele repete a reverência com ainda mais graça.

— Vossa Senhoria.

Eliza se vira, presenteando Mr. Fitzgerald com a melhor visão de sua figura marcante. Ela explicou a Jane como, de perfil, uma dama deve arquear as costas e erguer o busto para valorizar o corpo da melhor maneira possível. Agora, a prima corre o olhar de cima a baixo pelo físico coríntio de Mr. Fitzgerald, praticamente o acariciando com seus cílios.

Jane aperta os lábios. Se Mr. Fitzgerald não tomar cuidado, a coquete condessa tirará o leque de sua retícula e sinalizará mensagens codificadas de sedução.

Mrs. Rivers tamborila os dedos no aparador de mogno.

— Clara, vá procurar sua irmã.

A jovem bufa, jogando o bordado na cesta de costura a seus pés.

— De que adianta? Se não estiver com *ele*, estará nas cocheiras, cheirando a cavalo, como sempre.

— Clara! — grita Mrs. Rivers.

A garota faz pouco da mãe enquanto sai. Mr. Fitzgerald tenta não demonstrar seu divertimento enquanto se senta junto a uma escrivaninha no canto mais distante da sala.

Eliza joga um cacho solto para trás do ombro.

— Diga-me, Mr. Fitzgerald, o que o traz a Hampshire?
— Família, madame. O mesmo que a senhora, imagino?
Eliza sorri com educação, exibindo pequenos dentes brancos.
— E vai ficar muito tempo?
Mr. Fitzgerald abre seu livro, lambendo um dedo e virando as páginas.
— Tudo depende. Espero ser ordenado na passagem do ano.
— O senhor vai se tornar um clérigo. Que encantador! — Eliza cutuca o tornozelo de Jane com a ponta do sapato. — Você não acha, Jane?

Por ter sorte suficiente para viver em uma era de avanços filosóficos e científicos tão rápidos, Jane não consegue entender por que tantos jovens, incluindo seus próprios irmãos, decidem se tornar clérigos. Mas ela foi criada para demonstrar modos superiores, então, em vez de responder "Na verdade, não", sorri com afetação, perguntando:

— O que o fez escolher a Igreja?
— Se um homem precisa ter uma profissão, eu diria que pastorear almas é a melhor delas. — Os traços de Mr. Fitzgerald permanecem impassíveis. — Não acha?
— E o senhor precisa? — pergunta Eliza, indo direto ao ponto. — Ter uma profissão?
— Na verdade, sim. Meu pai é muito generoso, mas existe um limite ao qual ele pode chegar para me tornar independente.
— Ridículo. — Mrs. Rivers paira atrás do sobrinho. — De que adianta um homem juntar tal fortuna, se não pode passá-la para o filho? — Ela pousa a mão no ombro do rapaz. — Ele ainda não desistiu, Douglas. Você sabe disso. Sua mãe não lhe permitirá um momento de paz até que o assunto da herança esteja resolvido. Mostraremos àqueles interesseiros intrometidos na assembleia! Como eles ousam dizer ao capitão Rivers o que fazer com o próprio dinheiro?

Mr. Fitzgerald encontra o ponto em que parou no livro, mantendo-o aberto com as duas mãos.

— Por favor, tia. Podemos deixar para discutir esse assunto em particular?

CAPÍTULO NOVE

— Existe um impedimento legal para que o senhor receba a herança? — pergunta Jane.

Será por Mr. Fitzgerald ser filho ilegítimo do capitão Rivers? Não pode ser: dinheiro novo não tem qualquer impedimento.

— Existem alguns… obstáculos a serem superados, sim. — Mr. Fitzgerald trava o maxilar. — Então, é melhor eu preparar meu próprio caminho. Meu pai tem uma ligação em Cumberland que poderia me oferecer uma subsistência, mas ainda não há nada certo. Na verdade, gostaria de viajar mais antes de me estabelecer.

Mrs. Rivers boceja.

— Mostre suas aquarelas às moças, Douglas.

— Por favor, tia, não me force.

— Francamente, Douglas. Por que você acha que o capitão Rivers gastou todo aquele dinheiro com a sua educação? Se quiser ser aceito como cavalheiro, precisa se tornar mais agradável.

Os dedos dos pés de Jane se curvam dentro das botas. De fato, Mrs. Rivers é o cúmulo da inadequação.

— Bom, lamento decepcionar o meu pai, mas acho que é justo que escreva para ele agora mesmo e o avise que sou severamente desprovido de habilidades artísticas. A senhora deveria aconselhá-lo a me tirar da sociedade de imediato para evitar futuros constrangimentos. Ora, Clara pensou que minha vista da montanha fosse um prato de *gelato*.

— *Gelato*? — pergunta Jane.

Mr. Fitzgerald lhe dirige um sorriso enviesado.

— Desculpe-me, é a palavra italiana para sorvete.

— Ah, do latim para gelado.

Jane ri, quase tão feminina quanto Eliza, mas em sua mente está passando os dedos pelo globo de madeira do pai. Considerando que a maior parte da Europa está fechada para viajantes devido à tentativa agressiva da França de expandir seu império, que rota Mr. Fitzgerald poderia ter percorrido para chegar aos Alpes italianos? E teria tal rota incluído uma passagem por Bruxelas?

— Exatamente. — Mr. Fitzgerald levanta o livro. — Posso ler um poema em vez disso?

Jane força a vista, tentando ler as letras douradas do outro lado da sala. Se não estiver enganada, o livro é *Os poemas de William Cowper*. Jane não teve oportunidade de aproveitar muito Cowper, uma vez que, em geral, a coleção dos versos do poeta que o pai tem está enfiada no saco militar de Henry, em vez de ficar à disposição na estante. Ela decide tentar pegar emprestado o exemplar da biblioteca circulante de Mrs. Martin, para poder julgar por conta própria se o poeta é merecedor da adulação desses rapazes.

— Se quiser.

Mrs. Rivers se afunda na cadeira enquanto analisa a elaborada cornija que decora o teto de gesso.

Mr. Fitzgerald limpa a garganta:

> *Foi na alegre estação da primavera,*
> *Adormecido ao alvorecer,*
> *Sonhava que não posso senão cantar...*

A porta se escancara e Sophy irrompe na sala.

— Miss Austen, Vossa Senhoria. Lamento deixá-las esperando.

Suas bochechas estão tão vermelhas que rivalizam com as de Eliza, cobertas com ruge.

Mrs. Rivers olha para ela.

— O que aconteceu com o seu cabelo?

Sophy leva a mão ao penteado.

— Nada.

— Está murcho. — Mrs. Rivers estreita os olhos. — Tinha sido arrumado hoje de manhã mesmo. Sei que você gosta daquela francesa, com todas as histórias escandalosas dela, mas os cachos deveriam durar mais do que algumas horas.

Sophy dá as costas para a mãe, observando o parque através da janela.

CAPÍTULO NOVE

— Fui dar uma rápida cavalgada. Só isso. Meu chapéu deve tê-lo amassado.

Mrs. Rivers atravessa a sala, afofando os cachos da filha.

— De novo? Sophy, há necessidade disso? Garanti a Lady Harcourt que você desistiria de cavalgar. Trata-se de um passatempo muito perigoso e inadequado a uma esposa e mãe. Terá que renunciar a isso depois de casada, então é melhor ir se acostumando.

Jane tamborila no dedo anelar. É o momento perfeito para Eliza aludir ao baile. A prima abafa uma tossida com a mão.

— Parabéns, Miss Rivers. Soube que os sinos do casamento são iminentes.

Sophy volta a cabeça abruptamente para as damas no sofá.

— Obrigada, madame. Mas o sentimento é prematuro. Nenhum anúncio foi feito.

Mrs. Rivers solta um pesado suspiro.

— Precisa fazer cerimônia, querida? Todo mundo sabe que o noivado está próximo.

Sophy cerra os punhos.

— Essas coisas são importantes, mamãe. Não queremos constranger os Harcourt. Não estou noiva, e você não me faz nenhum favor sugerindo que eu esteja.

— Soube do terrível acontecimento na Deane House. — Eliza dispara em seu número bem ensaiado. — Deve ter sido horrível para você.

— Terrível. Simplesmente terrível — confirma Sophy, tocando no camafeu de marfim do colar enquanto sacode os cachos recém-afofados.

— Jane e eu nos perguntávamos se você poderia ter visto ou ouvido qualquer coisa nas horas antes do começo do baile.

Sophy agarra o camafeu com mais força.

— Qualquer coisa?

— Qualquer coisa que pudesse ajudar a explicar o que houve — diz Jane. — Imagino que tenha se vestido lá. Esteve no andar de cima a tarde toda?

Os olhos de Sophy cintilam em direção a Mr. Fitzgerald. Ele afunda o queixo e fixa os olhos nas páginas do livro.

— Ora, sim. Todos nós estávamos.

— Tinha alguém com você? Sua criada, talvez? — pergunta Jane.

— O que é isto? — ironiza Sophy. — Vocês vieram nos desejar um Feliz Natal ou me acusar de assassinato?

— De forma alguma. — Jane recua. — Queria saber se você poderia ter presenciado algo que se revelasse útil, só isso. Ou se reconheceu a mulher.

— Reconhecê-la? De onde?

— Do mercado coberto de Basingstoke.

— B-Basingstoke? — Sophy cai na gargalhada, como se Jane tivesse feito uma piada fantástica. O que não é raro, só que desta vez ela não consegue imaginar o que disse de tão engraçado. — Basingstoke? Ouviu isso, mamãe? — Mrs. Rivers bufa. Até Mr. Fitzgerald parece estar lutando para manter a compostura. — Ah, Jane, você é cômica. Tenho certeza de que *você* compra algumas coisinhas muito lindas no mercado coberto de Basingstoke, mas não chega aos pés do Lock's de Mayfair, não é? — Sophy sacode a cabeça. — Ah, não. Nós abastecemos nossos guarda-roupas na cidade no começo de cada estação.

As bochechas de Jane ficam mais quentes que o sol. A seu lado, até Eliza está sem palavras. A esta altura, em todas as entrevistas anteriores, a conversa rumou para uma expressão de solidariedade pela falecida. Algumas senhoras admitiram reconhecer sua descrição, e uma contou ter comprado um barrete. Ninguém mais constrangeu Jane por seus parcos recursos para comprar roupas ou seu gosto paroquial para a moda.

Mas os olhos cinzentos de Sophy estão duros como sempre. Pouco lhe importa o destino de Madame Renault. Mrs. Rivers se aproxima da filha.

— Por que não toca alguma coisa para nós, querida?

— Claro, mamãe. — Sophy zune em triunfo para o pianoforte. — O que gostariam de ouvir? Um dos *études* de Cramer?

Ela entrelaça os dedos, alongando as mãos acima da cabeça. As mangas ajustadas do vestido revelam a forma de seus braços. As muitas horas

CAPÍTULO NOVE

que ela passa sobre um cavalo lhe deram uma aparência anormalmente torneada para uma moça. Se Madame Renault foi à Deane House com a intenção de pedir dinheiro a Sophy, talvez por ter presenciado algo que poderia levar os Harcourt a desistir da associação com os Rivers, então com certeza Sophy possui a força e o temperamento vingativo necessários para empunhar o aquecedor de cama que matou a chapeleira.

A jovem levanta a tampa do instrumento, estreitando os olhos para Jane.

— Ou eu poderia tocar uma daquelas melodias *irlandesas* de que você tanto gosta, Jane?

O rosto de Jane queima com a intensidade de uma haste de ferro aquecida em uma fornalha. Pela expressão arrogante no rosto de Sophy, fica evidente que ela está se referindo ao afeto de Jane por Tom. Deve ter visto o casal caminhando junto enquanto cavalgava. Ou um dos irmãos de Jane poderia ter deixado escapar.

Não. Terá sido Mary Lloyd quem espalhou a fofoca. Jane tentou guardar segredo da extensão de seu sentimento por Tom até mesmo das amigas e da família. A única pessoa com quem se abriu foi Cassandra, que está em Kintbury com Martha Lloyd, que escreve todos os dias para a irmã, Mary.

Com um mau pressentimento, Jane percebe que não pediu com todas as letras para Cassandra guardar segredo. Na verdade, foi bem ostensiva sobre as atenções de Tom. O segredo terá se mantido seguro apenas até a volta do correio.

Mas Sophy é esperta, porque a alfinetada tem duplo sentido: também é uma referência a uma humilhação anterior. Na festa de boas-vindas de Jonathan, Jane entreteve o grupo com várias músicas das *Melodias irlandesas de Moore*. Depois, Sophy a elogiou por tocar com tanta generosidade. Excesso de generosidade. Jane confia em sua capacidade, mas também tem consciência de suas limitações como uma musicista quase sem instrução formal. Quando terminou de enaltecer o "estilo encantadoramente simples" de Jane, Sophy flexionou os dedos, sentou-se e fez sua própria apresentação virtuosa. Foi mortificante.

Não era de estranhar que Jonathan nunca tivesse olhado duas vezes para Jane; não que ela quisesse que isso acontecesse. Pelo menos, não depois de conhecer Tom. Mas Jane deve ter parecido uma simplória completa, enquanto Sophy enganava a todos para que acreditassem que era generosa e perfeita. Ela fica em silêncio, mexendo com as luvas e enfurecida, enquanto Sophy toca o arranjo conhecido com seu toque irritantemente leve e os dedos ágeis.

Depois, Jane inventa uma desculpa e foge com Eliza do casarão. Lamberão as feridas a sós e formularão um novo plano para interrogar Sophy e Mr. Fitzgerald. Mas, se pretendia afastar os questionamentos de Jane com seus veementes protestos de inocência, Sophy fracassou. Agora, mais do que nunca, Jane gostaria de ver sua rival em desgraça.

2. *Para Cassandra Austen*
 Steventon, quarta-feira, 23 de dezembro de 1795

Minha querida Cassandra,

É, lamento muito, mas você realmente deve passar o Natal com os Fowle, como planejado. Anime-se, porque em Steventon você não pode fazer nada além do que fará em Kintbury para ajudar na causa de Georgy. Neste momento, seu lugar é com o seu noivo. Só Deus sabe quanto tempo levará para que o jovem Mr. Fowle vá e volte de St. Lucia. Ele pode ficar fora por dois anos e, depois que se for, com certeza você lamentará ter deixado passar qualquer oportunidade de aproveitar as horas com seu amado. Além do que, com todas as idas e vindas de Winchester para dar uma olhada no querido Georgy, meu pai diz que não pode, de fato, dispensar ninguém para buscá-la. Agora, quem poderia ter matado a pobre Madame Renault? Com a ajuda da nossa condessa em visita, expandi minha lista de suspeitos em potencial para incluir:

CAPÍTULO NOVE

- *Sophy Rivers (será que a chapeleira poderia estar escondendo um dos segredos da presunçosa Sophy sob seus vários chapéus? Sophy jura que elas nunca se viram, mas talvez esteja se afirmando demais?).*

Você pode me acusar de basear minhas suspeitas em nada mais do que minha antipatia por nossa vizinha, mas acho que tenho um bom faro para uma assassina. Suas preces são muito apreciadas, mas nossa mãe pede que você também espione a cozinheira de Mrs. Fowle e consiga a receita de seu molho de peixe, aquele de vinho do Porto com anchovas. Aparentemente, é o preferido de Georgy e se conserva muito bem em vidro.

Amor de todos,
J. A.

P.S.: Quando terminar de ler, faça um barquinho com esta carta e deixe-o navegar pelo rio Kennet.

Miss Austen
Residência do Rev. Mr. Fowle,
Kintbury,
Newbury.

Capítulo Dez

Na véspera de Natal, James leva Jane e Eliza de carruagem a Basingstoke. Ele se oferece para acompanhar as damas, carregar suas compras e ir com elas de loja em loja, mas Eliza o convence de que seria educado se ele visitasse o clérigo da cidade enquanto ela e a prima realizam suas "incumbências femininas". Porque, a esta altura, Jane exauriu todos os contatos respeitáveis dos Austen e ainda não desvendou quem matou a chapeleira. E seria impossível para ela começar a investigar o lado mais sórdido da vida de Madame Renault se seu irmão mais velho e mais protetor estivesse presente para fiscalizar cada movimento seu.

Apesar dos alertas de Henry quanto ao que ela poderia encontrar, está na hora de Jane examinar como exatamente Madame Renault ganhava a vida. Como Sophy observou, em termos tão humilhantes, Basingstoke não chega a ser a metrópole. E Madame Renault era uma comerciante, levando a vida na esfera pública. Para Jane, é incompreensível que nenhum dos seus conhecidos tenha se apresentado. Se tiver que questionar todos os habitantes da cidadezinha até encontrar alguém que confesse ter conhecido a chapeleira, ela o fará.

Depois de terem se livrado de James, as duas vão para o mercado coberto. Mostram aos feirantes o acabamento em renda de Madame

CAPÍTULO DEZ

Renault, perguntando se o reconhecem ou se lembram de quem o fez. Infelizmente, Basingstoke está entulhada de compradores de final de ano, adquirindo lembrancinhas para dar às pessoas queridas, além de frutas secas e nozes para acrescentar aos banquetes festivos. Os vendedores não gostam de ser distraídos de seu comércio agitado. A maioria afirma não reconhecer a renda específica e nunca ter ouvido falar em "Madame Renault".

Cansada de ser ignorada e empurrada pela multidão, Jane faz uma pausa no trabalho de detetive para visitar o armarinho. Enquanto a vendedora embrulha suas compras e as de Eliza, Jane tenta outra vez e tem sorte. A mal-humorada lojista comunica que, embora não tenha certeza, acredita que "a garota com os chapéus de ar estrangeiro" aluga um quarto na Estalagem Angel.

Jane conhece bem a hospedaria. Ou melhor, conhece o conjunto de cômodos no primeiro andar do prédio labiríntico, com estrutura de madeira. Uma vez por mês, a estalagem dá um baile a que raramente ela falta. Na verdade, está planejando comparecer ao próximo, na véspera do Ano-novo. Espera que a fita dourada iridescente que comprou para enfeitar seu vestido claro atraia a atenção de Tom, da mesma maneira que uma vela acesa atrai uma mariposa. Eliza, em sua infinita sabedoria em assuntos do coração, afirma que a intimidade de uma dança pode levar um cavalheiro a subir os últimos degraus do cortejo amoroso.

Agora, passaram-se vários dias desde a última vez que viu Tom, mas Jane aceitou seu humilhante pedido de desculpas com as boas graças da angélica Miss Weston, e a furtiva correspondência entre os dois continuou com entusiasmo. As palavras dele ainda doem, mas Jane sabe que tem um ponto fraco no que diz respeito a Georgy. Todos os filhos Austen têm. Os alunos da Casa Paroquial de Steventon, e até as crianças da aldeia, aprenderam a duras penas que nenhum dos irmãos de Jane toleraria qualquer gozação a Georgy. Até Cassandra ficou conhecida por ter pegado uma pedra para defendê-lo. Se ao menos um nariz sangrando ou uma surra com um galho pudesse salvá-lo agora...

Jane agarra o braço de Eliza com força enquanto seguem Mr. Toke, o proprietário da Estalagem Angel, até um canto sossegado do refeitório no andar térreo. É uma parte mais suja da hospedaria, aonde Jane nunca tinha ido. Trabalhadores lotam a sala de jantar, mergulhando pão em tigelas de madeira e bebendo cerveja em canecas de estanho. O cheiro de suor e repolho cozido é sufocante.

Felizmente, Eliza está imperturbável como sempre.

— Então, ela esteve aqui? A chapeleira? É fundamental descobrirmos onde se hospedava.

Mr. Toke limpa as mãos no avental manchado.

— Esteve, sim. Chegou em agosto, época da colheita. Uma mulher incisiva. Um pouco arrogante, mas nunca causou confusão. Quando sumiu, deduzimos que tivesse saído às escondidas para não pagar. Mas aí Sir John enviou uma mensagem e então… — Ele suspira alto. — Minha esposa ficou muito afetada ao saber como ela morreu.

Jane segura a cesta bem junto ao peito.

— Nós também.

Mr. Toke coça o bigode grisalho.

— Estávamos prestes a vender os pertences dela para acertar o saldo devedor. Não que alguns velhos trocados fossem cobri-lo. Mas Sir John disse para mandarmos a fatura para ele. É uma boa pessoa, o baronete. Meu cliente mais estimado.

Mais uma vez, a generosidade de Sir John exaspera Jane. Primeiro ele arca com o funeral da falecida. Agora, promete sanar suas dívidas. Deve haver um motivo para tamanha filantropia. Sir John é um proprietário responsável, mas não é pródigo. Ela pode indicar vários chalés na propriedade Deane cujos telhados estão em extrema necessidade de reparos.

E ninguém mencionou Monsieur Renault.

Talvez o marido de Madame Renault não estivesse se hospedando com a esposa em Basingstoke. Pode estar em algum outro lugar, trabalhando ou cuidando das crianças, enquanto ela lhe enviava o dinheiro da venda de

CAPÍTULO DEZ

seus chapéus ou de algum outro serviço menos respeitável. E se Monsieur Renault não souber que a esposa morreu? Será Jane quem transmitirá a terrível notícia aos entes queridos da chapeleira?

— O marido não pode pagar? — pergunta.

Mr. Toke franze o cenho.

— Não existe marido. Ela nos contou que era viúva. Imaginei que ele tivesse sido morto em combate. Tem muito disso no Continente.

Jane abaixa os olhos e observa as tábuas gastas do assoalho. A guerra na Europa levou o marido de Eliza, uma porcentagem da sua fortuna e a herança de seu filho. Jane fica desolada sempre que pensa em Frank e Charles patrulhando o Mar Caribenho em busca de embarcações inimigas.

Conta os meses para trás. Se Madame Renault estava grávida de cinco meses quando morreu, deve ter engravidado em julho. O bebê poderia ser do marido, encomendado antes de ele morrer, e ela procurou refúgio na Inglaterra.

Ou Monsieur Renault já poderia estar morto, ou nunca ter existido. Talvez Madame Renault tenha sido atraída para Basingstoke pelo pai de seu filho ilegítimo.

Jane se aproxima de Mr. Toke, saindo do caminho de uma criada que passa segurando uma bandeja de madeira cheia de canecas transbordando de cerveja. Teme que sua capa retenha o odor da estalagem por dias.

— Isso significa que seus pertences pessoais ainda estão aqui?

Mr. Toke passa uma mão engordurada pelo ralo cabelo grisalho.

— Estão, sim, miss. Nenhuma das criadas entra em seu quarto. As tontas acham que está assombrado. Estou esperando Sir John acertar a conta. Depois, vou embalar as coisas dela e despachá-las.

A respiração de Jane fica presa na garganta.

— Podemos dar uma olhada?

Mr. Toke franze as feições cansadas.

— É melhor não, miss.

Sem dizer uma palavra, Eliza enfia a mão no bolso e tira um punhado de moedas de prata. Elas tilintam quando ela as coloca na palma estendida de Mr. Toke. Ele enfia o dinheiro na frente do avental, na parte mais funda do bolso.

— Bom, só por alguns minutos. Que mal pode fazer?

As moças seguem Mr. Toke, atravessando o pátio, subindo uma escada escura e estreita, passando por um corredor apertado e, por fim, descendo alguns degraus até chegar a uma série de portas. O confuso amontoado de entradas e níveis diferentes é estranhamente reminiscente da Casa Paroquial de Steventon.

Mr. Toke tira um molho de chaves e abre uma mansarda que dá para os estábulos. Tem mais ou menos o mesmo tamanho da sala de vestir de Jane, mas parece muito maior por conter bem pouco mobiliário. As paredes são cobertas por um gesso cor-de-rosa descascado. Um crucifixo de madeira pende de um prego acima da cama. Uma bela manta de retalhos está esticada sobre o colchão e enfiada nos cantos.

Eliza vai até uma mesa de trabalho, em que uma pequena tira de renda marfim está presa a uma prancha de madeira ligada a uma almofada.

— Eu disse, renda de Bruxelas.

A ponta inacabada do desenho floral se dissolve em duas dúzias de linhas de algodão. Cada fio está firmemente enrolado em uma bobina de madeira individual. Claramente é um trabalho de grande habilidade. Madame Renault deve ter levado horas para completar poucos centímetros do intrincado padrão. Que linda seria a renda se ela tivesse tido a chance de terminá-la.

Eliza pega um chapéu de palha de uma pequena pilha. É parecido com o de Jane, mas, sem a renda, é sem graça e comum.

— Ela devia comprar estes já prontos e acrescentar a renda.

Jane fica no centro do quarto e gira devagar, olhando cada canto.

— Então, não era uma chapeleira.

Está dominada pela sensação vertiginosa de estar mais próxima do que nunca e, por outro lado, ainda mais distante de Madame Renault.

Eliza equilibra o chapéu de volta na pilha.

— Nem chapeleira, nem francesa.

CAPÍTULO DEZ

Mr. Toke fica parado à porta.

— Já viram o suficiente, senhoras? Tenho fregueses que precisam de comida e água.

Jane avista um livro conhecido na mesa de cabeceira, ao lado de um rosário feito de contas simples de madeira escura. É o exemplar dos poemas de William Cowper que ela pretendia pegar emprestado da biblioteca circulante. Abre-o e descobre uma placa colada em seu interior.

— Não pertence a ela. É do acervo de Mrs. Martin. Podemos devolvê-lo para o senhor?

— Devo esperar que Sir John cuide disso.

— Pode ser, mas duvido que ele fique agradecido ao senhor por acumular uma multa.

Jane ergue o livro aberto, exibindo a placa característica da biblioteca de Mrs. Martin.

— Leve-o. Agora é melhor vocês irem.

Jane o enfia em sua cesta.

— Com que frequência Sir John aparece aqui? — A língua de Mr. Toke passeia pela boca. — O senhor disse que ele era seu cliente mais estimado. Com que frequência ele vem a seu estabelecimento e o que faz aqui?

— Ah, bastante frequência. Ele e seus amigos alugam uma sala privativa para noites de carteado. Ou, se tem uma briga de galo acontecendo, ele aparece e faz uma pequena aposta.

Então, Henry estava certo. Sir John é um jogador. Todos os homens jogam, mas apenas alguém com dificuldade em controlar seus impulsos apostaria em algo tão grosseiro quanto uma briga de galo.

Jane olha para a cama de solteiro. *As chapeleiras têm mesmo certa reputação...* Tecnicamente, Madame Renault não era uma chapeleira, mas era uma mulher vivendo à margem da sociedade e devia estar desesperada por dinheiro. Aos cinco meses de gestação, sentiria os chutes e saberia que iria dar à luz, dificultando sua capacidade de se sustentar. Será que suas circunstâncias a deixaram tão desesperada a ponto de tentar extrair dinheiro de Sir John? Por chantagem ou por meio de um acordo com o licencioso baronete?

— Ele mantém um quarto aqui?

Mr. Toke dá uma passo para trás.

— Como é, mocinha?

Eliza leva a mão à boca.

Jane insiste:

— Ou talvez mantenha um quarto para outra pessoa?

— O que está insinuando, miss?

As bochechas de Jane queimam, mas ela precisa saber a verdade.

— Não estou insinuando nada. Imaginei, levando em conta que Sir John é um cliente tão regular e que Madame Renault se hospedava aqui, que os dois poderiam ter dado de encontro um com o outro. O senhor sabe se eles se conheciam?

Mr. Toke escancara a porta e se posiciona atrás de Jane, dirigindo-a para a saída.

— Não gosto do tom da sua pergunta. Fique sabendo que este é um estabelecimento respeitável. Ganhamos o nosso pão recebendo as famílias mais finas do condado, não fechando os olhos para a depravação. Agora, é hora de acompanhá-las para fora das minhas dependências.

Está ventando muito e o rosto de Jane arde enquanto ela folheia o livro. Como Mr. Toke ousa acusar a *ela* de ter um comportamento impróprio? Jane não tem tempo para delicadezas: faz quase duas semanas que o assassinato aconteceu e nem ela, nem o magistrado estão mais perto de descobrir o culpado. Deve haver um motivo para Sir John assumir as obrigações de Madame Renault, e Jane está disposta a apostar o conteúdo de sua carteira que é algo abominável.

Eliza observa a prima folhear as páginas enquanto abotoa seu redingote cor de lavanda até o pescoço e estremece com o frio. Enfiado quase no final do pequeno volume, um papelzinho parece que era usado como marcador de livro.

CAPÍTULO DEZ

Jane aperta os olhos para observar as estranhas marcas e números.

— Ah, é apenas um recibo.

Por detrás do véu, Eliza arqueia a sobrancelha.

— Pensou que fosse uma carta de amor de Sir John?

Jane enfia o recibo no bolso, decidida a estudá-lo mais a fundo. Sempre precisou de mais tempo para decifrar fileiras de números do que sequências de palavras.

— Qual seria o outro motivo de ele pagar tudo? E quando foi que o marido de Madame Renault morreu? Eu lhe disse, Dame Culham contou que ela estava grávida de cerca de cinco meses.

No fundo, Jane desconfia que identificar o pai do bebê de Madame Renault desvendará o mistério de sua morte.

Eliza dá o braço à prima.

— Ah, *ma chérie*. Nem *sempre* é preciso um marido para fazer uma criança.

Jane estala a língua. Ela foi criada em uma fazenda, não em um convento.

— Eu sei, Eliza. Posso não ser tão viajada quanto você, mas não sou uma boba.

Capítulo Onze

Mrs. Martin concentra as operações de sua biblioteca circulante na botica do marido, na rua Londres. Jane ficou muito animada quando ela lançou a empresa, pois aos quinze anos já tinha lido tudo que lhe interessava no acervo do pai. Espera que a ficha de leitura de Madame Renault possa revelar mais da vida e talvez da morte da mulher, embora deteste imaginar que impressão alguém teria de seu próprio caráter se pudesse ver os volumes escandalosos que pegara emprestados com Mrs. Martin ao longo dos anos.

Uma sineta tintila quando Jane abre a porta envidraçada. A loja tem cheiro doce e apimentado, fresco e bolorento, tudo ao mesmo tempo. Prateleiras de mogno e armários com a frente de vidro forram as paredes do chão ao teto. A maioria delas está entulhada de frascos, garrafas de formatos estranhos e vasilhas de cerâmica contendo cada remédio conhecido no mundo moderno. O acervo de livros de Mrs. Martin ocupa apenas parte de uma das paredes.

Ao contrário de uma biblioteca particular, as encadernações não combinam, os volumes são de tamanhos diferentes e estão em vários estados de conservação. Alguns são novos, encadernados com couro preto lustroso com letras douradas na lombada, enquanto outros estão gastos

CAPÍTULO ONZE

nas bordas ou são mantidos entre duas placas de mármore amarradas para não se desintegrarem.

Mr. Austen e Mrs. Lefroy formaram suas bibliotecas escolhendo textos que prometiam esclarecer a mente, ou que continham pelo menos algum mérito literário, ao passo que a única consideração de Mrs. Martin é a popularidade, o que contribui para uma seleção maravilhosamente variada. Toda vez que percorre as prateleiras, Jane fantasia sobre colocar, discretamente, *Lady Susan* entre os volumes. De modo anônimo, é claro, pois não deseja se tornar uma pária. Copiada em sua melhor caligrafia em um de seus elegantes cadernos de velino, a obra não pareceria tão deslocada entre o acervo heterogêneo de Mrs. Martin. Então, Jane faria hora no balcão da botica, ouvindo as primeiras críticas realmente imparciais à sua escrita. A boa gente de Basingstoke ficaria chocada ou encantada com a excentricidade de sua heroína? Talvez ambas as coisas.

— Ah, Miss Austen — chama Mrs. Martin por detrás do balcão. É uma mulher cordial, com trinta e tantos anos, e usa um avental de renda por cima do vestido vermelho manchado. — Acredito que todos os meus Mrs. Radcliffes foram levados. Posso lhe oferecer alguma outra coisa?

— Não vim pegar emprestado hoje, Mrs. Martin, vim devolver. Encontramos este exemplar no quarto da falecida Madame Renault, na Estalagem Angel. — Jane mostra o livro. — Pensando bem, posso ficar com ele por um tempinho?

— Então foi *mesmo* aquela pobre garota que foi morta. — Mrs. Martin comprime os lábios e faz que não com a cabeça. Seus cachos loiro-escuros balançam ao redor das têmporas. — Lemos no *Hampshire Chronicle*. Ainda assim, rezei para não ser verdade. Ela soletrava o nome de um jeito diferente.

Mrs. Martin se abaixa atrás do balcão e, ao reaparecer, apoia nele um grosso livro encadernado com couro. Folheia o volume e o vira para que Jane e Eliza também possam vê-lo. Na primeira página, há uma longa lista de todos os assinantes. Jane lê seu próprio nome, junto com o de

Cassandra e o de Mr. Austen, próximo ao topo. Apesar da afirmação de que não tem tempo para ler, Mrs. Austen devora tudo o que o marido e as filhas pegam emprestado assim que os exemplares ficam sem supervisão.

Jane prende a respiração quando Mrs. Martin corre o dedo pela lista até chegar à última anotação, escrita com tinta fresca preta: *Madame Zoë Renard*.

— Devo ter entendido mal. — Jane se repreende por seu descuido. Seu erro de soletração deve ter sido o motivo de nenhum dos conhecidos de Madame Renard comparecer ao funeral. — Ela só disse o nome uma vez, e com o sotaque... Colocou muita ênfase na primeira sílaba.

— E dizem que ela foi golpeada até a morte? Na Deane House? Ah, minha nossa! A que ponto o mundo está chegando?

Jane sente dor no coração quando Mrs. Martin mergulha a pena em um tinteiro e risca o nome de Madame Renard.

— Uma mulher pequena, não é? — Jane coloca a mão aberta ao lado da maçã do rosto. — Fazia rendas e chapéus decorados. Às vezes alugava uma barraca no mercado. Na verdade, acho que a senhora está usando uma de suas coifas.

— Estou, sim. — A parte de trás do cabelo de Mrs. Martin está enfiada em uma coifa de algodão, arrematada por um babado elegante e bonito. O padrão da renda encorpada, com redemoinhos de flores e folhas, é semelhante ao do chapéu de Jane. — Fizemos um acordo de que isto pagaria pela assinatura dela.

— A ideia é administrarmos um negócio, não abastecê-la com a última moda francesa — grita Mr. Martin pela porta aberta do seu laboratório, no fundo da loja.

Ele está próximo a um par de balanças, equilibrando com cuidado pesos de chumbo de um lado e um pó fino e leve do outro. O boticário é, no mínimo, dez anos mais velho que a esposa, mas igualmente bem-apessoado, com bigodes aparados e um avental engomado por cima da camisa de linho e do colete.

Mrs. Martin cruza os braços e os apoia no balcão.

CAPÍTULO ONZE

— Não ligue para ele. Continue. O que estava dizendo?

Eliza tira a luva para correr um dedo ao longo da renda da coifa de Mrs. Martin.

— É renda de Bruxelas. Até mais bonita do que a francesa. Alguma vez Madame Renard mencionou de onde veio?

Mrs. Martin se empertiga.

— Não, ela era muito discreta. Ficava na dela. Gostava de pegar poesia. Nada inferior. Nenhum desses romances góticos de que você tanto gosta, Miss Austen.

A bibliotecária folheia o livro de registros até chegar à página reservada às anotações de empréstimo de "Miss. J. Austen" e poder acrescentar os detalhes do último exemplar pego pela jovem. Acima dele, crimes contra um gosto refinado em literatura estão listados por ordem de data.

Jane se encolhe sem conseguir evitar. Não deveria ficar constrangida na frente de Eliza. Além de escutar com entusiasmo trechos de *Lady Susan*, a prima passou a noite regalando a família com tramas mal lembradas de romances escandalosos lidos na França. Jane adoraria ler um deles, em especial, chamado *Ligações perigosas* ou algo assim.

— Podemos ver o que Madame Renard pegava?

Mrs. Martin folheia as páginas até o final do livro.

— Ela não teve tempo para pegar muita coisa. Só ingressou em outubro, depois que a conheci no mercado. Começamos a falar por causa da coifa. Eu não conseguia entender seu sotaque encorpado. Contou-me que ainda estava aprendendo inglês e que lia melhor do que falava. Então, mencionei o acervo, e logo depois estávamos fechando um acordo. Gostava de Cowper. Renovou-o várias vezes.

Jane sente um peso no corpo com a imagem de Madame Renard lendo poesia sozinha em seu quarto na mansarda. Mas ela não poderia estar completamente só: alguém gerou seu bebê. Mr. Toke não quis contar o nome do amante, mas talvez Mrs. Martin a tivesse visto por lá com um homem.

— A senhora sabia de algum conhecido dela?

Mrs. Martin pestaneja:

— Nunca a vi andando com ninguém.

— Ninguém? Nem mesmo com um amigo, talvez?

— Ela não era desse tipo. Dava a impressão de ter tido uma educação muito boa. Era tão esnobe que me perguntei se poderia ser uma dessas *émigrés* desafortunadas, talvez uma mulher vivendo tempos difíceis. O professor de dança na Estalagem Angel é um conde francês exilado, e tem uma ótima cabeleireira que afirma ser uma *ci-devant vicontesse*, seja lá o que isso queira dizer.

Jane agarra o braço de Eliza. Se o capitão de Feuillide não tivesse sido tão galante, seria incluído entre aqueles "*émigrés* desafortunados". Em vez disso, foi guilhotinado e jogado em uma vala comum.

— Já que estamos aqui, preciso comprar um pouco de magnésia para a minha mãe.

O braço de Eliza treme, mas sua voz não denuncia qualquer trepidação.

— E vou levar uma tintura de alcaçuz e confrei para meu filhinho. Ele sofre terrivelmente de males fleumáticos.

Mr. Martin prepara o pedido. Enquanto está ocupado, sua esposa pega um catálogo de uma editora e pede conselhos a Jane sobre quais volumes "inferiores" poderiam se mostrar os mais populares entre seus assinantes. Entre os títulos listados, Jane fica muito entusiasmada ao ver *Camilla*, futura publicação da "autora de *Evelina*". Decide convencer o pai a encomendá-lo ele mesmo, de modo a poderem ter seu próprio exemplar na biblioteca da casa paroquial. Prefere não confiar unicamente em Mrs. Martin, temendo ser forçada a esperar que Mary Lloyd termine o livro antes que possa lê-lo. Com *Camilla*, Jane aconselha Mrs. Martin a comprar um novo romance intrigante em três volumes chamado *O monge*, que se diz totalmente aterrorizante. Elas procuram uma tradução inglesa de *Ligações perigosas*, mas não está listada por esse título, e Eliza não consegue se lembrar do nome do autor. Mr. Martin entra na loja e coloca dois pequenos frascos no balcão, ao lado de um pilão e de um almofariz.

Eliza sorri com doçura:

CAPÍTULO ONZE

— Madame Renard comprou algo do senhor?

— Não que eu me lembre.

Mr. Martin enfia uma rolha no gargalo de cada frasco, que sela com cera. O sorriso inocente de Eliza é tão perfeito que poderia ter sido desenhado com ruge.

— Nada para seus problemas femininos? Uma tintura para restaurar seus períodos, talvez?

Jane admira a maneira como a prima mantém o rosto totalmente impassível enquanto pergunta ao boticário se Madame Renard pediu poejo ou alguma outra erva que poderia provocar aborto.

Mr. Martin franze a testa.

— Com certeza não. Eu não me esqueceria disso.

A sineta tilinta quando a porta se abre, interrompendo o interrogatório de Eliza. As moças se movem ao longo do balcão, permitindo que Mr. Martin atenda a recém-chegada.

— Outro frasco de vinagre de ópio? Eu lhe dei um faz apenas alguns dias.

Com o canto dos olhos, Jane capta o perfil da cliente. É uma mulher atraente, com cabelo loiro-acinzentado e surpreendentes sobrancelhas castanho-escuras. A mulher responde com uma voz melosa:

— Se puder fazer a gentileza, senhor.

É então que Jane se vira e a reconhece como Mrs. Twistleton. Está usando seu costumeiro vestido de seda preto sob uma capa de veludo verde-esmeralda.

— Diga a seu patrão que ele precisa tomar cuidado com esta tintura. — Mr. Martin balança o dedo. — Em grandes quantidades pode fazer mal.

— Não cabe a mim, nem ao senhor, questionar o baronete. E, se não puder atender ao pedido, aconselharei Sir John a levar sua clientela para outro lugar.

Ela ergue o queixo, encarando Mr. Martin.

O boticário a encara por alguns segundos desconfortáveis, depois solta um forte suspiro e volta para seu laboratório.

Os cantos da boca carnuda de Mrs. Twistleton sobem ligeiramente.

— Também vou levar um pouco de água de rosas — grita para Mrs. Martin, mal olhando para ela.

Mrs. Martin funga.

— Rosas? Tem certeza de que não quer lírio do vale? É o perfume costumeiro de Lady Harcourt.

— Como a senhora é observadora! — exclama Mrs. Twistleton. — A água de rosas é para mim. Pode pôr numa conta separada. Pode ser que lírio do vale seja o preferido da minha patroa, mas acho que é muito antiquado e enjoativo, concorda?

Pela curva que o lábio superior de Mrs. Martin faz enquanto ela completa o pedido da governanta, Jane imagina que a bibliotecária conheça a história duvidosa de Mrs. Twistleton. Deve ser desagradável para ela e o marido atender tal mulher sob seu novo manto de respeitabilidade. Depois de pegar as compras e enfiá-las na cesta, Mrs. Twistleton se vira para sair. Jane voa até a porta, agarrando a maçaneta e a abrindo antes que a mulher chegue até lá.

Mrs. Twistleton vacila.

— Miss Austen, não a vi ali.

— Mrs. Twistleton. — Jane fica ao lado da governanta enquanto ela escapole para a rua. — A senhora tem alguns minutos? Quero perguntar sobre o terrível acontecimento no baile. Estou tentando identificar o assassino.

Sem diminuir o passo, Mrs. Twistleton cobre a cabeça com o capuz. É arrematado com pele de raposa.

— Tenho que correr. Preciso pegar o coche de volta para a Deane. Além disso, você sabe muito bem quem é o assassino. Ouviu Mr. Craven. É um dos vagabundos que invadem a propriedade.

— Mas a senhora viu alguma prova de um acampamento? A equipe de busca não encontrou vestígios de ninguém dormindo ao ar livre. — Jane se apressa para manter o ritmo. — Sei que ele afirmou que não, mas a

CAPÍTULO ONZE

senhora acha que existe alguma possibilidade de Sir John ter reconhecido a falecida?

Mrs. Twistleton dá um pulo para trás, contorcendo o rosto.

— Olhe aqui, Miss Austen! Nenhum de nós na Deane House conhecia a pobre mulher. Sei que seu irmão foi preso por roubar o colar dela, e é muito natural que você queira transferir a culpa, mas isso não lhe dá o direito de fazer acusações espúrias. Não se atreva a sair por aí questionando a palavra de Sir John. Está me ouvindo? Agora, tenha um bom dia. Preciso pegar um coche.

A governanta dá meia-volta e sai caminhando, enquanto Jane permanece pregada no chão.

Os passos apressados de Eliza a alcançam.

— Para onde você saiu correndo? Estávamos interrogando a bibliotecária.

Jane mantém os olhos fixos na figura encapotada de Mrs. Twistleton desaparecendo na rua apinhada.

— Aquela é a governanta *e* concubina de Sir John.

Os olhos de Eliza se arregalam.

— Você acha que ela sabe alguma coisa?

— Sabe! Ela sibilou e salivou para mim como um gato selvagem quando perguntei se Sir John poderia ter reconhecido Madame Renard.

— Será que ela ficou com ciúme do amante? Talvez visse Madame Renard como uma rival?

— Não sei...

Jane não quer ser ingênua, mas a descrição que Mrs. Martin fez de Madame Renard, como uma moça orgulhosa, combina com sua própria impressão da pobre rendeira. Por mais que tente, não consegue imaginar Madame Renard se entregando a Sir John. Em vez de flertar com ele, talvez ela tivesse testemunhado alguma indiscrição entre o baronete e a governanta. Apesar dos protestos de Mr. Toke, a Estalagem Angel seria um local conveniente para que ele se permitisse outras libertinagens além da jogatina.

— Talvez sua mera aparição na Deane House tenha levado à sua morte. Mrs. Twistleton pode ter entrado em pânico, pensando que Madame Renard estava prestes a delatar seu verdadeiro caráter para a nova patroa. Lady Harcourt com certeza a demitiria, deixando-a sem um provedor e sem meios de subsistência — prossegue Jane.

Os lábios de Eliza, pintados de vermelho, formam um O perfeito.

— Você acha que a governanta possa ter matado Madame Renard?

Jane estremece. A viagem a Basingstoke a deixou com a sensação de precisar de uma boa esfregada em um banho quente.

— Não sei. Estou tentando imaginar todas as versões possíveis da história de Madame Renard e analisá-las junto aos fatos para ver qual se encaixa. Sir John e Mrs. Twistleton poderiam até ter agido em conjunto. Talvez Madame Renard tenha descoberto o combinado entre eles e estivesse tão desesperada por dinheiro que tentou chantageá-los, mas eles decidiram que seria mais conveniente se livrar dela.

Eliza leva a mão ao pescoço.

— Meu Deus, Jane! Da maneira como sua mente funciona, fico feliz por *não* estar aqui quando a coisa aconteceu. Só Deus sabe quais dos meus assuntos particulares você poderia ter desenterrado para me acusar de condutas execráveis.

Jane dá o braço à prima, inclinando-se em direção a ela de modo que suas testas se tocam.

— E deveria ficar mesmo. Eu não consideraria *você* incapaz de nada, condessa.

Capítulo Doze

No dia de Natal, Mr. Austen conduz os rituais na igreja de St. Nicholas. Sobe no púlpito, bafora em seus óculos e limpa as lentes com o lenço antes de ler em voz alta, do exemplar gasto, o mesmo sermão que fez no dia de Natal nos últimos dez anos. Ninguém se incomoda. O que falta em originalidade é compensado por ser breve. O pequeno grupo de tecelões, fiandeiros e agricultores que se juntou para o louvor na igreja úmida e exposta ao vento está tão ansioso quanto Jane para voltar à lareira de suas casas e aproveitar o raro dia de lazer. Depois da preleção, ela se sente infeliz por eles comemorarem as festividades enquanto Georgy está na cadeia por um crime que não cometeu.

Para aplacar sua consciência, tenta decodificar o recibo encontrado no livro que Zoë Renard pegou na biblioteca, na esperança de que isso possa ajudar a provar a inocência do irmão. Infelizmente, a escrita está tão inclinada e manchada que nada faz sentido para ela que, então, resolve compartilhá-lo com a família. Talvez um deles consiga lê-lo. Afinal de contas, são especialistas em decifrar seus rabiscos desleixados, mesmo quando ela escreve às pressas, perseguindo uma história enquanto ela se desdobra em sua imaginação.

A família se reúne na melhor sala de estar enquanto Sally prepara a ceia natalina. Jane e Mrs. Austen usam seus mais requintados vestidos claros, com saiote cor-de-rosa de lã de carneiro. Eliza está vestida com um cinza-médio, apenas um ou dois tons mais sóbrio. As cinturas dos vestidos da prima estão chegando cada vez mais perto do busto. Jane não sabe o que pensar dessa nova moda, exceto que os espartilhos mais curtos que Eliza usa por baixo das roupas parecem muito mais confortáveis do que as peças íntimas de Jane.

Logo cedo pela manhã, Henry foi e voltou de Winchester para visitar Georgy. Agora, ele faz o possível para garantir à família que o irmão continua animado e está sendo cuidadosamente atendido pelo diretor da prisão e sua esposa. Visando à objetividade, Jane havia pedido para que Henry e James arrancassem de Jack um álibi mais específico enquanto estavam na prisão. De modo alarmante, eles ainda estão devendo uma resposta crível.

Jane rói a unha do polegar.

— Vocês perguntaram a Jack onde ele estava na noite em que Madame Renard foi morta?

James, sentado ao lado de Eliza no sofá, coça o rosto.

— Ele estava fora cuidando de alguns afazeres, portanto não pode atestar por Georgy.

Jane não consegue considerar seu colega de infância como um suspeito em potencial, mas está ficando ligeiramente preocupada com o fato de que, mesmo quando pressionado, Jack continua a ser muito vago.

— Sei disso, mas quem pode atestar por *ele*?

Sally, que está levando uma bandeja de *sorbets* de limão para a mesa, perde o equilíbrio. Consegue agarrar a maioria dos copos, mas dois lhe escapam pelos dedos e se quebram no chão. Mrs. Austen corre em seu socorro antes que Anna possa chegar ao vidro quebrado.

James fica boquiaberto.

— Jane, você não está acusando Jack Smith de ter algo a ver com a morte de Madame Renard, está?

CAPÍTULO DOZE

— Não... não explicitamente. — O rosto de Jane esquenta. — Mas é justo que cada um esclareça onde estava na noite em que ela foi morta. Nem que seja para que a pessoa possa ser eliminada da investigação.

— Ora, Jane — diz Henry, recostando-se na lareira em busca de calor. — Jack cuidou de Georgy a vida toda. O homem está tão infeliz com esta situação quanto qualquer um de nós.

A família de Jane a encara como se lhe tivesse despontado uma cabeça extra com chifres. Vai contra seus instintos questionar Jack, mas analisar todas as possibilidades é a única maneira que conhece de descobrir a verdade.

— Eu só estava dizendo...

A voz de Mr. Austen é extraordinariamente severa.

— Jane, Jack Smith não tem nada a ver com o que aconteceu com aquela mulher. Ele é uma boa alma cristã.

— Sei disso...

Mrs. Austen interfere, depois de entregar a Sally uma pá de lixo e uma escova.

— Ele faz parte da família e nunca se queixa de suas responsabilidades. Ora, ele sequer criou caso quando seu pai se recusou a adiantar seus salários.

— Ele pediu um empréstimo?

Jane sente um peso no estômago. Não, não é possível. Mesmo que estivesse desesperado por dinheiro, Jack não se rebaixaria a ponto de pegar algo que não lhe pertencesse.

Mrs. Austen confirma.

— Pediu, para comprar a porca de Terry. Mas nós explicamos que não poderíamos arcar com isso. Não com a proximidade do Natal e os planos para o casamento da sua irmã.

— Quando foi isso, papai?

Mr. Austen esfrega os olhos.

— Não sei. Uns dois dias antes do baile, imagino.

Os pais não enxergam, mas Jack vem tentando ser independente há anos. E se estivesse cansado de esperar "algo aparecer" e, em vez disso, tivesse decidido pegar o que quisesse?

Se ele *fosse* o ladrão, estaria explicado como Georgy conseguira o colar: ele o teria encontrado entre os pertences do companheiro. Mas Jack cometer assassinato? Com certeza não. A não ser que nada tivesse sido planejado e ele tivesse sido tomado por um pânico absoluto. Como a mãe de Jane sugerira, o culpado poderia ser um oportunista que só pretendia roubar, não matar sua vítima.

— Então, vocês não percebem por que é especialmente importante estabelecer onde ele estava naquela noite?

— Jane! — repreende Mr. Austen de forma incisiva, fazendo a filha e a esposa se sobressaltarem. — Não vou permitir que você lance acusações por aí. Você está entrando em um jogo perigoso.

Jane perde o fôlego. Sempre contou com o apoio do pai.

— Estou só investigando todas as possibilidades.

— Ainda que seja, você não pode apontar o dedo para nossos amigos — diz Mr. Austen. — Não queremos ver outro inocente condenado. Se não tomar cuidado, você começará uma caça às bruxas.

— Claro, me desculpe, pai. Prometo não tocar mais neste assunto. — Jane abaixa a cabeça, unhando as saias do vestido. Não precisaria incomodar os irmãos para interrogar Jack se ela mesma pudesse questioná-lo. — Por favor, vocês me levam na próxima vez que forem visitar Georgy?

A sala fica em silêncio, a não ser pelo balbuciar de Anna e os passos de Hastings, que persegue a bebê ao redor do sofá. Para Jane, é humilhante ter que depender dos outros para transportá-la. Significa pedir aprovação implícita para cada um dos seus movimentos.

Sophy tem razão quanto a isso. Deve ser libertador ser uma amazona tão confiante, indo e vindo como quiser. O conhecimento de que, um dia, ela abocanhará sua própria e imensa fortuna também não deve fazer mal.

James olha para Mr. Austen e pergunta:

— E então, pai?

CAPÍTULO DOZE

Mr. Austen cobre os olhos com a mão.

— Desde que ela prometa se comportar, pode ir.

Jane faz um breve aceno com a cabeça. É claro que quer ver Georgy, quer mesmo. No entanto, se os outros não têm coragem de perguntar a Jack onde ele esteve naquela noite, ela mesma precisa fazê-lo. É doloroso imaginar que, de alguma maneira, ele poderia estar envolvido na morte de Madame Renard, mas Jane não descartará ninguém de sua investigação até saber a verdade.

Na hora seguinte, a vivaz Eliza conduz os Austen para a frivolidade, tocando seu violão. Toda a família se junta para entoar "Nos Galan". A condessa faz um dueto com James e Henry, alternadamente. Jane nunca tinha visto os irmãos tão dispostos a exibir seu talento musical. Eles têm um talento razoável para canto, mas não possuem a dedicação necessária para se tornar verdadeiros músicos. Especialmente Henry, que, na juventude, ficou conhecido por trocar de instrumento a cada semana.

Uma corrente de papel feita por Jane e Hastings sobe e atravessa a viga acima da mesa de jantar, apesar das tentativas de Anna de destruir o adereço. É claro que as decorações não são tão abundantes ou artísticas como Cassandra teria feito se estivesse lá. Se Eliza e Hastings não estivessem presentes, Jane duvida de que tivesse conseguido energia para fazer qualquer coisa. Com Georgy na cadeia, um Natal puritano pareceria mais adequado.

Jane se pergunta como Tom está aproveitando a ceia de Natal com os Lefroy. Deve ser um evento mais civilizado, com mais carne e menos interrupções das crianças. Será esse o padrão de jantar que ele espera depois de casado? Ou ficará feliz com o estilo mais caótico de harmonia doméstica dos Austen?

— Qual peru vamos comer? — pergunta ela assim que terminam as orações.

Sally serve todos os diversos pratos de uma vez, ficando mais vermelha e mais perto das lágrimas a cada quitute que coloca ao lado da decoração de sempre-vivas que Jane fez para o centro da mesa. Realmente, com os convidados extras, eles deveriam ter contratado mais uma moça para ajudá-la naquele dia.

Mrs. Austen coloca Anna e Hastings na extremidade da mesa, longe da lareira.

— A fêmea de pintas pretas.

— Ah, eu bem que gostava dela — diz Henry.

Está sentado em frente a Jane e às outras mulheres, em um banco com James.

Mr. Austen ocupa seu lugar na cabeceira da mesa.

— Imagino que vá gostar ainda mais com um pouco de creme de ameixa e molho de manteiga derretida.

— Verdade — concorda Henry, enchendo o prato com rosbife, batatas e alcachofras-de-jerusalém, o que Jane considera imprudente.

Mr. Austen passa o garfo e a faca de trinchar para o filho mais velho.

— Poderia fazer o favor, James?

James aproveita a oportunidade de posar como *pater familias*.

— Claro, pai.

Desabotoa os punhos e enrola as mangas até abaixo dos cotovelos. Eliza passa a jarra de vinho branco ao redor da mesa. Todos enchem as taças, enquanto James se esfalfa sobre a enorme ave cozida.

— Quer que eu pegue meu sabre e dê uma ajudinha? — provoca Henry.

Um brilho de suor se forma na testa de James.

— Não, não. Não vou deixar a velha garota levar a melhor.

Jane se vira para a mãe, que está ocupada fazendo os pratos das crianças.

— Você já tomou vinagre de ópio?

Mrs. Austen enfia um guardanapo sob o queixo de Hastings.

— Já. Terrivelmente forte. Provocou as mais apavorantes evacuações...

Jane ergue a mão.

— Basta de informação, obrigada.

Mrs. Austen se vira para encarar os adultos e toma um gole de vinho.

— Por quê? Está pensando em experimentar um pouco para a sua inquietação?

CAPÍTULO DOZE

— De forma alguma. Você sabe como o láudano confunde o meu cérebro, e não posso suportar ficar entorpecida. Esbarramos com a governanta dos Harcourt na cidade. Aparentemente, eles consomem uma grande quantidade disso na Deane House.

Mrs. Austen coloca a taça de vinho na mesa.

— Imagino que seja para os nervos de Lady Harcourt. Caroline sempre foi de uma… — Ela comprime os lábios — … disposição nervosa, e o desastre no baile não deve ter ajudado.

Jane sacode um guardanapo e o apoia no colo.

— De modo geral, quanto uma pessoa tomaria para equilibrar os nervos?

— Sei lá, uma ou duas gotas por dia?

— Então, ela não deveria liquidar um vidro em menos de uma semana? Não sozinha?

Henry engole, esvaziando a boca.

— Deus do céu! Eu diria que isso basta para derrubar um batalhão.

— E vocês estavam errados com suas insinuações sobre Madame Renard, como agora a conhecemos. Sabemos de fonte segura, a Mrs. Martin, que ela era uma mulher respeitável. Não era nem mesmo uma chapeleira. Era uma rendeira, a não ser que por acaso as rendeiras tenham uma reputação semelhante à das chapeleiras…

Henry engole em seco. O pomo de Adão roça no plastrão engomado de linho.

— O que você quer dizer com "reputação semelhante"? — indaga Eliza, pousando o copo.

— Não. — Henry tosse, ruborizando. — Até onde sei, as rendeiras tendem a ser velhinhas doces.

Eliza se inclina sobre a mesa.

— Mas que tipo de reputação as chapeleiras têm?

— Vamos lá, Henry. — James sorri, malicioso. — Você é um homem vivido. Por favor, nos conte que tipo de reputação as chapeleiras têm.

Henry dá um gole no vinho e dispara um olhar aguçado para Jane.

Mrs. Austen endireita o corpo.

— Esta não é uma conversa que deveríamos ter na frente das crianças.

Jane olha para Anna e Hastings.

— Elas não estão ouvindo.

Na extremidade da mesa, Anna está enfiando na boca pedaços esmagados de batata. Aperta-os tanto que o interior branco e macio escapa por entre os dedos. Hastings está usando seu melhor paletó, e seus cachos dourados pousam nos ombros. Está sentado imóvel, as mãos no colo, enquanto olha para o nada. É como se seu corpo estivesse presente, mas a mente em outro lugar.

— Hastings... Hastings?

Eliza se levanta, derrubando a cadeira atrás de si.

Os olhos do garotinho rolam para trás, exibindo apenas o branco. Ele convulsiona. Seu corpo tem espasmos e contrações, a cabeça é jogada para cima e para baixo. Conforme seu torso enrijece, ele esbarra forte na mesa. Eliza corre em sua direção, mas Henry, que está mais perto, agarra o menino enquanto ele é atirado no ar pelos movimentos frenéticos do próprio corpo. Hastings se debate violentamente enquanto Henry o conduz com delicadeza para o tapete turco.

— Rápido. — Mrs. Austen pega uma colher de prata. — Ponha isto na boca de Hastings antes que ele morda a língua.

Eliza mostra os dentes.

— Saiam, vocês vão sufocá-lo!

Em um instante, a prima de Jane se transforma em uma tigresa protegendo a cria. Cai de joelhos enquanto o menino se contrai, seu corpinho estremecendo pelo chão.

Mr. Austen remove o guardanapo enfiado no colarinho.

— Ah, Deus do céu.

James encara, boquiaberto. Está paralisado, com o garfo e a faca de destrinchar ainda nas mãos. Anna fica escarlate e chora. Mrs. Austen tira a bebê do cadeirão, a aperta contra o peito, fecha seus olhos e vira seu rosto para longe da cena.

CAPÍTULO DOZE

— Shh. — Henry ergue as mãos, agachado ao lado de Eliza e Hastings. — Está tudo bem, está tudo bem.

Mas não está tudo bem. Os olhos de Eliza estão vermelhos e marejados. Uma espuma borbulha nos lábios de Hastings enquanto ele se sacode e estremece. Henry pega uma almofada de veludo no sofá. Eliza grita de medo quando ele a enfia debaixo da cabeça do seu filho, que se debate.

— Shh... Não vou tocar nele, prometo. Vai passar. Só temos que esperar passar.

E Jane se lembra. O mais difícil de ter Georgy na casa paroquial não era o fato de ele perambular ou não poder falar. Tudo isso era tranquilo, na verdade. Eram as convulsões repentinas. Aconteciam do nada, como se a mão invisível de um demônio malicioso possuísse seu irmão e o sacudisse com uma violência terrível. Não havia nada que seus pais pudessem fazer para impedir os ataques, tampouco uma maneira de interrompê-los depois que começavam. Assim como Hastings, Georgy ficava com o corpo atormentado por contrações e espasmos. Jane assistia com horror até que, finalmente, os movimentos ficavam menos preocupantes e os intervalos entre as contrações aumentavam. Então, Georgy se deitava nos braços da mãe, tremendo, com o cabelo grudado na testa. Depois disso, passava dias exausto e confuso.

Sempre que isso acontecia, Jane ficava atormentada com a ideia de que eles estivessem perdendo um pouco mais de Georgy. Sua compreensão diminuía, e os sons que tinha aprendido a formar com a língua retrocediam. Ela temia que, um dia, fossem perdê-lo completamente.

Com um nó dolorido na garganta, Jane se levanta. Aos poucos, chega mais perto de Eliza, ajoelha-se no tapete e pega na mão da prima. Eliza tomba para o seu lado, pousando a cabeça do ombro de Jane, que passa a outra mão no penteado elegante da prima. Enfia a mão no bolso em busca do lenço e o leva ao rosto de Eliza.

— Calma, Henry está certo — cochicha ela, enquanto a prima sufoca os soluços. — Vai passar, sempre passa. Só temos que esperar passar.

* * *

Mais tarde, quando a lua cheia paira no céu noturno e há flocos de neve no ar, Jane leva uma bandeja de chá ao quarto dos fundos, onde Eliza e Hastings estão acomodados. Bate com delicadeza à porta e a empurra com o pé. Hastings dorme profundamente no centro da cama de casal. Suas bochechas estão vermelhas e os lábios formam um arco perfeito. Em paz e à luz de velas, é o retrato de um querubim. Eliza está sentada em uma cadeira próxima, contemplando o filho com um rosto tão corado e inchado quanto sua camisola de matelassê carmim. Escovou o cabelo e o deixou solto ao redor dos ombros. Sem o pó, tem um tom castanho parecido com o de Jane.

— Trouxe um pouco de chá.

Jane estende a xícara.

Eliza tenta sorrir, mas o sorriso não ilumina seus olhos escuros. Ergue as mãos trêmulas, e Jane lhe entrega a xícara, segurando até que o chá esteja perfeitamente equilibrado no joelho da prima.

— Como ele está?

Jane puxa um banquinho de três pernas da penteadeira e se senta ao lado de Eliza.

Os longos cílios escuros da prima projetam sombras escuras sobre sua face abatida.

— Ah, você sabe, ele vai ficar bem, só precisa descansar.

— Isso acontece com frequência?

— Não mais. Todas as vezes rezo para ser a última. Mas aí, com um leve resfriado ou uma mudança no tempo... — A voz de Eliza falha. Ela leva o punho à boca. — Tentei me certificar de que ele estivesse agasalhado para a viagem, mas talvez as correntes de ar no trajeto de carruagem tenham provocado isso. E o Georgy?

Jane abaixa o olhar. É a pergunta que ela nunca ousa fazer ao pai ou aos irmãos quando voltam de Winchester. Não suporta a perspectiva de Georgy sofrer uma dessas convulsões no chão sujo da cadeia, na frente de desconhecidos.

— Acho que não. Não mais.

CAPÍTULO DOZE

— Que bom. — Eliza dá um gole no chá. — Eca... Quanto de açúcar você colocou nisto?

Jane estremece.

— Acabamos de receber um novo cubo, e mamãe disse que seria bom para o choque. Talvez, em vez disso, eu devesse ter buscado um pouco de vinagre de ópio para você.

Eliza consegue abrir um pequeno sorriso sincero.

Jane enfia a mão nas saias e remexe por lá até encontrar o recibo no bolso. Tira-o, colocando-o no colo e alisando as dobras do papel delicado.

— Andei intrigada com isto. A letra é difícil, mas consigo discernir a data e algo sobre duas peças de joalheria.

Ela entrega o papel à prima, esperando distraí-la de suas preocupações maternas aparentemente infindáveis.

Eliza pousa o chá na cômoda, segurando o recibo sob o fraco brilho de uma vela de sebo.

30 de agosto de 1795

Uma corrente feminina, 18 quilates, pérola	*36 gns*
Um anel masculino com entalhe	*14 gns*
Total:	*50 gns*

3 de novembro de 1795
Recebido

— Está vendo? Deve ser a corrente dela, que caiu nas mãos de Georgy de algum modo, e um anel masculino, possivelmente de sinete, incrustado com uma pedra gravada. Mas não faz sentido. Por que Madame Renard estaria gastando dinheiro com joias e, ao mesmo tempo, se matando de trabalhar e vivendo de maneira tão modesta na Estalagem Angel? E olhe quanto ela pagou. — Jane bate o dedo na coluna de números do lado direito da nota. — Você não viu a corrente, mas é primorosa. Com todas as pérolas, achei que valeria várias centenas de libras. Mas aqui diz que ela pagou apenas 50 guinéus pelo anel *e* pelo colar.

Eliza vira o papel para examinar o verso, segurando-o perigosamente perto da chama, enquanto investiga a letra.

— Não acho que seja um recibo. Pelo menos não de um joalheiro.

Jane inclina a cabeça, tentando acompanhar o raciocínio de Eliza ao estudar sua expressão.

— Mas tem que ser. Li uma centena de vezes, e estas são as únicas palavras que consegui enxergar.

— Mas veja... tem outra data, três de novembro. E é "Recebido" que está escrito aqui embaixo?

— Sim. Deve ser a data em que ela recebeu as joias, depois de encomendá-las em agosto. Talvez o total seja tão baixo por ser apenas um adiantamento.

— Não, é como você disse. Ela não era o tipo de mulher que teria os meios ou a inclinação para comprar enfeites. — Eliza ergue a nota no ar. Seus olhos escuros brilham. — Isto aqui não é de um joalheiro, é de uma *casa de penhores*. Madame Renard deve ter empenhado o colar e o anel em agosto, provavelmente para pagar o aluguel na Estalagem Angel.

— Ah... — Jane hesita. Nunca teve uma joia, muito menos a empenhou. — É por isso que a quantia é tão baixa?

Eliza suga o ar por entre os dentes.

— Quando estão desesperadas, as pessoas aceitam o que é oferecido. Eu me pergunto como foi que ela arrumou o dinheiro para recuperar os itens. Não é possível que tenha vendido tantos chapéus.

— Por que ela não vendeu as joias, para começo de conversa? Conseguiria muito mais por elas, não é?

Eliza dá de ombros.

— As peças talvez tivessem valor sentimental para ela. O colar poderia ser uma relíquia de família.

— É. E o anel... — Jane se levanta, balançando na ponta dos pés. — O anel, Eliza. É um anel masculino! Um símbolo de amor, dado a ela por alguém de quem ela gostava profundamente, com certeza o pai de seu filho.

CAPÍTULO DOZE

Eliza leva um dedo aos lábios, olhando para o filho adormecido.

— Me desculpe — sussurra Jane. — Ela deve ter vindo a Basingstoke à procura dele, por estar desesperada e carregando seu filho. E, quando o encontrou, *ele* lhe deu o dinheiro para recuperar as joias.

Eliza dobra a nota, devolvendo-a para Jane.

— Você está se deixando levar.

Uma súbita leveza inunda o corpo de Jane. É o mesmo sentimento de euforia de quando uma nova história se revela em sua mente.

— O anel é uma pista. Uma pista de verdade, a primeira decente com que nos deparamos. Ninguém mencionou um anel.

— Será que o ladrão escapou com ele?

— É possível, sim. Se bem que, se mamãe estiver certa, o ladrão descartou o colar por ligá-lo ao assassinato, então por que manter o anel? Com um entalhe, seria ainda mais identificável. — Jane leva as mãos à cintura e se balança para a frente e para trás, refletindo sobre todas as diversas reviravoltas que essa história poderia tomar. — Teria feito mais sentido vender o colar e incriminar Georgy com o anel.

— Você tem razão. Ouro e pérolas são bem fáceis de passar adiante.

— E se o ladrão não roubou o anel porque Madame Renard não o estava usando quando ocorreu o incidente? Talvez o cavalheiro que o deu a ela o tenha pegado de volta depois que ela o retirou do penhor?

— Por que ele faria isso?

— Porque ele não queria que ninguém soubesse da ligação entre eles, queria? Caso contrário, teria vindo a seu enterro. — Jane estremece ao se lembrar do funeral solitário de Madame Renard. — Uma coisa é um cavalheiro inglês dar seu anel a uma mulher que conheceu no continente; outra bem diferente é ela exibi-lo aqui. Basingstoke é uma cidade pequena. Existem poucas famílias estabelecidas em Hampshire. Um anel com sinete, principalmente se tivesse um brasão, poderia ser reconhecido.

— Ele poderia estar no quarto dela, com o restante dos seus pertences.

— Não, você não se lembra? Mr. Toke disse que a venda das suas posses não seria suficiente para cobrir o aluguel. O dono *com certeza* o pegou de volta para proteger sua identidade.

Eliza coloca as costas da mão na testa de Hastings.

— Muito bem, *ma chérie*. Mas, por favor, não acorde meu menino. Ele precisa descansar.

O peito de Jane está prestes a explodir. Ela quer esbravejar pelo condado, verificando os dedos de cada cavalheiro por quem passar.

— Mas você não percebe? Se encontrarmos o anel, descobriremos o amante secreto. E quem melhor para nos levar ao assassino?

3. *Para Cassandra Austen*
Steventon, quinta-feira, 31 de dezembro de 1795

Minha querida Cassandra,

Se você me pedir mais uma vez para cuidar de minha mãe, vou acusá-la de me achar insensível, o que não pode ser verdade. Como sabe, sou uma observadora muito esperta das queixas da minha mãe, e as enumero para você — classificadas por humor e fisiologia — a cada duas cartas. De volta ao assunto mais urgente sobre quem matou a pobre ~~chapeleira~~ rendeira, Madame ~~Renault~~ Renard. Não foi um homem extravagante — ela não era uma chapeleira em nenhum sentido da palavra. Mas minha rede de suspeitas agora está lançada sobre:

- *Jack Smith (teria sido um roubo que deu errado? Duvido. Mas mamãe diz que não deveríamos descartar um ladrão oportunista, e devo reconhecer que é a explicação mais simples para o motivo de Georgy estar com o colar).*

Quanto à razão de ela estar aqui, poderia ter sido atraída a Basingstoke pelo dono de um anel de ouro de sinete com uma pedra preciosa cravada? E, se foi isso, como vou descobrir o cavalheiro em questão?

Não faço ideia do motivo de o meu vestido azul-claro ter ido parar na sua mala, em vez do seu. Deve ter sido o método desleixado de Sally

CAPÍTULO DOZE

de arrumar nossos armários. Vou dar-lhe uma boa reprimenda em seu nome. Rasgue esta carta, mergulhe-a em farinha e água e use-a para fazer um chapéu de noiva de papier-mâché para você. Tenho certeza de que ficará muito atraente.

Sua irmã amiga,
J. A.

Miss Austen,
Residência do Rev. Mr. Fowle,
Kintbury,
Newbury.

Capítulo Treze

O ano termina em uma noite clara, fria e revigorante. A lua minguante transita para a fase nova, mas com brilho suficiente para iluminar as estradas do interior enquanto Henry e James se revezam na direção a caminho da comemoração de Ano-Novo no conjunto de salas da Estalagem Angel. Jane e Eliza estão sentadas no interior da carruagem, a primeira olhando as estrelas cintilantes espalhadas pelo céu escuro através da janela. Lá no fundo, ela sonha em se conectar com a jovem despreocupada que havia sido antes de seguir o irmão até a lavanderia dos Harcourt e descobrir o cadáver de Zoë Renard. Mas como pode, quando o querido Georgy continua correndo tal risco?

Em vez disso, ela acalmará sua consciência fazendo o possível para salvar o irmão, dançando com tantos cavalheiros quanto possível, enquanto examina discretamente suas mãos procurando um anel de sinete incrustado com uma pedra gravada. Se encontrar o pai do bebê de Madame Renard, ele talvez consiga indicar o assassino. Somente depois que sua missão estiver terminada, ela se permitirá dançar com Tom tantas vezes que as línguas das fofoqueiras locais se agitarão com mais rapidez do que os rabos dos cães de caça de James quando a veem chegando com um osso suculento.

CAPÍTULO TREZE

Eliza passou ruge nos lábios e nas faces de Jane e um pouco de perfume francês atrás das orelhas e no pescoço. A prima também passou maquiagem no rosto de Sally, fazendo a criada sorrir pela primeira vez desde o Natal. Tem andado tão desanimada que Jane teme que, no nervosismo com Georgy, sua mãe tenha deixado de lhe pagar o que é devido. É costume dar uma gorjeta aos criados no Boxing Day, então Sally deve ter esperado alguma coisa. Jane decide resolver o problema assim que puder, nem que seja para incentivar a criada a tomar mais cuidado ao fazer seus penteados.

Sem Cassandra para orientar seu senso de decoro, Sally ficou mais folgada do que nunca com os prendedores e papéis de cachear. O toque da criada está longe de ser gentil, e sua ideia de estilo não é nem um pouco comedida. O resultado é que o cabelo de Jane está arrumado de maneira que seus cachos castanhos explodem em uma profusão espiralada no topo da cabeça. Eliza passou tantas vezes a nova fita dourada iridescente de Jane ao redor do vestido da prima que a cintura parece erguida, de acordo com a nova moda. Em toda sua elegância, Jane está mais bonita do que nunca e, como teme, do que jamais voltará a ser.

Assim que chegam ao pátio da Estalagem Angel, James abre a porta da carruagem e se lança para a mão de Eliza, deixando Jane tomar o braço de Henry ao descer do veículo. Ela não se importa; Henry está magnífico em seu uniforme militar, e Jane prefere ser vista no braço de um soldado, ou mesmo de um marinheiro, do que de um clérigo em qualquer dia da semana — ainda mais em um domingo.

Pela maneira como Henry se enrijece e olha para as costas de Eliza enquanto ela requebra pela escada sinuosa e entra no conjunto de salas com seu irmão mais velho, Jane percebe que ele não está tão satisfeito quanto ela com o seu par. Sempre que Eliza move o quadril, a seda iridescente de seu sobrevestido cintila. Henry sempre foi obcecado por ela. Agora que ele está com vinte e poucos anos, a diferença de uma década entre os dois se estreitou, e Jane sente algo perigosamente carnal em sua obsessão pela glamorosa prima.

À luz do lampião, a Estalagem Angel parece um estabelecimento muito mais respeitável. Ao entrarem, Jane fica na ponta dos pés, analisando a multidão em busca de Tom. O salão de baile é um cômodo grande, quadrado, com muito espaço para dançar, e o ar está denso com o perfume de cravos e cítricos. Ao redor da margem do piso de tacos, as famílias mais finas do condado se reúnem em mesas circulares cobertas com linho branco e arrumadas com candelabros banhados em prata e entrelaçados de hera. Os clãs presentes — os Chute, os Digweed e os Terry — estão cobertos de pó, joias e um leve brilho de transpiração. Em um estrado elevado, sob um lustre de bronze reluzente, a orquestra toca uma valsa. Nesta noite, há um suplemento completo de cordas, sopro e metais, além de um imponente pianoforte. A beleza da música reaviva o ânimo de Jane.

Do outro lado da pista de dança encerada, Alethea, amiga de Jane, estende o longo braço branco revestido por uma luva marfim e acena freneticamente. Ela prendeu o cabelo castanho-avermelhado no alto da cabeça e enfeitou o penteado com penas de avestruz. Seu pai, Mr. Bigg-Wither, adquiriu uma das melhores mesas, próxima a uma janela para ventilação e com vista para a pista de dança. Alethea se agita na cadeira. Suas orelhas e seu pescoço brilham com diamantes, e a musselina do vestido etéreo cintila com espirais de paetês dourados e prateados. Ela abre um sorriso largo para Jane quando seu grupo se aproxima, dando um tapinha no assento vazio a seu lado e piscando os cílios para Henry e James, alternadamente.

— Ah, que bom, você trouxe alguns homens!

James enrubesce, agarrando-se desesperado ao braço de Eliza, enquanto Henry se solta de Jane para pairar junto ao cotovelo da prima. Parece que os dois irmãos usariam Eliza como um escudo contra fêmeas predadoras. Não precisam se preocupar com Alethea. Jane tem total certeza de que o interesse da amiga em James e Henry chega só aos limites da pista de dança. Há cerca de cem pessoas presentes. Descontando aquelas que não estão dispostas a dançar, deve haver o bastante para formar, no mínimo, vinte e cinco casais.

CAPÍTULO TREZE

Jane tira o lápis e a caderneta para anotar suas observações

— Não seja tão *gauche*, Alethea. Você vai afugentar as coisas delicadas.

A amiga faz um bico.

— Mas nós, damas, estamos em grande número, como sempre. Olhe em volta, nós os ultrapassamos em duas para um. Ouça o que eu digo, Jane, no final da noite vamos nos revezar no papel de cavalheiros.

Jane continua a inspecionar a multidão em busca de Tom. Em geral, ficaria satisfeita em se juntar a Alethea, mas hoje sonha em estar comprometida, nos dois sentidos da palavra.

— O que está fazendo? — James gesticula em direção à caderneta de Jane. — Isso é realmente necessário?

— Estou tomando notas para meu próximo projeto. Tem uma cena de baile. Assim como um artista desenha a partir da vida real, uma escritora não pode fazer o mesmo?

É apenas uma meia-verdade. Jane está mesmo criando sua próxima história e quer incluir um baile espetacular no salão em Bath. Como ainda não visitou a cidade, precisa tirar inspiração dos ambientes que frequenta. Mas também está fazendo uma lista de todos os cavalheiros presentes, de modo a poder ticar ou colocar uma cruz indicando se usam um anel de sinete com entalhe.

James sacode os dedos para a caderneta.

— É inconveniente. As pessoas vão achar que você está escrevendo sobre elas. Guarde isso.

O rosto de Jane queima por estar sendo censurada em público pelo irmão.

— Em vez disso, vou fazer uma lista de danças. Satisfeito? Alethea, pode começar com James. Vai ver que ele progrediu muito. Andamos treinando.

Alethea dá uma risadinha.

— Que esperta! Tenho que começar a treinar meu irmão mais novo.

— E, quando os Lloyd chegarem, você precisa dançar duas vezes com Mary — diz Jane, apontando o lápis para James.

— Por que a Mary ganha duas?

Alethea enfia a mão na dobra do braço de James, puxando-o para a pista de dança.

No mesmo momento, Eliza solta o braço oposto de James, deixando-o sem ter no que se agarrar.

Jane inclina a cabeça.

— Quem mais vai dançar com Mary, considerando seu flagelo?

— Não seja tão má, Jane. — James franze a testa. — Suas cicatrizes da varicela não são tão ruins.

Jane dá de ombros.

— É você que está se referindo às marcas, eu estava falando do caráter. — James fica cor de beterraba, enquanto o restante do grupo disfarça o riso por detrás das mãos. — Agora, Henry...

Henry passa o braço ao redor da cintura de Eliza, levando-a embora.

— Não se atreva. Posso me virar por conta própria.

Henry e Eliza estão tão atraentes que abrem caminho no ambiente enquanto seguem para a mesa de bebidas, onde um imaculado Mr. Toke serve ponche de uma enorme terrina prateada. A Jane só resta rezar para que, em sua elegância, o estalajadeiro não a reconheça como a jovem atrevida que ele já expulsou de suas dependências.

Uma tosse educada soa junto a seu ombro. Ela gira e se vê cara a cara com um conhecido casaco marfim. O cheiro de colônia de bergamota e especiarias enche suas narinas, e ela fica corada. Tom a cumprimenta com fingida solenidade, inclinando-se bastante e levando a mão dela aos lábios. A boca do rapaz queima a pele dela através da pelica macia da luva.

— Miss Austen, posso ter a honra da primeira dança?

— Pode, senhor.

Jane faz uma reverência, enquanto ele se recusa a aliviar o aperto que dá na mão dela.

Os lábios de Tom se curvam num sorriso malicioso.

— E a próxima? — Ele rouba o ar dos pulmões de Jane. — E possivelmente a seguinte?

CAPÍTULO TREZE

Jane dá uma risadinha e ele a dirige para a pista de dança. A cada passo, ela sobe nas nuvens.

Jonathan Harcourt e Sophy Rivers, cujo noivado agora foi formalmente anunciado no *Times*, são convidados a abrir o baile. Eles ficam parados frente a frente no começo da fila de dançarinos. Os olhos de Sophy estão duros feito pedra ao brilho de sua gargantilha de diamantes. O semblante austero pouco se assemelha ao retrato no colar de camafeu. Ela deveria estar à vontade, dançando uma *jig* tradicional irlandesa em homenagem a sua ascensão à alta sociedade. Em vez disso, parece mais uma guerreira, formando um escudo com o leque de plumas de avestruz. Jonathan olha para os escarpins da noiva. É um homem esguio, mais alto que os pais. Anda um pouco inclinado, como que pedindo desculpas pela estatura inesperada.

Eliza e Henry vêm a seguir na fila. Coram e roubam olhares um do outro, parecendo mais enamorados do que o casal oficialmente noivo. Jane se pergunta se a prima percebe o efeito que tem em Henry. Se a resposta for afirmativa, é de uma grande irresponsabilidade continuar a provocá-lo.

James e Alethea se juntam a eles, com uma frívola Mary Lloyd, que de algum modo conseguiu fisgar o charmoso Mr. Fitzgerald como par. Os músicos empunham os arcos para tocar uma *allemande*. Jonathan e Sophy estabelecem os passos e, um a um, todos os pares os repetem, até que toda a fila está em movimento.

Graças a esta simples dança, o mundo de Jane está leve, luminoso e faiscante. Suas entranhas tamborilam de prazer enquanto Tom pega sua mão e a gira em uma pirueta. Ele se inclina tão próximo que sua respiração faz cócegas no pescoço da jovem.

— É uma pena que aqui não tenha uma estufa.

— Por que, Mr. Lefroy, o que está sugerindo?

Jane ruboriza com a lembrança do flerte imprudente no baile dos Harcourt, antes de a noite ficar amarga. Diante de todo o grupo Steventon, Tom havia tido a audácia de perguntar se ela estava com frio e a comparou a uma "flor de estufa deixada na friagem". Uma faísca acendeu dentro dela quando ele acompanhou esse comentário com uma piscada sutil. Foi assim que Jane soube que ele a esperaria na estufa. É o único homem que ela conheceu que pode acompanhar sua inteligência viva.

— Estou sugerindo que eu daria tudo para estar sozinho com você agora — murmura ele. Jane não consegue desviar os olhos dos seus lábios macios. — Encontre-me amanhã. Em frente à igreja do seu pai, ao meio-dia?

Ela concorda enquanto seu coração acelera. Amanhã é o primeiro dia do ano. O que poderia ser mais adequado para estabelecer os detalhes da nova vida de alguém? Se não fosse pelo aperto de sua faixa dourada, o coração de Jane explodiria para fora do peito.

A música para. Jane e Tom se separam um segundo depois dos demais casais. De lados opostos da fila, sorriem um para o outro enquanto aplaudem os músicos.

Tom agarra a mão de Jane e a leva para a mesa de bebidas. Ela se demora à margem da aglomeração, fora da linha direta de visão de Mr. Toke. Sir John passa, carregando duas taças de ponche. Não usa anel, mas seus dedos talvez estejam muito inchados para tal. Jane tira a caderneta e marca uma cruz ao lado do nome dele.

O baronete vai direto até a esposa, sentada ao lado de Mrs. Rivers em um sofá perto da orquestra. Empertigada como uma vareta, Lady Harcourt dirige os olhos de águia para o filho, que está em pé em frente a uma taciturna Sophy. Sir John pousa um drinque em um pedestal ao lado de um vaso de flores secas e retira um frasquinho do colete, derrubando algumas gotas na outra taça.

Jane sente um aperto no peito quando ele entrega o ponche batizado para a esposa. Ela não pode ter certeza, mas acha que Lady Harcourt não sabe que o marido batizou sua bebida com o que Jane desconfia fortemente ser vinagre de ópio. Quando Tom entrega o ponche a Jane, ela o engole para acalmar a inquietação crescente no estômago. A mistura é potente, mas Jane dá pouco tempo para que a língua registre o conhaque

CAPÍTULO TREZE

e o rum. Há gente demais por perto para que ela compartilhe com Tom sua observação do ato furtivo de Sir John.

De volta à pista de dança, ela fura a fila de dançarinos de modo a ficar ombro a ombro com Sophy Rivers. Na ponta dos pés, inclina-se para cochichar no ouvido de Tom:

— Pode me fazer um favor?

Ele se apoia nos calcanhares.

— Depende...

— Podemos interromper? — pergunta ela, jogando a cabeça na direção de Sophy e Jonathan.

A oportunidade para questionar Jonathan quanto ao estranho comportamento do pai é boa demais para deixar escapar, e o ponche deixou Jane ousada. Ao sondar o jovem quanto à feia dinâmica entre os pais, ela tentará entender melhor o caráter do baronete. O menosprezo casual de Sir John em relação à saúde da esposa e sua propensão a acolher mulheres decaídas em casa, para não mencionar em sua cama, fazem Jane desconfiar do que mais ele pode ser capaz. Ela terá que acabar largando Tom em algum momento se pretende seguir com o objetivo de averiguar os dedos de cada cavalheiro no salão. Pode muito bem começar agora.

— Não gosto muito dos seus favores. Não quando eles me levam para longe de você.

Ela faz beicinho.

— É importante. Explico depois — acrescenta.

Tom bufa. Mas, quando voltam a se encontrar, em vez de tentar pegar na mão de Jane, pega na de Miss Rivers. Jane agarra a de Jonathan. Ele leva um susto, depois relaxa visivelmente, parecendo quase aliviado de dançar com a filha do antigo professor, e não com a própria noiva.

— Miss Austen?

— Mr. Harcourt. Perdoe-me pela intromissão, mas não tive o prazer de estar com você desde que voltou de sua grande viagem.

Jane sorri com doçura enquanto eles se encaram, esperando a vez de voltar a dançar.

— Não, mas gostei do seu recital na minha festa de boas-vindas — retruca Jonathan, sem qualquer sugestão de ironia nos olhos azul-claros.

Ele está todo de preto, apenas com uma camisa branca e plastrão para quebrar a escuridão. Até o cabelo escuro foi penteado para trás em uma trança e amarrado com fita preta.

— Obrigada, é muita generosidade. Mas sei que havia talentos melhores do que o meu em exibição naquele dia. Conte-me, como vai a sua mãe? Ela deve estar tão satisfeita por tê-lo em casa.

Jonathan pestaneja.

— Minha mãe?

— É. Deve ser um grande conforto tê-lo de volta e prestes a se casar. Os nervos dela estão melhorando?

Um tremor cruza os lábios pálidos do rapaz antes que ele os disponha em uma linha fina.

— Minha mãe está bem como sempre, obrigado. Como está a sua família, Miss Austen? Senti muito ao ouvir o que aconteceu com Georgy. Espero e rezo para que o assunto se resolva e ele seja solto em breve.

Jane hesita, imaginando o irmão definhando na cadeia enquanto ela se insinua no *beau monde*. Que estranho que, dentre todos, seja Jonathan quem se lembre dele.

— Muito gentil da sua parte dizer isso. Minha família está… resistindo.

Ela protela, procurando uma maneira de interrogá-lo sem se expor. Não pode perguntar se Jonathan está ciente de que o pai dorme com as criadas, envenena a esposa aos poucos e pode muito bem ser responsável pelo assassinato que arruinou seu baile de noivado.

— Você foi estudar arte, não foi? Eu me lembro das caricaturas divertidas que desenhava quando era aluno do meu pai.

Jonathan estende a mão para ela. É a vez de eles fazerem um arco para os outros dançarinos atravessarem.

— Fui, sim.

Enquanto segura os dedos frágeis do rapaz, Jane sente o tremor no aperto dele. É como se ela o estivesse sustentando.

CAPÍTULO TREZE

— Relembre-me aonde você foi, por favor.

Jonathan engole e espera que outro casal passe antes de responder:

— Bruxelas.

O sangue de Jane retumba em seus ouvidos. A cena ao redor fica enevoada e ela foca Jonathan intensamente.

— Bruxelas?

Ele foi estudar arte no Continente.

O que mais fez lá? Conheceu Madame Renard e gerou o filho dela?

O rosto dele está impassível e os olhos, vagos.

— Na Academia Real. Isto é, até os franceses invadirem.

Os outros convidados se abaixam e deslizam por baixo dos braços esticados dos dois. O rosto de Jonathan está tão apático que lembra o de Hastings logo após a convulsão.

A respiração de Jane se acelera. Se ao menos fosse possível ver dentro da mente de outra pessoa, saber exatamente o que está pensando. A festa de boas-vindas para Jonathan, quando Sophy humilhou Jane no pianoforte, foi em setembro, o que significa que ele teria conhecido e engravidado Madame Renard em Bruxelas em julho. Jane sabe porque estava usando o vestido azul-claro. Algumas semanas depois, ela o estragou, deixando-o tão sujo no festival da colheita que Sally precisou mergulhá-lo em caldo de limão e deixá-lo ao sol para secar, desgastando a linda cor vibrante.

Mas Jonathan não é o tipo de homem que arruína uma jovem e a deixa abandonada. É? Seria mesmo capaz de seduzir Madame Renard, dando-lhe seu anel como promessa, e depois a abandonar para voltar à Inglaterra e se casar com uma herdeira? Ele sempre foi uma alma muito gentil.

Mas os homens mudam. Quando crescem, os meninos se transformam em criaturas completamente diferentes. E Jane sabe, pelas mulheres machucadas e espancadas que às vezes surgem à porta dos fundos da casa paroquial buscando a ajuda do pároco, que o comportamento de um homem por trás de portas fechadas pode ser bem diferente do rosto agradável que ele apresenta em público.

Ela respira com sofreguidão.

— Imagino que sinta falta de lá...

O tom de Jonathan vem carregado de amargura.

— Sinto.

Jane solta as mãos dele e dá um passo para trás. O último casal passa já sem o arco feito pelos dois. Jonathan continua olhando fixo para ela, franzindo as sobrancelhas escuras.

— Queria, por Deus, nunca, jamais ter posto os pés de volta nestas terras — completa ele.

Jane se encolhe perante a veemência das palavras. A dança termina, e os outros casais aplaudem antes de sair da pista aos pares. Jonathan ergue as mãos e continua a aplaudir de modo lento e frouxo. No dedo mindinho da mão esquerda, está usando um anel de ouro com sinete e uma pedra marrom-avermelhada.

Jane não consegue desgrudar os olhos da joia. Jonathan estava em Bruxelas à época em que Madame Renard engravidou *e* usa um anel com um entalhe. Ela engole para molhar a garganta; a descoberta ameaça estrangulá-la. Ele olha para Jane com tristeza, evidentemente notando seu desconforto. Ela tropeça para trás, incapaz de confrontá-lo. Jonathan, um rapaz que Jane conhece desde pequena, não pode estar envolvido na desgraça de Madame Renard. É impensável.

Capítulo Catorze

Chegaram mais carruagens, e o baile está apinhado de gente. Jane treme, esbarrando em corpos e espiando por cima de ombros enquanto atravessa a multidão à procura de Tom. Precisa de um aliado com quem se abrir, alguém que não vá acusá-la de deixar a imaginação correr solta. Jonathan não ficou se remexendo nem corou de culpa, mas ela não pode ignorar a revelação de que ele morou em Bruxelas ou o anel de sinete reluzindo em seu dedo mindinho.

O cheiro de transpiração recente e fumaça de tabaco obstrui a garganta de Jane. Ela se ergue na ponta dos pés. Tom está do outro lado do salão, conversando com os tios. Mrs. Lefroy balança um dedo para o sobrinho e para o marido, George. Está claramente os repreendendo por algo. Talvez os tenha flagrado se esgueirando para as mesas de carteado. Mr. Lefroy dá uns tapinhas no braço da esposa, acalmando-a, enquanto um Tom mal-humorado permanece com as pernas separadas, as mãos apoiadas no quadril magro.

Jane capta o olhar do rapaz, mas, com um ágil balançar de cabeça, ele a avisa para não se intrometer. Desanimada, ela se esgueira pela multidão em direção a Mr. Toke e sua terrina de ponche. Está com tanta sede por causa do exercício e da inquietação pelo encontro com Jonathan que vira o copo cheio e o estende para mais, já não se preocupando se o senhorio a reconhece. Ele não pode expulsá-la na frente de todo o condado. Seria um balde de água fria na festividade, caso tentasse.

Ali perto, Eliza apoia as costas em um pilar e abana um leque de papel junto ao rosto. Jane vai aos tropeções em direção à prima, como um navio em busca de terra firme. Sir John está próximo demais de Eliza. A peruca do homem, volumosa nas pontas, balança por cima do barrigão enquanto ele berra para a jovem.

Eliza fecha bruscamente o leque.

— Realmente, senhor, aqui não é hora nem lugar, e meu tio, Mr. Austen, cuida dos meus negócios.

Jane olha para Sir John e dá o braço a Eliza, tentando afastá-la, mas o lugar está tão lotado que as duas são cercadas pela pressão de corpos. Toda direção a que elas rumam está bloqueada por cavalheiros de costas largas usando casaca e damas com penteados altos adornados por longas plumas de avestruz. O baronete resmunga com o círculo de cavalheiros a seu lado sem tirar os olhos de Jane e da prima.

Jane não pode compartilhar suas suspeitas sobre o envolvimento de Jonathan com Madame Renard na proximidade do pai dele. Em vez disso, vai colher a opinião de Eliza sobre Tom antes que o pretendente volte a se aproximar.

— Então, o que achou dele?

— É muito insolente.

Eliza olha de esguelha para Sir John, abrindo o leque e abanando-o energicamente. As dobras de papel trazem a pintura de uma cena bucólica: um casal de pastores vestidos em cores vivas passeia pelos campos franceses enquanto Eliza se refresca.

— Não, *ele* não. Meu amigo irlandês.

Jane inclina a cabeça em direção à extremidade do salão, onde Mrs. Lefroy dá o braço a Tom e o conduz para a saída. Mr. George Lefroy segue alguns passos atrás. Eles devem estar indo para fora em busca de ar fresco. O conjunto de salas está cada vez mais quente e abafado. O suor se

CAPÍTULO CATORZE

concentra no lábio superior de Jane, e seu vestido está úmido debaixo dos braços. Ela reza para que os círculos escuros não apareçam na musselina. Se ao menos Mr. Toke fizesse seus homens abrirem mais janelas…

— Ah. — Eliza dirige os olhos escuros para o outro lado da salão, onde Tom coloca a capa nos ombros de Mrs. Lefroy. — Ora, ele é encantador. Muito charmoso e diabolicamente bonito. E, pelo que notei, está muito apaixonado por você. O que você sabe sobre a família dele?

A pele da nuca de Jane se arrepia.

— A família dele?

— É. — Eliza olha para Tom enquanto fala. — Ele é muito jovem. Ainda não tem vinte anos, imagino. E é um advogado em começo de carreira. Sem um mecenas, imagino que decorrerão muitos anos até que consiga arcar com uma esposa. Então me diga o que puder sobre a família dele.

— Bom… — Jane engole em seco. Um criado passa com uma bandeja de vinho branco. Ela pega uma taça e engole rapidamente o conteúdo. Está morno e doce, com um gosto residual de vômito. — O pai dele foi capitão do exército. Mas ele e a mãe estão estabelecidos na Irlanda agora.

Eliza fecha o leque e bate com ele na maçã do rosto.

— Ele é filho único?

— Não, tem cinco irmãs mais velhas.

A prima arregala os olhos.

— Cinco? Alguma delas é casada?

— Não…

Jane volta o olhar para o chão, onde suas sapatilhas de cetim cor-de-rosa aparecem por baixo da bainha do vestido. Com um punhado de vinagre branco, sabão de lixívia e muito esforço, Sally removeu o pior das manchas de grama, mas um tom amarelado se mantém ao redor dos dedos.

— Acho que continuam todas em casa.

— Então o seu Mr. Lefroy terá que sustentar *todas* elas? — Eliza abre o leque, usando-o para esconder a boca enquanto fala. — Eu me pergunto, Jane, o que sua Lady Susan diria de tal pretendente?

Jane responde ao olhar de esguelha da prima.

— Ela diria: encontre um velho rico e estúpido para se casar e mantenha Mr. Lefroy como amante.

Eliza ri baixinho.

— Bom, não há necessidade de ser tão mercenária, mas eu aconselharia um pouco de discrição para proteger seu precioso coração.

Jane respira fundo, preparando-se para argumentar. Seus pais não tinham quase nada no início, mas isso não impediu a jovem Cassandra Leigh de desposar George Austen, o charmoso, apesar de pobretão, clérigo que a arrebatou. Com trabalho duro e determinação, eles criaram uma vida própria.

Jane não se interessa por galinhas, nem por qualquer outro tipo de produção agropecuária, mas poderia administrar uma escola para meninas. Impossível que fosse pior do que a primeira escola frequentada por ela e Cassandra. No mínimo, Jane faria o possível para manter as alunas vivas. Entre a negligente professora e a prevalência de tifo, as meninas Austen tiveram sorte em sobreviver ao breve período que passaram lá.

Eliza se empertiga, projetando os seios e agitando o leque com fúria. Jane acompanha o olhar da prima em direção a Mr. Fitzgerald, que está ouvindo uma preleção de Mrs. Rivers.

— Ali está um rapaz com perspectivas. Andei fazendo algumas investigações quanto às circunstâncias dele, como você pediu.

— É mesmo?

Jane continua com grandes desconfianças em relação a Mr. Fitzgerald. Ele talvez estivesse em Bruxelas na época em que Madame Renard engravidou. Com certeza, tem a mesma probabilidade de Jonathan de ter gerado o bebê dela.

— Ele é o único filho reconhecido do capitão Rivers e o seu predileto. Por direito, estaria em posição de receber a maior parte da enorme fortuna do pai, mas, como Mrs. Rivers mencionou, existe um impedimento legal a ser superado. No ponto em que está, o máximo que pode herdar são duas mil libras. Nenhuma terra ou propriedade nas Índias Ocidentais, infelizmente.

CAPÍTULO CATORZE

— Então o que ele está fazendo aqui, de fato?
— Veio ver a família.
— Os Rivers? — Jane ergue uma sobrancelha. — Por que alguém passaria tempo com eles, a não ser que fosse indispensável?

Eliza faz uma careta.

— Você tem razão quanto a Sophy. Ela realmente pegou no seu pé, não foi? Sempre achei que você estivesse sendo sensível demais em relação a ela por ser muito melhor do que você em tudo. Uma espécie de inveja.
— Ela não é melhor do que eu em *tudo*. E por que teria inveja dela?
— Bom, consigo pensar em trinta mil motivos. Você não?
— Huumm...

Jane encara o rosto emburrado de Sophy, que está dançando um minueto com Jonathan do outro lado do salão. Ela sempre tinha sido uma megera, mas foi perversa ao refutar qualquer ligação com Madame Renard. Teria a pergunta de Jane tocado num ponto fraco? E por que ela não está se vangloriando por ter fisgado o herdeiro de um título de baronete? Estariam as chamas do seu triunfo sendo extintas pela culpa dos pecados cometidos para conquistar essa posição elevada? Ou será que ela suspeita que o noivo seja tão inconsistente quanto o pai devasso? Jonathan pode ser capaz de oferecer status e segurança a Sophy, mas, acima de tudo, toda mulher quer ser amada e cuidada.

O olhar duro de Sophy se dirige para a mãe, que continua a repreender o extraordinariamente abastado Mr. Fitzgerald. As fibras da peruca do rapaz reluzem à luz de velas. Deve haver alguns fios grisalhos entrelaçados com os cachos feitos de crina de cavalo.

— Mr. Fitzgerald deve estar aqui para pedir dinheiro aos parentes — diz Jane. — Ele tem um apetite por viajar e, ao que parece, queima suas reservas com a mesma rapidez que o restante da família perdulária.
— Não necessariamente. Pode haver outro motivo.
— Tal como?

Eliza se abana com a rapidez de um beija-flor.

— Não está óbvio?

— Para mim, não.

— Tenha dó, Jane. Você disse que não era boba. Ele é um homem solteiro, na expectativa de uma fortuna considerável. Imagino que esteja à procura de uma esposa.

— Não estou *bem* certa de que seja isso, Eliza.

— Ah, bobagem. É como a Mrs. Rivers disse. Se quiser ser aceito na aristocracia inglesa, ele tem que se mostrar agradável e encontrar uma jovem adequada com quem se casar. Mesmo que nunca consiga obter toda a fortuna do pai, a porção que já lhe é atribuída basta para que se estabeleça na vida. É educado, talentoso e belo. Você deveria levá-lo a sério, Jane. Com as conexões que tem, tenho certeza de que seu pai poderia ajudar a garantir uma vida bem decente para Mr. Fitzgerald…

Mrs. Rivers gesticula com veemência em direção a Jane e Eliza. Abaixando os ombros largos, Mr. Fitzgerald faz uma reverência para a tia e se volta para as moças. Jane mantém um sorriso no rosto enquanto responde entredentes a Eliza:

— Estou tentando capturar um assassino, não um marido.

— Não dá para fazer as duas coisas ao mesmo tempo? Seria muito eficiente.

— Não. Além disso, você sabe que meus sentimentos estão em outro lugar.

— É. Infelizmente posso ver que estão.

Jane é impedida de defender a corte de Tom pela chegada de Mr. Fitzgerald, que para em frente a elas e faz uma reverência.

— Miss Austen, posso ter a honra?

— Eu? — indaga Jane, levando a mão ao peito.

Ela ouviu certo? Como Mr. Fitzgerald pode ter notado Jane na órbita do brilho de Eliza? Talvez a prima esteja certa, e Mrs. Rivers o tenha mandado cortejá-la. É verdade, Jane tem mais conexões com a Igreja Anglicana do que se dá ao trabalho de contar. Eliza enfia a base da mão na lombar de Jane, empurrando-a para a frente com tanta rapidez que ela precisa se agarrar ao braço de Mr. Fitzgerald para não cair. Enquanto o

CAPÍTULO CATORZE

rapaz a conduz até a pista de dança, Jane nota que ele não usa qualquer anel nos dedos longos e elegantes, mas isso não necessariamente prova a sua inocência. Ele pode apenas ser cauteloso em exibir em público qualquer coisa que possa ligá-lo a Madame Renard.

Quando olha por cima do ombro na direção de Eliza, Jane sabe, pelo vinco nos olhos da prima, que ela está rindo por detrás do leque pintado. Henry surge ao lado dela com duas taças de ponche. Ele abaixa a cabeça, como que para cochichar ao ouvido de Eliza, mas, em vez disso, pressiona os lábios no ponto de pulsação do pescoço da moça. A prima fecha os olhos, as feições se suavizando em um êxtase arrebatado. O que ele pensa que está fazendo? Quanto a Eliza, quanto ponche já ingeriu?

A orquestra abandona qualquer tentativa de sofisticação e irrompe em uma balada mais popular, adequada para uma dança folclórica inglesa. Jane não ficará surpresa se eles tocarem "Mr. Beveridge's Maggot" antes do fim da noite. Por sorte, Mr. Fitzgerald é um dançarino excelente, fazendo com que até os passos mais banais pareçam elegantes. Ele conduz Jane em giros e viravoltas com uma confiança gentil que acalma seus ânimos agitados.

Ela inclina a cabeça para trás e olha para o rapaz, determinada a obter a verdade sobre o motivo de ele estar ali.

— Está gostando da sua visita a Hampshire, Mr. Fitzgerald?

A voz dele é encorpada e profunda.

— Sem dúvida. Suas danças folclóricas são o que mais me encanta.

Ao lado da orquestra, Mrs. Rivers grasna, enquanto Sophy enruga o nariz como se estivesse afundada até os joelhos em uma pilha de peixe podre.

Jane inclina a cabeça em direção a elas.

— O restante do seu grupo não parece estar se divertindo tanto. Nossas danças folclóricas não satisfazem seus gostos mais refinados?

Mr. Fitzgerald olha lá do alto para Jane.

— Sophy? Imagino que ela não tenha tido tanta sorte na escolha dos parceiros de dança quanto eu.

Os espessos cílios pretos do jovem se curvam tão perfeitamente quanto se Sally os tivesse arrumado com os ferros de cachear.

Jane se apoia nos braços de Mr. Fitzgerald enquanto ele circunda sua cintura e os dois disparam juntos até o fim da fila.

— Mas quem Miss Rivers poderia preferir a Mr. Harcourt? De todos os cavalheiros aqui, apenas o pai dele é mais graduado. E duvido que ela fosse querer dançar com Sir John.

O baronete permanece no pilar, vociferando com os cavalheiros mais velhos. Estranho que continue no baile tão tarde. A esta altura, a maioria dos cavalheiros da sua idade e com as mesmas predisposições estão nas mesas de carteado. Atrás dele, Lady Harcourt se reclina, meio comatosa, em um sofá.

— Quem, de fato?

Mr. Fitzgerald sorri enquanto eles chegam a seu destino.

Jane está zonza. Ela põe a culpa no vinho branco.

— Soube mais alguma coisa sobre sua subsistência? — pergunta ela, esperando induzi-lo a compartilhar a natureza exata de sua situação financeira.

Um leve vinco surge na testa úmida de Mr. Fitzgerald.

— Ainda não, mas minha ordenação foi confirmada para o começo do novo ano. E, como eu disse, gostaria de ver um pouco mais do mundo antes de me estabelecer.

É como Jane desconfiava. Ele é um rapaz indolente, sem consistência e com um gosto por coisas refinadas. Um verdadeiro Rivers, então, apesar da diferença no sobrenome.

— Turismo? Planeja voltar para sua ilha de origem? Tenho certeza de que seus pais gostariam de vê-lo realizando sua vocação.

Ele franze o cenho, o olhar de repente mais sério.

— Não, Miss Austen. Acho que isso está fora de questão. Por mais que minha mãe tenha sofrido ao me mandar embora, ela ficaria de coração partido ao me ver voltar.

Jane continua olhando para ele, tentando fazer com que prossiga.

CAPÍTULO CATORZE

— Ah?

Ela ouve a voz de Henry na mente. *Crescer na Jamaica não pode ter sido fácil.* Ela nunca leu aquele panfleto; de fato, deveria arrumar tempo para fazê-lo.

— É difícil, sabe? Lá existem leis, e mais delas vêm surgindo com cada vez mais frequência, projetadas para impedir que um homem de cor tenha uma vida plena. Mesmo com a proteção do meu pai, existe um limite para meu privilégio: restrições aos cargos públicos que posso ocupar, à extensão de terras que posso ter, à porção da fortuna do meu pai que posso herdar. A lista cresce a cada dia.

Jane fica perplexa. É provável que qualquer discriminação que Mr. Fitzgerald encare na Inglaterra seja implícita. Mesmo assim, a riqueza de sua família e sua posição devem superar a maior parte dos preconceitos dirigidos a ele. Ela morde o interior da bochecha, buscando uma observação inteligente para quebrar a tensão.

— Soa como ser uma mulher.

— Não exatamente. E, não é preciso dizer, *minhas* irmãs se veem duplamente perseguidas. — Mr. Fitzgerald engole em seco antes de voltar a falar. — Com sua licença, Miss Austen.

Ele solta a mão de Jane e sai às pressas em direção a Sophy e Mrs. Rivers, que parecem estar brigando na lateral da pista de dança.

O rosto de Jane fica afogueado. Ela ofendeu Mr. Fitzgerald com sua comparação grosseira e merece a humilhação de ser abandonada no meio da dança. Como é que sua busca trivial por independência pode ser comparada à luta dele por liberdade? Como suas escolhas de vida seriam mais limitadas se, além de mulher, ela fosse uma mulher de cor?

Afinal de contas, todos em seu círculo supostamente educado, distinto e bem-nascido reconhecem que Mr. Fitzgerald é filho natural do capitão Rivers, mas ninguém se dignou a perguntar a identidade da mãe, uma mulher formidável que não descansará até que a fortuna dele esteja segura. Às vezes, Jane poderia morder a língua por causa de sua tendência a falar precipitadamente e lamentar sem pressa o que disse.

Antes que se dê conta, outro cavalheiro pega na sua mão e a leva com delicadeza de volta para a formação. Jane sorri para seu salvador, mas é confrontada com as enormes sobrancelhas espessas e grisalhas de Mr. Craven.

— O que está fazendo aqui?

Ele abre a boca sem emitir um som. Os botões revestidos de seda de seu colete salmão apertam a barriga.

— Acompanhei minha irmã e minha sobrinha. Estou hospedado com elas na Deane para o período de festas.

— É mesmo?

Jane fica tensa com a perspectiva de esbarrar com o homem responsável pela situação de Georgy em sua caminhada diária. Apesar do arrependimento por ofender Mr. Fitzgerald, o ponche e o vinho que tomou soltaram sua língua, e ela não consegue impedi-la de falar demais.

— Conte-me, o senhor realmente acredita que meu irmão é capaz de roubar o colar daquela pobre mulher e deixá-la para morrer?

Um brilho se forma na testa de Mr. Craven.

— Eu não o acusei de assassinato.

— É como se tivesse. Se ele for considerado culpado, o senhor o está condenando à morte.

Jane respira de forma lenta e ritmada enquanto eles dançam. Queria poder erguer as saias e fugir. Ou, caso isso não desse certo, bater na cabeça de Mr. Craven até ele tomar juízo e soltar Georgy. Ela se arrepia sob o olhar de cada família respeitável de Hampshire e além. Pelo bem de Georgy, precisa manter a compostura.

As sobrancelhas de texugo de Mr. Craven se juntam em sinal de concentração.

— Miss Austen. Sinceramente, sinto muito pela situação difícil em que sua família se encontra e *de fato* entendo que tudo isso deva ser terrivelmente perturbador para você. Mas, como juiz de paz, só posso me guiar pelas evidências que se apresentam.

Jane trava o maxilar.

— Então devo obter suas evidências, Mr. Craven.

— Você viu com seus próprios olhos seu irmão tirar o colar do bolso.

CAPÍTULO CATORZE

— Isso não significa que ele o roubou. E com certeza não matou Madame Renard. Ele não é desse tipo.

Mr. Craven inclina a cabeça.

— Quem?

Eles estão dançando a coreografia em oito passos ao redor de outro casal que, por acaso, é formado por James e Mary. Jane é forçada a esperar até que ela e Mr. Craven tenham terminado de saltitar para que possa explicar.

— Madame Renard. Lamento ter entendido mal o nome dela. Deveria ter lhe contado.

— Deveria.

— No quarto dela na Estalagem Angel, achei um livro que pegou emprestado e isso me levou a seus registros de leitura na biblioteca circulante.

— Muito engenhoso da sua parte.

É a vez de Jane e Mr. Craven ficarem parados enquanto James e Mary saltitam à volta deles. Jane se sente agradecida pela oportunidade de recuperar o fôlego.

— O assassino de Zoë Renard, seja quem for, arrancou aquela corrente do seu pescoço e muito provavelmente a plantou em Georgy, sabendo que meu irmão seria incapaz de se defender. — Jane precisa de toda a sua força de vontade para impedir a voz de trinar. — E vou provar isso. Diga-me, o que seria preciso para libertar meu irmão?

Mr. Craven pega na mão de Jane para o último passo na dança.

— Bom... uma prova física que ligue outra pessoa ao crime removeria a culpa, ou uma confissão assinada por alguém.

Eles giram em círculos com James e Mary.

Jane fica tensa com a perspectiva de James lhe dar outra reprimenda pública por falta de decoro em assediar o magistrado em relação ao caso de Georgy na pista de dança. Mas James não está escutando. Em vez disso, está saltitando com uma despreocupação incomum enquanto segura Mary Lloyd. Surpreendentemente, a moça também parece estar se divertindo. Ao olhar para James, Mary ganha uma expressão juvenil, os olhos brilhando com tanto calor que ela fica genuinamente bela.

A música para, e Jane solta a mão do aperto suado de Mr. Craven.

— Então é exatamente isso que acharei para o senhor. Boa noite.

Ela aplaude com tanta fúria que as palmas das mãos ardem, enquanto encara Mr. Craven do outro lado da linha de batalha de dançarinos.

4. Para Cassandra Austen

Steventon, sexta-feira, 1º de janeiro de 1796

Minha querida Cassandra,

Claro que eu não estava falando sério sobre repreender Sally por confundir nossos vestidos azuis. Quem você pensa que sou? Minha mãe, e portanto toda a nossa família, ficaria à deriva sem Sally. Desculpe-me, você terá que procurar Mary para todas as fofocas do baile. Meus pensamentos estão fixos em quem pode ter matado a pobre ~~chapeleira~~ rendeira, Madame Renard. Sua própria boa índole fará com que isto lhe pareça inacreditável, mas em minha lista completa de suspeitos agora estão:

- *O ladrão mais incompetente de toda a Inglaterra (e muito provavelmente de todo o Império Britânico).*
- *Mrs. Twistleton (estaria Madame Renard perto de expor a governanta como uma meretriz?).*
- *Sir John Harcourt (a tentativa de silenciar a rendeira sobre a devassidão dele deu errado?).*
- *Sophy Rivers (Madame R poderia saber algo que impediria Sophy de obter seu título?).*
- *Jack Smith (também não suporto pensar nisto, mas como Georgy obteve aquele colar?).*

Quanto ao furtivo pai do bebê de Madame Renard, acredito que seja um cavalheiro que passou um tempo em Bruxelas durante o verão e possui um anel de ouro com sinete. O que aponta para:

CAPÍTULO CATORZE

- *Douglas Fitzgerald (não vi um anel, mas você sabe como os Rivers adoram brilhar).*
- *Jonathan Harcourt (não consigo imaginá-lo arruinando um prato de* petit fours, *quanto mais desvirtuando uma jovem inocente. Você consegue?).*

Sim, é da maior generosidade de Neddy insistir em que a conta do advogado seja enviada diretamente para ele, mas não é como se ele tivesse que se sacrificar para pagar a despesa, não é mesmo? Não há necessidade de canonizá-lo. Você ou eu (mas especialmente você, uma vez que nunca foi boa em cálculos) daríamos nossos últimos seis centavos e ainda mais se isso fosse ajudar no caso de Georgy. Mas falei demais, como sempre. Corte esta carta em pedacinhos e use-a para adubar o ruibarbo de Mrs. Fowle. Se Deus quiser, minha amargura de agora salvará a doçura do próximo verão.

Sinceramente,
J. A.

Miss Austen
Residência do Rev. Mr. Fowle,
Kintbury,
Newbury.

Capítulo Quinze

Na manhã seguinte, quando Jane finalmente aparece, Sally está andando pela cozinha com seus tamancos de madeira. A criada faz barulho ao mover a louça e chacoalhar os talheres, como que protestando contra cada injustiça do mundo. Na sala da família, Anna grita, enquanto Hastings derruba uma pilha de pega-varetas no chão de lajotas. Mr. Austen está sentado na poltrona de couro gasto em frente ao fogo, folheando o jornal. À mesa, Eliza ri entredentes, Mrs. Austen raspa o prato e James respira alto. Jane resmunga enquanto se joga numa cadeira de encosto duro. Apoia os cotovelos na toalha de linho e coloca o rosto nas mãos, lamentando profundamente a decisão de alternar entre o ponche de Mr. Toke e o vinho branco a noite toda.

Henry empurra uma terrina na direção dela.

— Coma um pouco de ovos mexidos com bastante sal. — Pela primeira vez desde a chegada de Eliza, ele desceu para o café da manhã em mangas de camisa, sem se barbear. — Juro que vai ajudar.

— Fico de estômago revirado só de olhar.

Jane precisa se recompor. Passa das onze, e ela ficou de encontrar Tom em uma hora. Está tão enjoada que não conseguiu nem se dar ao trabalho de escolher uma bela roupa e colocou o vestido matinal castanho-

CAPÍTULO QUINZE

-amarelado com anáguas de flanela. Não é um conjunto digno de um momento fundamental na vida de uma jovem. Ela espera que a emoção de Tom finalmente fazer o pedido de casamento encubra qualquer lembrança do traje surrado.

James raspa a lâmina cega da faca de manteiga em um pedaço de pão queimado.

— Torrada, então?

Migalhas se espalham pelo prato dele e na toalha de um branco imaculado. Jane nega com a cabeça. O movimento leva a dor surda presa em seu cérebro a balançar de encontro ao crânio.

— Chá, bastante chá — diz Eliza, pegando o bule e servindo.

Como sempre, está impecável, em um belo vestido matinal cinza-visom. Seus olhos escuros brilham e há até mesmo uma sugestão de calor nas bochechas. A prima de Jane está mais acostumada a uma vida de sociabilidade. Como debutante em Paris, deve ter aprendido a manter o ritmo. Ou foi isso, ou fez algum truque de ilusionismo com os cosméticos franceses.

— Um pouco de açúcar também pode ajudar. É uma pena não termos café. É muito mais eficiente para recobrar os ânimos — completa.

Mr. Austen sacode o jornal.

— Café? Aqui não é Godmersham, sabia?

O parque Godmersham é a propriedade rural luxuosa de Kent que Neddy herdará da mãe adotiva, Mrs. Knight. Nenhum dos Austen foi convidado para visitá-la, mas na imaginação deles é a terra da fartura.

Jane puxa a xícara e o pires com mãos trêmulas.

— Então, chá.

Ela coloca a dobra do dedo na asa, mas treme com tanta violência que precisa segurar a xícara com as duas mãos para evitar que derrame. Quando a pousa, há líquido marrom-escuro tanto na xícara quanto no pires.

Mrs. Austen solta um grande suspiro.

— Bom, fico feliz que todos vocês tenham aproveitado a noite.

Henry sorri com malícia, recostando-se na cadeira e cruzando os braços no peito largo.

— Eu diria que sim. Jane mais do que todos. Deve ter dançado com todos os solteiros qualificados do recinto. E, além disso, com vários inqualificáveis.

A cabeça de Jane roda com a lembrança dos giros ao ritmo da música. Não voltou a encontrar Tom. Harry Digweed lhe contou que os Lefroy tinham ido embora porque Mrs. Lefroy estava com dor de cabeça. Depois, Harry convidou Jane para dançar, e ela não pôde negar porque, àquela altura, ele sabia que estava disponível.

Harry não usa anéis e chegou atrasado ao baile dos Harcourt na Deane House por causa de um incidente muito divertido envolvendo um galo silvestre, dois dos seus irmãos e uma lasca de chumbo de espingarda. Jane não consegue se lembrar dos detalhes, mas na hora a história fez com que morresse de rir.

Mrs. Austen dá um tapinha na mão da filha.

— Ah, minha querida, ainda existe esperança para você.

Jane tenta fazer uma careta, mas está com a língua inchada demais.

— Se ao menos James tivesse sido mais liberal com sua atenção. Eu disse para dançar duas vezes com Mary Lloyd, não para deixar que ela o monopolizasse a noite toda.

James examina as unhas.

— Bom, Mary é uma excelente parceira.

Como sempre, ele está meticulosamente vestido em seus trajes clericais. Somente o brilho da transpiração que se forma na testa e os olhos avermelhados traem como se divertiu ontem à noite.

Jane bufa.

— Alethea também é. No entanto, depois da primeira dança, você a esnobou por completo.

— Mary disse que Alethea ficaria contente em dançar com Miss Terry.

— Não é essa a questão — diz Jane. — Toda dama deveria aproveitar pelo menos duas sequências com um cavalheiro antes de ser forçada a suportar a indignidade de uma parceria do próprio sexo.

Mrs. Austen se anima.

CAPÍTULO QUINZE

— Deixe-o em paz, Jane. Se ele estava feliz dançando com Mary, deveria dançar com Mary. Você deveria visitá-la, James. Leve Anna com você. Estou com uma das latas da mãe dela que preciso devolver, e você poderia levar um pouco do meu queijo cottage como presente. Acabei de fazer uma nova leva.

Jane especula se a mãe está se distraindo da tristeza por Georgy ao planejar a próxima geração dos Austen. Se for o caso, que Deus ajude James.

Ele cora enquanto toma o chá.

— Controle-se, mãe.

— Digam-me, como estavam Jonathan e Sophy juntos?

— Complacentes como nunca — diz Henry, olhando para Jane com um sorriso provocante. — Na verdade, Eliza e eu achamos que Jonathan tinha um pouco mais de brilho quando estava dançando com *você*, Jane.

Mrs. Austen arregala os olhos.

— Você dançou com Jonathan? Ah, que pena que Sophy chegou lá primeiro! Você poderia ficar muito confortável na Deane House.

— Mãe!

Jane estremece. Se Jonathan tiver de fato puxado ao pai libidinoso, é possível que tenha seduzido Madame Renard enquanto estudava em Bruxelas, deixando-a de coração partido e sobrecarregada com o fruto do seu amor quando voltou para a Inglaterra. Com certeza, tal abordagem permissiva da moralidade o eliminaria da corrida como um pretendente em potencial, até pelos padrões da mãe de Jane.

Mrs. Austen pousa a mão na de Jane. Seus dedos são longos, frios e ligeiramente calejados pela quantidade de tempo que ela passa no jardim.

— Mas pense nisto, querida. Com um homem como Jonathan como marido, você nunca ficaria sem tinta, papel ou açúcar. Poderia contratar um exército de babás para ajudar a criar seus filhos. E com certeza não precisaria sujar as mãos de sangue torcendo o pescoço de suas galinhas.

Por outro lado, talvez sua mãe pudesse ser convencida a fingir não ver os namoricos extraconjugais de um genro rico. Até Jane pode ver o atrativo. Seria mesmo uma glória encomendar de Basingstoke novos vidros de tinta, em vez de precisar colher ingredientes e produzi-la por conta própria.

À luz fria da manhã, Jane reconhece que dirigir um internato para meninas seria uma tortura, sem falar em estar amarrada para sempre aos próprios filhos pelos cordões do avental. Ela adora a pequena Anna, mas ama ainda mais os momentos silenciosos do dia. Sempre que está com companhia por muito tempo, Jane anseia pela solidão de seu quarto de vestir, onde pode espairecer a mente da labuta doméstica correndo os dedos pelas teclas brancas e pretas do pianoforte e escrevendo linhas categóricas de palavras em uma página vazia.

— Obrigada, mãe, entendi sua opinião.

— Eu não teria tanta certeza da fortuna dos Harcourt — diz Eliza.

— O que você quer dizer? — pergunta James. — Eles são uma das famílias mais bem-estabelecidas de toda Hampshire.

— Longe de mim especular sobre o estado dos negócios deles... E não gostaria de provocar nenhum rumor... Mas Sir John passou a maior parte da noite me infernizando em relação a um empréstimo.

Apesar de seus protestos, fica claro que a prima de Jane está à vontade. Que pena que seu tempo na corte do rei Luiz XVI tenha sido interrompido!

— Ele fez isso? — pergunta James.

— É verdade. — Henry pousa as mãos abertas na mesa. — E foi muito persistente. Tive que intervir e lhe dizer para deixar Eliza em paz.

James joga a torrada no prato.

— Mas por que Sir John precisaria de um empréstimo?

— Disse que era para investir em determinada oportunidade — continua Henry. — Ele mesmo não tinha os recursos disponíveis, mas prometeu um retorno espetacular para Eliza.

Jane estremece com a perspectiva de Sir John bradando para enfiar os dedos gordos no restante da fortuna da prima. Será que as preocupações com dinheiro podiam explicar como uma mulher morta veio a ser encontrada na rouparia dos Harcourt?

— Que atrevimento o dele. Você não vai concordar, vai? — indaga Jane.

CAPÍTULO QUINZE

Eliza ri, mas sem alegria.

— Se ao menos eu tivesse escolha. Como você sabe, uma boa porção da minha fortuna está literalmente enterrada na França.

O capitão de Feuillide usou o dote de Eliza para irrigar as terras dele. No entanto, como foi considerado culpado de traição, a República Francesa confiscou a fazenda recentemente cultivável, o que significa ser improvável que a prima veja algum retorno do investimento. Por sorte, Mr. Austen se recusou a soltar todo o dinheiro de Eliza, de forma que ela mantém ao menos parte das dez mil libras convencionadas para ela pelo padrinho extraordinariamente generoso, Warren Hastings.

Hery fecha a mão em punho, golpeado a mesa.

— Você vai recuperar tudo. Acabaremos com essa insurreição e devolveremos a devida ordem ao mundo, até na França. Então, Hastings herdará tudo o que deveria ter por direito.

Eliza sorri com os lábios comprimidos.

— Claro, mas até lá pretendo ser extremamente cautelosa com os fundos que sobraram. Serei uma completa avarenta e economizarei cada centavo para organizar a vida do meu querido menino.

Ela faz cócegas debaixo do queixo de Hastings enquanto ele estende a mão para pegar um pedaço da torrada da mãe.

Mrs. Austen aperta o braço de Eliza e elas trocam um sorriso tenso.

— Muito sábia, querida.

De sua poltrona, Mr. Austen bufa.

— Minha querida sobrinha, acho que você é a última pessoa no mundo que poderia ser considerada uma avarenta. Sua ideia de frugalidade é tomar uma garrafa de champanhe no jantar, e não duas.

Todos riem, Eliza com mais entusiasmo do que os outros. Ninguém diz o que Jane tem certeza de que todos estão pensando: assim como Georgy, é improvável que algum dia Hastings consiga se manter. Eliza arcará com a responsabilidade de cuidar do filho pelo resto da vida de ambos.

Jane analisa o perfil de Mr. Austen.

— Sir John chegou a lhe pagar, pai, por fazer o enterro de Madame Renard?

Ele mantém os olhos fixos no jornal enquanto fala:

— Ainda não, mas tenho certeza de que pagará. Você sabe que as pessoas acreditam que os clérigos vivem de orações e bons desejos. Quanto mais ricas, mais dificuldade tenho de obter os dízimos delas.

Jane se vira para Eliza, que ergue as sobrancelhas. Poderia Jonathan estar tão desesperado para escorar as finanças da família ao se casar com a herdeira Sophy que mataria a amante grávida caso ela ousasse impedi-lo? Com certeza não. As preocupações dos Harcourt com dinheiro não podem ser tão imperiosas. Eles têm muitas terras, e dizem que Lady Harcourt trouxe consigo uma quantia considerável ao se casar com Sir John. Por outro lado, problemas financeiros explicariam por que ela trocou por vidro os diamantes baguete em sua tiara.

Jane engole o restante do chá e se levanta da mesa.

— Acho que vou dar uma volta para respirar ar fresco.

James a observa. Existe um brilho sutil em seus olhos cor de avelã acinzentada.

— Por acaso você vai caminhar até Deane? Se for, quer companhia?

— Não, obrigada. — A última coisa que Jane quer é o irmão se infiltrando em seu encontro amoroso. Ela pressiona a mão na têmpora e a esfrega com firmeza. — Preciso de paz e silêncio.

Está muito frio, com um céu azul-claro e uma brisa ártica. Jane agradece por estar seco. Seus dedos ficarão desajeitados nas luvas sem dedos, mas pelo menos não há necessidade de ela patinar por ali em seus tamancos. O chá operou sua mágica. Ela começa a sentir um frio na barriga mais pela perspectiva de resolver o futuro com Tom do que pelo excesso de vinho e álcool que ingeriu na noite anterior. Fecha o capote e puxa o capuz para cima. Com alguma sorte, quando encontrar Tom, o frio terá trazido alguma cor à sua pele e ele não notará o vestido gasto.

CAPÍTULO QUINZE

Quando ela segue pela horta da mãe, os canteiros de vegetais estão vazios, só restando as pragas persistentes. A geada brilha nas urtigas. Pelo pátio da fazenda, galináceos e garnisés arrepiam as penas amarronzadas enquanto escavam o chão duro, atirando torrões de terra para trás na incansável busca por um petisco saboroso. Na área do estábulo, Greylass e os outros cavalos sopram vapor pelo focinho e chutam as portas de suas baias. A pônei deve estar sentindo falta de Cassandra. Jane decide levar-lhe uma cenoura. Mesmo enquanto pensa isso, sabe que acabará esquecendo e se censura por sua falta de cuidado.

À entrada privativa dos Austen para o cemitério da igreja de St. Nicholas, no alto da pequena colina, cristais de gelo reluzem nas voltas enferrujadas do portão de ferro. As dobradiças rangem e o trinco resiste quando Jane o abre. Dentro do cemitério, tudo está quieto e calmo. Emaranhados de hera escapam pelo muro de pedra. Musgo e líquen, em tons sutis de verde e cinza, mosqueiam as tumbas desgastadas de granito. Ao passar, Jane lê as palavras entalhadas na pedra. Grão-Lorde e Lady Portal estão lado a lado em sarcófagos semelhantes, enquanto gerações de Bolton se encontram abrigadas sob uma laje lisa. São pessoas que Jane nunca conheceu, mas que encara como velhos amigos.

Tom está parado em frente à igreja, de cabeça baixa e mãos enfiadas nos bolsos do fraque. O coração de Jane ferve enquanto ela o analisa antes que ele a note. Um cachecol de lã lápis-lazúli circunda o pescoço do rapaz, as pontas com borlas se agitando ao vento. Qual das cinco irmãs o tricotou para ele?

Tom sorri quando encontra os olhos de Jane.

— Você veio.

O corpo trêmulo da jovem é inundado de calor.

— E você está aqui.

Ela saltita em direção a ele, e a respiração dos dois forma uma nuvem branca que se mistura ao ar.

Ele fecha os olhos e se inclina para ela, os cílios claros encontrando as maçãs do rosto esculpidas de Jane.

— Estou aqui — murmura ele, enquanto a beija. Seus lábios estão quentes, mas a ponta do nariz parece gelo. — Sinto muito pelo baile. Minha tia...

— Teve uma dor de cabeça. Eu sei. — Jane dá o braço a ele. — Não importa, agora estamos juntos.

Ele coloca a mão enluvada sobre a dela e os dois seguem caminho abaixo.

— Estamos, sim.

Jane fica satisfeita em deixar Tom indicar o caminho. Tanto faz para onde estão indo, desde que permaneçam no mesmo ritmo. Eles vagam pelo bosque, indo em direção a Popham. A velha trilha atravessa campos com carneiros lanosos e vacas de um marrom-escuro acetinado. Tom segura a mão de Jane quando ela sobe um degrau para atravessar uma cerca. Ela pula em seus braços e eles se beijam de novo, e de novo, até Jane estar zonza de prazer. Enquanto perambulam, ele está extraordinariamente calado, observando a trilha com um vinco na testa.

Deve estar nervoso com tanto peso em uma simples pergunta. Com certeza, ele sabe que ela dirá sim. Ela dirá sim, não dirá?

Se ao menos a questão não fosse tão carregada e eles pudessem ter uma conversa sensata a respeito dela... *Você gostaria de açúcar no chá? Sim, por favor, gosto dele doce. Vamos nos casar? Não, obrigada, prefiro a vida de solteira.* Tudo certo, sem mágoas seja qual for a resposta.

Num esforço de quebrar a tensão, Jane conta que Madame Renard e Jonathan Harcourt poderiam ter se conhecido e se tornado amantes em Bruxelas.

— Veja, ambos tiveram um vínculo com a cidade. E a questão do anel deve ter sido mais do que uma coincidência, não acha?

— Então, você imagina que ele a matou?

— Bem...

Jane hesita. Não foi tão longe, mas Tom está olhando como se ela tivesse acusado Jonathan de sacrificar bebês recém-nascidos no altar da igreja de St. Andrews e cear com o Diabo todas as noites na sala de jantar da Deane House.

CAPÍTULO QUINZE

— São apenas conjecturas, sabe? Sinto que uma acusação tão tênue nunca se sustentaria no tribunal. Você nem ao menos sabe se eles estiveram em Bruxelas na mesma época. Ou se conheceram um ao outro.

— Mas e o anel?

Tom agarra os dedos da luva da mão esquerda entre os dentes e a retira.

— Um anel masculino com um entalhe?

Ele está usando um anel de sinete muito parecido com o de Jonathan, só que a pedra de Tom é preta, enquanto a de Jonathan é marrom-avermelhada. Jane retira suas luvas e agarra os dedos do rapaz para examinar o anel. É um ônix, com uma gravação de uma cruz huguenote e uma pomba.

— O tio-avô Langlois o deu para mim. Salvou-me de procurar um sinete. Você também vai me acusar de golpear Madame Renard até a morte?

— Não seja bobo. — Jane empurra o braço dele. Por debaixo das muitas camadas de roupas, os músculos de Tom são agradavelmente firmes. — Para começo de conversa, aquela sua casaca terrível estaria ensopada de sangue.

Os olhos dos dois se encontram, e Tom cai na gargalhada. Sem dúvida, está se imaginando mais uma vez no lugar de seu homônimo literário, o casaco branco arruinado depois de defender a honra de Miss Weston contra um grupo de soldados bêbados.

Antes que qualquer um deles recoloque as luvas, Tom pega na mão de Jane, apertando seus dedos. Pressiona a palma da mão nua na dela enquanto a guia. Eles saem das árvores para um campo, subindo uma colina íngreme. Jane fica relutante em continuar insistindo na questão de Jonathan, por medo de que Tom a ache tola. Tentar capturar um assassino pode ser tolice, mas a situação de Georgy é mortalmente séria. E, com sua formação legal, Tom deveria ser o companheiro ideal na missão de provar a inocência do irmão.

— Já que você é o especialista, diga, como se ganha um argumento no tribunal?

— Bom... — Tom para, pousando a mão no quadril. Sorri pesaroso, como que confuso por ter essa conversa com ela. — Para convencer um júri, a coisa mais importante é estabelecer que o réu tinha os meios, o motivo *e* a oportunidade para cometer o crime. A maioria dos atos de violência não tem sentido, mas isso não impede um júri de querer um motivo. Caso contrário, é difícil para qualquer pessoa moralmente íntegra compreender. Alguém já perguntou a seu irmão onde ele estava na noite do baile?

— Ele estava sozinho no chalé. Jack estava resolvendo algumas incumbências, e Ba foi chamada para um parto de gêmeos. Normalmente eles não o deixam sozinho, mas Georgy estava dormindo e foi uma emergência...

— O que você sabe sobre esse camarada Jack Smith? — pergunta Tom. — Resolvendo algumas incumbências me parece um blefe. Você acha que ele poderia estar envolvido?

— Foi isso que eu disse, mas meu pai e meus irmãos estão reticentes em pressioná-lo para que dê uma explicação mais rigorosa.

— E ele é o guardião de Georgy?

— Desde que era um menino.

— Aí é que está, então. Ele deve querer um trabalho adequado e ter sua própria vida. Não deve ser fácil ter que seguir os caprichos de outra pessoa o tempo todo. Daria para entender caso ele viesse a se ressentir de tal fardo.

Jane mexe nos cordões soltos da capa.

— Tem mais uma coisa. Jack vem tentando levantar dinheiro para investir em seus próprios animais. É só uma porca para procriar, mas, obviamente, significa muito para ele. Pediu um adiantamento para meu pai até o Dia da Anunciação, mas ele recusou.

— Então, tem motivo para ter rancor da sua família. Parece plausível que *ele* tenha executado o roubo, se atrapalhado e matado o alvo. Seu irmão deve ter se deparado com o objeto roubado antes que Jack pudesse fugir.

Uma imagem de Jack e Jane quando crianças vem à mente dela. Estão de mãos dadas, chapinhando pelo riacho que corre atrás do chalé de Dame Culham. A luz do sol reluz nos seixos molhados e nos intensos

CAPÍTULO QUINZE

olhos castanhos de Jack. Dame Culham está sentada à margem, os pés e tornozelos balançando na água fria, enquanto Georgy repousa a cabeça em seu colo.

Jane engole em seco.

— Mas, se Jack fez isso *mesmo*, não insistiria em ir para a cadeia, não é?

— Talvez ele queira ficar de olho no seu irmão, garantir que ele leve a culpa. Imagino que ainda tenha o anel guardado. Assim que o julgamento terminar, ele vai embora. Aquelas joias renderiam uma quantia suficiente para permitir que um homem como ele recomece em outro lugar.

A cabeça de Jane gira enquanto ela contempla o campo ao redor. Não consegue imaginar um mundo em que o companheiro do irmão poderia traí-lo daquela forma. Em todo o entorno, os campos se desdobram para longe até encontrarem o horizonte. Apenas torres de igrejas ocasionais pontuam as verdes e extensas colinas.

Numa tentativa de recuperar o equilíbrio, ela fixa os olhos no celeiro de madeira dos Terry, na base da colina na estrada Winchester. É conhecido localmente como "o celeiro vermelho", porque o estuque fica carmim ao pôr do sol. Agora, na pálida luz de inverno, parece mais o "celeiro cinza soturno".

— É esse o tipo de motivo necessário para convencer um júri?

Tom cruza os braços, olhando as nuvens cinza-chumbo que se juntam no horizonte.

— É. No fim das contas, não é a isto que tudo se resume? Amor ou dinheiro. Normalmente, é um dos dois.

Está na ponta da língua de Jane contar a Tom que Zoë Renard estava grávida. Explicar que, se Jonathan Harcourt for o assassino, seu motivo para matar a rendeira também poderia ser financeiro. Se a amante expusesse o fato de que ele a havia engravidado, isso eliminaria a chance de ele se casar com a herdeira Sophy e obter o dote de trinta mil libras. E, com Sir John infernizando Eliza para um empréstimo e Lady Harcourt trocando os diamantes por vidro, é provável que eles estejam com dificuldades financeiras.

Mas tudo parece muito forçado. Jane aprendeu na prática que uma coisa é deixar a mente vagar consigo mesma, outra bem diferente é soltá-la no mundo. Sem dúvida, Tom rirá dela por ousar imaginar tal cenário. Madame Renard podia muito bem ser uma viúva respeitável, carregando o filho do marido e assassinada em um ataque ao acaso de um ladrão estúpido.

Na base da colina, ao lado da fazenda dos Terry, uma jovem em um traje de montaria marrom-avermelhado trota ao longo da via em um cavalo castanho. Quando chega ao celeiro, ela desliza graciosamente do animal e prende as rédeas em um pilar da cerca antes de entrar. Com a palma da mão, Jane protege os olhos do brilho do céu prateado.

— Aquela era Miss Rivers?

Tom firma o olhar na distância.

— Acho que sim.

— O que ela está fazendo no celeiro vermelho?

— Talvez seu cavalo tenha perdido uma ferradura. É melhor irmos ver se ela precisa de ajuda.

— O cavalo dela não me *pareceu* manco.

Cascos revestidos de ferro batem contra a pedra quando outro cavaleiro surge pela estrada, vindo da direção oposta. O homem usa um sobretudo e um chapéu tricórnio. Ao chegar ao celeiro, faz o cavalo parar de repente. O animal relincha e empina, agitando os cascos dianteiros no ar. Imperturbável, o cavaleiro pula para o chão, prende o cavalo ao lado do de Sophy e olha para ambos os lados, revelando seu rosto.

É Mr. Fitzgerald. Não há como confundi-lo. Ele levanta o colarinho enquanto segue Miss Rivers para dentro do celeiro.

O estômago de Jane despenca. É tão óbvio: os Rivers são arrivistas. O pai de Mr. Fitzgerald o enviou à Inglaterra para se tornar um "cavalheiro". Se descobrir que o filho tem andado fornicando com uma comerciante, ficará furioso. Furioso o bastante para cortar relações com ele e desistir das tentativas de desafiar as leis da Jamaica que impedem o filho de herdar sua enorme fortuna. Zoë Renard deve ter seguido Mr. Fitzgerald até a

CAPÍTULO QUINZE

Deane House em busca de seu apoio, mas *ele* a matou para manter o caso em segredo e também tentou roubar o colar. Precisa de dinheiro. Se Sophy Rivers estiver naquele celeiro, enfeitada com as joias de costume, pode ser a próxima vítima...

— Ah, minha nossa, entendi tudo errado.

Jane passa por Tom em disparada, correndo colina abaixo.

— Jane, pare.

Mas Jane não consegue parar. O declive força suas pernas a se moverem mais rápido, ganhando velocidade enquanto ela corre. É como rolar pela encosta nos fundos da casa paroquial.

— Cowper! — grita ela ao vento.

Não podia ser coincidência que o poeta preferido de Madame Renard fosse o mesmo que Mr. Fitzgerald escolheu para ler em voz alta.

— Eu realmente não acho... — grita Tom de algum lugar atrás dela.

Jane bate ambas as mãos na porta de madeira rústica do celeiro para se impedir de cair. Com um tranco, a porta se escancara.

Capítulo Dezesseis

Jane cambaleia para dentro do celeiro. Entre duas pilhas oscilantes de feno, Mr. Fitzgerald segura uma frouxa Sophy. Seus rostos estão juntos. Jane não pôde salvar Zoë Renard, mas salvará Sophy.

— Solte-a, seu canalha!

Mr. Fitzgerald se apruma em um pulo. O peito de Sophy arfa sob os botões semiabertos da jaqueta de montaria, e suas bochechas reluzem, vermelhas.

— Jane, o que você está fazendo?

Mr. Fitzgerald dá as costas para Jane. Seu chapéu está largado no chão coberto de feno, ao lado das luvas de Miss Rivers.

Jane vai até Sophy.

— Sophy, onde está seu colar?

A jovem olha para o peito descoberto.

— Achei que não combinava com esta roupa. O que você tem a ver com isso?

Sophy e Mr. Fitzgerald estavam *abraçados?*

— Fique longe de Mr. Fitzgerald. Não pode confiar nele. Tem certeza de que o conhece bem?

— Francamente, Jane, a esta altura achei que estava óbvio.

CAPÍTULO DEZESSEIS

— Jane. — Tom irrompe no celeiro, deslizando no feno solto nas lajotas. — Miss Rivers, Mr. Fitzgerald. — Ele pega no braço de Jane, puxando-a para a porta. — Temos que ir.

Então, eles *estavam* se beijando, e com a maior paixão. Jane não cede, apontando para Mr. Fitzgerald.

— Mas foi *ele*. Ele é o assassino. Era por isso que estava tão calmo quando o cadáver foi descoberto. Ele já sabia que ela estava ali. Seduziu Madame Renard em sua viagem para os Alpes italianos. Ela deve tê-lo seguido para Hampshire, de modo que ele *teve* que tirá-la do caminho, para o caso de o capitão Rivers descobrir e deserdá-lo.

Mr. Fitzgerald se vira para encarar Jane, com uma expressão de horror abjeto estampada no rosto. Sophy o contorna e vai para a frente dele, protegendo-o com o corpo.

— Como ousa? — A voz dela treme. — Douglas não saiu do país desde que chegou aqui, ainda menino, e *com certeza* não matou ninguém. Se estava calmo, é por ser um excelente presbítero.

Jane hesita.

— Mas e a pintura que ele fez da montanha?

Tom continua tentando puxá-la pelo cotovelo.

— Scafell, Miss Austen — protesta Mr. Fitzgerald. — Fica em Cumberland. Como eu lhe disse, estava visitando as relações do meu pai para sondar sobre uma vida ali.

— Mas e o *gelato*? — pergunta Jane, lembrando-se da expressão incomum de Mr. Fitzgerald.

Mesmo enquanto diz isso, ela sabe que está se agarrando a nada. Está tão desesperada para salvar Georgy que estabelece ligações que não existem.

O lábio superior de Sophy se curva.

— Douglas é um homem culto, Jane. Fluente em várias línguas modernas, além das clássicas.

— É — acrescenta Mr. Fitzgerald. — E há um confeiteiro italiano muito simpático vizinho à minha faculdade, em Durham.

— Se você for fazer acusações odiosas, posso prestar contas do paradeiro de Douglas antes do baile. — Sophy treme de raiva. — Estávamos juntos no meu quarto, fazendo exatamente o que estávamos fazendo antes de você nos interromper com tanta grosseria.

Todo o corpo de Jane estremece. Cometeu o pior erro da sua vida. Ou da vida de qualquer um. De várias vidas infelizes juntas. É uma palhaça completa. Como chegou a pensar que fosse suficientemente esperta para resolver o assassinato e salvar Georgy é um mistério.

— Ah. — Ela ergue as mãos. — Sinto muito...

Sophy se empertiga, agarrando-se com mais força a Mr. Fitzgerald. Em seus trajes de montaria, com o cabelo cor de linho e as bochechas vermelhas, está mais deslumbrante do que em um vestido de baile.

— Não vou me sentir envergonhada. Este não é um caso sórdido. Estamos comprometidos.

— Comprometidos? — repete Jane, confusa. — Mas e Mr. Harcourt? Só se passaram algumas horas desde que estávamos brindando a seu noivado com ele.

— Ontem à noite tive que me curvar às tentativas de minha mãe de me intimidar para desposar Jonathan Harcourt, mas hoje de manhã desmanchei o compromisso e pouco me importa quem está sabendo.

— Hoje de manhã?

— É. — Sophy solta Mr. Fitzgerald e se aproxima de Jane. — Você ainda não entendeu? E todo mundo diz que você é tão inteligente! Vou ser clara... Como foi o seu aniversário, Jane?

É o primeiro dia do ano, aniversário de Sophy. E ela é exatamente um ano mais velha do que Jane.

— Você fez vinte e um!

— De fato. A partir desta manhã, alcancei a maioridade. O que, segundo os termos do testamento do meu pai, significa que toda a minha fortuna está à minha disposição. — A cada palavra, Sophy se aproxima de Jane até elas estarem nariz a nariz. — Não vou mais tolerar ser controlada por uma pessoa mesquinha, preconceituosa e desagradável.

CAPÍTULO DEZESSEIS

Jane tapa a boca traiçoeira com as mãos, invadida por ondas de vergonha que ameaçam desequilibrá-la. Foi muito mais fácil acusar o estrangeiro, Mr. Fitzgerald, de assassinato do que considerar que um de seus próprios companheiros de infância poderia ser responsável por um crime tão horroroso.

— Sophy, Mr. Fitzgerald, me perdoem.

Mr. Fitzgerald dispensa o pedido de desculpas com um aceno, o que, considerando que Jane acabou de acusá-lo de devassidão e assassinato a sangue-frio, é muito mais cavalheiresco do que ela merece. Ela fecha os olhos enquanto mergulha em profundezas previamente inexploradas de constrangimento. Tom envolve sua cintura com o braço, puxando-a para longe.

— Como você disse, Miss Rivers, não é mesmo da nossa conta.

Sophy volta para o lado do amante, suavizando a voz.

— Assim que Douglas for ordenado, vamos para a Escócia e nos casaremos lá.

Mr. Fitzgerald coloca a mão no peito.

— Mas, minha querida, você merece muito mais do que uma fuga vulgar.

— Douglas, *você* é a única coisa vital para a minha felicidade. Se isso significar cortar os laços com o restante de nossa família abominável, que seja.

Mr. Fitzgerald pega o pulso de Sophy, levando a mão dela aos lábios e beijando os dedos. Seus olhos se encontram, e Jane fica chocada com a intensidade do olhar entre eles.

— Bom. — Tom tosse na mão fechada, as bochechas com manchas vermelhas. — Lamentamos muito ter perturbado vocês. Não é mesmo, Miss Austen?

— Sim, de fato. Muito mais do que consigo expressar. — Jane encara a ponta das botas de caminhada enquanto Tom a dirige para a porta aberta. — De fato, eu não poderia estar mais arrependida.

— Conte a quem você quiser — grita Sophy quando eles saem. — Vá direto para sua amiguinha Mary Lloyd, se tiver vontade. Ou coloque um anúncio no *Hampshire Chronicle*. Tenho certeza de que dá no mesmo.

Jane se vira para trás.

— Sinceramente, Sophy, eu jamais...

— E não finja ser tão puritana. Todo o condado sabe o que vocês dois estavam fazendo na estufa na noite do baile dos Harcourt.

Jane fica sem fôlego.

Tom a pega pela cintura e a leva para fora do celeiro.

— Exatamente. Não é da nossa conta. Não diremos uma palavra.

Tom continua a rir de Jane durante todo o caminho de volta a Steventon. Ela costuma levar tudo na esportiva, mas, ao terminar a trilha pelo bosque, está perdendo a paciência.

— Não vejo o que há de tão engraçado.

Ela cruza os braços e fecha a cara quando eles param ao lado da igreja de St. Nicholas.

Tom está curvado na cintura, apoiando-se nos joelhos da calça.

— É a sua cara.

— Você sabia o que estava acontecendo entre eles?

— Bom, eu sabia que alguma coisa não estava certa. Ela deve ter sido a futura noiva mais desanimada que já vi. — Ele sorri para Jane, com zombaria nos olhos azuis. — Espero que você não vá dizer nada. Seria muito injusto, depois de flagrá-los como fez. E isso só se voltaria contra nós.

Jane está perdendo a conta do número de segredos que vem guardando. Existe a gravidez de Zoë Renard, o noivado clandestino de Sophy Rivers e Mr. Fitzgerald, sem mencionar o próprio caso furtivo com Tom.

— Com certeza não. Para começo de conversa, não posso deixar minha mãe descobrir que Jonathan Harcourt voltou ao mercado casamenteiro. — O rosto de Tom murcha. — Caso contrário, ela vai me fazer ir à Deane House e tocar o pianoforte na minha musselina mais elegante antes que você possa dizer "Gretna Green".

Jane dá meia-volta e sai caminhando pelo cemitério da igreja.

— Espere! — chama Tom, mas está rindo demais para alcançá-la antes que ela saia pelo portão e entre no terreno particular dos Austen.

CAPÍTULO DEZESSEIS

Embora seja verdade que tenha se comportado de maneira das mais irresponsáveis e acumulado uma quantidade excessiva de merecido menosprezo, pelo menos Jane pode apagar dois nomes da lista de suspeitos. Nem Mr. Fitzgerald, nem Sophy mataram Madame Renard. Eles claramente têm um álibi, e o segredo que vinham guardando com tanto cuidado era sua devoção mútua. O que significa que, à sua própria maneira torta, Jane está dois passos mais perto de descobrir o verdadeiro assassino.

5.   *Para Cassandra Austen*
Steventon, sexta-feira, 1º de janeiro de 1796

Querida Cassandra,

Duas cartas em um dia, que perdulária é a sua irmã! Perdoe-me pela despesa forçada, mas, por meio do processo de uma vigorosa investigação, devo lhe dizer que eliminei dois dos meus antigos suspeitos. Não foi Sophy; a rainha de gelo tem, sim, um coração. Também não foi Mr. Fitzgerald: suas preocupações com dinheiro terminaram. Você tem certeza de que quer se casar? Diga-me como é se prender a Mr. Fowle em Kintbury. Alguma vez você quis poder furtar uma carruagem e correr para casa, para suas aquarelas e nosso canto de convivência? Rasgue esta carta em pedacinhos e use-a para forrar a gaiola do canário de Mrs. Fowle.

Com muito afeto,
J. A.

Miss Austen,
Residência do Rev. Mr. Fowle,
Kintbury,
Newbury.

Capítulo Dezessete

Ao cair da tarde, quando sombras escuras e a lua prateada substituem a fraca luz solar, Jane procura Eliza na casa paroquial. Com a irmã em Kintbury, ela passou a confiar no entusiasmo da prima para mantê-la à tona. Mesmo que não consiga contar todas as suas humilhações para Eliza, como faria com Cassandra, a vivacidade da prima ergue seu ânimo abatido. Jane a encontra sozinha no dormitório dos fundos, em pé, de camisola, o cabelo arrumado numa longa trança no ombro. Uma vela de sebo cintila na cômoda. O brilho projeta, na diagonal, a sombra alongada de Eliza no papel de parede de raminhos, enquanto ela dobra a roupa branca e a coloca dentro de uma mala. Jane abre a porta com cuidado, apenas o suficiente para fazer passar seu corpo esguio.

— Minha mãe disse que você vai embora amanhã. Eu esperava que fosse ficar muito mais tempo.

Eliza leva uma das camisas de Hastings junto ao peito e analisa a fileira de pontos caprichados no colarinho.

— Fomos convidados a ficar com alguns velhos amigos em Brighton. O ar marinho fará bem para Hastings, e seus pais estão lidando com coisas demais agora. Eu não gostaria de prolongar a minha estadia.

CAPÍTULO DEZESSETE

Sua voz está tensa. Como sempre, Eliza está fazendo o possível para parecer alegre, mas desta vez não consegue.

Jane se joga na poltrona ao lado da cama.

— Mas vou sentir sua falta.

Ela não se deu ao trabalho de trocar o vestido de algodão amarelado. A bainha está incrustada de barro, e ela deixa uma trilha de flocos marrons por onde passa.

Eliza ergue o rosto para a luz da vela.

— E eu a sua, *ma chérie*. — Seus olhos estão vermelhos e as bochechas estão pálidas. — Como foi seu passeio?

Jane observa a mala, evitando o olhar da prima.

— Muito revigorante — mente, ainda envolta na vergonha de seu rompante.

O constrangimento se agarra a cada poro da sua pele, como uma camisola fria e úmida. Pode estar desesperada para salvar Georgy, mas Mr. Fitzgerald não merecia ser tratado de maneira tão desrespeitosa. O pânico quanto ao julgamento do irmão a está deixando desleixada. Foi preguiçoso da sua parte deduzir que a cadeia de montanhas visitada por Mr. Fitzgerald fosse na Europa. E parece que todos leem Cowper. Depois de folhear a seleção de versos encontrada no quarto de Madame Renard, Jane começa a entender o motivo.

Para seu horror, fica claro que ela se rendeu ao próprio preconceito. Não é melhor do que Mr. Craven, que engoliu a história de Sir John sobre um bando de invasores por ser mais conveniente do que ir atrás da verdade. E Sophy estava ali para testemunhar tudo. O mais detestável em Sophy Rivers é ela ser tudo o que Jane gostaria de ser: linda, rica e, ainda por cima, comprometida com um rapaz atraente, espirituoso e honrado.

Eliza aninha o rosto de Jane, forçando-a a encontrar seu olhar.

— E seu amigo irlandês? Você pode enganar seu pai e seus irmãos, minha priminha doce e inocente, mas sou a rainha da intriga e reconheço outra coquete de longe.

Jane retorce os lábios, comprimindo-os para não entregar uma expressão azeda.

— Se quer saber, ele estava bem.

— Só bem? — Eliza se recusa a soltar Jane. — Então, vocês não chegaram a um acordo?

— Não, não chegamos.

Foi petulante da parte de Jane sair às pressas enquanto Tom ria dela. Agora ela sabe disso, mas não estava no clima de ter uma conversa séria sobre o futuro dos dois quando Tom estava sendo tão irritante. Como seria ser casada com ele, incapaz de dar as costas e ir embora? Ela estremece.

— Bom. — Eliza enfia a camisa de Hastings dentro da mala e pega outra de uma pilha de roupa recém-lavada. — Eu tinha a sua idade quando me casei com o capitão de Feuillide. Pensei que fosse uma mulher, que estava pronta para amar e ser amada. Olhando para trás, eu não passava de uma bobinha ingênua.

Ela enfia a camisa cuidadosamente dobrada na mala, amassando o tecido e desfazendo seus meticulosos esforços.

— Você se arrepende?

Jane nunca ousou ser tão direta com a prima, mas há muito suspeitava de que Eliza não se sentia tão satisfeita quanto fingia estar com seu conde francês.

— Não. — Eliza balança a cabeça com tanta energia que a trança escorrega do ombro para as costas, até chegar à base da coluna. — Como posso, quando ele me deu meu lindo menino? Mas gostaria de ter passado mais tempo entendendo minha própria mente antes de aceitá-lo. Depois de feito, não há uma maneira fácil de escapar de um casamento. Aproveite esses anos de liberdade, *ma chérie*, antes que seja tarde demais. Melhor ainda, aproveite os seus flertes. A lembrança deles a amparará bem em sua maturidade, quando as escolhas são mais escassas. Pelo menos é o que dizem.

Jane sorri. Eliza também abre um sorriso, mas seus olhos não se alegram.

— Posso lhe perguntar uma coisa?

CAPÍTULO DEZESSETE

— Qualquer coisa. — Eliza inclina a cabeça. — Desde que eu não seja obrigada a responder.

— Por que você perguntou a Mr. Martin se Zoë Renard havia comprado uma tintura que poderia restaurar seus fluxos?

— Porque ela estava passando por uma situação muito lamentável. Uma jovem, sozinha, a centenas de quilômetros da família, com uma criança a caminho. Ninguém poderia culpá-la por querer provocar um… acidente. E, no entanto, por tudo o que você e Mrs. Martin disseram, Zoë Renard não parecia estar nem um pouco desesperada. Sim, ela empenhou suas joias, mas logo arrumou dinheiro para recuperá-las; estava aprendendo inglês, e se registrar na biblioteca circulante indica que tinha tempo de lazer. Estava construindo uma vida própria aqui.

As cortinas estão abertas e um punhado de estrelas reluzem no céu escuro. Jane recorda a indiferença de Madame Renard quanto a ela comprar ou não o chapéu. Enquanto Jane se exibia no espelho da chapeleira e discutia o preço, a comerciante mantinha uma aparência de compostura. Nem uma vez ela desviou os olhos ou se ofereceu para abaixar o preço. Zoë Renard agiu como se fosse sua própria patroa, não uma mulher desvirtuada e com um segredo vergonhoso. Levava uma vida simples, mas tinha orgulho de suas conquistas e estava decidida em seu propósito.

— Você tem razão. Ela não se comportava como se tivesse problemas com dinheiro ou com confiança. O que isso significa?

— Talvez que não estivesse tão só como deduzimos. Que alguém *estivesse* cuidando dela. — Um canto da boca de Eliza se levanta em um sorriso furtivo. — Você sabe como nós, mulheres, gostamos de guardar nossos segredos.

Jane rói a unha do polegar.

— Alguém em Basingstoke, ou perto, que lhe deu dinheiro para recuperar as joias do penhor, mas claramente não queria que mais ninguém soubesse do relacionamento entre eles?

Os traços delicados de Eliza se contraem em uma careta.

— Pode ser. Você não vai desistir, vai?

Ela pega mais uma camisa da pilha. A mala está quase cheia. O quarto ficará triste e vazio sem suas loções e poções espalhadas pela cômoda, os brinquedos de Hastings amontoados na cama.

— De forma alguma. Não tem como eu ficar parada enquanto Georgy paga por um crime que não cometeu. Além disso, o espírito de Madame Renard merece ficar em paz. E, sinceramente, não acho que possa ficar, não sem que seu assassino enfrente a justiça.

— Ótimo. Nunca fique dócil demais, está bem? Existe um limite a que uma mulher pode chegar antes de se quebrar.

Mas Jane tem uma intuição de que o crânio de Madame Renard pode ter sido esmagado justamente por não ser dócil o suficiente. Jane engole a bile, forçando-se a tirar da mente a imagem do rosto ensanguentado da pobre rendeira.

Na manhã seguinte, Jane e a família se alinham em frente à casa paroquial para se despedir de Eliza e Hastings. James sobe no assento do cocheiro, usando o sobretudo do pai.

— Obrigada, obrigada, meus queridos de Steventon. — Eliza beija as duas faces de Mr. e Mrs. Austen. — Vocês são a caridade personificada por oferecer tanta hospitalidade para mim e Hastings enquanto acalentam as próprias tristezas.

— Você é um bálsamo para nossas almas perturbadas, sobrinha — diz Mr. Austen.

— Não fizemos nada de mais — acrescenta a esposa. — E prometa que voltará antes que se passe mais um ano.

Ela balança uma chorosa Anna no colo. Com o rosto vermelho, a bebê estende os braços rechonchudos para o companheiro de brincadeiras. Jane abraça com força o corpo frágil de Eliza e segura as lágrimas ao soltá-la.

Henry carrega Hastings, agitando seus cachos dourados ao colocá-lo dentro da carruagem. Depois, fica em posição de sentido, de modo que Eliza precisa ficar na ponta dos pés para beijá-lo rapidamente no maxilar. Ele olha para ela com raiva, apertando os dentes com tal força que uma

CAPÍTULO DEZESSETE

veia azul salta no pescoço. É o único Austen a receber apenas um beijo. Até Sally, para sua total perplexidade, recebeu dois.

Conforme as rodas da carruagem rangem e viram, ele dispara para dentro da casa paroquial, batendo com tanta força a porta da frente que a treliça coberta de rosas ao redor do batente ameaça despencar.

— O que deu nele? — pergunta Mrs. Austen.

Jane dá de ombros.

— Vai saber.

Mas fica óbvio que o mau humor de Henry tem tudo a ver com a partida apressada de Eliza. Jane não está a fim de discutir com a mãe as complexidades da relação dos dois. Ela mesma prefere não pensar muito no assunto. Com certeza, Henry não pode ter imaginado que Eliza o levaria a sério como *pretendente*. Jane acompanha a carruagem. Pilhas de folhas mortas se depositam na base de cercas vivas desfolhadas e espinhosas. Assim que o veículo dobra a esquina, surge uma figura com uma capa marrom.

Jane põe a mão na testa e aperta os olhos para enxergar ao sol matinal. O chapéu-coco de Mary Lloyd se esboça contra o céu ofuscante.

— Era a sua prima que estava indo embora? — pergunta Mary. — Por que é o James quem a está levando e não o Henry, ou seu pai?

Jane para, esperando que Mary a alcance.

— Meu pai diz que está velho demais para sair perambulando nesse tempo, e acho que ela e Henry brigaram.

Mary fica parada, olhando pesarosa para a curva da estrada.

As folhas estalam sob os pés de Jane e o frio envolve seus dedos através das solas finas das botas de couro enquanto ela vai ao encontro de Mary.

— O que você está fazendo aqui, desacompanhada? Pensei que seu tio a tinha trancafiado.

Mary volta o olhar para Jane. Seus olhos estão excepcionalmente brilhantes.

— Tio Richard foi chamado à Deane House. É por isso que estou aqui. Há um grande tumulto. Vim buscar você. Aparentemente vão *prendê-lo*.

— Eu sabia! — exclama Jane, assustando Mary. — Eu *sabia* que ele era o assassino.

Mr. Craven deve ter seguido as mesmas pistas que Jane para ligar Jonathan Harcourt à falecida. Sua investigação deve ter desvendado provas de que ambos estavam em Bruxelas ao mesmo tempo e que Madame Renard empenhou o anel de Jonathan. Georgy será solto e voltará imediatamente para a família. Esse pesadelo vai terminar.

Capítulo Dezoito

—Que imaginação sinistra a sua, Jane — diz Mary, em tom de desaprovação.

Ela e a amiga se arrastam colina acima até a Deane. O caminho é de terra, e a lama se agarra às saias de Jane, fazendo peso enquanto ela se esforça para prosseguir. Devia ter voltado para pegar as galochas que protegeriam suas botas de caminhar, mas estava com pressa para chegar à mansão Tudor onde, segundo Mary, é Sir John que está prestes a ser preso por não pagar as dívidas, e não o filho por estar implicado na morte de Madame Renard.

— Ah, pare de se vangloriar. Dá para você simplesmente começar do começo e me contar tudo de novo, por favor?

Mary se pendura no braço de Jane, cambaleando pela encosta em seus calçados desajeitados.

— Mas o que a levou a pensar que Mr. Harcourt seria preso pelo assassinato? Devem ser todos esses romances góticos que você lê. Fico tentando avançar nesse último que você e Martha estão sempre elogiando. Aquele que se passa na Floresta Sombria? Mas é confuso demais! E não pode ser cristão, com toda aquela necromancia, bruxos e coisas assim. Não, prefiro muito mais os versos do seu irmão.

Jane respira fundo, engolindo a raiva.

— Preciso lembrar, Mary, que foi você quem sugeriu que o espírito de Madame Renard entraria em comunhão conosco quanto à identidade do assassino?

— Isso era diferente.

— Diferente como?

— Era sancionado pelo meu tio.

O sangue de Jane está em ponto de ebulição.

— Nesse caso, você pode por favor devolver *Os mistérios de Udolpho* para a biblioteca circulante de Mrs. Martin, de modo que alguém mais apreciador possa lê-lo. Agora, eu imploro, pare de conversa mole e me conte tudo o que aconteceu.

— Já contei. Estávamos tomando café da manhã quando um dos criados da Deane House bateu na porta lateral, chamando o magistrado. Ao que parece, Mr. Harcourt pediu perdão ao meu tio por vir diretamente, uma vez que o velho Mr. Chute e seu oficial de justiça estavam ameaçando prender Sir John e levá-lo para a prisão de Marshalsea.

— Então, Mr. Chute deve ter emprestado dinheiro a Sir John. Bastante, também, já que está tentando jogá-lo na cadeia.

Jane se move inquieta enquanto controla a vontade de sair em disparada. Se Mr. Chute guarda a esposa com tanto rigor quanto controla seus xelins e centavos, Henry teve sorte de escapar a quaisquer repercussões de seu flerte com ela na noite do baile dos Harcourt. Seria o dinheiro que Sir John devia a Mr. Chute o verdadeiro motivo de o baronete querer pôr as mãos na fortuna de Eliza? O canalha roubaria de um para pagar o outro.

— Não sei. Meu tio me mandou ficar em casa até ele voltar, mas pensei que, se eu buscasse você, poderíamos ir juntas até lá e tentar entreouvir. Aí, se eu for pega, posso dizer que você me forçou.

— Que amiga leal você é.

Jane se repreende por ter chegado a conclusões precipitadas. Foi tolo da sua parte esperar que as autoridades tivessem identificado o verdadeiro culpado. O colosso letárgico da lei inglesa não se ergueria para buscar

CAPÍTULO DEZOITO

justiça para uma moça comum, não importa a rapidez com que age quando se trata de preservar os interesses de um cavalheiro abonado.

— Continuo sem entender. Por que você pensaria que Mr. Harcourt matou a chapeleira?

Conforme a Deane House surge à vista, Jane se solta do aperto da mão de Mary e segue em frente.

— Rendeira. Não estou dizendo exatamente isso, só que tenho um palpite de que deve ter havido alguma ligação entre eles.

Ela estragará as botas, e talvez sua bainha nunca se recupere, mas consegue ir mais rápido do que Mary sem o estorvo das galochas.

Teria Sir John matado Madame Renard por ela o estar chantageando sobre o acordo com Mrs. Twistleton e ele já não conseguir pagar pelo seu silêncio? Talvez Madame Renard simplesmente soubesse demais sobre as dívidas que Sir John havia acumulado naquelas noites de carteado na Estalagem Angel. Tanto Sir Jonh quanto Mrs. Twistleton pareciam tão horrorizados quanto todos os demais quando o cadáver foi descoberto, mas poderiam estar fingindo, acobertando um ao outro. Ou foi Jonathan? Ele matou a amante para impedi-la de pôr em risco o lucrativo casamento com Sophy? Poderia a ameaça de uma ruína financeira levar um homem normalmente pacato a cometer o ato mais atroz?

Enquanto Jane se aproxima dos portões da extravagante mansão Tudor, uma caleche luxuosa, ligada a dois cavalos cinzentos perfeitamente simétricos, aguarda vazia no pátio. A seu lado, o oficial de justiça de Mr. Chute fica de guarda em frente à outra carruagem, detendo Sir John. Mrs. Twistleton enxuga o rosto dando pancadinhas com um lenço. Seus olhos estão inchados, e as feições normalmente atraentes estão abatidas. Sir John se inclina para fora da janela, em um ângulo precário, para apertar a mão dela. Sem sua peruca, ele parece menor e menos imponente. Fiapos de cabelo circundam sua cabeça, exceto na nuca, em que um pequeno círculo de pele exposta faz com que ele pareça especialmente vulnerável. Nenhum deles nota Jane chegando às pressas.

Gritos irados vêm da porta aberta da casa. Jane para ao lado da soleira e espia o soturno saguão revestido de carvalho. Mary sobe os degraus atrás dela, as galochas balançando no braço. Deve tê-las tirado com um chute e saído em disparada para alcançar a amiga. Juntas, elas ficam à sombra, esforçando-se para assistir ao drama que se desenrola sem serem vistas por quem está lá dentro.

— Cavalheiros, por favor...

Mr. Craven está parado debaixo do pesado lustre de bronze, esticando as mãos para cima como se estivesse separando um encontro de pugilistas sedentos de sangue.

Lady Harcourt está empoleirada no sofá sob a escada entalhada, agarrando um frasquinho de sais aromáticos junto ao nariz aquilino. A seu lado, Jonathan Harcourt pousa uma das mãos no corrimão da escadaria e, com a outra, corre os dedos pelo cabelo liso.

— Leve meu pai. — Está em mangas de camisa, com um colete de linho marfim ajustado ao corpo magro. — Mas imploro que me dê uma semana, no mínimo alguns dias, para que eu acerte os reembolsos. Por favor, senhor. — Ele aperta as mãos uma na outra, entrelaçando os dedos como que numa reza. — Se cobrar tudo agora, os abutres nos atacarão. Nossos arrendatários ficarão arruinados, bem como nós, e isso não seria justo com eles.

Mr. Craven deixa as mãos caírem e inclina a cabeça.

— O que diz, Mr. Chute? Dê uma chance ao rapaz, hein? Ele tem razão. Se o senhor alardear a questão, todos os credores de Sir John cobrarão ao mesmo tempo, e o senhor será forçado a lutar por cada quinhão. Se permitir a Mr. Harcourt um pequeno adiamento, terá muito mais chance de recuperar a dívida.

No outro extremo do saguão, Mr. Chute estreita os olhos aquosos e agarra o castão da bengala de ponta de ouro.

— Muito bem, estou satisfeito. — Seu fraque de veludo e os calções combinando trazem um bordado de flores em um arco-íris de linhas de seda. Até as fivelas dos lustrosos sapatos pretos cintilam com diamantes

CAPÍTULO DEZOITO

e rubis. — Quanto a Sir John, ele não deixará Marshalsea até que cada centavo que me é devido esteja de volta em meus cofres. Está me entendendo, rapaz?

— Não, o senhor não pode levá-lo. Não vou deixar. — Lady Harcourt se levanta do sofá, retorcendo as mãos. Sua voz vacila, como uma corda prestes a se arrebentar. — Não é justo. Já perdi meu filho. — Ela olha para o busto no patamar. O Edwin de mármore inspeciona a cena, apático, com o olhar leitoso de morte. — E agora o senhor quer levar também o meu marido. Não vou tolerar isto, estou lhe dizendo.

Jane engole em seco. Quando Mr. Craven levou Georgy embora, ela se imaginou correndo atrás da charrete, gritando e chorando, enquanto arrancava os cabelos pela raiz. Em vez disso, reprimiu esses impulsos primitivos, fez exatamente o que sua antiga babá mandou e saiu para alertar o pai como uma boa menina.

— Mãe, por favor... — Jonathan se coloca entre Lady Harcourt e Mr. Chute. — Por que você não vai se deitar? Tomar um pouco do seu remédio?

Debaixo dos braços da camisa de Jonathan há manchas de suor, e sua pele está cinzenta. Ele se volta para seu adversário e diz:

— Compreendo, obrigado, senhor. Vou providenciar um leilão imediatamente. Cada peça de ouro, prata ou estanho, qualquer coisa que possamos vender para levantar o dinheiro, será vendida. Tem a minha palavra.

Mr. Craven esfrega as mãos.

— Excelente. Podemos selar o acordo com um aperto de mãos, cavalheiros? — Mr. Chute esfrega o queixo antes de agarrar a mão de Jonathan e lhe dar um firme aperto. — Muito bom. Muito bom.

Mr. Craven enfia um polegar na lapela, dando uma olhada no relógio de bolso.

Jane aperta os lábios. O magistrado não levantou a possibilidade de uma ligação entre o assassinato de Madame Renard e as enormes dívidas dos Harcourt. Está mais preocupado em manter a paz entre dois proeminentes vizinhos do que em descobrir o criminoso e limpar o nome de Georgy. Ela não pode deixar passar essa oportunidade de pressionar Jonathan.

— Isto é tudo? — indaga, saindo a passos largos do esconderijo e entrando no saguão.

— Miss Austen, o que está fazendo aqui? — O olhar de Mr. Craven vai do rosto de Jane para as botas enlameadas da jovem e de volta para o rosto. — Mary? É você, criança, escondida na porta? Eu lhe disse explicitamente para ficar em casa.

As pernas de Jane viram gelatina quando ela fica cara a cara com o magistrado.

— Um acordo de cavalheiros? Um aperto de mão e o senhor o deixa se safar assim?

— Miss Austen, de que diabos está falando? Não pode simplesmente irromper aqui desse jeito.

Jane aponta um dedo trêmulo para Jonathan.

— Foi *você*, não foi? Você matou aquela pobre mulher exatamente aqui e abandonou o corpo na sua lavanderia.

O peito de Jonathan se contrai enquanto ele se curva sobre si mesmo.

— Perdeu o juízo? — indaga Mr. Craven, de queixo caído.

Lady Harcourt grita, histérica, avançando contra o rosto de Jane.

Os olhos claros de Jonathan se arregalam.

— Mãe!

Lady Harcourt ergue a mão contra Jane. Suas garras estão tão próximas que uma brisa passa pelo rosto da jovem e agita seus cachos. Jane vacila para trás, mas Mr. Craven agarra Lady Harcourt pela cintura antes que ela logre seu intento.

Jonathan se adianta, acolhendo a mãe nos braços.

— Venha, mãe, vamos subir para a cama. Foi um choque terrível, mas não há necessidade de se afligir… — Ele meio que arrasta e meio que carrega a mãe pela escada esculpida. — Mrs. Twistleton! Prepare imediatamente a tintura de mamãe.

A governanta surge do nada, atrás de Jane.

CAPÍTULO DEZOITO

— Calma, madame.

Ela segura as saias com os punhos, revelando meias de seda trabalhadas, enquanto sobe a escada atrás de Jonathan e da mãe.

Apoiada no ombro do filho, Lady Harcourt vira o pescoço para olhar com sarcasmo para Jane. Seus olhos ferinos reluzem veneno. Todos os nervos da jovem vibram.

— Miss Austen, francamente! — Mr. Craven se aproxima. — Perdeu o juízo? Que raios poderiam tê-la provocado a fazer tal acusação?

Mary tira o cabelo do rosto de Jane.

— Você está bem? A velha bruxa quase arrancou seus olhos.

Jane afasta as mãos da amiga com certa rispidez. Ergue o queixo para Mr. Craven.

— O senhor é que perdeu o juízo. Não percebe? — A cabeça lateja, deixando-a tonta. — As dívidas de Sir John *com certeza* estão ligadas ao assassinato.

— Garanto-lhe, Miss Austen, que este é um assunto entre Sir John e Mr. Chute. Não tem nada a ver com a falecida. Já resolvi aquele incidente. Foi um dos invasores na propriedade de Sir John.

— Ainda acredita nisso? Mesmo sabendo que não há qualquer evidência de um andarilho?

— Miss Austen, como eu lhe disse ontem à noite, *não* acusei seu irmão de assassinato... — Ele abaixa a voz a um murmúrio, suavizando o olhar ao chegar perto de Jane. — Por favor, não me force a fazer isso...

Com uma clareza doentia, Jane vê que, assim como ela, Mr. Craven não se deixou enganar pelas acusações de Sir John. Ele realmente acredita que Georgy seja culpado, não apenas de roubar o colar de Madame Renard, mas de matá-la. Em vez de ser negligente, está agindo por compaixão. Não segue adiante com a investigação por medo do que possa encontrar. Sabe que, por mais que seja terrível para Jane e sua família se Georgy for enforcado como ladrão, seria ainda pior se for condenado como assassino. Seria negado a ele o mais básico dos direitos cristãos: ser enterrado em solo consagrado. Em vez disso, depois de ser enforcado diante das vaias de uma multidão na praça central de Winchester, seu corpo seria levado para Deane, envolto em correntes, e exibido publicamente do cadafalso mais próximo, como um aviso macabro a qualquer assassino em potencial. Poderia levar anos para que as aves e os vermes acabassem com suas roupas e sua carne. Só então os Austen teriam permissão de descê-lo e enterrar seu esqueleto. Mesmo assim, não poderiam levá-lo para casa, para ser enterrado no cemitério da igreja de St. Nicholas. Georgy ficaria sob uma encruzilhada, com uma estaca no coração, a alma marcada como indigna de redenção mesmo no dia do Juízo Final, condenado a vagar pela Terra por toda a eternidade.

Se a tristeza não matasse os pais de Jane, a ignomínia com certeza mataria.

Mary passa o braço ao redor da cintura da amiga, impedindo-a de desabar sob o peso esmagador de sua constatação.

— Vou me retirar.

Mr. Chute quebra a tensão inclinando o chapéu tricórnio para as damas e arrastando os pés em direção à saída.

Mr. Craven ergue a mão, chamando-o:

— E tem certeza de que não vai permitir que Sir John continue aqui? O senhor está dentro dos seus direitos, é claro, mas...

— Aquele arrogante tem me feito de idiota. — Mr. Chute agita a bengala no ar. — Uma dose de prisão para devedores lhe ensinará que comigo não se brinca.

— O senhor é quem sabe.

Mr. Craven vai para fora lentamente. Mary o segue, arrastando consigo uma Jane ainda atordoada.

No pátio, Mr. Chute acena para seu criado e entra na caleche. O oficial de justiça monta em um dos cavalos de tração atrelados à carruagem e bate o chicote. Com um relincho, os dois animais sacodem as crinas e erguem os cascos dianteiros. A carruagem geme, e Sir John vira a cabeça em direção à Deane House, fazendo um esforço visível para manter a compostura, enquanto lança um último olhar para seu lugar ancestral.

CAPÍTULO DEZOITO

Quando ambas as carruagens somem de vista, Mr. Craven estende o braço para Jane.

— Com sua licença, Miss Austen. Permite que a acompanhe até em casa?

Jane olha para o cotovelo dele, os olhos anuviados pelas lágrimas não derramadas.

— Agradeço, senhor, mas vou por minha conta.

Ela tira a mão de Mary de sua cintura e a coloca, com delicadeza, ao lado da amiga. Enquanto sai mancando, pode sentir a intensidade do olhar de Mary e Mr. Craven em suas costas. Apesar do enorme peso do julgamento dos dois, segue em frente, desesperada para se manter inteira. Pelo bem de Georgy, não pode deixar esse último revés destruí-la.

Capítulo Dezenove

Quando Jane chega em casa, Lycidas, o cavalo impecavelmente comportado de Mrs. Lefroy, está preso a um pilar da cerca em frente à casa paroquial. Mrs. Lefroy insistiu diversas vezes para Jane montar o cavalo, mas ela sempre recusa. Em vez disso, observa, com o coração na boca, quando a amiga faz com que ele salte sebes que chegam até a cintura. A ideia de chegar a uma altura tão vertiginosa do chão, dependendo totalmente de outro ser, leva o estômago de Jane a se revirar.

Para dominar um cavalo, a pessoa precisa relaxar na sela e usar o poder superior da mente humana para dobrar a vontade do animal. Depois de cair, Jane perdeu a arrogância infantil necessária para ter tanta fé em si mesma. Ela acaricia a estrela branca da cabeça de Lycidas e deixa que ele ponha o focinho em seu ombro. Então entra na casa, pendurando a capa e escondendo as botas arruinadas no vestíbulo ao lado da porta dos fundos antes que sua mãe possa repreendê-la.

Seus pais e Mrs. Lefroy estão confortáveis e serenos, tomando chá e comendo pão de ló na sala de visitas mais elegante. Jane se junta a eles, esperando que Tom finalmente tenha mandado a tia para intermediar o tópico do noivado com seus pais. De fato, poderia levar algum tempo para convencer Mr. Austen do mérito do par. É verdade que ela e Tom

CAPÍTULO DEZENOVE

não poderiam arcar de imediato com o custo de montar uma casa, mas Jane tem certeza de que é capaz de dobrar o pai. Sua união com Tom pode não ser perfeita, mas eles poderiam fazer um ao outro feliz, se ao menos tivessem a oportunidade.

Um bom fogo brilha na lareira enquanto eles bebem da porcelana azul e branca com estampa de salgueiro. O melhor aparelho de chá dos Austen tem três décadas: foi um presente de casamento dos abastados Knight. O bule permanece em uso, apesar da lasquinha no bico, mas só restam cinco xícaras e seis pires, e há muito a jarra de leite se foi. Jane se serve de chá, pega uma grossa fatia de bolo e distrai o grupo com detalhes da sua tarde. Num esforço desesperado para manter o clima leve, não menciona o fato de ter acusado Jonathan Harcourt de assassinato diante do magistrado do condado.

Mrs. Lefroy está elegante como sempre em um redingote listrado, o cabelo empoado recolhido bem no alto na cabeça.

— Jane, querida, você realmente sabe como narrar uma história — comenta, empoleirando-se na beirada da poltrona, uma perna cruzada sobre a outra, como que não querendo ficar completamente à vontade. — Não acredito que Mr. Chute chegou mesmo a prender Sir John na Marshalsea. Que constrangimento para o baronete!

Mrs. Austen balança a cabeça. Desta vez, ela tirou o avental.

— Nunca peça emprestado nem empreste. Pelo menos não se puder evitar.

Mr. Austen equilibra a xícara e o pires no joelho, o cabelo branco formando uma auréola ao redor do rosto cordial.

— E assim a roda da fortuna, que está em constante movimento, gira para os Harcourt. Quem diria.

Jane lambe as migalhas dos dedos.

— Uma bela queda, hein? Sir John devia estar desesperado para que a coisa não chegasse a esse ponto. Imagino que seja por isso que abordou Eliza em busca de um empréstimo. É difícil imaginar o que um homem tão orgulhoso faria para proteger sua posição em tais circunstâncias.

Mrs. Lefroy coloca a xícara vazia e o pires na mesa lateral de mogno. Ela se levanta e espia a bruma obscura pela janela.

— O jardim está bonito. Jane, você me leva para dar uma olhada?

Mrs. Austen franze a testa.

— Mas acabamos de arrancar tudo. Estou cheia de esterco fresco de galinha para pôr nos canteiros, mas...

Ela se vira para o marido, que dá de ombros em resposta.

Mrs. Lefroy dirige um olhar aguçado para Jane.

— Bom, eu gostaria de um pouco de ar fresco. Vamos, Jane?

— Claro.

Jane larga o chá pela metade.

No vestíbulo, ela veste rapidamente a capa e põe as botas encrustadas de lama antes de sair pela porta dos fundos. É lusco-fusco. A estrela-d'alva brilha intensamente no céu violeta. Uma luz prateada divide a lua em duas metades perfeitas, banhando um lado com seu brilho enquanto deixa o outro espreitando na escuridão. As colinas onduladas de Hampshire cercam as terras dos Austen por todos os lados. Os galhos retorcidos dos carvalhos se estendem como se fossem pedaços de papelão preto cortados com bisturi. Jane leva a visitante além dos canteiros vazios de verduras, enquanto Mrs. Austen aperta o nariz contra a vidraça e franze o cenho.

Mrs. Lefroy vira a gola do redingote para cima e dá o braço a Jane.

— Sua mãe não é muito boa para perceber uma insinuação, não é?

Jane ri. Sua respiração sai em baforadas brancas e ralas, como as de um dragão cansado.

— Eu não diria que é um dos pontos fortes dela.

A fisionomia de Mrs. Lefroy continua dura.

— Era essencial que eu a visse a sós porque... Bom, acho que preciso lhe falar sobre um assunto bem delicado.

Os dedos das mãos e dos pés de Jane estão dormentes.

— Que intrigante.

O pátio da fazenda está deserto. As galinhas e os garnisés estão trancados no galinheiro, a salvo de raposas vorazes que andam pelos campos.

CAPÍTULO DEZENOVE

— É. Mas... Antes de eu começar, precisa saber que estou perguntando isto exatamente por gostar muito de você. — Ela aperta o braço de Jane. — Tenho por você tanto amor e cuidado quanto teria por qualquer sobrinha, e acima de tudo o que prevalece na minha mente é a *sua* felicidade.

— Ah? — O estômago de Jane despenca a cada palavra dita pela amiga. Ela não desvia os olhos do caminho enquanto as duas seguem em frente. — É muito generoso da sua parte. A senhora também sabe que a adoro.

Ela tenta sorrir, mas os músculos do rosto estão congelados.

Mrs. Lefroy segura o cotovelo de Jane, forçando-a a olhar para ela.

— Vou direto ao ponto... — Sob a luz violeta, a pele de Mrs. Lefroy está cinzenta. — Meu sobrinho lhe fez um pedido de casamento? Porque, se fez, temo que deva ter se falseado para você.

— Falseado?

A boca de Jane está tão seca que ela precisa se esforçar para dizer a palavra. Esteve tão próxima de Tom que a respiração dele fez cócegas em seu pescoço e o coração dele bateu contra seu seio. Como é possível que aquele homem, com quem compartilha um mundo secreto de alegria e empolgação, tenha escondido algo dela?

Mrs. Lefroy se senta no toco de uma árvore, como se fosse um banquinho.

— Veja, tendo vindo tão recentemente da França, nenhum dos Lefroy teve a oportunidade de se estabelecer. Os pais de Tom levam uma vida muito modesta. Como você sabe, ele é o caçula de seis. O restante são todas meninas, com pouco a recomendá-las.

Jane faz que sim com a cabeça e o movimento a leva a oscilar. Ela sente um peso no peito. Tão pesado que poderia ser uma das lápides de calcário pintalgado do cemitério acima.

— O tio Langlois é o único com alguns recursos, mas estão longe de ser ilimitados. Foi ele quem pagou para Tom estudar na universidade e vai patrocinar seu lugar na Estalagem Lincoln. Então, espero que entenda, a expectativa sempre foi de que Tom fará o que for possível para consolidar sua posição no mundo através... Bom, através...

— De um casamento — diz Jane com uma voz monótona.

É a verdade desagradável da qual ela vem fugindo desde a primeira vez que olhou nos luminosos olhos azuis de Tom: seu coração idiota palpitou com o próprio reflexo — ou melhor, com o reflexo da elegante jovem esposa e mãe que ela poderia ser — nas pupilas dilatadas do rapaz.

Cassandra sugeriu isso em suas cartas e Eliza a avisou, mas Jane tem feito o possível para fugir da questão.

Por fim, a verdade a pegou em suas terríveis garras, como uma faminta armadilha metálica — Tom Lefroy, o ambicioso e jovem advogado de Limerick, não tem condições de se comprometer com a filha de um clérigo sem recursos de Hampshire, por mais que deseje. Seria um desastre para ambos.

Mrs. Lefroy aperta o diafragma com a base da mão.

— Infelizmente, sim. Ele será o chefe de sua família, entende? Todos dependerão dele. Sinto muitíssimo. Gostaria que não fosse assim... mas é. — As linhas na testa da senhora se retorcem e ficam mais fundas. — Então, vou repetir a pergunta, Jane. Meu sobrinho a pediu em casamento?

Uma massa latejante bloqueia a garganta de Jane.

— Não, nada parecido. Não passa de um namorico bobo.

Ela faz tanta força para soar despreocupada que sua voz desafina. Coloca as mãos no quadril e tenta se manter equilibrada enquanto o mundo gira rápido demais.

E é verdade: Tom não fez um pedido de casamento. Pelo menos não explicitamente. Talvez nunca pretendesse fazer e tudo não passasse da imaginação de Jane, que colocou a intenção por trás de cada palavra de amor que ele declarou, cada olhar carinhoso que lançou e cada beijo ardente que deu nos lábios dela.

— Ah, que alívio. — Mrs. Lefroy oscila enquanto pigarreia. — Tive medo de que ele pudesse ter criado expectativas injustas em você.

— De forma alguma. Está tudo bem. — Com as costas da mão, Jane enxuga lágrimas escaldantes no rosto. — Incomoda-se de voltar para casa sozinha? Estou com vontade de caminhar mais um pouco.

CAPÍTULO DEZENOVE

Ela se vira em direção ao portão de ferro, agarrando-se aos emaranhados de hera que cobrem o muro de pedra.

— Jane... — chama Mrs. Lefroy às suas costas.

A jovem acelera para o cemitério e se abaixa sob os amplos ramos do teixo. Escondida por suas agulhas sempre-vivas, tampa a boca com as mãos e luta para impedir que sua angústia escape em palavras furiosas que não poderá retirar.

— Jane? — Mrs. Leroy passa pelo portão e olha ao redor do solitário cemitério. — Jane, por favor.

Ela segue pela grama, procurando atrás dos anjos chorosos e do sarcófago duplo dos Portais. Morcegos guincham enquanto escapam por entre telhas quebradas do telhado da igreja. Suas silhuetas disparam pelo horizonte violeta, alçando voo por um momento e mergulhando em direção ao chão no outro.

— Jane, o que vou dizer para sua mãe? — insiste Mrs. Lefroy.

Por fim, ela balança a cabeça e desaparece pelo portão, voltando para a área privada dos Austen.

Apenas quando tem certeza de estar só é que Jane solta a respiração por completo.

O ar escapa de sua garganta inchada em soluços sufocantes. Com o sangue retumbando nos ouvidos, ela bate na cortiça áspera do teixo. As lágrimas a cegam enquanto ela esmurra o poderoso tronco da árvore. Chuta e ataca, fazendo os galhos se afastarem, fustigando seu rosto na volta. Duas lápides gigantescas aprisionam seu coração, esmagando suas costelas e triturando cada golfada de ar que sai dos seus pulmões.

Casamento é um negócio, um compromisso de compatibilidade e circunstância. Jane é uma tola por ter acalentado a ideia de que poderia ser qualquer outra coisa. Durante semanas, ela se permitiu ser iludida pelo charme de Tom e pelo próprio desejo. O segredo ardente da atração mútua entre os dois, confinado e bem seguro em seu peito, levou-a a pensar enganosamente que, para ela, o casamento poderia ser algo diferente: uma verdadeira parceria de mentes e corações entrelaçados.

Com sua impulsiva exposição de ingenuidade, ela sem dúvida se tornou motivo de riso para o condado. Não é melhor do que Mary, ansiando abertamente por James, ou Henry, babando por Eliza. É uma moça estúpida, infeliz, sem um patrimônio que a recomende e sem qualquer poder sobre o próprio destino. Jane agarra punhados de agulhas afiadas, arrancando-as dos galhos e apertando-as entre as palmas nuas.

Enclausurada em sua cela verde, ela uiva. Suas unhas rasgam e os nós dos dedos sangram. Arranha as pontas das botas de couro e bate os dois dedões. Seus punhos latejam, os nós dos dedos ardem e a garganta está seca.

Exaurida, ela passa os braços ao redor do centro da árvore e desliza até a base do velho tronco. Os joelhos fazem barulho ao atingir a terra fria e úmida. Jane escorrega para a frente, pressionando a testa pulsante na cortiça irregular enquanto seu corpo arfa com sons guturais.

Quando os braços e as pernas tremem e os dentes batem com tal ferocidade que chacoalham o crânio, ela se solta dos galhos e se afasta do abraço da árvore. Levanta-se com o apoio das mãos e dos joelhos e, cambaleando, arrasta-se de volta para casa.

Um incongruente lampejo de cor capta seu olhar.

Vai mancando até o montículo fresco onde Zoë Renard está enterrada. O cabelo na nuca de Jane se eriça, como se ela tivesse acabado de passar em cima da própria tumba.

Três flores vermelho-cereja estão distribuídas ao longo do monte de terra recém-mexida.

As pétalas das flores compactas parecem as pontas de uma coroa minúscula e estão tão perfeitas que poderiam ter sido moldadas em cera. Jane pega uma delas com a mão trêmula, analisando-a ao luar. São camélias, flores exóticas que Neddy enviou uma vez para Mrs. Austen do pomar de Goodnestone House, a magnífica propriedade rural de Kent pertencente à família de sua esposa. Mas Jane nunca soube de um arbusto de camélias cultivado em Hampshire.

Ela embrulha a flor no lenço de bolso e a enfia na capa, tropeçando em direção às vidraças iluminadas e às panelas soltando fumaça pela chaminé

CAPÍTULO DEZENOVE

da Casa Paroquial Steventon. Então, Jane não é a única a lamentar o triste fim de Madame Renard. Na morte, assim como em vida, a rendeira está sendo cuidada em segredo. Alguém está lhe levando flores raras e caras e as arrumando com cuidado no túmulo. Mas quem seria? E por que não se identificou?

6. *Para Cassandra Austen*
Steventon, terça-feira, 5 de janeiro de 1796

Minha querida Cassandra,

Agradeço-lhe, amada irmã, por seu desabafo mordaz a meu favor e contra o afastamento de meu amigo irlandês. Eu nunca pensaria que sua doce língua fosse capaz de xingamentos tão baixos. Onde foi que você aprendeu uma forma de expressão tão infame? É esse o resultado de estar tão próxima de um homem do mar? Seja qual for a origem de seu novo comportamento mais grosseiro, precisa deixar que as chamas da sua fúria se aquietem em um lampejo de irritação mais digno. Juro sinceramente que cada parte minha, inclusive meu coração inconsequente, permanece totalmente intacta. Se quiser de fato me poupar da dor, peço-lhe que me faça a gentileza de evitar mencionar novamente o lamentável caso. Já estou cansada de ouvi-lo ser cochichado em quase todo lugar aonde vou. Por favor, Senhor, que alguma outra moça nestes arredores se faça de boba por amor o mais breve possível, para que eu possa ficar livre da minha ignomínia.

Voltando ao assunto mais premente de quem, e o quê, selou o destino da pobre ~~chapeleira~~ *rendeira, Madame Renard.*

- *Jonathan Harcourt (ele seduziu Madame Renard e depois a abandonou para salvar a família da ruína?).*
- *Sir John (matou Madame Renard para deixar livre o caminho para seu filho laçar a herdeira?).*

- *Mrs. Twistleton (se seu protetor fosse à falência, ela já não poderia contar com ele).*
- *Jack Smith (ele está nos vendendo gato por lebre?).*

Confirmo que já acertei sua conta com Mrs. Martin. Realmente, não havia necessidade de se atormentar. As dívidas de Sir John eram milhares de vezes maiores do que a sua, e a bibliotecária não teria motivo para querer vê-la em desgraça em Marshalsea por causa das multas vencidas.

Com amor,
J. A.

P.S.: Por favor, amasse esta carta em uma bola e use-a para derrubar as teias de aranha das vigas do celeiro de Mr. Fowle.

Miss Austen,
Residência do Rev. Mr. Fowle,
Kintbury,
Newbury.

Capítulo Vinte

Velas de cera de abelha reluzem nos candeeiros de bronze rendilhado enquanto um mordomo de libré conduz Jane e James pelos cômodos imponentes da Manydown House. Jane daria tudo para estar em casa, e não se aventurando em uma festa nesta época gélida e inóspita do ano. Após o fracasso do malfadado romance com Tom Lefroy, ela não tem vontade de encarar a amiga Alethea nem ninguém que estará presente na comemoração anual da Décima Segunda Noite na casa de Mr. Bigg-Wither. Mas a solidão e, na verdade, o orgulho são luxos a que Jane não pode se dar se quiser salvar a vida de Georgy. Alguém em seu círculo sabe mais sobre Madame Renard do que está deixando escapar. É provável que seja a mesma pessoa que deu dinheiro à rendeira para que recuperasse suas joias e colocou flores em seu túmulo. E, seja qual for o custo para si mesma, Jane descobrirá quem é essa pessoa.

A descoberta das camélias a deixou com a persistente sensação de ter deixado escapar algum detalhe crucial. Está determinada a conversar mais uma vez com todos que estavam na Deane House naquela noite, a começar por Hannah. O encontro anterior de Jane com a criada revelou a arma do crime e a hora da morte de Madame Renard. O que mais ela poderia ter descoberto se não fosse tão inábil a ponto de fazer a pobre menina passar mal? E se Jane soubesse que a vida do próprio irmão dependeria do rendimento do seu interrogatório? Assim como as galinhas da mãe, Jane raspará e escavará o mesmo quinhão de terra até descobrir a menor larvinha com a qual alimentar sua investigação.

O mordomo faz uma reverência e, em seguida, segura as duas maçanetas de latão e abre a porta dupla do magnífico salão de baile da Manydown. Sob um reluzente lustre de cristal, um punhado de famílias permanece sem jeito no lugar ostensivamente vazio. Todas as cabeças se voltam para avaliar os recém-chegados. Jane agarra firme em James enquanto inspeciona o lugar à procura de Hannah. Como previsto, a criada não está à vista. Apenas os lacaios estão à mostra, em seus uniformes mais elegantes. Percebendo a descompostura da irmã, James dá um tapinha na mão dela sem abaixar o olhar.

Depois da conversa constrangedora, Mrs. Lefroy enviou um recado a Jane para que soubesse que, com seu senso impecável de adequação, ela e Mr. Lefroy levariam o sobrinho para percorrer o condado vizinho pelo tempo que ainda restava da visita do jovem. A julgar pelas expressões de curiosidade e solidariedade no rosto dos convidados, a notícia do afastamento do rapaz do condado de Hampshire — e de Jane — havia viajado com ainda mais abrangência que o burburinho de empolgação quanto ao afeto inicial entre eles. Todos os dias, Jane verificava o espaço por detrás da pedra solta no muro da igreja de St. Nicholas até ter certeza da partida de Tom, mas ele não mandou qualquer recado. Os arranhões em suas mãos e os machucados nos dedos dos pés podem estar sarando, mas a dor no peito fica mais aguda a cada dia. Ela ergue o queixo, decidida a não trair seu constrangimento para o grupo. Para combinar com a postura de desafio, está usando o vestido de cetim cinza-chumbo sobre os saiotes cor-de-rosa com desenho persa.

Como Sally permanece fria e carrancuda, Jane penteou o próprio cabelo. Deixou alguns cachos naturais emoldurarem o rosto e prendeu a maior parte das mechas castanhas em um coque firme e impenetrável.

CAPÍTULO VINTE

Mrs. Austen jura que deu a Sally uma quantia generosa no Boxing Day e insiste que a filha está imaginando o mau humor da moça. Mas Jane sente a frieza emanando de Sally a cada vez que as duas se cruzam. Talvez, assim como Jane, ela preferisse se recolher em si mesma a ser forçada a tolerar as perguntas bem-intencionadas dos outros.

De braços dados, Jane e James adentram juntos o salão de assoalho encerado. Há uma série de colunas com estilo coríntio nos dois extremos do cômodo luxuoso. Jane sabe, por ter esbarrado nelas em comemorações anteriores, que são feitas de madeira. No entanto, com suas volutas pintadas de cinza e branco, elas fazem o máximo para convencer o observador casual de que são talhadas em mármore. Ao redor do teto alto, acima de vários níveis de cornijas, uma frisa etrusca retrata os grandes homens do velho mundo recostados em sofás, vestindo togas e sendo alimentados com uvas por seus escravizados. O trabalho em gesso é tão delicado que poderia ter sido feito em açúcar. As cortinas e o revestimento em seda têm refinados tons de damasco. Jane desconfia que Mr. Bigg-Wither escolheu a paleta de cores de propósito, para complementar a compleição ruiva de sua prole.

De fato, Alethea está elegante como sempre quando desliza em direção aos recém-chegados.

— Ah, só vieram vocês dois?

Jane força os ombros para trás e fixa um sorriso no rosto pálido.

— Obrigada, Alethea. Também é um prazer encontrar você.

Com janeiro passando e a aproximação do julgamento de Georgy na sessão de fevereiro, nenhum dos Austen consegue demonstrar muito entusiasmo. As cartas de James para o advogado estão se tornando cada vez mais tensas. Henry se esquiva pela casa paroquial como um touro enjaulado. Para o mundo exterior, Mr. e Mrs. Austen são modelos de estoicismo cristão, mas Jane percebe que o desânimo dos pais aumenta a cada dia.

Alethea fecha a cara ao ver tão pouca gente na sala.

— Desculpe-me, é que somos um grupo bem desanimado.

É verdade. Há tão poucas pessoas que todas elas poderiam se espremer na melhor sala de visitas dos Austen. O piano imponente de Mr. Bigg-Wither mantém a tampa fechada, recusando-se a emitir qualquer som. Alethea não é diligente o bastante em sua prática para tocar em público e, assim como Jane, nenhum dos convidados está no clima de se exibir. Os tapetes foram retirados para a dança, mas, como não há música, a pista está vazia. Todo som ecoa, e calafrios percorrem os braços expostos de Jane. Uma mesa de jantar geme sob o significativo peso de um bufê contendo os alimentos sazonais mais intensos e abundantes. Travessas com fatias de filé, galinha assada e tortas de carne permanecem intocadas. O estômago de Jane revira ao vê-las. Ela espera que os criados estejam com fome; caso contrário, será um desperdício.

Alethea coloca a mão no quadril e projeta o queixo.

— Onde está o tenente Austen?

— Desanimado em casa. Está assim desde o Ano-Novo — responde Jane.

Apesar da enxurrada de cartas que chegaram para Henry vindas de Brighton na caligrafia inconfundível de Eliza, ele não recuperou sua animação costumeira. Eliza também segue calada quanto ao que se passou entre eles. Nas cartas a Jane, ignora qualquer pergunta referente ao motivo de sua partida abrupta. Em vez disso, insiste para ser atualizada quanto ao progresso da investigação da prima. Embora Jane faça confidências sem discrição a Cassandra, está constrangida demais para admitir a profundidade de seu deslize a Eliza. Assim como está envergonhada demais para confessar que a prima estava certa em avisá-la sobre os perigos dos jovens advogados diabolicamente bonitos de Limerick.

James puxa o colarinho da nova camisa. Implorou a Jane para terminar de costurá-la a tempo para esta noite.

— Não temos certeza quanto ao que deu em Henry, mas ele está de péssimo humor. Acredite em mim, você não iria quê-lo aqui.

— Todos nos abandonaram. Os Lefroy foram para Berkshire. Para umas "férias". Nesta época do ano! Dá para acreditar? — Os olhos de

CAPÍTULO VINTE

Alethea se suavizam quando ela se vira para Jane. — Mas imagino que você já saiba disso.

James disfarça uma tossida e se afasta. Jane está decidida a ficar tão calada quanto o pianoforte de Mr. Bigg-Wither no que diz respeito a seu amigo irlandês. Se ela se recusar a atiçar as chamas da fofoca ao mostrar suas emoções, elas logo acabarão se extinguindo.

— O que houve? — pergunta Alethea, enfiando o braço no de Jane. — Todos nós pensávamos que vocês dois estavam destinados ao altar, mas Mrs. Lefroy disse que Tom vai direto para Londres quando voltar e que é improvável que o vejamos de novo antes que ele parta.

Jane olha para o chão e dá de ombros. As pontas manchadas de amarelo das sapatilhas de cetim cor-de-rosa olham para ela, censurando-a.

— Vamos lá, sua bobinha. Você sabe que só estou perguntando porque me preocupo. Por que não deixa suas amigas cuidarem de você? — diz Alethea, levando Jane para uma das quatro lareiras de mármore de Carrara espalhadas pelo salão.

Enquanto Jane se acomoda em uma poltrona, Alethea estala os dedos para um criado. Com cuidado, ele entrega a Jane uma enorme taça de cristal contendo vinho tinto, enquanto a amiga equilibra no braço da cadeira um prato com borda dourada que contém um tradicional bolo de reis. Mary Lloyd se acomoda em um sofá na frente das duas. Está usando o costumeiro vestido de musselina creme e um xale, mas há algo diferente em sua aparência. A não ser que Jane esteja totalmente errada, Mary colocou um leve toque de ruge nas bochechas e riscou um traço fino de delineador onde deveriam estar as sobrancelhas.

— Por que você deixou James sozinho? — Mary franze o cenho. — Veja, Mrs. Chute está com ele agora. Nunca o teremos de volta.

De fato, James está encurralado por uma alegre Mrs. Chute em um pilar de mármore falso. A recém-casada retorce um colar de pérolas em volta do dedo e projeta os seios para a frente, enquanto James se esconde por trás da máscara que usa ao proferir um sermão: queixo para cima e olhos fixos ao longe enquanto desempenha seu papel para o público.

Alethea se empoleira no braço livre da poltrona de Jane. Aponta o pé para o fogo, deixando o calcanhar do sapato cair do pé magro.

— Eu estava cuidando da Jane.

Mary vira a cabeça para encarar Jane.

— Você está doente? Não deveria ter vindo se estiver ficando doente. E deveria cobrir o peito. Tome, pegue meu xale.

— Não, eu não estou doente. — diz Jane, dispensando a agitação de Mary. — Alethea, pare com isso. Não tem nada de errado comigo.

— Claro que não.

Com os dedos delicados, Alethea traça pequenos círculos nas costas de Jane, que se contorce, flagrando a amiga articular silenciosamente "Tom Lefroy" para Mary.

— Eu disse para parar com isso! Não sou uma noiva rejeitada. — Jane se livra da mão de Alethea. — Conheci um rapaz razoavelmente interessante, tivemos um namorico e agora ele se foi. Só isso.

Alethea abaixa o queixo.

— Ah, você é tão corajosa!

— Não precisa fingir para nós — diz Mary. — Estávamos tão desesperadas quanto você para que ele fizesse a coisa certa e a pedisse em casamento.

— Chega de falatório, Mary. Isso nunca vai ter fim? De hoje em diante, proíbo qualquer uma das duas de mencionar o caso lamentável, estando ou não em minha companhia. Nunca mais quero voltar a ouvir que o nome "Tom Lefroy" na mesma frase que "Miss Jane Austen". Entenderam?

Agora que seu flerte terminou, Jane passou a incentivar o afloramento de qualquer dúvida que até então suprimia sobre selar seu destino ao de Tom. Não é uma mulher paciente. Não poderia, como Cassandra, ficar sorrindo docemente enquanto levava uma eternidade para o objeto do seu afeto juntar dinheiro suficiente para se casar com ela. Também não pode fingir que estava ansiosa por anos de labuta e servidão como esposa de um advogado pobretão. Como Mrs. Austen diz: "Quando a pobreza entra por uma porta, o amor sai pela janela."

CAPÍTULO VINTE

Mary assente, enquanto Alethea faz beicinho.

— Se você acha que isso ajuda...

— Aff! — Jane engole o vinho. As encorpadas notas florais aquecem seu interior, proporcionando um alívio temporário da perturbação. — Onde está Hannah? Não a vejo. Está na cozinha?

— Ela teve que voltar para Basingstoke para cuidar dos irmãos e irmãs. A mãe dela está derrubada com uma severa inflamação na garganta — diz Alethea. — Está vendo? Até os criados estão evitando nossa festa. Não sei o que aconteceu. Em geral, todo o condado implora por um convite. Neste ano, ninguém quis vir.

Jane bate o dedo na taça. Se não fosse para interrogar uma de suas testemunhas, poderia ter se poupado da humilhação de aparecer em público enquanto todos ainda estão claramente cochichando sobre seu malfadado romance. Ela se consola com a ideia de que, no próximo Natal, seu pequeno círculo terá passado a discutir a trágica história da angústia de outra pessoa. O breve caso entre Miss Jane Austen e Mr. Tom Lefroy é tão irrelevante que, sem dúvida, será esquecido em pouco tempo.

— Quando Hannah volta?

— Não sei — responde Alethea. — Quando a mãe estiver melhor? Ou quando a velha senhora estiver...

— Morta? — completa Mary.

Alethea faz uma careta.

— É, acho que sim.

— Uma inflamação na garganta tão severa assim não é um assunto trivial — prossegue Mary, animando-se com o tema. — Soube de trabalhadores agrícolas robustos que foram levados por ela em menos de uma semana. A própria Hannah poderia adoecer. Você deveria começar a fazer uma lista de moças alternativas, Alethea.

Pobre Hannah, a sorte dela é tão deplorável quanto a de Jane. É improvável que sua mãe tenha meios para chamar um médico. O que dá no mesmo: Jane não está convencida de que sanguessugas funcionem. Uma viagem a Bath seria muito melhor, mas ela imagina que isso esteja fora de questão. Conforme Mary e Alethea continuam tagarelando e comparando remédios, Jane olha o salão semivazio e considera quem mais poderia interrogar. Ao que parece, ela precisa se resignar a esperar até que, com a ajuda de Deus, Hannah volte a Manydown e ela possa interrogá-la mais uma vez. Um pequeno grupo de convidados se reúne ao redor de uma das lareiras. É tão pouca gente que cada um deles poderia ter um criado só para servi-lo. Mr. Bigg-Wither vai de convidado em convidado, tentando convencer alguém a tocar o pianoforte.

— Os Rivers não vão vir? — pergunta Jane, interrompendo o debate de Mary e Alethea quanto à eficácia de água de cevada *versus* cerveja de gengibre.

Se nem Sophy, nem Douglas Fitzgerald são o assassino, Jane precisa descobrir se um deles viu ou ouviu alguma coisa naquela noite que possa levar ao verdadeiro culpado.

Alethea sacode os cachos castanho-avermelhados.

— Não. Aparentemente, o elegante Mr. Fitzgerald foi para Canterbury para a sua ordenação. O restante permanece aqui, com resfriado.

Jane franze a testa.

— Que pena. Pelos dois motivos.

Alethea dá uma risadinha.

— De verdade, Jane, o que você tem contra os clérigos?

— Nada. Já tenho um número suficiente deles pelo resto da vida. Só isso.

— Resfriado? Foi isso o que Mrs. Rivers lhe disse? — pergunta Mary. — Só que eu tenho certeza de que vi Sophy esta manhã, sozinha, galopando pelos campos atrás da Estalagem Deane Gate. Nem ela sairia cavalgando se não estivesse se sentindo bem.

— Tem certeza de que era ela?

Por que Sophy estaria mentindo e se escondendo? Será que estava planejando fugir com Mr. Douglas Fitzgerald? Talvez Mrs. Rivers não tivesse aceitado o convite para tentar minimizar o escândalo. Jane duvida de que ela recupere a filha errante. Consegue até imaginar Sophy galopando o cavalo castanho até Gretna Green.

CAPÍTULO VINTE

Mary alisa as saias sobre as coxas.

— Certeza absoluta. Ela saltou a barreira e é a única moça que já vi fazer isso. Até Mrs. Lefroy diz que é alta demais para tentar.

— Aquela cobrinha — diz Alethea. — Uma pessoa não pode afirmar que não está em condições de comparecer à festa do vizinho quando está bem o suficiente para saltar uma sebe de dois metros.

Jane continua a inspecionar o salão.

— Onde estão os Digweed?

— Nós não os convidamos. Minha nossa, não estamos tão desesperados por companhia.

No fundo, Jane sabe que deveria confrontar Jonathan. Ela não quer se precipitar, passar vergonha e ofender um inocente como fez com Mr. Fitzgerald, mas tem pouco tempo para delicadezas. Ela gira o vinho escuro em círculos dentro da taça.

— E quanto aos Harcourt?

— Ai, que pesadelo eles estão vivendo — diz Alethea, dando um suspiro. — Tentei convencer Jonathan a vir, mas ele ficou preocupado de que fosse parecer desrespeitoso em relação ao pai. Quando eu argumentei que Sir John não negaria um drinque ao filho no Natal, ele disse que não queria dar a impressão de estar se divertindo após chegarem tão perto de perder tudo, arrastando seus arrendatários com eles. Pobre sujeito.

Jane corre a ponta do dedo pela borda da taça.

— Por que você não se casou com ele, Alethea?

A amiga se engasga com o vinho.

— Que tipo de pergunta é essa?

— Ah, entendo. É perfeitamente aceitável que meus assuntos do coração virem o assunto preferido de todos, mas eu não posso indagar sobre os seus?

— Não seja tão sensível. Só perguntei sobre Mr. Lefroy porque me preocupo com você. Sou sua amiga, Jane.

Jane reflete. Por que Alethea e Sophy hesitariam em aceitar Jonathan? Ao que parece, ele é o par perfeito: bem-apessoado, educado e herdeiro de um baronato. Existe algo em relação aos Harcourt que atrai as pessoas e depois as repele? E isso poderia ter algo a ver com o motivo de a falecida ter sido encontrada na lavanderia deles?

— Nesse caso, por que você não pode me contar o que realmente aconteceu entre você e Jonathan Harcourt?

— Nada "aconteceu" — declara Alethea com uma voz ácida. — Se quer mesmo saber, não achei que seria justo da minha parte aceitar o pedido de casamento de Jonathan. Edwin tinha acabado de morrer. Toda a família ainda estava se recuperando do choque. Ele fez o pedido apenas por achar que isso aliviaria a dor dos pais. Os dois preferiam Edwin, você sabe. Depois da tragédia, Lady Harcourt não saía da cama, e Sir John quase se afogou na bebida. O querido Jonathan achou que poderia remediar a situação se comprometendo com alguém e assumindo a responsabilidade de administrar as terras. Mas eu lhe disse que ele não deveria deixar a morte do irmão privá-lo dos seus sonhos. O pai ainda poderia viver muitos anos, e você sabe que Jonathan sempre quis ser um artista.

Jane visualiza o pequeno Jonathan, na época da escola, debruçado em sua escrivaninha na Casa Paroquial Steventon. No início um menino medroso, alvo da brincadeira dos outros, ele logo aprendeu a se vingar dos alunos mais desordeiros ao atacá-los com suas caricaturas.

— Tem certeza de que não havia algo nele que a deixava desconfortável? Você o conhece mais do que qualquer uma de nós. Se havia, precisa contar.

Alethea estreita os olhos enquanto enxuga as gotas de vinho no decote do vestido.

— Não, Jane. Jonathan Harcourt é um homem gentil e bondoso e um amigo querido. Com certeza não acho que ele mataria uma mulher indefesa, se é isso que você está sugerindo.

— Existe algum tópico sobre o qual vocês não tenham andado fofocando?

Jane olha para Mary.

— O quê? — pergunta a amiga, de queixo caído. — Não é como se você tivesse ficado de boca fechada sobre suas suspeitas.

CAPÍTULO VINTE

— Considerando a história de Alethea com Mr. Harcourt, não achei que poderia confiar que ela seria imparcial.

— E imagino que você possa ser?

A voz de Alethea está tão ríspida que vários convidados se viram e olham.

As duas se encaram. Em sua educada sociedade, existem coisas que podem ou não ser ditas. Jane e Alethea já passaram dos limites.

— Experimente o bolo, Jane. — Mary corta a tensão. — Está mesmo muito bom.

Alethea projeta o queixo e dilata as narinas.

— Não vejo por que uma dama deveria se sentir obrigada a aceitar um pedido de casamento só porque foi feito. Gosto da companhia de um cavalheiro tanto quanto qualquer outra jovem, mas há outras coisas que valorizo mais, como a minha independência.

Jane assimila as feições orgulhosas de Alethea. Mr. Bigg já era um homem rico quando herdou Manydown de suas relações com os Wither e acrescentou o sobrenome em sinal de gratidão. Deixará a casa e as terras para o filho, mas, ao contrário de Mr. Austen, tem bastante dinheiro para também assegurar o sustento das filhas. Alethea não será forçada a ter um casamento sem amor nem será mantida longe de alguém que adore porque as cifras não correspondem.

— Concordo com você nisso. Se ao menos toda moça pudesse ter o luxo da escolha...

— Isso. Sei que sou privilegiada. E é justamente por minhas circunstâncias serem tão abençoadas que pretendo aproveitar minha boa sorte. Não preciso de um marido com quem dividir a vida. Ou, Deus me perdoe, o quarto.

Jane olha com desconfiança a reserva de Alethea; dividir um quarto com Tom não consta em sua lista de dúvidas suprimidas, apenas as inevitáveis *consequências* de compartilhar uma cama. Não que ela não goste de crianças. Adora Anna, Hastings e a prole de Neddy, mas notou que as tias podem aproveitar as trivialidades de se criar os pequenos, ao passo que as mães ficam exaustas pelos aspectos mais vitais de manter os filhos vivos.

— Xiii, Mr. Chute veio buscar a esposa e arrastá-la para casa — diz Mary, praticamente pulando do sofá e indo em linha reta até James.

Alethea se recosta na poltrona até estar ombro a ombro com Jane.

— Bom, quase não há casais o suficiente para dançar. Podemos jogar cartas. Vamos fazer uma partida de vinte e um?

— Tudo bem, mas mantenha as apostas baixas. Ao contrário de você, não posso me dar ao luxo de perder.

Jane levanta o prato de borda dourada, dando uma mordida no bolo. Encontrando algo duro na língua, cospe o objeto na palma da mão e o limpa com o guardanapo. É uma ervilha seca.

Alethea sorri.

— Que sorte a sua! Você é nossa rainha da Décima Segunda Noite. Eu me pergunto, quem será seu rei?

Uma tentativa de aplauso surge do outro lado do salão de baile. Mr. Craven está no centro de um círculo de admiradores, que inclui uma sorridente Mary, agarrada ao braço de James como se fosse um esparadrapo.

Sob a espessa moldura de suas sobrancelhas enormes, Mr. Craven sorri, orgulhoso, segurando uma fatia de bolo em uma das mãos e um feijão seco na outra.

— Ah, sim. — Jane ergue a taça no ar. — Que sorte a minha!

Capítulo Vinte e Um

Alguns dias depois, Jane recruta James para levá-la a Basingstoke sob o pretexto de resolver uma incumbência urgente para a mãe. Se o irmão perguntar do que se trata, o que é bastante improvável, ela soltará a expressão mágica: "da botica de Mr. Martin." Ele ficará vermelho e não pedirá mais detalhes. Antes de partir, Jane enfia o recibo de Madame Renard na carteira. Jura mostrá-lo em cada casa de penhor da cidadezinha até descobrir quem o escreveu. Se Madame Renard estivesse mesmo sendo sustentada por um cavalheiro, ele poderia tê-la acompanhado quando ela foi recuperar as joias. Pode até tê-las retirado ele mesmo. Jane espera que um dos penhoristas de Basingstoke consiga fazer uma descrição de tal homem. Se *foi* Jonathan Harcourt, ele poderia até ter sido reconhecido, sendo membro da aristocracia local.

Enquanto James atrela os cavalos à carruagem, Jane fecha a capa e corre para o cemitério. Ontem à noite, quando caminhava para casa depois da oração, havia três camélias brancas enfileiradas no montinho de terra que assinala o túmulo de Madame Renard. Nesta manhã, as flores estão na mesma posição, mas agora são cor-de-rosa. Jane gira uma delas pela haste.

— De onde você veio? Quem a colocou aqui?

É um tipo mais simples de camélia, com uma única fileira de pétalas e um estame amarelo. Ela a devolve com cuidado. Não pode se arriscar a deixar quem quer que esteja trazendo as flores saber que está observando. Mas está, e descobrirá quem gostava tanto de Madame Renard a ponto de trazer flores todos os dias a seu túmulo.

O sacristão está varrendo folhas mortas da entrada da igreja de St. Nicholas. Ele tira o chapéu quando Jane passa.

Ela para e se vira de frente para ele.

— Eu estava pensando, o senhor viu alguém visitando aquela área do cemitério ultimamente? — pergunta, apontando para a campa de Madame Renard.

— Está se referindo à cova da mulher assassinada? — O velho tira o chapéu, fazendo o sinal da cruz. — Não, senhorita. Nenhuma alma desde que eles a enterraram. A não ser a senhorita, quero dizer.

— E o senhor está aqui todos os dias?

Ele endireita o corpo, apoiando o peso no cabo da vassoura.

— Todos os dias, do nascer ao pôr do sol, a senhorita pode me encontrar por aqui.

Uma aranha trêmula corre pela coluna de Jane, fazendo cócegas em cada vértebra com suas oito pernas peludas.

Talvez o tributo floral não tenha qualquer relação com o assassino. Pode ter sido deixado por crianças da aldeia ou por uma mulher comovida com o drama de Madame Renard. Por outro lado, é pouco provável que crianças trouxessem uma flor tão exótica, e uma mulher viria durante o dia.

— O senhor prestaria atenção para mim? Me avisaria se vier alguém?

O homem concorda, segurando o chapéu bem junto ao peito.

— Com certeza, senhorita.

Uma vasta extensão de céu branco-encardido faz peso nas colinas verdes ondulantes quando Jane se senta sozinha dentro da carruagem, tremendo, enquanto James dirige por dez minutos pelo caminho estreito até Deane. Na falta de um cúmplice melhor, Jane convidou Mary Lloyd

CAPÍTULO VINTE E UM

para se juntar em sua busca. Não foi uma escolha feita de boa vontade. Henry continua lambendo as feridas. Eliza e Cassandra a abandonaram. James não permitirá que a irmã mais nova perambule desacompanhada pelas ruas de Basingstoke dominadas pelo vício, e Jane não pode convidar Alethea, uma vez que ela está claramente cega no que diz respeito a Jonathan Harcourt. Mary terá que bastar.

A porta de entrada do chalé de Mrs. Lloyd se abre e uma incandescente Mary sai com o costumeiro chapéu-coco e uma capa caramelo. Ela saltita ao lado de James, chilreando como um chapim emplumado, até que eles chegam à carruagem. James abre a porta e um golpe de ar siberiano atinge o rosto de Jane.

Mary inclina a cabeça, olhando com expressão sonhadora para o rapaz.

— Na verdade, Mr. Austen, eu esperava poder me sentar no banco do cocheiro, a seu lado. O dia está lindo.

A ventania severa parte brotos de árvore ao meio e cria pequenos tornados com as folhas mortas. Jane põe a cabeça para fora da carruagem.

— Que conversa é essa, Mary? Está um frio de congelar. É provável que a gente perca o uso de todos os nossos membros se os cavalos ficarem mancos e passarmos a noite encalhados.

Mary leva a mão ao peito. Está usando luvas novas, da cor de narcisos.

— É, mas pelo menos está seco. E eu esperava escutar mais dos belos versos do seu irmão.

James espana a aba do chapéu. Um lento sorriso se abre em sua orgulhosa fisionomia Austen.

— Está falando sério? Em qual você estava pensando?

— Acho que era sobre… natureza? — responde Mary, brincando com as fitas da sua capa.

— Ah, sim. Fico muito inspirado pelo mundo natural. — James endireita os ombros largos antes de oferecer o braço a Mary. — Mas Jane tem razão. Está frio demais para se sentar ao meu lado. Se ainda estiver razoavelmente cedo quando voltarmos, entro para tomar chá.

Enquanto sobe na carruagem, Mary se inclina para perto demais de James, jogando-se em seus braços.

— Ah, seria maravilhoso. Mamãe ficaria tão contente! Ela sempre se alegra com as suas visitas.

James dirige a Mary um sorriso acanhado enquanto fecha a porta. Jane cruza os braços sob a capa e dispara olhares maliciosos para o lado oposto da carruagem. Mary se senta em frente a ela, contorcendo-se no banco de couro e sorrindo estupidamente para fora da janela. Está vibrando de felicidade.

Jane consegue controlar a língua até chegarem à estrada principal.

— Não pense que eu não sei o que você está tramando, Mary Lloyd. Lançando a isca para James para todo mundo ver.

— Eu? Ah! E você? Tentando colocar as garras no meu tio.

Jane gagueja.

— De que raios você está falando?

— Fazendo-se coroar rainha da Décima Segunda Noite ao lado dele como rei.

Mary a encara.

— Mas isso não foi obra minha. Como é que eu iria saber que minha fatia de bolo continha a maldita ervilha? Acredite em mim, a única coisa que quero do seu tio é que ele retire a acusação contra o meu irmão.

Mary puxa as tiras do chapéu, afrouxando o laço ao redor da garganta.

— Que pena. — Ela coloca o chapéu a seu lado. — Tio Richard está muito interessado em você.

O movimento da carruagem está deixando Jane enjoada.

— Bom, não deveria estar. Não lhe dei minha permissão para se interessar por mim. Diga-lhe para me colocar onde me encontrou.

— O que há de errado com o meu tio?

Cada chacoalhada da carruagem e rangido das rodas irrita Jane.

— Para começo de conversa, eu seria sua parente.

Mary vira o rosto para a janela e pisca furiosamente.

CAPÍTULO VINTE E UM

Desta vez, Jane foi longe demais. Ela se arrepende do que disse antes mesmo que as palavras terminem de sair de sua boca. Mary parece ter sido estapeada no rosto pela mãe. Por um momento terrível, parece que vai chorar. Apesar do frio intenso, Jane está quente debaixo da capa. Espera que Mary devolva a alfinetada lancinante com uma descortesia. Mas, por vários minutos dolorosos, o olhar de Mary permanece fixo nos campos que passam do lado de fora da carruagem. Sua respiração é curta, até Jane não suportar mais.

— O que você vai fazer em Basingstoke? — pergunta, para aliviar a tensão.

Mary funga, enxugando o rosto com as costas da mão. Quando a tira, há uma marca d'água marrom na sua luva nova.

— Eu queria uma musselina verde para fazer um xale para a primavera. Embora seja provável que você diga que ele me deixa ainda mais sem graça e me compare a uma folha de grama ou alguma coisa engraçada, fazendo toda a loja rir de mim.

Os braços e as pernas de Jane estão pesados, e ela se afunda no assento acolchoado. Precisa da ajuda de Mary. Não pode se dar ao luxo de afastá-la, não hoje. Por que sua própria boca a trai o tempo todo? Seria muito mais fácil se, em vez disso, ela pudesse conduzir todas as suas interações por correspondência. Não deveria ter sido tão insensível com os sentimentos de Mary por James. Mas Jane não tem tempo nem senso de diplomacia para acalmá-la. Fevereiro está cada vez mais perto, e ela está ficando sem ideias de como salvar Georgy.

— Vou capturar um assassino — confessa Jane, antes que possa se conter.

Mary não consegue resistir a virar a cabeça, boquiaberta.

— Quê?

— Antes de morrer, Madame Renard empenhou um anel masculino de sinete junto com o seu colar. Achei o recibo de retirada dos dois itens no livro que ela pegou da biblioteca. Sabemos o que aconteceu com o colar, mas o anel ainda está sumido. Preciso que você me acompanhe a todas as lojas de penhores de Basingstoke até eu descobrir com quem ela falou, na esperança de que a pessoa possa me dar uma descrição do cavalheiro a quem pertence o anel. É minha última chance de salvar Georgy. Estou lhe implorando para me ajudar, Mary.

Mary recua, e o movimento destaca a papada sob seu queixo.

— Mas, Jane, nós não podemos entrar em uma... *loja de penhores* — cochicha.

Debaixo da capa pesada, Jane continua a transpirar. Poças se formam debaixo dos braços, deixando a parte de baixo das mangas horrivelmente fria e úmida.

— Podemos e vamos. Só precisamos nos livrar de James. Ele obviamente nunca concordaria com isso.

— Mas nós somos... *jovens damas* — insiste Mary, fazendo uma careta. — Não seria adequado sermos vistas em um estabelecimento desse tipo.

— Eu sei, mas preciso, Mary. Você não percebe? Se houver a mínima chance de o anel levar ao assassino e provar a inocência de Georgy, tenho que aproveitá-la. A vida do meu irmão está em risco. Você sabe que, dentre todas as pessoas, eu não pediria a *você*, a não ser que estivesse desesperada. — Jane hesita, com medo de voltar a ofender Mary. — Por favor, diga que me ajudará. A não ser que, como seu tio, você ache que Georgy mereça ir para a forca.

Mary fraqueja, inclinando a cabeça para o lado.

— Jane, como você pode dizer isso? Você me viu costurar as camisas de Georgy e remendar as meias dele enquanto você lia para nós. Faço um pudim de ameixa para ele a cada quinze dias. Visito-o no chalé apertado de Dame Culham, que sempre cheira a gordura de carneiro, e me obrigo a engolir aquela mistura repugnante de dente-de-leão e bardana enquanto pergunto pela saúde dele. — A carruagem sacode, fazendo a voz de Mary oscilar. — Você pode ter muitos motivos para não gostar de mim, mas a deslealdade em relação à sua família *não* é um deles.

O coração de Jane dá um salto no peito. É como se James tivesse acabado de passar por uma ponte em arco.

CAPÍTULO VINTE E UM

— Então, você fará isso? Vai me ajudar?

— Não sei. Você contou a James ou a meu tio sobre o recibo? Eles estariam numa posição muito melhor para investigar. Não deveríamos deixar a cargo deles?

— Do mesmo jeito que você está deixando a cargo do meu irmão que ele a note?

Mary fica com as bochechas coradas enquanto luta para suprimir um sorriso culpado.

— Tudo bem, vou ajudá-la, mas só se você prometer me ajudar.

Jane se enche de uma súbita leveza. Sabia que Mary a acompanharia. Ficaria intrigada demais com o drama para recusar.

— Ajudar você no quê?

Mary retorce as mãos no colo, amassando a camurça macia das luvas.

— James. Se ele começar a pensar a sério em relação a mim, promete que não fará objeção? Nem caçoará tanto da ideia a ponto de ele desistir?

— Mary Lloyd, sua raposinha esperta. Nunca pensei que você fosse assim. — Jane olha para Mary com um respeito renovado. Se a amiga puder fazer James feliz, Jane está determinada a ficar feliz por ele. E Anna, pobrezinha, precisa de uma mãe. Jane concorda. — Por que você acha que eu faria objeções? Vocês seriam perfeitos um para o outro.

Mary se anima.

— Você acha mesmo?

O brilho de esperança que ilumina os olhos escuros da amiga toca o coração de Jane.

— Sim. James se acha uma maravilha, e você concorda — diz. O peito de Mary murcha, mas Jane não pode deixar que a amiga pense que ela amoleceu. — Além disso, quanto antes ele voltar a se casar e parar de sobrecarregar a casa paroquial, melhor. Pelo menos, com você como cunhada, sei o que vou ter. Você não tem vergonha? Afofando-o ao elogiar sua poesia horrorosa, como se ele fosse o Bardo. Aposto que não consegue citar uma única frase.

Mary se empertiga, arqueando as costas de modo que elas não tocam no encosto.

— Consigo, sim.

— Então vamos lá.

Jane cruza as pernas, envolvendo um dos joelhos com as mãos.

— Hã... Acho que tinha uma frase em que ele mencionava... o céu? — arrisca Mary, olhando pela janela.

— O céu?

— É, o céu.

Mary trava a boca, comprimindo os lábios, mas isso não esconde a alegria colorindo suas bochechas.

Jane cai na risada, seguida pela amiga. Pelo resto da viagem, elas mal podem olhar uma para a outra sem perder a compostura. A certa altura, Jane acha que se controlou, mas, quando Mary articula "o céu", ri tanto que escorrega do banco de couro para o assoalho.

Ainda não é nem meio-dia, mas comerciantes e trabalhadores abarrotam a Estalagem Angel, brindando com canecas de estanho e expirando o desagradável cheiro de tabaco enquanto se espalham pela rua. Jane fica mais perto de Mary enquanto elas esperam. Após guardar os cavalos e a carruagem, James volta batendo os pés e esfregando as mãos.

— Nos encontramos aqui às três horas. — Ele abre o estojo de prata do relógio de bolso que herdou do avô materno. — E nem um minuto a mais. Preciso estar na igreja a tempo para as orações vespertinas.

Jane, que nunca herdou um item tão útil, ergue uma sobrancelha.

— Três horas de acordo com o relógio do mercado ou de St. Michael?

O relógio do mercado não fez tique nem taque desde que o Mote Hall pegou fogo em 1656, e o vigário da St. Michael se recusa a dar corda no dele. Um antigo relógio de sol dita o cronograma de serviços na igreja Tudor, o que seria prático se Basingstoke tivesse um clima mais temperado e o relógio de sol não estivesse situado dentro de um roseiral repleto de vegetação e cercado por muros.

CAPÍTULO VINTE E UM

James fecha o relógio de bolso e o enfia dentro da casaca preta.

— Muito divertido, Jane. Só preste atenção para estar aqui antes que comece a escurecer.

— Não se preocupe, Mr. Austen. — Mary dá o braço a Jane. — Sou uma cronometrista meticulosa e prestarei atenção para estarmos de volta pontualmente às três horas. Minha mãe ficaria muito decepcionada se o senhor não tivesse tempo de visitá-la na sua volta para Steventon.

Jane revira os olhos, mas Mary, verdade seja dita, é uma excelente supervisora e claramente presta mais atenção às fachadas das lojas do que Jane. Ela solta uma lista de cada casa de penhores de Basingstoke e guia a amiga pelas ruas tortuosas da cidade medieval, de modo que elas visitam cada uma da maneira mais eficiente. O característico trio de esferas douradas suspensas em uma barra também dourada saúda Jane a cada vez que ela vira uma esquina.

Dentro de cada loja, Mary ronda as prateleiras, cutucando raridades, enquanto Jane mostra o recibo para o proprietário. Nenhum deles reconhece tê-lo escrito, e todos os penhoristas negam ter comercializado um colar de pérolas pequenas ou um anel masculino de sinete nos últimos meses. Até que, por fim, em um estabelecimento exíguo e bolorento em frente à botica de Mr. Martin, na rua Londres, um tal Mr. Lipscombe coça a careca por baixo da peruca embaraçada e fixa um dos olhos vermelhos no pedaço de papel.

— Sem dúvida esta é a minha letra. Por acaso ela era afrancesada?

Atrás dele, uma cômoda de madeira empoeirada está entulhada de espadas, colheres, garfos e canecas. Todos os itens podem ser pegos e levados embora facilmente por mãos leves antes que o legítimo proprietário perceba e vá atrás. O estabelecimento de Mr. Lipscombe é, de longe, o lugar mais deteriorado que as moças visitaram, e o mau cheiro é avassalador.

Jane prende a respiração enquanto fala, dando um tom anasalado à voz.

— Bom, na verdade ela era de Bruxelas, mas nós também cometemos esse erro.

— Uma mulher miúda? — Ele segura a mão aberta debaixo do nariz de Jane. Ela reprime o instinto de recuar de seus dedos sujos. — Reservada? Calada?

— Parece ela.

A pobre Madame Renard estava reduzida a confiar suas joias àquele vigarista em troca de centavos? Devia estar desesperada.

— Ela não afanou de você, afanou? — Mr. Lipscombe espeta uma unha suja no topo de vidro manchado de seu armário de curiosidades. — Este aqui é um negócio respeitável.

Jane duvidava muito. Quando chegou, ele estava discutindo com uma pobre infeliz sobre o valor de um relógio de ouro. Quando a mulher reclamou que a quantia era baixa demais para uma venda definitiva, o penhorista riu e disse que o preço corresponderia muito bem ao valor em ouro depois que a peça fosse fundida.

— Não, nada desse tipo — responde ela, receosa.

Cada canto da loja está repleto de itens de procedência questionável. Penteados fora de moda, cacheados e enfeitados com laços, pendem de ganchos, como os escalpos de aristocratas franceses que caíram em desgraça. Sofás e cadeiras descombinados, sem conserto, bloqueiam o caminho até a porta. Um cabideiro de roupas de segunda-mão, de trapos sujos a sedas e peles desleixadas, recende a suor. Se Mrs. Austen soubesse do paradeiro de Jane, ficaria muito alarmada.

Por outro lado, se a mãe farejasse o que ela estava disposta a fazer, a impediria de deixar a casa paroquial. Mas, nos últimos tempos, Mrs. Austen não tem interferido como de costume. A cada dia em que o julgamento de Georgy se aproxima, a mãe se recolhe mais em sua concha dura. É como se a formidável matriarca estivesse se encolhendo diante dos olhos de Jane.

— Ela... — Jane hesita, não querendo reviver o horror ao repetir os detalhes da morte violenta de Madame Renard. — O senhor ouviu falar sobre a mulher que foi encontrada morta na Deane House?

CAPÍTULO VINTE E UM

Mr. Lipscombe se inclina para a frente, apoiando o peso de forma precária no vidro lascado.

— Não era ela?

Jane tira o lenço do bolso e tampa o nariz e a boca.

— Era, sim.

Ele solta um assobio.

— Meu Jesus. E ela era tão gentil também.

— Foi terrível. Estamos tentando...

Jane se interrompe. Chame-a de cínica, mas ela não confia muito em Mr. Lipscombe. Se contar que está tentando pegar o assassino de Madame Renard, ele pode se recusar a se envolver.

— Estamos tentando rastrear todos os seus conhecidos, para termos certeza de que eles souberam da trágica notícia. Ela estava sozinha quando visitou seu estabelecimento? Ou havia um... um amigo com ela? — pergunta, tossindo no lenço.

Mr. Lipscombe coça a têmpora debaixo da peruca.

— Amigo?

— É, o dono do anel de sinete.

Jane aponta para o recibo.

— Foi só ela. As duas vezes. Eu me lembro por ser uma corrente muito inusitada. Esperava conseguir um bom preço por aquilo, mas ela voltou depois de algumas semanas. — O homem esfrega a nuca. Provavelmente tem piolhos. Sem dúvida, toda a loja está infestada deles. Com tanta gente indo e vindo e deixando seus pertences pessoais, é inevitável. — Eu disse a ela que me procurasse se um dia quisesse penhorá-lo de novo. Mas ela falou que não seria necessário. Pensei que isso significava que ela estava se mudando para algum lugar e que por isso não a tinha visto mais.

— Ah. — Jane sente coceira por toda parte. A seu lado, Mary se coça freneticamente. — E quanto ao anel? O senhor se lembra de qual era a cor da pedra? Ou o que estava gravado nele?

— Minha cabeça não é o que costumava ser. Gostaria de poder ajudar, mas já contei tudo o que sei.

Jane está exausta ao sair da loja e pisar no calçamento. Mary semicerra os olhos para o céu opaco.

— E agora? Pelas minhas contas, ainda temos, no mínimo, uma hora.

— Não sei. Estou começando a perder as esperanças. Talvez devêssemos apenas tomar chá enquanto aguardamos James?

Jane nunca tinha pensado em como seria fácil para um ladrão se livrar das joias de Madame Renard. Talvez tivesse sido, de fato, um roubo fracassado. Tom está certo: o dinheiro obtido pelo colar e o anel juntos seria o suficiente para um homem como Jack Smith começar uma nova vida em seus próprios termos. Ele poderia ir para o Novo Mundo, talvez abrir uma serraria lá. Por que não? Jack podia até ter enganado os pais de Jane para que acreditassem que estava satisfeito com o que a vida lhe deu, mas ela sabe que ele tem capacidade para muitíssimo mais. Mr. Austen pegou meninos muito menos espertos e os transformou em acadêmicos de Oxford. Meninos cujas famílias podiam arcar com os custos para que tivessem boas chances na vida.

Por mais insuportável que seja pensar nisso, se quiser satisfazer sua consciência por ter feito tudo o que pôde para salvar o irmão, Jane precisa submeter o companheiro de infância ao mesmo escrutínio que qualquer outro suspeito. Pensou em montar um estratagema para dar uma procurada no quarto de Jack em busca do anel perdido, mas Dame Culham não é uma mulher fácil de enganar, e o rapaz não esconderia um anel roubado onde os olhos de águia de sua mãe poderiam achá-lo.

Não. Se Jack pegou o anel, o objeto deve estar na mata, na base de uma árvore, escondido debaixo de uma pedra que só ele, ou talvez Georgy, poderia reconhecer.

Então, Jane não pode cutucar a ferida da sua suspeita até que o pai ou um dos irmãos a acompanhe para visitar Georgy e o rapaz dentro da cadeia Winchester. Apesar das promessas de deixar Jane ir com eles, Henry e James passaram a visitar Georgy a cavalo, afirmando não ter tempo para pegar a carruagem. Jane sabe que é mentira. Estão tentando protegê-la,

CAPÍTULO VINTE E UM

mas não a protegerão se não conseguirem provar a inocência de Georgy e a última visão que ela tiver do irmão for a de seu corpo se contorcendo, pendurado em uma corda na praça do mercado de Winchester.

Mary belisca o rosto da amiga.

— Você não pode desistir ao primeiro sinal de dificuldade, Jane. Não chegará a lugar algum com essa postura. Já pensou que, se Madame Renard não estava com o anel quando seu corpo foi encontrado, o ladrão provavelmente fugiu com ele? Deveríamos ver se alguém anda tentando vender tal anel desde que ela foi assassinada.

— Mas Mr. Lipscombe nos contou tudo o que sabia, e nenhum dos outros penhoristas admitirá que está negociando um anel masculino. Não sei o que fazer. Exauri cada pista que tinha. Se não conseguir expor o verdadeiro assassino até o fim do mês, então...

Jane não consegue falar sobre o julgamento de Georgy sem cair no choro. O irmão não entenderá uma palavra que o juiz ou os advogados disserem a ele e ficará apavorado. Jane fará qualquer coisa para protegê-lo de tal sina. Talvez seja hora de levantar de novo a possibilidade de ele ser internado em um hospício, mas até pensar nisso faz com que ela se sinta culpada de traição.

Mary bate o pé nas lajes frias da calçada.

— Acalme-se, Jane. Os penhoristas não são os únicos que compram e vendem joias, são?

Jane é sacudida de suas fantasias sinistras.

— Está sugerindo que tentemos os ourives?

— Não, estava pensando em um "intermediário". Se o assassino escapou com o anel, iria querer vendê-lo rapidamente. Poderíamos entrar na taverna, ou na cafeteria, e perguntar. É lá que os tipos de má fama se juntam, não é? Pelo menos nos romances é assim.

Jane olha para Mary, cuja fisionomia está avivada, com uma animação desconhecida.

— Para alguém que estava relutante em ajudar, você está ficando tremendamente empolgada, Mary Lloyd.

— Nunca estive relutante. Não sei por que você tem uma opinião tão ruim de mim. Era só pedir…

Enquanto Mary continua tagarelando, um sino toca do outro lado da rua.

Uma pequena figura roliça sai da botica de Mr. Martin e o coração de Jane volta a pulsar.

Capítulo Vinte e Dois

—**E**spere!

Jane avança a passos largos, metendo-se no trajeto de uma carruagem que vem vindo. Mary agarra o cotovelo da amiga, puxando-a para trás. A carruagem chacoalha tão perto que Jane consegue sentir o suor do cavalo. Do outro lado da rua, Hannah fica parada em frente às vitrines em arco da fachada da botica. Ela ergue o capuz de sua pelerine marrom e sacoleja a cesta de vime até ela ficar na dobra do braço. Hannah poderia ser a última esperança de Jane de descobrir a verdade sobre o assassinato de Madame Renard e salvar Georgy. Não vai deixá-la escapar.

— Hannah! — grita Jane.

Assim que a rua esvazia, ela solta o braço e atravessa o calçamento correndo. Os olhos de Jane e de Hannah se encontram e uma centelha de reconhecimento transparece nos traços da criada, mas ela se vira e caminha ao vento. Jane dispara atrás dela. Quase consegue tocar na ponta da pelerine da garota, que flutua na brisa.

— Hannah, por favor. Sou Miss Austen. Nós nos conhecemos em Manydown.

Os ombros da jovem sobem e descem antes que ela se vire para encarar Jane.

— Miss Austen.

Ela faz uma mesura, mas permanece com a boca em uma linha fina e reta.

Jane hesita. Fica óbvio que Hannah não está satisfeita em vê-la. E quem poderia culpá-la? Suas perguntas insensíveis perturbaram tanto a garota que ela passou mal na última vez que se encontraram.

— Como está a sua mãe? Miss Bigg mencionou que ela estava sofrendo com uma severa inflamação na garganta.

Hannah abaixa os olhos para a cesta. Com suas próprias roupas e o cabelo marrom caindo solto sobre os ombros, parece ainda mais nova.

— Ela está se recuperando. Louvado seja o Senhor. Acabei de vir pegar outro cataplasma para ela.

— Com Mr. Martin? — pergunta Jane, imitando o tom que Cassandra usa com os paroquianos do pai: alegre e amigável, sem forçar intimidade demais. — Ele é muito habilidoso, não é? Temos sorte de ter uma boticário tão engenhoso por perto. Minha mãe confia nos remédios dele para sua... Bom, tenho certeza de que você não quer saber.

— Tenha um bom dia, Miss Austen — despede-se Hannah, dando meia-volta.

— Espere, por favor... — Sem fôlego, Jane faz o possível para acompanhá-la. — Queria pedir desculpas por perturbá-la na última vez que nos encontramos. Você tinha acabado de sofrer um tremendo choque e acho que não fui muito gentil, fazendo todas aquelas perguntas tão pouco tempo depois.

Hannah dá uma olhada de esguelha para Jane por baixo do capuz.

— Obrigada, senhorita. Devo dizer que foi muito angustiante.

— Mas gostaria que pudéssemos voltar a conversar. Tenho certeza de que você deve ter visto ou escutado mais do que pensa naquele dia. Se pudesse rever comigo só mais uma vez, eu talvez conseguisse descobrir algo importante.

Hannah olha para a sequência de chalés no final da rua, onde vivem os moleiros.

CAPÍTULO VINTE E DOIS

— Eu lhe disse tudo o que sabia da última vez e preciso voltar para casa para ajudar minha mãe. Ela está me esperando e tenho que fazer o jantar dos pequenos.

O vento inclemente fustiga o rosto de Jane.

— Por favor, eu lhe compro um pão doce.

— Não quero um pão doce! Quero aquele monstro capturado e punido, igual a você. — A voz de Hannah está estridente. — Invasores, a justiça disse. Como se isso explicasse tudo. Mas deixe-me dizer uma coisa, Miss Austen. Se houvesse alguém desesperado o bastante para acampar naquelas matas atrás da Deane House, e não estou dizendo nem por um minuto que acredito nisso, é provável que estivesse ocupado caçando lebres ou procurando lenha, e não acertando a cabeça de uma pessoa e a deixando para morrer.

Jane hesita. Uma imagem do corpo brutalizado de Zoë Renard lampeja em sua mente. Seu estômago revira com a lembrança do sangue escuro e viscoso espalhado por todo o rosto e o vestido da mulher, uma poça se concentrando no chão à volta dela. Havia muito sangue, e Hannah deve ter levado horas para removê-lo.

— Não tive a intenção de subestimá-la. Você tem razão, queremos a mesma coisa. Só que eu tenho uma forma meio desajeitada de tratar disso.

O queixo de Hannah treme.

— Se tivesse sido uma de vocês, moças do baile, eles não deixariam pedra sobre pedra para pegar o culpado. Mas como ela era uma de nós, uma moça comum tentando ganhar a vida honestamente, o que importa se alguém esmagou seu crânio, jogando seu corpo de lado como se fosse lixo?

— Por favor, Hannah... Se me expressei mal antes, então preciso me desculpar. Também não acho que Mr. Craven investigou a morte daquela pobre mulher de maneira adequada. Tenho feito todo o possível para descobrir quem a matou. E estou chegando mais perto, posso sentir. E se você falasse comigo só mais uma vez... — suplica Jane. Os olhos de Hannah brilham, mas ela não vai embora. — Por favor?

Por fim, a garota faz um leve aceno de cabeça, concordando.

Ouvem-se passos e Mary as alcança. Jane põe a mão hesitante na dobra do braço de Hannah.

— Mary, esta é a Hannah. Ela é arrumadeira em Manydown. Estava trabalhando na Deane House na noite do... — Jane dá uma arfada. — Na noite do assassinato. Ela concordou em vir conosco para responder a algumas perguntas sobre o que aconteceu.

Mary faz cara de decepção.

— Deduzo que isso significa que não vamos interrogar nenhum facínora na taverna.

— Não, Mary. Vamos levar Hannah para tomar chá e comer um p... — Jane se interrompe antes que possa ofender Hannah novamente. — Para tomar chá e ter uma conversa séria sobre como podemos pegar esse bandido.

Hannah fecha a cara, mudando o peso de um pé para o outro.

— Bom, eu também poderia comer um pão doce, já que vou me juntar a vocês.

Mrs. Plumptre cuida da padaria no andar térreo de sua loja, enquanto as filhas atendem os clientes no salão de chá acima. É um dos poucos estabelecimentos em Basingstoke em que uma senhora respeitável pode comer desacompanhada. É tão popular que hoje há uma fila de criadas, senhoras e damas sob o toldo listrado de verde, esperando para comprar pão e bolos saídos do forno de tijolos. Depois de fazer o pedido, Jane vai à frente, subindo a escada sinuosa até os salões de chá. Ou o "salão de chá", como o estabelecimento deveria ser mais propriamente chamado. Toda vez que Jane passa pela placa pintada, seus dedos sentem cócegas para corrigi-la.

Cinco mesas bambas ficam espremidas no espaço apertado que dá para a rua Londres. Jane escolhe uma pequena, circular, sob uma janela guilhotina. As outras estão cobertas de louça suja. A hora movimentada do almoço passou, mas a limpeza ainda vai começar.

CAPÍTULO VINTE E DOIS

Conforme Jane se ajeita no assento afundado de uma desconfortável cadeira de espaldar reto, uma combinação paradisíaca de canela, levedura e leite quente preenche seus sentidos. Seu estômago ronca e a boca saliva. Em frente a ela, Hannah está com as costas arqueadas, a pelerine ainda ao redor dos ombros e a cesta no colo. Entre elas, Mary manda migalhas da toalha de mesa para o chão.

Uma das muitas indistinguíveis Misses Plumptre sobe a escada para trazer um bule de chá fumegante e três xícaras e pires que não combinam entre si. Jane firma a mesa enquanto Miss Plumptre tira os itens da bandeja. A garçonete tem dificuldade de fazer com que tudo caiba na mesa e derruba chá na toalha de algodão xadrez. Hannah mantém os olhos nas próprias pernas, as bochechas lisas queimando de tão vermelhas. É provável que a criada esteja mais acostumada a visitar a padaria de Mrs. Plumptre do que o salão de chá, se é que tem meios para chegar a frequentar o lugar.

Quando o trio finalmente fica a sós, Jane dobra um guardanapo e o enfia sob uma das pernas da mesa para que ela fique firme.

— Assim está bom.

Ela sorri. Seu forte nunca foi conversa fiada. Mas ela está cautelosa demais para ir direto ao interrogatório, como fez antes, por medo de causar outro mal estar em Hannah. Em vez disso, fica quieta, esperando que a garota fale.

Quando ela o faz, sua voz mal passa de um sussurro.

— Não consigo parar de pensar nela. Toda noite, assim que minha cabeça encosta no travesseiro, só consigo ver o rosto de Madame Renault. Posso estar exausta, mas o sono não vem porque penso nela. Ali deitada, morrendo, completamente só, naquele quarto escuro.

— Renard — diz Jane. — Na verdade, o nome dela era Zoë *Renard*, e ela era uma rendeira de Bruxelas. Tinha um sotaque tão forte que acho que entendi mal e dei a todos o nome errado.

Hannah assente com a cabeça, absorvendo a nova informação.

— Uma rendeira de Bruxelas.

— É, uma rendeira muito boa, aliás.

Jane aquece as mãos no bule de cerâmica.

Hannah ergue a cabeça.

— Por que ela veio para cá, dentre todos os lugares?

O bule balança nas mãos de Jane, e ela precisa de toda a sua concentração para despejar o líquido nas xícaras sem ensopar a toalha.

— Não sei, mas ela parecia estar tocando a vida. Alugou uma barraca no mercado coberto e estava aprendendo inglês. Até se inscreveu na biblioteca circulante. Mas não conseguimos rastrear nenhum dos seus conhecidos nem descobrir por que alguém poderia querê-la morta.

Mary acrescenta creme em duas das xícaras. Jane puxa a sua para perto, antes que a amiga possa estragá-la.

Hannah olha fixo para Jane, seus traços largos impassíveis.

— Eles dizem que seu irmão foi parar na cadeia por causa disso. Não o soldado que a encontrou. O menino que não fala e vive com a babá?

Na sociedade bem-educada em que Jane circula, ninguém ousaria levantar de imediato o tópico do encarceramento de Georgy. As pessoas expressam solidariedade pela "situação difícil" em que os Austen se encontram e perguntam pelo estado de Georgy. Não falam de crimes e cadeias, inocência ou culpa. Ela seria uma tola em acreditar que a mesma cortesia era usada pelas suas costas.

— Não pelo assassinato — diz Jane, correndo em defesa do irmão. — Pelo roubo do colar. De alguma maneira, a joia foi parar nas mãos dele. Ou alguém a deu a ele. Ele é bem limitado em sua compreensão, sabe? E não pode explicar, uma vez que, como você disse, não fala.

— Tenho uma prima parecida — comenta Hannah, fungando. — Ela se chama Sandra. Minha tia se casou muito tarde, então não tinha esperanças de ter os próprios filhos. Quando Sandra veio, ela ficou muito feliz. Agora, está sempre atormentada sobre o que vai ser da filha se ela morrer antes. Sandra não sobreviveria um dia por conta própria. — Os olhos

CAPÍTULO VINTE E DOIS

de Hannah estão marejados. — Ela trabalha no moinho com a minha tia. Consegue falar, mas nunca desenvolveu qualquer malícia. Minha tia precisa ficar de olho o tempo todo ou ela acaba fazendo alguma bobagem. Confia demais, a nossa Sandra. É uma coisinha muito doce.

Jane se censura por julgar a mãe com tanta dureza por não conseguir corresponder ao padrão maternal impossivelmente alto de Eliza. Seus pais podem não dar muitas demonstrações de afeto, mas se matariam de trabalhar para garantir que todos os filhos estivessem bem-cuidados. Durante a vida toda, Georgy foi estimado e protegido. Até o dia em que foi preso, nunca tivera uma preocupação séria no mundo. Inúmeras vezes, Jane ouviu o pai fazer os irmãos jurarem solenemente que, se algo lhe acontecesse, eles se dividiriam para garantir que Georgy continuasse a ser sustentado.

É provável que Mr. Austen faça com que eles jurem a mesma coisa em relação a Jane, quando ela não está vendo. Que pensamento horrível, ter que depender da caridade dos irmãos para cobrir suas despesas!

— Então, você entende?

Hannah confirma com um gesto lento de cabeça enquanto olha os resíduos do seu chá.

— Quem a matou não foi um ladrão ou alguém ingênuo que não sabia a força que tem. Foi um demônio cruel que só tinha maldade no coração.

Jane quer sondar mais, porém está apavorada de transtornar a garota de novo.

— Por que você diz isso?

— O aquecedor de cama... Estava coberto de gosma, como se a pessoa que fez aquilo tivesse agido com fúria — diz Hannah, olhando para a cesta no colo. Os semblantes de Jane e Mary desabam de horror. — Além disso, tem várias coisas enfiadas naquele quarto. Se fosse um ladrão, teria ido embora com muito mais. Todas aquelas chaleiras e panelas de cobre devem valer uma pequena fortuna. Sem falar nas roupas de cama.

A sala balança quando Miss Plumptre sobe a escada estreita e sinuosa com uma bandeja superlotada. Ela franze a testa ao ver a mesa, como que desejando que surgisse mais espaço. Jane empurra o bule, as xícaras e os pires até haver espaço suficiente para três pratinhos de pão doce. O prato de manteiga balança precariamente em cima da jarra de leite, e Jane precisa segurar sua xícara e seu pires.

— Na última vez que nos vimos, você admitiu que não gostava de ir à Deane House. Acha que pode nos contar o motivo?

— É só que... — Hannah franze a testa. — Em Manydown, nunca nos fazem sentir vergonha se, digamos, falta uma colher de chá ou se alguém derruba um copo. Mr. Bigg-Wither é sempre muito educado. Suas filhas também. Ora, mesmo o pequeno patrão Harris é um menino de bom coração. Na Deane House não é assim.

Mary corta o pão doce ao meio e o cobre com manteiga. Jane observa. Ela não come desde o café da manhã e quer fazer a mesma coisa, mas, como Hannah não tocou no dela, teme que seja grosseiro. Em vez disso, pega uma uva passa de cima do pão.

— Como é lá? Prometo que nada do que disser vai sair daqui — garante Jane, percebendo o erro de convidar a maior fofoqueira do condado para participar de sua investigação secreta.

— Essa é a questão. Nunca se sabe como será lá. É o mesmo que tentar prever o tempo de um dia para o outro. Às vezes, se Sir John está em casa, tudo fica calmo. Lady Harcourt pode tirar um cochilo na saleta, enquanto Mrs. Twistleton vai cuidar das coisas no andar de baixo. Mas, em outras vezes, Lady Harcourt fica alvoroçada, encontrando defeito em tudo o que as criadas fazem, especialmente Mrs. Twistleton.

— Lady Harcourt não confia na governanta?

Jane visualiza Sir John pingando furtivamente gotas de láudano no vinho de Lady Harcourt no baile do Ano-Novo. Será que ele a droga quando eles estão em casa, para manter a paz entre a esposa e os criados?

— Não. E isso torna tudo muito difícil para o restante de nós. É por isso que os criados estão sempre indo embora. Não existe nada pior do que ter duas patroas. Se Mrs. Twistleton manda você acender uma lareira

CAPÍTULO VINTE E DOIS

de um jeito, cinco minutos depois Lady Harcourt vai para cima de você, dizendo que fez errado e mandando empilhar de novo imediatamente. Ela nem mesmo dá a Mrs. Twistleton seu próprio molho de chaves. Como é que ela pode ser respeitada como governanta sem isso?

Jane conhece bem a política de criados e patrões. Na Casa Paroquial Steventon, as criadas vêm e vão na maior velocidade. Mrs. Austen sofre o tempo todo com o medo de que uma criada seja tentada por outra posição. O processo de ir à caça de uma criada confiável e treiná-la é exaustivo. É por isso que Jane está tão ansiosa em relação a Sally. Ela ainda não conseguiu descobrir o que a está perturbando. Não há dúvida de que há algo acontecendo. Sally já não cantarola sozinha quando está atarefada na cozinha e, nos últimos dias, nem mesmo olha nos olhos de Jane. Seja o que for, deve ser realmente preocupante. Mrs. Austen sempre ralha com Jane para deixar as criadas em paz. Apesar disso, ela resolve falar mais uma vez com Sally assim que houver uma oportunidade. Talvez o assunto possa ser resolvido com uma tarde de folga ou uma ajuda na cozinha quando eles tiverem visitas.

— Por que Mrs. Twistleton não vai embora? Ou, por falar nisso, por que Lady Harcourt não a despede, se não está satisfeita com seu trabalho?

Pontos de cor surgem nas bochechas de lua cheia de Hannah.

— Não sei, senhorita.

Mary se inclina para a frente, agarrando a beirada da mesa lotada.

— É Sir John, não é? Ele tem um acordo com Mrs. Twis...

Jane chuta a amiga debaixo da mesa.

— Ai.

Mary faz uma careta, esfregando a canela.

— Não ponha palavras na boca de Hannah.

— Eu não poderia dizer nada sobre isso, senhorita. — Hannah olha suas companheiras com cautela, enquanto as três mulheres juntam as cabeças. — Mas o que sei é que, antes de ser governanta na Deane House, Mrs. Twistleton costumava passar um bom tempo recebendo clientes na Estalagem Angel...

Então Jane tinha razão: Mr. Toke *estava* sendo sensível demais quando ela perguntou se Sir John mantinha um quarto na estalagem. Ele claramente tolera mais imoralidades em suas dependências do que está disposto a divulgar.

— Eu lhe disse — diz Mary. — Ela não vale grande coisa.

— Tente não julgá-la com muita dureza — pediu Hannah. — Deborah, ou seja, Mrs. Twistleton, nem sempre foi assim. Éramos vizinhas, sabe? Deborah se casou cedo, e ela e o marido tiveram um filho. Uma criança doente. O filho morreu pouco antes de completar quatro anos. E, depois disso, Deborah perdeu um pouco o rumo... Ou melhor, ela o encontrava com frequência no fundo de um copo vazio de gim. Houve época em que faria *qualquer coisa* por mais um drinque. Mr. Twistleton não teve paciência para isso. Ele foi embora. Foi para Londres se virar sozinho, é o que dizem.

— Pobre Mrs. Twistleton. Isso é muito triste — murmura Jane.

Ela sabe que os Austen, constantemente envoltos em dificuldades como estão, têm sido extraordinariamente felizes no que diz respeito a sua falta de perdas na família próxima. É quase inédito para uma mãe, de qualquer classe social, criar todos os oito filhos até a idade adulta como Mrs. Austen fez.

— Imagino que ela e Sir John tinham seu luto em comum quando se conheceram. Foi logo depois da tragédia com o filho mais velho dos Harcourt. Todos os dias, o baronete estava em Basingstoke, tentando se livrar da tristeza bebendo e jogando. Não demorou muito para todos saberem que ele e Deborah tinham se aproximado. Ela ficou orgulhosa disso. Disse que era mais do que certo confortá-lo, porque Lady Harcourt ficou fria depois que o filho morreu. E um homem daqueles não vai suportar ser rejeitado por tanto tempo.

Mary se recosta na cadeira, cruzando os braços.

— Viu? Ela é uma sem-vergonha.

— Quieta, Mary. Continue, Hannah.

CAPÍTULO VINTE E DOIS

— Depois de um tempo, Deborah largou o emprego no moinho e foi viver em um quarto na Estalagem Angel. Todo mundo sabia que o baronete devia estar pagando para ela se manter. E então ela deixou Basingstoke de vez. Na próxima vez que eu a vi, era governanta de Sir John. Ganhar o afeto dele parece tê-la puxado de volta da beira do abismo. Não acho que continue bebendo. Ela faria qualquer coisa para mantê-lo feliz.

Jane toma seu chá morno. Pobre Lady Harcourt! Deve ser humilhante ser forçada a manter tal mulher na própria casa. Não é de admirar que ela tenha perdido a paciência e se revoltado quando Sir John foi preso. Está claramente sob muita tensão.

— Onde Mrs. Twistleton estava nas horas antes do baile?

Jane sente uma fisgada de entusiasmo no estômago enquanto fala.

— Onde ela não estava? — ironiza Hannah. — Todos os empregados estavam muito ansiosos para que a noite corresse da maneira que deveria. Mrs. Twistleton voava entre a casa e o saguão, supervisionando tudo. Toda vez que eu me virava, ela estava atrás de mim, ralhando comigo para trabalhar mais rápido e tomar cuidado com o que estava fazendo.

Jane bate a unha na xícara vazia.

— E a família?

Hannah dá de ombros, encarando o pão doce intocado no prato.

— Estavam nos quartos, se arrumando. Eles não desceram até pouco antes das oito, quando as carruagens começaram a chegar. Nós, criadas, tivemos permissão de dar uma olhada neles todos em sua elegância antes de sermos mandadas para baixo. Com o grande saguão decorado, era realmente uma visão impressionante.

— Ainda não acredito que perdi tudo — lamenta Mary, afundando na cadeira. — Mamãe e eu tivemos que esperar Mrs. Lefroy mandar sua carruagem de volta para nos buscar. Quando chegamos, Mrs. Chute tinha feito sua descoberta pavorosa, e as comemorações foram interrompidas. Meu tio saltou para investigar, e eu também queria ver, mas ele disse ao cocheiro para dar meia-volta e nos levar direto para casa.

— Coitadinha de *você*, Mary — diz Jane, esforçando-se para controlar a vontade de criticar a amiga com ainda mais dureza pela falta de compaixão.

Mas ela sabe que não tem direito a uma posição moral mais elevada. Seu próprio coração ainda dói com a lembrança da promessa daquela noite. O esplendor do grande saguão era de fato fascinante, mas foi Tom, com sua beleza loira e seu inadequado paletó marfim, que a impressionou. Com que rapidez os jogos secretos dos dois se transformaram em lágrimas. Ela deveria ter sido esperta o bastante para se manter em alerta. Será forçada a se castigar pelo resto da vida com um triste remorso.

Hannah tira um lenço impecável do bolso e embrulha o pão doce. Abriga-o com cuidado dentro da cesta de vime, ao lado dos pacotes da loja de Mr. Martin.

— Contei tudo o que sei. Agora, preciso voltar para minha mãe. Ela deve estar preocupada com o meu paradeiro. Obrigada pelo chá.

Jane morde o lábio inferior.

— Você poderia avisar, através de Miss Bigg, se pensar em mais alguma coisa?

— Posso — responde Hannah, hesitante. — E sinto muito quanto a seu irmão, Miss Austen. Pelo bem dele, assim como de Madame Renard, espero que descubra quem de fato a matou.

Os olhos de Jane se enchem de lágrimas.

— Obrigada, Hannah. É muito gentil da sua parte dizer isso.

As moças olham pela janela até que a criada surge na rua abaixo. Ela olha para todos os lados antes de levantar o capuz, endireitando os ombros e adentrando a ventania tempestuosa.

— Então, o que você acha? — pergunta Mary.

A silhueta de Hannah vai diminuindo. O vento faz a capa ondular atrás dela. Mantém a cabeça baixa e continua seguindo, determinada.

— Não sei bem o que pensar... a não ser que existe algo de muito podre acontecendo na Deane House.

CAPÍTULO VINTE E DOIS

Jane olha para seu pão doce intacto, desejando tê-lo dado a Hannah para que o levasse para a mãe e as duas não precisassem dividir. Agora, perdeu o apetite.

7. *Para Cassandra Austen*
   Steventon, terça-feira, 12 de janeiro de 1796

Minha querida Cassandra,

Fico feliz em saber que você está agradecida por eu passar um tempo com Mary Lloyd. Talvez seja bondosa o bastante para considerar minha penitência suficiente e me devolva a minha Martha. É um grande egoísmo da sua parte se agarrar à minha querida amiga por tanto tempo. Especialmente uma vez que sua natureza amigável significa que você é apreciada de imediato por todos, em todo lugar que vai, enquanto meu humor sofisticado é um gosto que se vai adquirindo aos poucos. Apesar de minha contínua investigação, ainda não posso dizer com segurança quem matou a pobre ~~chapeleira~~ rendeira, Madame Renard. Só posso lhe contar que daria qualquer coisa por uma conversa honesta com:

- *Jonathan Harcourt (qual era a pressão que ele estava sofrendo para quitar as dívidas do pai?).*
- *Sir John Harcourt (ele estava contando com o dote de Sophy para salvá-lo de Marshalsea?).*
- *Mrs. Twistleton (estava com medo de que Lady Harcourt a pusesse para fora se descobrisse que tipo de mulher ela era?).*
- *Jack Smith (de que outra maneira Georgy poderia ter pegado a corrente de ouro de Madame Renard?).*

Lamento não poder dar mais informações sobre como está o querido Georgy, uma vez que, apesar de meus contínuos protestos, meu pai e meus irmãos encontram cada vez mais desculpas para impedi-los de me levar a Winchester. Também rezo para que estejam sendo sinceros quando dizem que ele está suportando bem. Ou, na falta disso, tão bem quanto possível.

Rasgue esta carta e use os pedaços para forrar suas galochas e salvar seus dedos das queimaduras com o frio do inverno. Logo o tempo ficará pior, estou certa disso.

Com amor,
J. A.

Miss Austen,
Residência do Rev. Mr. Fowle,
Kintbury,
Newbury.

Capítulo Vinte e Três

São necessárias mais de duas horas para percorrer o caminho entre Steventon e Winchester — uma viagem um pouco mais longa do que de costume, uma vez que choveu torrencialmente durante a noite. Uma neblina densa tolda a visão enquanto a carruagem segue aos solavancos pela área rural de Hampshire. As estradas estão lamacentas, e as rodas da carruagem estão sempre atolando e atingindo raízes quase submersas. O estômago de Jane se revira a cada sacudida. Restando apenas duas semanas para que o julgamento de fevereiro comece, James e Henry enfim cederam e permitiram que ela os acompanhasse para exigir que o advogado se empenhe mais no caso.

Depois, os irmãos de Jane irão acompanhá-la na cadeia para visitar Georgy. E Jack Smith, é claro. Enfim Jane poderá interrogá-lo apropriadamente quanto a seu paradeiro na noite do assassinato de Madame Renard. É desconcertante pensar que a pessoa em quem a família mais confia para o bem-estar de Georgy possa ser responsável por lhe infligir tanto sofrimento. Mas, em seu desespero, Jane não pode se permitir ser suscetível. Se for para salvar o irmão, ela não pode se abster de investigar até a mais perturbadora das possibilidades.

James dirige enquanto Henry fica taciturno ao lado de Jane, dentro da carruagem. Ela o atrai com dicas das cartas de Eliza, mas o irmão permanece teimosamente reservado. Se ao menos James tivesse aceitado a oferta de Henry para dirigir e a acompanhado dentro da carruagem, ela poderia ter se distraído da preocupação com Georgy fazendo um gracejo da crescente afeição de James por Mary. Desde a ida a Basingstoke, ele acompanhou Jane duas vezes em suas visitas aos Lloyd. Ela cumpriu com sua palavra e não falou nada desagradável sobre Mary ao irmão. Por outro lado, disse todo tipo de tolice sobre James para Mary e, enquanto o casal namorava no jardim, divertiu-se encarando a amiga nos olhos e apontando para "o céu".

Jane está surpresa em se ver sinceramente feliz por James. O irmão mais velho pode ser um esnobe, mas está sempre presente quando algum dos Austen precisa dele. E James voltar a se casar é o melhor resultado possível para Anna. Mrs. Austen está velha demais para dar conta de uma criança pequena, Cassandra não ficará em casa por muito mais tempo e Jane... Bom, como sua mãe diz, só o Senhor sabe onde Jane estará.

— Tem certeza de que quer fazer isso? — perguntara James naquela manhã, enquanto abria a porta da carruagem para ela entrar.

Jane olhou fixo nos olhos dele.

— Georgy é tanto meu irmão quanto seu. É só isso que precisa ser dito sobre o assunto.

Ao se aproximarem de Winchester, e Jane ver a procissão esfarrapada de peregrinos e camponeses se dirigindo para os portões da cidade, sua bravura começa a diminuir. Teria estômago para a tarefa à frente? Já consegue sentir a bile no fundo da garganta, e seu corpo treme por falta de sono.

Enrola a capa bem firme ao redor dos ombros e agarra a cesta de junco. Dentro dela estão as guloseimas preferidas de Georgy, incluindo o queijo cottage de Mrs. Austen, o pudim de ameixa de Mary e um uma quantidade impensável de pães de mel de Sally. Jane espera que isso alegre Georgy, em vez de levá-lo a ansiar por sua casa com ainda mais fervor.

Depois de atravessarem os portões e adentrarem o coração da cidade medieval, eles deixam a carruagem em uma estalagem agitada na rua Great

CAPÍTULO VINTE E TRÊS

Minster, que dá para a magnífica catedral gótica. As torres pontudas e os arcos trabalhados se estendem para o céu, minimizando todas as outras construções à vista. A antiga igreja assinala as origens do cristianismo na Grã-Bretanha, mas sob as fundações de pedra calcária espreita um passado pagão mais antigo e selvagem.

Jane agarra o braço de James enquanto eles abrem caminho pelas ruas tortuosas, sob os beirais dos prédios trabalhados em madeira. É quarta-feira, dia de feira. Pessoas e animais lotam as vielas estreitas. Pilhas de estrume e palha estão espalhadas pelas pedras do calçamento. Fazendeiros levam porcos e carneiros em cercados improvisados para serem vendidos e abatidos. Em meio à cacofonia de grunhidos e balidos, gritos de "Sai da frente!" assustam Jane quando carregadores levam carrinhos cheios de mercadorias. Na feira, avista uma barraca vendendo o tipo de musselina verde que Mary procurava. Ela se censura por se lembrar de futilidades numa hora dessas.

O advogado, Mr. William Hayter, cumprimenta-os em suas dependências no segundo andar de um prédio assimétrico, acima de um ourives na rua principal. Jane se lembra do filho dele, que tem o mesmo nome do pai. O menino, William, sempre comia pequenas lacraias do jardim da mãe, o que lhe provocava diarreia. Mr. Hayter pai é corpulento, com pele corada e olhos saltados. Usa uma toga preta sobre o colete de seda e calças curtas e justas. Uma peruca de crina de cavalo mal penteada está torta em sua cabeça, como se tivesse sido posta às pressas quando os ouviu subindo a escada.

Uma chama generosa queima na lareira e a pequena trapeira está fechada, parcialmente coberta por um par de cortinas de veludo cor de rubi. Estantes de mogno lotadas com pesados volumes jurídicos forram as paredes, e feixes de documentos cor de creme, amarrados com fita escarlate, oscilam em todas as superfícies do cômodo comprido e estreito. Depois do frescor da viagem de carruagem, os cômodos do advogado são quentes e abafados. James e Henry precisam se abaixar sob o teto inclinado, mas Jane passa pela porta sem precisar fazê-lo. Se sua touca fosse mais enfeitada, com pena de avestruz talvez, ela poderia ter espanado as vigas, que sem dúvida precisavam de uma limpeza.

James tira o chapéu de clérigo e o leva ao peito.

— Mr. Hayter. Este é meu irmão, o tenente Austen, e nossa irmã, Miss Austen.

O advogado não olha para Jane. Pega nas mãos de James e Henry, sacudindo-as vigorosamente antes de gesticular para as duas poltronas de couro vinho em frente à escrivaninha de ébano. O único outro assento que não está totalmente tomado por papéis é um banco de três pernas ao lado da porta. Neste momento, está ocupado por uma bandeja de prata coberta com ossos de galinha roídos e uma caneca de estanho vazia, que cheira a cerveja.

Jane pega a bandeja e procura uma superfície livre para colocá-la. Sem sucesso, resolve colocá-la no chão, ao lado do banco, e se agacha com cuidado na beirada do baixo assento de madeira.

James se inclina para a frente, as mãos agarrando os joelhos.

— Por favor, diga-me que fez algum progresso desde nosso último encontro.

Atrás da mesa, o advogado aperta a barriga inchada e tira um maço de uma pasta de couro preta.

— Sim, sim. Andei olhando os detalhes do caso com muita atenção. — Ele agita os papéis. — Deixe-me ver. Ah, sim, eu me lembro. Agora, cavalheiros, uma vez que os senhores, de maneira contundente, recusam-se a evitar um julgamento declarando Mr. George Austen insano, meu conselho seria entrar com uma confissão de culpa. Ressaltarei as limitações intelectuais de seu irmão e farei um apelo ao juiz por leniência. Não há garantias, mas, com perseverança e o testemunho de seu bom caráter anterior, estou otimista de que a sentença possa ser trocada por deportação.

Jane fecha os olhos, sentindo um peso no peito. Se Georgy se declarar culpado de furto qualificado, a única alternativa à forca é a deportação para a Austrália. Nem Jack Smith poderia seguir Georgy para tão longe. Seria uma maneira mais lenta e mais cruel de levar o irmão à morte. Mas

CAPÍTULO VINTE E TRÊS

até Tom, com sua mente legal supostamente brilhante, tinha fracassado em pensar em uma estratégia melhor.

— Leniência? — indaga Henry, empertigando-se na cadeira. — Isso é o melhor que o senhor pode nos sugerir? Quanto estamos lhe pagando mesmo?

James corre a palma da mão pelo cabelo levemente empoado, abaixando os cachos.

— Com todo o respeito, senhor, já debatemos isso antes — diz ele. Sua voz soa mordaz. Jane nunca o viu tão zangado, mas duvida de que alguém fora da família notaria. — Meu irmão não sobreviveria um dia em Botany Bay, quanto mais catorze anos. O senhor precisa entender, ele sofre de uma condição médica séria. Precisa da atenção constante de um médico, bem como de uma supervisão geral de seu bem-estar. É incapaz de se cuidar, principalmente sob circunstâncias tão extremas. Ele seria um atrativo para as piores formas de abuso e exploração.

O rosto vermelho de Mr. Hayter está visível por entre os dois pares de ombros largos dos irmãos. Jane ergue um dedo no ar para chamar atenção, mas o advogado a ignora. Ele larga os papéis na escrivaninha e vira as mãos para cima.

— Algum dos cavalheiros encontrou uma explicação crível para o motivo de Mr. George Austen estar de posse do colar da vítima?

James coloca a testa entre as mãos e esfrega as têmporas com os polegares.

— Achamos que ele deve tê-lo encontrado descartado em algum lugar. Antes ou depois de ela ter sido morta. Ele não poderia tê-lo tirado dela. Eles nunca se viram.

Henry endireita o corpo, arrumando a jaqueta escarlate.

— Ou o assassino pode tê-lo dado a ele para despistar as autoridades. Nosso irmão não tem a mínima malícia. Seria típico dele aceitar uma coisa dessas sem fazer perguntas. Ele não tem noção de dinheiro. Simplesmente não lhe ocorreria ter desconfiança.

Os olhos de lagarto de Mr. Hayter se alternam entre James e Henry.

— E vocês podem provar alguma dessas suposições? — indaga ele. James vira o chapéu nas mãos e abaixa o olhar para o tapete felpudo, enquanto Henry cruza os braços e olha pela janela. O advogado respira fundo. — Então, acredito que o melhor que podemos esperar é leniência.

Jane morde o lábio.

— Se me der licença, senhor. Andei fazendo algumas investigações...

Os três homens não a ouvem. Mr. Hayter franze as sobrancelhas, numa expressão grave.

— Como o colar estava em posse de Mr. George Austen, e esse fato é indiscutível, qualquer júri automaticamente deduziria o pior. Para falar a verdade, seu irmão tem sorte de ser acusado apenas de roubo, e não de assassinato.

Jane dá um pulo e fica em pé. Sua voz sai em um longo grito.

— Mas ele não fez isso — diz. Henry e James se viram e a olham como se nunca a tivessem visto na vida. O queixo de Mr. Hayter balança enquanto ele tosse na mão fechada. — Georgy não pode se declarar culpado porque *ele não fez isso*. Ele nem estava perto da Deane House no momento do assassinato.

Mr. Hayter se vira para os irmãos de Jane, recusando-se a olhá-la nos olhos.

— Cavalheiros, sua irmã está ficando histérica. Por que a trouxeram aqui? As dependências de um advogado não são lugar para uma mulher.

Jane anda decidida em direção à escrivaninha.

— Se o senhor ao menos me ouvir... — Ela fica a um metro de distância, impedida de chegar mais perto pelos irmãos, em suas poltronas confortáveis. — O proprietário da Deane House, Sir John, estava em uma situação financeira difícil. Ele foi detido e está preso em Marshalsea. Seu filho, Mr. Harcourt, estava prestes a ficar noivo de uma herdeira quando aconteceu o assassinato. O casamento que teria salvado as finanças da família.

— O que significa isso? — pergunta Mr. Hayter, agitando a mão para ela.

É como se ele tivesse socado um dos ossos roídos de galinha na garganta de Jane. Ela está desesperada para cuspi-lo fora antes que a sufoque.

CAPÍTULO VINTE E TRÊS

— Eles eram *amantes* — grita Jane. James puxa o ar, enquanto Henry se remexe na cadeira e olha para ela, intrigado. — Jonathan e Madame Renard eram amantes, *com certeza*. Estiveram em Bruxelas na mesma época. Acho que Mr. Harcourt poderia tê-la matado para...

— Pare — troveja Mr. Hayter. Os tendões em seu rosto se esforçam para segurar os globos oculares, enquanto uma veia salta na testa, como se fosse uma lesma. — É bom que tenha um motivo válido para fazer tal acusação, ou está cometendo calúnia, uma infração criminal séria.

Jane ergue o queixo, olhando para ele com desdém.

— Madame Renard estava esperando um filho de Mr. Harcourt. A parteira que preparou o corpo confirmou que ela estava grávida.

O lábio de Mr. Hayter se curva em uma expressão de escárnio.

— Pelo bem dos seus irmãos, Miss Austen, vou fingir que não ouvi isso. — Ele aponta um dedo para Jane. — E, se realmente quiser salvar a vida de Mr. George Austen, não repetirá isso para outra alma viva.

— Mas por quê?

Se ao menos Mr. Hayter entendesse que os Harcourt tinham uma boa razão para querer se livrar de Madame Renard e do bebê, ela tem certeza de que ele olharia para o caso com mais cuidado. Com sua autoridade, poderia interrogar toda a família, além de Jack. Para provar a inocência de Georgy, só era necessário que alguém com uma mente investigativa revisasse os detalhes. Ela continua:

— Isso prova a ligação deles, o senhor não percebe? E se ela tiver ameaçado expor Jonathan como um patife e arruinar suas perspectivas de casamento? Isso poderia levar um homem a matar...

— Porque, *senhorita*... — diz Mr. Hayter. A pele de Jane se arrepia quando ele corre os olhos saltados por todo o corpo dela. — Já será muito difícil persuadir a justiça a mostrar leniência por roubo, quando, por direito, seu irmão deveria estar sendo julgado por assassinato. Se houvesse alguma sugestão de que a vítima estava grávida, seria quase impossível. — Ele bate a mão aberta na escrivaninha, farfalhando os papéis e assustando Jane. — Agora, cavalheiros, acho que terminamos. Não acham?

Jane se sente sufocada olhando para as expressões horrorizadas dos irmãos. Não há escapatória. A lei tem Georgy amarrado em um nó de corda, e cada movimento que ela faz para soltá-lo só o aperta ainda mais. Ela precisa salvá-lo, antes que o nó se feche na garganta.

Jane chora em seu lenço enquanto o trio se esquiva, derrotado, para fora do centro da cidade medieval, em direção à cadeia recém-estabelecida. James passa o braço ao redor dos ombros dela e a puxa para perto, abrigando a cabeça da irmã debaixo do queixo.

— Sabemos que você só estava querendo ajudar. E não resultou em nenhum mal. Foi muito simpático de Mr. Hayter dizer que fingiria que não a escutou.

Jane funga.

— Não estou chorando por causa disso, idiota. — Ela respira com dificuldade, sufocando-se com as lágrimas. — Estou chorando porque estou furiosa que ele não tenha me dado ouvidos.

James franze o cenho, mas abraça Jane ainda mais.

Henry coloca as mãos no quadril esbelto e exala alto, olhando para o proibitivo prédio de tijolos amarelos da prisão. Ele fica atrás de uma série de grades de ferro pontiagudas e ocupa quase toda a extensão da excepcionalmente reta rua Jewry. Um frontão em triângulo se encontra entre duas torres atarracadas. Pedras angulares de calcário de Bath reforçam cada uma das janelas gradeadas e revestem os ângulos agudos, tornando o prédio impenetrável. O Winchester Castle abriga prisioneiros políticos, West Gate é para devedores e o Bridewell detém andarilhos. Apenas os acusados dos crimes mais hediondos, roubo ou assassinato, residem dentro dos muros fortificados da prisão.

Os traços suaves de Henry se contorcem em uma careta.

— Vamos mesmo acompanhar nossa irmãzinha para dentro desse inferno?

Jane assoa o nariz e amassa o lenço dentro do bolso.

— Georgy está lá dentro? Se estiver, não tentem me deixar de fora.

CAPÍTULO VINTE E TRÊS

Os irmãos trocam um olhar de cumplicidade masculina, alimentando ainda mais a raiva de Jane, que se desvencilha do abraço de James.

— Venha. Vamos acabar com isso — diz ele.

James fica com um tom mais pálido e ombros caídos ao se aproximar do portão. Ao vê-lo, um guarda inclina o chapéu, reconhecendo-o, e destranca o primeiro portão da fortaleza. James enfia a mão no fraque surrado e estende uma moeda de prata. Repete o ritual diversas vezes enquanto conduz Jane e Henry por mais portões, vigiados por mais guardas, e entrega ainda mais moedas.

O pai de Jane já havia explicado que, como o parlamento se recusa a alocar fundos suficientes do governo para administrar a prisão, a subsistência dos carcereiros depende de subornos dos prisioneiros, cujo custo está colocando uma considerável pressão nas finanças dos Austen, mesmo com a generosidade desmedida de Neddy. A única maneira de Mr. Austen garantir que os carcereiros de Georgy cuidem bem dele é demonstrar que ele vem de uma família abastada, disposta a investir em seu bem-estar. É muito desconcertante imaginar o que acontece com os pobres infelizes que não são tão abençoados.

Jane esperava que os prisioneiros estivessem pendurados para fora das janelas e enfileirados do lado de fora, nos pátios, sendo exercitados como se fossem recrutas na academia naval que Frank e Charles frequentaram em Portsmouth. Em vez disso, os espaços solenes e confinados estão vazios, a não ser pelos guardas, e as janelas são altas demais para que alguém possa ver o lado de fora. Mas ela consegue ouvir os prisioneiros. Eles gemem e lamentam em ritmo, como a proa de um navio se chocando com as ondas. Ela segue Henry, pisando em seu calcanhar quando ele para de repente no gabinete do diretor, em um anexo perpendicular aos principais blocos de celas. James bate a aldrava de latão de uma imponente porta de entrada preta e brilhante. Acima dela, há um pequeno semicírculo de vidro.

Depois de várias tentativas, um homem idoso, com uma barba branca espessa, destranca a porta.

— Mr. Austen. Já de volta?

Ele abre a porta a meio caminho e sorri, revelando dois dentes marrons na gengiva inflamada.

James entra.

— De fato, Mr. Trigg, de fato.

Jane e Henry seguem atrás. O velho olha para ela com curiosidade, os olhos remelosos. James explica que Mr. Trigg é o antigo diretor da prisão e pai do atual detentor do posto.

O velho anda com uma bengala e apoia a mão nodosa na parede verde--escuro enquanto caminha. Ele se vangloria de que toda a família vive dentro dos muros da prisão. Três gerações de Trigg, homens e mulheres, mantêm ladrões e assassinos seguramente guardados longe dos cidadãos honestos.

— Ouso dizer que o nosso hóspede cavalheiro ficará feliz ao ver vocês. — Mr. Trigg aperta os lábios em algo semelhante a um sorriso. — Acho que ele não teve uma boa noite. Aqueles canalhas nas celas ficaram fazendo algazarra até tarde. Uma confusão sobre uma colher que sumiu. Não existe honra entre os ladrões. Não vá acreditando que existe. São como ratos. Se pudessem, comeriam uns aos outros. — Ele aponta um dedo em direção ao principal bloco da prisão. — Vou ficar feliz quando a próxima sessão do tribunal terminar e todos eles sumirem.

O coração de Jane se encolhe até chegar ao tamanho de uma ervilha seca. Claramente, Mr. Trigg ficou tão acostumado com seu "hóspede cavalheiro" que esquece que Georgy, assim como qualquer outro homem ali, provavelmente vai ser condenado no julgamento de fevereiro. Ela é tomada por uma onda de vertigem enquanto cambaleia pela sequência de cômodos escuros e pouco mobiliados, seguindo o velho que mandaria seu irmão para seu criador.

Por fim, Mr. Trigg empurra uma última porta com a ponta da bengala, e uma onda de ar morno e rançoso sai.

— Visitantes, Mrs. Trigg. Ponha-se decente.

Os olhos de Jane levam alguns instantes para se ajustar à luz fraca. O lugar úmido está tão mofado quanto a despensa da casa paroquial, que inunda quando cai uma tempestade.

CAPÍTULO VINTE E TRÊS

Uma jovem loira com uma touca de cozinha está junto ao fogo, balançando no quadril uma criança de braços e pernas roliços. Pela maneira como as faces gordas da mulher ruborizam e ela arruma o vestido ao redor do corpete, Jane percebe que eles a interromperam enquanto amamentava o bebê.

— Minha nossa! — A mulher sorri com simpatia. — Uma jovem dama veio nos ver. Não estava esperando tal honra.

James tira o chapéu.

— Bom dia, Mrs. Trigg. — Como clérigo, está acostumado a ver coisas que Jane não está e ela admira a capacidade dele de manter a compostura, enquanto seus próprios instintos gritam para que ela dê meia-volta e fuja. — De fato, desta vez trouxemos nossa irmã, Miss Austen. Jane, esta é Mrs. Trigg, esposa do jovem Mr. Trigg. Ela tem feito um excelente trabalho ao cuidar do nosso Georgy.

— Como vai a senhora, Mrs. Trigg? — diz Jane.

Sua voz está excessivamente aguda, e ela não sabe onde fixar os olhos.

Acima da lareira, um varal exibe com orgulho as roupas íntimas da família, como se fossem suas bandeiras do regimento. Um cercado de madeira encarcera mais dois bebês loiros parcialmente vestidos. Uma criança chora e se arrasta no traseiro; a outra agarra as barras e grita enquanto dá exagerados passos saltitantes. São tão parecidas, em tamanho e forma, com o bebê nos braços de Mrs. Trigg que poderiam ser trigêmeos, e não irmãos de diferentes gestações. Ou irmãs. Com seus cachos embaraçados e aventais soltos é impossível saber.

Mrs. Trigg assente, entusiasmada, balançando o bebê.

— Muito bem. Nós, da família Trigg, estamos sempre bem. Mas sente-se, Miss Austen. Tenho certeza de que seu irmão ficará muito satisfeito com a sua companhia.

Ela aponta a cabeça para uma longa mesa retangular de carvalho do outro lado da sala.

Jack faz menção de se levantar, mostrando a mão em cumprimento. Está pálido, e seu cabelo cacheado e escuro está arrepiado, como se corresse os dedos por ele constantemente.

Ao lado dele, uma grande figura permanece sentada em um banco de madeira, curvada, as mãos enfiadas entre as coxas. Seu colete e sua bombacha estão folgados, as mangas e o colarinho sujos. Uma barba por fazer de alguns dias cresce no queixo. Está sentado, balançando-se para a frente e para trás.

Uma massa tão dura e volumosa que poderia ser uma telha solta da igreja de St. Nicholas se aloja na garganta de Jane.

A figura é Georgy, mas ele mais parece o fantasma vivo de James nos dias sombrios imediatamente após a súbita e inesperada morte de sua jovem esposa, Anne. Pobre Anne. Num momento ela estava viva e forte, jantando, e no momento seguinte lhe veio uma dor de cabeça. Ela deitou a cabeça no travesseiro e deslizou deste reino para o próximo com a mesma facilidade e rapidez com que um cão de caça tira uma soneca aos pés do dono.

Jack bate de leve no ombro de Georgy.

— Olhe, temos visitas.

Georgy ergue os olhos sem mover a cabeça. Ao ver os irmãos e a irmã, levanta-se, mexendo os braços e fazendo sons incompreensíveis. Em sua agitação, ele esquece sua língua de sinais. Grunhe e geme, desesperado para se fazer entender.

James coloca as mãos nos ombros de Georgy e o dirige de volta para a cadeira.

— Não precisa ficar nervoso. Estamos aqui e não vamos a lugar algum. Não se afobe.

Georgy pisca enquanto Jane e Henry se reúnem à sua volta. Cada um dos Austen se reveza para apertar a mão e esfregar o braço do irmão até ele se acalmar. As bochechas de Jane doem com a força que faz para lhe abrir um sorriso. Depois de se acalmar, Georgy pergunta, com os dedos, se eles vieram levá-lo para casa.

Jane fica de coração partido quando James diz:

— Em breve.

CAPÍTULO VINTE E TRÊS

— Mamãe mandou uma cesta — diz Jane, apoiando-a na mesa comprida.

Georgy mal olha para a cesta, mas Jack remexe nela, procurando um pão de mel.

— Desde que chegamos aqui, ele perdeu o apetite. Mrs. Trigg faz um cozido delicioso e bolinhos, mas Georgy só come alguns bocados.

Jane coloca uma das mãos no joelho de Georgy e a outra no rosto do irmão, forçando-o a olhar para ela.

— Você precisa se manter forte.

Georgy sacode a cabeça, tirando a mão de Jane. Olha para o colo, curvando a coluna, enquanto continua a se balançar para a frente e para trás.

A luz do fogo chega ao rosto de Jack enquanto ele boceja, iluminando suas olheiras.

— É o que eu fico dizendo para ele. Você vai acabar desaparecendo, Georgy.

Um arrepio de mal-estar corre por Jane enquanto ela analisa Jack por baixo dos cílios. Jurou tratar qualquer um que encontrasse como um possível assassino até ter um bom motivo para acreditar no contrário. É difícil manter esse nível de rigorosa imparcialidade agora que está no mesmo cômodo que Jack. Ele foi seu primeiro amigo, e o comportamento tranquilo do rapaz está tão natural quanto sempre. Mas a única pessoa que Jane aceitará sem questionar que não matou Madame Renard, nem roubou seu colar, é Georgy.

Além disso, Jack agora é adulto, com ombros largos e vigorosos e tufos de pelos escuros acima dos nós dos dedos das mãos enormes. O valor das joias de Madame Renard fornece um motivo claro, e Jack é sem dúvida forte o bastante para ter dado o golpe que a matou. O conhecimento de que Mr. Austen recusou o pagamento adiantado apenas dias antes do incidente acontecer está cravado na garganta de Jane.

Mrs. Trigg pega a cesta, examinando o conteúdo com avidez.

— Vou passar um pouco do queijo cottage da sua mãe em um pedaço de pão. Normalmente, isso o atrai.

Um instante depois, os filhos de Mrs. Trigg se calam. Todos os três ficam enfileirados no cercado, chupando felizes uma fatia do pudim de ameixa de Mary, enquanto a mãe vai ferver água em uma chaleira de cobre suspensa em uma corrente acima do fogo.

Pelo menos Mary conseguiu que Mrs. Trigg tivesse um momento de descanso das exigências da maternidade. Jane não diria "paz", porque, na sufocante domesticidade da cozinha dos Trigg, ela ainda consegue ouvir o coro constante de gritos e estrondos da cadeia principal. Jane imagina imensas portas de ferro batendo e cadeados pesados sendo fechados enquanto homens desesperados, com correntes nos pés, lamentam sua sina.

Que lugar sinistro para Mrs. Trigg criar uma família. Ela parece uma mulher sensata. O que poderia ter lhe ocorrido para aceitar o pedido de casamento de Mr. Trigg? Com certeza, viver aqui é um sacrifício enorme, até para uma união por amor.

Henry vai de um lado a outro no espaço limitado entre a lareira e a mesa.

— O que é esse barulho? Aqui está parecendo o manicômio Bedlam.

Henry é grande demais, vivo demais e impetuoso demais para esse cenário apertado. Sua energia nervosa deixa Jane, e todos os outros, ainda mais ansiosos.

Mrs. Trigg serve uma travessa de um chá fraco, com leite, numa louça holandesa.

— Estamos acostumados com isso. Já mal reparamos. Não é, pai? — diz ela, dirigindo-se ao velho Mr. Trigg, que está sentado em uma cadeira de balanço.

O velho franze o rosto, de modo que o nariz e a boca ameaçam desaparecer em uma fenda rugosa.

— Pode ser que você não repare, minha menina, mas eu diria que é o próprio tormento do diabo.

Ele morde o cabo de um cachimbo de barro longo e branco e traga até o fumo ficar vermelho.

CAPÍTULO VINTE E TRÊS

Mrs. Trigg enxuga as mãos no avental acinzentado, resmungando algo incompreensível, enquanto se vira para a parede.

O gosto do chá é péssimo. Sem querer ofender, Jane faz o possível para tomá-lo enquanto tenta motivar Georgy a se comunicar com os dedos. Diz a ele que sente sua falta e pergunta se ele sentiu saudade dela.

Georgy cruza os braços e afunda o queixo no peito. O único sinal que ele faz é colocar o punho junto ao coração e movê-lo em um círculo: "sinto muito."

— Ah, Georgy — murmura Jane enquanto pega nas mãos dele e as leva até seus lábios. — Acredite em mim, nós sabemos que você não tem nada pelo que se desculpar.

De forma irritante, Jack tenta levar uma conversa trivial:

— Ele fica perguntando se podemos passear. Não dá muito para passear aqui, não é, Georgy? — Ela passeia os dedos pela palma da outra mão. — Às vezes saímos no pátio, mas temo que andar em círculos o deixe ainda mais desassossegado.

Jane engole em seco, farejando aquela que pode ser sua única oportunidade.

— Você também deve sentir falta de sair para o ar fresco, não é, Jack?

Jack bate na barriga rígida como um tambor.

— Eu diria que sim. Confinado aqui, vou acabar engordando. Faço o possível para ajudar Mrs. Trigg com as tarefas diárias, mas há manhãs em que ela se esforça para chegar à lareira antes que eu possa varrê-la para ela.

A sugestão de um rubor sobe às faces de Mrs. Trigg.

— Ora, ora, Mr. Smith. O senhor é nosso hóspede. Eu não deveria usá-lo como um criado.

Jane sente um aperto no peito. Jack claramente encantou a esposa do diretor da prisão com sua atitude aparentemente gentil. Ela cerra os dentes.

— Andei pensando em perguntar, Jack, onde você estava na noite do baile dos Harcourt?

A fisionomia de Jack permanece vaga.

— O quê?

— Jane — diz James, num tom baixo de alerta.

Henry aperta forte os cotovelos enquanto espia, ao passar.

— Deixa-a falar, James. Caso contrário, nunca teremos paz — diz ele.

James, Henry e Jack olham para Jane. Ela se sente pequena e muito distante.

— Onde exatamente você estava, Jack, na noite em que Madame Renard foi assassinada?

— Bom, como eu disse na época, estava fora, cumprindo algumas obrigações.

Jane agarra a saia, cerrando os punhos.

— Sim, mas que obrigações, especificamente?

— Deixe-me pensar. Entreguei lenha para a velha viúva Littleworth, lá no caminho para Popham. Ela está sozinha, como devem saber. E começava a esfriar.

— Você falou com ela?

Jane luta para respirar no cômodo úmido e sufocante.

Jack coça a têmpora.

— Não. Estava tarde e não quis incomodá-la. Deixei uma pilha fora do chalé para ela encontrar pela manhã.

Jane quase torce para que Jack consiga apresentar um álibi crível. Pode não ajudar a solucionar o caso, mas acabaria com a dor de ter que duvidar do amigo de infância.

— Alguém o viu?

— Basta, Jane — diz James. — Ele já contou onde estava.

Desta vez, Henry não interfere. É o mais longe que os irmãos deixarão que ela vá antes que a arrastem para fora da cozinha de Mrs. Trigg e para longe de Georgy.

— Não que eu me lembre. Imagino que alguém possa ter me visto saindo da aldeia com o carrinho de mão. — Jack esfrega o queixo entre o indicador e o polegar. Suas unhas estão roídas até o sabugo. — Sinto muito, Miss Austen. Sinto mesmo.

— Pelo quê? — retruca ela, fuzilando-o com os olhos.

CAPÍTULO VINTE E TRÊS

Está furiosa com os irmãos por silenciá-la e brava com Jack por não ter a decência de se descartar como suspeito. Acima de tudo, está furiosa consigo mesma por não ter a força nem os meios para tirar Georgy daquele lugar deplorável.

Jack abre os braços, a voz ficando mais aguda.

— Por não estar lá para atestar por Georgy. Eu não costumo deixá-lo. E jamais teria ido se soubesse que minha mãe ia ser chamada. Quanto a como ele conseguiu o colar, ando quebrando a cabeça, mas não faço ideia.

James coloca a mão no ombro de Jack.

— Ninguém o está culpando, Jack.

— Mas deveriam. — Os olhos de Jack estão vítreos. — É minha função, não é? Manter Georgy seguro. Eu decepcionei todos vocês.

James solta um suspiro profundo.

— Não, Jack. Se alguém decepcionou Georgy, fomos nós. Tentamos ao máximo, mas é impossível prestar atenção nele o tempo todo.

Desde menino, escapar para a natureza tem sido o melhor remédio para Georgy. De todos os tratamentos aos quais foi submetido nas mãos dos médicos por anos, longas caminhadas ao ar livre se revelaram o mais benéfico para manter o equilíbrio de sua constituição. Como todos os irmãos de Jane, ele tem muita energia. Se mantidos entre quatro paredes por muito tempo, todos os meninos Austen ficam agitados e mal-humorados.

Quando eram crianças, Jane temia longos períodos de um clima inclemente, durante os quais a mãe insistia em que os filhos ficassem dentro da casa paroquial. Os garotos lutavam sem piedade, arranhando os rodapés e derrubando a louça até Mr. Austen ameaçar descer o chinelo nas costas deles ou mandá-los ao mar. No chalé, Dame Culham e Jack cediam à necessidade de Georgy estar em constante movimento, bem como de estar em paz e silêncio. Inúmeras vezes, Jane observou de sua janela Georgy andando descuidadamente sob chuva forte, com Jack pisoteando a lama atrás dele.

Tom sugeriu que Jack havia se oferecido para ficar na cadeia ao lado do irmão para garantir que Georgy não o implicasse no crime. No entanto, sem Jack como intérprete, seria impossível Georgy se comunicar com estranhos. Uma queimação se instala no esterno de Jane, como se ela tivesse comido um excesso de bacon. Com certeza, a bondade de Jack em relação a Georgy não pode ser motivada por esperteza. Ele não trairia os Austen, não trairia Jane, tão implacavelmente.

Na hora de ir embora, ela beija a testa úmida do irmão e lhe diz que logo o verá de novo. Reza a Deus para não se transformar em uma mentirosa. Georgy agarra sua mão com tanta força que ela precisa retirar os dedos dele. Jane se demora na soleira, derramando agradecimentos a Mrs. Trigg, mas não suporta dar uma última olhada no irmão. Isso faria com que seus olhos ficassem marejados.

Em vez disso, Jane inspira profundamente algumas vezes para se estabilizar enquanto Mr. Trigg os acompanha até a saída. Ele abre a porta de entrada, e uma lufada gelada de vento atinge o rosto de Jane, esfriando as lágrimas escaldantes em suas faces. James larga uma moeda de ouro na mão do velho, que a segura entre o polegar e o indicador e a enfia na boca, mordendo-a com os dois dentes marrons. Jane sente um frio na barriga ao visualizar Georgy fazendo o mesmo gesto.

Tem sido uma tola completa.

O símbolo para "biscoito" é fácil de lembrar porque suas origens são muito revoltantes: em longas viagens, os marinheiros batem os biscoitos nos cotovelos antes de comê-los, para remover carunchos. Portanto, "biscoito" é o braço esquerdo dobrado sobre o peito, seguido por dois tapas no cotovelo.

Georgy não estava dizendo a Jane que estava com fome quando ela o encontrou fuçando as moitas em frente à Deane House na manhã após o assassinato. Estava dizendo a ela que tinha achado *ouro*. Se ao menos ela tivesse prestado atenção, atenção de verdade, ao que ele estava tentando lhe dizer, poderia ter poupado a ele e a todos dessa agonia.

Capítulo Vinte e Quatro

Quando Jane chega a Steventon, a cabeça lateja e os olhos ardem como se ela tivesse se sentado muito perto de uma chaminé fumegante. O céu está escuro como chumbo. James segue conduzindo a carruagem com cuidado em meio à escuridão rumo à sua própria cama, em Overton. Dentro da Casa Paroquial de Steventon, Mr. e Mrs. Austen permanecem acomodados na sala de estar da família, envoltos em suas camisolas e gorros, ansiosos por um relatório completo dos acontecimentos do dia. Jane se larga em uma cadeira ao lado dos pais. Ela pousa os cotovelos na mesa e abriga o rosto nas mãos.

Sally entra na sala na ponta dos pés, trazendo uma bandeja com pão e queijo.

Nem Jane, nem Henry se movem para tocar na comida. O estômago de Jane está retorcido de culpa, enquanto Henry beberica o vinho do Porto de Mr. Austen e resmunga sombrio para as brasas que morrem na lareira. Quando a família fica a sós, Jane explica, em meio a soluços ásperos, como havia interpretado mal as tentativas de Georgy de contar que tinha achado o colar de ouro de Madame Renard nos arbustos próximos à Deane House.

— A culpa é toda minha. Se eu tivesse pensado do jeito certo, saberia que ele não estava sinalizando "biscoito".

— Jane, você não pode se culpar por isso. — diz Mr. Austen, tirando os óculos e massageando a ponte do nariz. — Você não é mais nem menos culpada do que o restante de nós. Todos temos o dever de cuidar de Georgy, e acho que todos falhamos. O pai dele acima de tudo.

Mas Jane tem certeza de que, se não estivesse tão distraída com Tom, teria percebido isso semanas atrás.

— Você não percebe? *Eu* disse a Jack que Georgy estava com fome. Então, Jack mencionou as tortas de Mrs. Fletcher, e é claro que Georgy esqueceu o que estava tentando me contar. Saiu feliz com a expectativa de comer. Se ao menos eu tivesse sido menos indiferente, ele teria nos mostrado o colar e poderíamos ter ido juntos até Mr. Craven, explicando onde ele o achou. Imagino que seria um caso totalmente diferente se *nós* o tivéssemos entregado.

A pele sob os olhos azuis lacrimejantes de Mr. Austen está flácida e inchada.

— O que está feito está feito, minha querida. Não adianta...

— Você precisa escrever imediatamente a Mr. Hayter. — interrompe Mrs. Austen.

Ela remexe a bainha de renda de um lenço de bolso, girando o acabamento entre os dedos, como se juntasse dois pedaços de massa de confeitar.

— E vou — assegura Mr. Austen, dando um tapinha nos dedos inquietos da esposa.

— Vai ter alguma serventia? — indaga Mrs. Austen, abaixando o queixo e franzindo o cenho para as manchas de velhice nas costas da mão do marido.

Jane sente um aperto no peito. É tarde demais e ela sabe disso.

— Bom, poderia... — diz Mr. Austen.

Henry olha furioso para a lareira. A lenha queimou até virar carvão. Ela conserva seu formato, mas bastaria uma cutucada dura com o atiçador

CAPÍTULO VINTE E QUATRO

para que flocos de fuligem se espalhassem no ar, as brasas se dissolvendo em uma pilha de cinzas.

— Não, não terá. Não é gentil lhe dar falsas esperanças, pai — diz Henry. Mrs. Austen reprime um soluço. Mr. Austen pega nas mãos da esposa enquanto estreita os olhos para o filho. — É como Jane disse. — Henry transfere o foco de volta para a lareira. — Teria sido um caso inteiramente diferente se, na época, soubéssemos onde Georgy achou o colar. Mas agora, bom, não podemos provar nada. Parece que estamos inventando motivos para o magistrado soltá-lo. O que, é claro, estamos.

— Mas é a verdade — argumenta Jane, esfregando as têmporas com os dedos. Até o brilho fraco do fogo e os leves círculos de luz das velas machucam seus olhos. — O assassino deve tê-lo deixado cair durante a fuga.

Henry termina o vinho do Porto e vai imediatamente se abastecer de mais uma taça. Mr. e Mrs. Austen trocam um olhar, mas nenhum deles se atreve a questionar o tenente Austen em relação à bebedeira. Ele enche a taça até a borda, sem se incomodar em recolocar a tampa na garrafa azul, e diz:

— Então, no fim das contas, não havia necessidade de você pressionar Jack Smith.

— Ah, Jane, você não fez isso, fez? — O tom de Mr. Austen é anormalmente ríspido. — Eu lhe disse para deixar aquela ideia de lado.

A cabeça de Jane lateja mais ainda.

— Isso não significa que Jack não é culpado. Só que, se for, deixou o colar cair enquanto fugia. Então, Georgy o encontrou nos arbustos, e não entre as coisas de Jack.

Um grito sufocado vem de fora da sala.

Jane e a família se viram e olham para a porta, que está levemente entreaberta.

— Foi a Sally? — pergunta Jane, desnecessariamente. Se não tiver sido Sally, ela enfim tem a prova de que a casa paroquial é assombrada.

Mrs. Austen sussurra:

— Estou começando a achar que você tem razão, Jane. Algo a está incomodando. Espero que ela não esteja pensando em ir embora depois do Dia da Anunciação.

— Vou falar com ela, descobrir o que está acontecendo.

Jane ergue a bandeja intocada com ambas as mãos.

Na cozinha, Sally está de costas para a porta, enxugando talheres com um pano antes de jogá-los no armário. Mechas de cabelo escuro escapam da touca simples. Jane desliza a bandeja na mesa de pinho escovada, empurrando uma pilha mal equilibrada de louças para abrir espaço. Sally funga e enxuga o rosto com as costas da mão.

— Obrigada por guardar o jantar para nós, Sally. Lamento não termos comido nada. Foi um dia difícil e eu, em particular, perdi o apetite.

Sally se vira. O gesto é tão incisivo que Jane pode ver o contorno da escápula da criada sob o vestido de lã.

— Tenho pensado em falar com você… — continua Jane. — Queria saber se está bem. Parece meio… indisposta ultimamente.

— Estou bem, senhorita — resmunga Sally, tilintando os garfos e colheres na prateleira, sem se incomodar em separá-los nos diferentes compartimentos.

Jane faz um gesto para pegar no braço de Sally. Antes que possa tocá-lo, a garota se encolhe e se afasta.

— Tem alguma coisa errada. Sei que tem. Seja o que for, Sally, você sabe que sempre pode falar comigo — insiste Jane, mas a jovem enfia o queixo no peito, deixando o cabelo fino cair no rosto. — Minha mãe disse alguma coisa que a deixou nervosa? Sei que ela pode ser bem insensível, às vezes… Mas ela gosta muito do seu trabalho. Todos nós gostamos.

— Sua mãe? — sibila Sally, os olhos fuzilando Jane por baixo da touca. — Não é a sua mãe que anda por aí acusando…

Jane se choca com a veemência da garota e dá um passo para trás.

— Sally, o que está acontecendo?

A criada balança a cabeça.

— Nada, senhorita.

Mas *não* é nada. Jane consegue enxergar isso em cada detalhe do comportamento de Sally. Ela está parecendo uma galinha assustada, as asas enfiadas bem junto ao peito, agachada no chão para se fingir de morta. Jane engole em seco. Precisa tomar cuidado para não assustar Sally.

— Você sabe de algo, não sabe? Se for sobre o assassinato, precisa me contar. É importante. A vida de Georgy está em risco — diz Jane. A garota a encara, com a respiração entrecortada. — Juro que você não vai se encrencar. Só precisamos saber.

— Não sei de nada, senhorita. Exceto, quero dizer... — Sally aperta com força a flanela. — Sei quem *não* cometeu o crime. Quem não poderia ter cometido, porque estava aqui, comigo, desde o final da tarde e durante toda a noite.

Jane a encara com expectativa.

No silêncio, Sally torce o pano entre as mãos e olha para Jane intensamente.

— Jack — diz.

— Jack? Jack Smith? — repete Jane, enquanto Sally confirma com a cabeça. — Jack Smith esteve aqui na noite do baile dos Harcourt? Então por que ele não disse isso?

— Porque ele não quer me causar problema com o seu pai... por trazer um *rapaz* ao meu quarto.

— Ah!

A mão de Jane voa para a boca quando finalmente entende o que Sally quer dizer. Jack Smith passou a *noite* com ela. A noite toda. No mesmo quartinho, sob o beiral, no sótão dos Austen. Com apenas uma pequena cama.

— Eu estava recolhendo as galinhas ao anoitecer quando Jack calhou de passar. Estava a caminho da casa da viúva Littleworth com um carrinho cheio de lenha. Ele é muito assim, sabe, cuidando de todo mundo sem que precisem pedir. Então eu disse para ele entrar quando voltasse, que eu teria uma jarra de cerveja esperando por ele. E então, bom, já que todo mundo ia estar fora, e seus pais só queriam um jantar frio... — Sally respira fundo, crescendo em tamanho — Convidei ele para passar a noite.

— Ah. — Jane abana as mãos perto das bochechas para esfriá-las. Jack sob o mesmo teto que Jane, a noite toda, com *Sally*. — Eu nem sabia que vocês dois se conheciam.

— Conheciam? Quantas vezes você pegou a gente enroscado na cozinha? Jack e eu estamos saindo juntos há meses. Não é segredo. A aldeia toda sabe. Nós, domésticos, temos nossas próprias vidas, Miss Austen, embora você possa nos considerar tão insignificantes que nem vale a pena notar.

Jane fica sem fôlego.

— Isso não é justo. Minha mãe me ensinou que é grosseiro bisbilhotar a vida particular dos criados.

Conforme Sally ergue o rosto, o brilho de desafio aumenta em seus olhos escuros.

— Bom, finalmente você conseguiu arrancar a verdade de mim. E não lamento. Jack Smith jamais machucaria alguém. E com certeza ele não matou aquela mulher na Deane House porque, como eu disse, ele estava levando lenha para a viúva Littleworth e depois estava aqui comigo. A noite toda. Só foi embora ao amanhecer. E, se você ousar acusá-lo, juro que vou atestar por ele no tribunal — afirma ela, apontando um dedo para Jane. — Mesmo que isso signifique perder meu emprego e meu bom nome.

— Nossa, Sally, por que você não disse alguma coisa antes?

— Jack me mandou uma mensagem pedindo para não fazer isso. Ele sabe que não posso me permitir ser despedida sem uma carta de recomendação. Temos planos, entende, nós dois, para uma vida melhor. Queremos ter nossa própria casa um dia. Começar uma família. Então não posso ficar de braços cruzados enquanto você acusa um homem bom, honesto e gentil de um crime tão horroroso.

Jane agarra a maçaneta do armário e se apoia nela. Jack deve ter pedido um empréstimo a Mr. Austen para comprar a porca do fazendeiro Terry porque está namorando Sally e planeja sustentar sua própria família.

CAPÍTULO VINTE E QUATRO

— Despedida? Sally, não vou contar a ninguém o que você me contou.
— Não vai?
— Claro que não. — Jane pressiona a testa com a palma da mão. — Além disso, você poderia ter uma fila de namorados na porta da cozinha que, ainda assim, tenho certeza de que minha mãe fingiria não ver se isso significasse não ter que passar pela provação de arrumar uma nova criada.
— Ah, que alívio. — Sally relaxa os ombros. — E você vai sair dizendo que Jack não teve nada a ver com o assassinato daquela mulher?
Jane confirma com a cabeça.
— Na verdade, nunca achei que Jack fosse capaz de um crime tão medonho. Você tem razão, ele é um homem bom. O melhor. É só que...
Jane se lembra do rosto em pânico de Jack quando ela perguntou onde ele estava naquela noite. Foi errado da parte dela chegar a suspeitar dele. A vida toda, Jack tem sido um amigo fiel para seu irmão, e Jane deixou que ele acreditasse que os Austen *o* culpam pela terrível situação de Georgy.
— Estou tão desesperada para salvar meu irmão que preciso esmiuçar cada possibilidade. É assim que a minha cabeça funciona, entende? Tenho que tecer todas essas diversas histórias para entender como e por que algo poderia ter acontecido — completa.
— Huumm... — Sally olha para Jane com desconfiança. — Se me permite o atrevimento, senhorita, diria que esse é o seu problema. Talvez pudesse tentar dar um descanso para a mente e deixar o coração, ou o corpo, fazer parte do trabalho.
— Se ao menos eu conseguisse, Sally. Mas acho que minha mente é como uma roda de fiar que nunca para. Por mais que eu tente silenciá-la, ela fica produzindo uma linha infindável de pensamentos. A única maneira que tenho para me impedir de ficar embaraçada neles é anotá-los.
Jane pega o caderno de anotações, como que para provar sua explicação. Todas as páginas estão preenchidas com notas sobre o assassinato.
Sally olha com desdém os rabiscos ininteligíveis, até que Jane se sente tão idiota que fecha o caderno e o guarda. Despede-se com um boa noite, prometendo várias vezes, sob pena de morte, que jamais revelará a quem

quer que seja o encontro secreto da criada com Jack Smith debaixo do teto dos Austen.

Ao chegar no patamar da escada, uma nova onda de constrangimento desaba sobre Jane, e ela se vê forçada a agarrar o corrimão como apoio. Cassandra anda ensinando Sally a ler. Jane espera que a criada nunca decida espanar o escritório de Mr. Austen na igreja de St. Nicholas. Porque, se decidir folhear os registros da paróquia como divertimento, ela descobrirá que certa vez, quando Jane era muito jovem e tola e se entusiasmava imaginando todos os diversos rumos que sua vida poderia tomar, pegara uma caneta e usara a página de rascunho do registro de casamento para se transformar de "Miss Jane Austen" em "Mrs. Jack Smith".

Que humilhação absoluta! De manhã, Jane precisa se lembrar de pedir permissão ao pai para arrancar a página e queimá-la, para que sua tolice não seja preservada para toda a posteridade.

Nos dias seguintes, Jane acorda cada vez mais cedo, esperando flagrar quem é que está deixando flores no túmulo de Zoë Renard. Nesta manhã, quando desce desabalada a escada para a sala da família, encontra Mr. Austen já vestido com seus trajes clericais.

— Para onde o senhor vai? — indaga ela.

Pega uma fatia de torrada na mesa enquanto aprecia as roupas do pai, extraordinariamente elegantes para aquela hora do dia. Em geral, ele fica relaxado, de túnica, lendo o jornal da véspera até terminar o café da manhã e a louça ser retirada.

Anna está no cadeirão, com as bochechas vermelhas, mastigando um mordedor feito de osso que Frank esculpiu para ela em formato de argola. Mrs. Austen está com o olhar perdido. Ao contrário do marido, ela permanece de camisola, um gorro cobrindo o longo cabelo grisalho. Segura uma vasilha de mingau com uma das mãos e, com a outra, uma colher parada a meio caminho entre a tigela e a boca de Anna.

Mr. Austen se levanta, espanando as migalhas do paletó preto.

— Igreja, é claro.

CAPÍTULO VINTE E QUATRO

Com delicadeza, guia a mão da esposa com a colher cheia de mingau até a boca de Anna. A bebê abre a boca brevemente, recusando-se a largar o mordedor, de modo que acaba com as duas coisas entre os dentes.

Jane mordisca a casca da torrada. Seu coração está mais leve desde que riscou "Jack Smith" da lista de suspeitos. Agora só restam três nomes, e todos estão ligados de forma intrínseca: Sir John, Mrs. Twistleton e Jonathan Harcourt. Estarão juntos nisso? Será que Sir John e Mrs. Twistleton espalharam boatos sobre desconhecidos acampando na mata para proteger Jonathan? Ou são culpados de matar a amante de Jonathan para encobrir suas próprias indiscrições? Jane precisa encontrar o fio solto no manto de dissimulação dos três e puxá-lo até revelar suas mentiras.

— É cedo demais para um culto no meio da semana — diz Jane, acariciando a cabeça penugenta de Anna enquanto seu pai se apronta para sair.

— É verdade, mas tenho um casamento para oficializar.

Mr. Austen arruma as faixas do colarinho e tira o chapéu de feltro de abas largas do cabideiro.

— Não me lembro de nenhum proclama sendo lido.

Os olhos de Mr. Austen reluzem enquanto ele enfia o chapéu por cima da trança empoada.

— Ah, isso é porque o casal tem uma licença. Por que você não vem? Poderia restaurar sua fé no verdadeiro amor. Além disso, eu talvez precise de uma testemunha. Não posso pedir de novo ao sacristão. Na última vez, ele espalhou lama por todo o livro de registros.

— Por que minha fé precisaria de uma restauração?

Nem a mãe, nem o pai mencionaram o súbito desaparecimento de seu amigo irlandês, mas Jane os flagrou olhando para ela com olhos extraordinariamente gentis e os cantos da boca para baixo. Imagina que um dos irmãos os pôs a par do constrangimento de sua decepção amorosa. Ser rejeitada é ruim o bastante, mas receber o compadecimento alheio é ainda pior.

— Ah, minha querida Jane — diz Mr. Austen, colocando a mão no ombro da esposa e se inclinando para beijá-la na testa. — Neste momento, acho que todos nós poderíamos ser contemplados com um sinal de que o bom Deus não nos abandonou.

Mrs. Austen mantém os olhos fixos em Anna. Sua voz é pouco mais audível do que um sussurro quando fala:

— Talvez ele devesse entrar com uma confissão de culpa.

— Não — replica Mr. Austen, seco.

Sem erguer os olhos, a esposa raspa com uma colher o que restou do café da manhã de Anna.

— Mas, meu querido, até Botany Bay deve ser melhor do que a alternativa.

— A senhora vai me mandar para as colônias com Georgy? — pergunta Jane, numa tentativa de aliviar o clima.

— Não. Com a sorte que temos, eles a mandariam de volta na mesma hora — retruca Mrs. Austen, balançando a cabeça cansada. — Neddy pagará, mas quem precisará ir é James.

— Eu disse não — diz Mr. Austen, de forma tão brusca que Jane se assusta.

Enquanto isso, a mãe está distante demais para reagir. Enquanto Mrs. Austen olha com tristeza para Anna, Jane quase consegue enxergar o cálculo mental brutalmente pragmático que ela está fazendo. Sabe que a mãe tem razão. Neddy pagaria e James, bendito seja, iria sem questionar. Como auxiliar do pai, é o único dos irmãos que poderia ter certeza de ser dispensado pelo empregador. Mas nunca, em toda a vida, Jane testemunhara os pais discordando em algo tão fundamental. Por favor, Deus, não deixe que o amor por Georgy seja a gota d'água entre eles.

Jane agarra a torrada entre os dentes ao seguir o pai até o vestíbulo. Ele espera pacientemente enquanto ela enfia os pés nas botas de caminhada. Pareciam estragadas a ponto de não haver mais conserto, mas Sally tirou a lama com uma escova e lustrou o couro, revestindo as pontas esfoladas com uma graxa caseira.

Talvez isso seja um sinal de que a criada a perdoou por difamar o bom nome do seu amado. Ou então a garota continua com medo de que Jane

CAPÍTULO VINTE E QUATRO

conte ao pai que ela andou recebendo o amante na casa paroquial. Jane joga a capa nos ombros e coloca a touca, sem se preocupar em amarrar nenhuma das duas. O pai destranca a porta dos fundos, e ela sai.

O sol salpica a face de Jane enquanto ela segue Mr. Austen. Os dois passam pelo jardim e entram no pátio da fazenda. A temperatura deve ter caído abaixo do grau de congelamento durante a noite. A grama está coberta de geada e o frio intenso reduz os espinheiros a um emaranhado de cordas cintilantes. Mr. Austen caminha à frente, magro e com as costas eretas. Está ficando velho, sessenta e cinco anos. Suas panturrilhas, em meias brancas, são frágeis como gravetos, e os ombros se inclinam.

Mr. Fitzgerald está à espera na entrada principal da igreja de St. Nicholas, envolto em seu sobretudo e com o chapéu tricórnio. Ele solta lufadas de vapor no ar gélido e sapateia, batendo palmas com as luvas de couro. Seu cavalo está preso no portão coberto da entrada. O animal estica o pescoço até o chão e mordisca a grama gelada que cresce ao longo da beirada.

Jane apresenta um sorriso hesitante a Mr. Fitzgerald, articulando "Me desculpe" às costas do pai. Mr. Fitzgerald devolve uma expressão impassível, que Jane espera sinceramente ser um sinal de que ele a perdoa por tê-lo acusado de assassinato. E depravação. Eram tantos perdões; aonde Jane iria parar sem a clemência cristã das pessoas à sua volta? Provavelmente, expulsa da aldeia e forçada a viver como uma eremita nos bosques.

— Parabéns, senhor — cumprimenta Mr. Austen, segurando a mão do rapaz e lhe dando um tapinha nas costas. — Agora, o senhor é um dos nossos, hein? Bem-vindo.

O sorriso de Mr. Fitzgerald se abre com um orgulho genuíno enquanto o entusiasmado pai de Jane lhe dá um movimentado aperto de mão. O colarinho clerical do jovem aparece no alto do sobretudo. O branco é luminoso, e as faixas de pregação estão perfeitamente engomadas, ao passo que as do pai de Jane ficaram amareladas e murchas com o tempo. Mr. Austen destranca a pesada porta de carvalho, e ela entra pelo arco romanesco.

Os homens fazem uma reverência quando se aproximam do altar, enquanto Jane desliza em um banco no fundo da nave. Juntos, os dois clérigos se ajoelham em oração, então acendem as enormes velas de cera de abelha em reluzentes castiçais de prata e arrumam a Bíblia do Rei Jaime no altar, preparando-se para a cerimônia.

Jane deduz que Mr. Fitzgerald esteja presente para servir como segunda testemunha, bem como para observar o pai oficiando um casamento antes de lhe pedirem para ele mesmo conduzir uma cerimônia do tipo. Ela olha os painéis dos vitrais, brilhantes como pedras preciosas, lembrando-se do desempenho de James ao assumir os próprios cultos logo após a ordenação. Ao observá-lo, era de se pensar que ele estava fazendo um teste para atuar no teatro em Drury Lane.

Ao contrário do pai, James prega um novo sermão toda semana, às vezes ignorando as anotações e ousando improvisar do púlpito. Mas o irmão de Jane sempre teve uma inclinação teatral, desde que era um menino de doze anos com a audácia de abrir seu próprio teatro no estábulo da família. Ela era muito nova para fazer parte do elenco. Em vez disso, ficava hipnotizada enquanto Eliza roubava a cena.

A porta se abre. Sophy Rivers entra às pressas, vestida com o traje de montaria, como sempre. Deve ter avistado o garanhão de Mr. Fitzgerald amarrado ao portão e entrado na esperança de um encontro clandestino.

Mas não: Clara e as outras irmãs sorridentes de Sophy vêm logo atrás.

As quatro irmãs Rivers têm idades muito próximas e são quase idênticas, como uma tira de bonecas de papel. Elas entram aos trambolhões no corredor, atrás de Sophy, enquanto ela ergue o véu preto reticulado de seu chapéu de copa alta.

— Douglas — diz Sophy, os olhos brilhando e as bochechas ruborizando de entusiasmo.

Jane prende o fôlego, perguntando-se como Sophy reagirá ao perceber que Mr. Fitzgerald não está só. Mrs. Rivers desliza para dentro da igreja atrás das filhas, deixando a pesada porta de carvalho se fechar atrás dela.

CAPÍTULO VINTE E QUATRO

Não é possível que Sophy tenha trazido a mãe e todas as irmãs para um namorico de acaso com seu amante.

— Sophy — diz Mr. Fitzgerald, descendo do altar e andando rapidamente ao longo da nave.

Os dois se encontram na metade do caminho, dando-se as mãos e olhando na face sorridente um do outro. Um raio de sol atinge o vitral e o casal é esboçado contra o deslumbrante caleidoscópio de luz multicolorida.

Jane leva a mão aos lábios ao perceber que, longe de ser uma transeunte ao acaso e uma testemunha apta, Sophy e Mr. Fitzgerald são os noivos. É como se ela estivesse presenciando o acontecimento de um milagre. Uma sensação de calma inunda as veias de Jane perante o acerto daquilo. A reunificação do casal é um bálsamo para seu espírito inquieto.

Conforme as mulheres Rivers se enfileiram no banco da frente, Sophy e Douglas ficam em frente ao altar, de mãos dadas, e o pai de Jane dá início à cerimônia. É fácil ver de quem James herdou o talento para a oratória. Mr. Austen pode até sempre ler em voz alta do mesmo conjunto gasto de sermões, nunca ousando improvisar, mas é impossível não se comover com o poder da sua voz de barítono. As irmãs de Sophy cochicham entre si e pulam no banco enquanto o casal faz seus votos. Quando Mr. Austen proclama Douglas e Sophy marido e mulher, até Mrs. Rivers tira um lenço da retícula e o pressiona contra o rosto.

A intensidade da felicidade de Jane pelos recém-casados a pega de surpresa. Em vez de morrer de inveja, também derrama lágrimas de emoção. Seu pai tinha razão. Aquece a alma saber que duas pessoas podem lutar para ficar juntas e, com paciência, persistência e pura teimosia, transpor todos os obstáculos de hierarquia e circunstância.

Só é preciso querer o bastante.

Infelizmente, Tom parece não a querer, mas isso não significa que o amor não seja capaz de tudo. Ela segue o grupo do casamento para o pátio da igreja. O céu está do azul mais profundo, e o sol derreteu a geada matinal. Clara dá um punhado de arroz a Jane, que grita ao se juntar a todos jogando os grãos nos recém-casados.

— Jane? — chama a nova Mrs. Fitzgerald, soltando a mão do marido e puxando Jane de lado pelo cotovelo. — O que *você* está fazendo aqui?

— Ah. — Jane hesita. É uma repetição da situação do estábulo vermelho, e ela está mais uma vez se intrometendo no momento particular de alegria de Sophy. — Meu pai disse que eu deveria vir para servir como testemunha. Eu não sabia que quem ia se casar eram você e Mr. Fitzgerald — diz, abaixando a voz até quase murmurar: — Acredite, não sei nem como me desculpar por tirar conclusões precipitadas e nunca disse uma palavra...

Sophy ergue a mão coberta por uma luva de camurça.

— Está tudo bem. Chega de segredos. Com a prisão de Sir John por negligenciar suas dívidas e minha persistente recusa em me casar com Mr. Harcourt, minha mãe finalmente caiu em si e concordou que o melhor seria se Douglas e eu nos casássemos sem alarde e fôssemos embora.

Jane abre um sorriso tão largo que seu maxilar dói.

— Estou tão feliz por você, Sophy. Por vocês dois. Estou mesmo.

Sophy sorri, mas seus olhos cinzentos permanecem cautelosos.

— Obrigada, Jane. Esperamos que, mantendo a discrição, o escândalo de minha breve ligação com os Harcourt não estrague as chances de ascensão social de minhas irmãs. Mamãe vai levá-las para a temporada social de Londres, pobrezinhas.

Jane olha para as três meninas Rivers restantes, desejando ter perspectivas que chegassem aos pés das delas. O que ela não daria para passar o inverno na cidade grande, preparando-se, enfeitando-se e dançando toda noite. Ela não consegue pensar em um remédio melhor para reanimar seu coração murcho.

— Minha nossa! Como elas vão suportar isso?

Sophy franze o cenho, olhando para o próprio traje de montaria.

— Imagino que você deva me achar uma noiva muito sem graça.

— Nunca a vi mais radiante.

Jane sorri. Sophy mantém uma postura altiva, com o queixo empinado, e seus olhos brilham com autoconfiança. É uma mulher que lutou pela vida que queria e conseguiu.

CAPÍTULO VINTE E QUATRO

— Douglas e eu vamos direto para Falmouth pegar nosso navio.

— Navio? No fim das contas, vocês vão para a Jamaica?

Sophy faz que não com a cabeça, espalhando grãos de arroz que caem do véu.

— Não, vamos para o norte do Canadá. Para um lugar chamado York. Queremos começar uma nova página da vida, e ofereceram a Douglas um posto com a missão anglicana de lá.

Jane pega na mão de Sophy.

— Que maravilha! Ouvi dizer que a paisagem é espetacular.

Secretamente, ela se pergunta como Sophy pode aceitar se exilar das irmãs. Jane mal está aguentando ficar longe de Cassandra, que está a três condados de distância. Um oceano inteiro entre elas poderia se revelar água suficiente para Jane se afogar no próprio desespero.

Estremecendo, ela se dá conta de que, se tivesse sido tola o bastante para fugir com Tom antes que eles tivessem meios para montar uma casa juntos, seria bem possível que ela fosse despachada para a Irlanda enquanto ele tentava avançar na carreira. Jane não poderia criar os filhos morando em cômodos compartilhados na Estalagem Lincoln. Se, ou melhor, quando ela engravidasse, a única opção seria viver com a família de Tom. Jane quase não dá conta de se submeter à própria mãe. Como ela poderia abrandar seu temperamento afiado para viver intimamente, sob o mesmo teto, com a mãe de Tom, sem falar nas cinco irmãs dele?

Sophy concorda, depois se solta da mão de Jane e volta para o lado do marido. Mr. Fitzgerald está rindo com Clara. Ele passa o braço ao redor dos ombros de Sophy, puxando-a para perto e dando um beijo em sua testa. Sophy afunda o rosto na lapela do marido.

Jane sai, não querendo interferir mais do que já interferiu. Atravessa o cemitério, quase se esquecendo de checar a cova de Zoë Renard. Quando se lembra, e vai na ponta dos pés até o túmulo, coloca a mão no coração e prende o fôlego. Três exóticas orquídeas estão dispostas a intervalos no alto do monte de terra. As estranhas flores cor de creme são salpicadas de pontos roxo-amarronzados, da cor de sangue seco.

Um arrepio gelado corre pelo corpo de Jane. Ela só sabe de um lugar em Hampshire que cultive orquídeas exóticas: a estufa da Deane House.

Sir John não poderia ter deixado as flores ali, já que está trancafiado em Marshalsea. Lady Harcourt raramente deixa a casa e, se tivesse feito isso, Jane ou a família teriam escutado seu coche lá da casa paroquial. É improvável que Mrs. Twistleton venha sozinha, à noite. A distância da Deane para Steventon é razoável e, até onde Jane sabe, a governanta não cavalga. Nenhum outro criado ousaria pegar flores tão raras e caras.

Só pode ser Jonathan Harcourt.

Além disso, seria bem típico de Jonathan, com sua inclinação artística, escolher todos os dias três das flores mais perfeitas da estufa. Jane consegue até imaginá-lo examinando a fileira de plantas alinhadas nas prateleiras em vasos de terracota e refletindo sobre os melhores espécimes. Ele compararia cada flor pela intensidade da cor e analisaria cada pétala em busca de defeitos antes de cortar as escolhidas com uma afiada tesoura de prata.

Com seus longos dedos brancos de pintor, Jonathan embrulharia o presente em um lenço e o enfiaria no bolso, tomando muito cuidado para não esmagar as delicadas flores. Depois, tendo chegado à sepultura de Madame Renard, se ajoelharia, sem se preocupar com as manchas de grama nos calções nanquim, e não teria pressa em arrumar com cuidado as três flores na terra, como se estivesse preparando a composição de uma pintura.

Jonathan Harcourt é quem está deixando as flores. O que significa que, finalmente, Jane tem a prova de que ele era amante de Madame Renard e pai da criança que ela carregava. Ela não está se agarrando ao vazio ou deixando a imaginação correr solta. Ele é a única pessoa com acesso a orquídeas e aos meios para visitar o cemitério sozinho à noite, chegando a cavalo e deixando as flores sem ser visto. Ela errou ao deixar Tom descartar suas suspeitas em relação a Mr. Harcourt de modo tão casual.

CAPÍTULO VINTE E QUATRO

Mas isso ainda não basta para salvar seu irmão. Para retirar as acusações contra Georgy, Mr. Craven quer uma prova física que ligue o culpado ao crime ou uma confissão assinada. Se levar uma flor ao magistrado, é provável que ele faça planos para prender *Jane*. Ela teria que conseguir apresentar uma ligação entre Mr. Harcourt e Madame Renard, mas não tem provas de que ele a matou. Como Eliza previu, Jane terá que se esforçar ainda mais se quiser pegar um assassino.

8. *Para Cassandra Austen*
    Steventon, sexta-feira, 22 de janeiro de 1796

Minha querida Cassandra,

Tenho mais certeza do que nunca de que Jonathan Harcourt era amante de Madame Renard, mas como vou saber se ele a matou? A cada hora que passa, e vamos nos aproximando de fevereiro, meu ânimo despenca. Estive em Winchester. O querido Georgy está aguentando tão bem quanto é de se esperar. Não me peça mais detalhes, porque não posso mentir para você. Jack Smith tem um álibi. Você não o aprovaria mesmo se eu lhe contasse, o que não posso, uma vez que jurei guardar segredo. No entanto, posso lhe contar que é provável que a má gestão desmiolada que Sally anda fazendo do nosso guarda-roupa se deva a um grave caso de paixão. Foi errado da minha parte duvidar de Jack. Ele tem sido um amigo constante do nosso querido Georgy a vida inteira. Minhas desculpas sinceras pelo atraso desta correspondência. Sei que você deve ter esperado muitos dias para ter notícias minhas, mas meu próprio desespero me tornou inútil. Não devo tentar esconder de você, minha amada irmã, a profundidade do meu desânimo. Sem dúvida, você vai zombar quando eu contar que, ultimamente, tenho me pegado olhando para os pontinhos mínimos do seu bordado pendurado na sala da família e me perguntando: se eu confiasse no Senhor com todo o meu coração, Ele me mostraria a resposta? Espero que esta mensagem a encontre antes que o clima piore e as estradas fiquem bloqueadas. Escreva-me logo de volta, se puder.

Permaneço sua carinhosa irmã,
J. A.

P.S.∴ Queime esta carta, está bem?

Miss Austen,
Residência do Rev. Fowley,
Kintbury,
Newbury.

Capítulo Vinte e Cinco

Ao crepúsculo, Jane está sentada no quarto de vestir, rabiscando em sua caligrafia minúscula e inclinada. *Lady Susan* precisa de uma conclusão, mas ela não consegue encontrar uma. Não suporta casar a infame heroína com um homem que não mereça sua perspicácia perversa. E que homem chegaria a ser merecedor? Então, em vez disso, Jane deixa Lady Susan flertar com seu amante enquanto sua amiga distrai o rival. Ela usa a tinta feita por ela mesma com abrunhos, acrescentando um pouco de goma arábica para ajudar na adesão do preparado à página. É de um tom escuro de roxo, em vez do satisfatório tom japonês de preto usado para escrever a primeira parte. Jane teme que os traços desbotarão, mas ela só tem isto à mão.

Da cômoda, a primorosa faixa de renda do chapéu de Madame Renard e a camélia vermelho-cereja original, agora já murcha, que Jane tirou da sepultura da rendeira olham para ela, reprovando-a por sua frivolidade. O mórbido arranjo deixa os dedos de Jane ansiosos para começar um novo texto sobre uma menina cuja mente está fixada em fantasmas e espíritos macabros, assim como a dela, e que vê assassinato e violência em cada sombra que passa.

Enquanto mergulha a pena no tinteiro, Jane ergue os olhos da escrivaninha e olha pela janela. Anéis brancos de fumaça de cachimbo pairam no céu lilás. Os círculos concêntricos vêm da direção dos estábulos, pairando sobre o terreno da fazenda antes de se dispersar com o vento. Apenas uma pessoa fumaria tabaco na área dos estábulos dos Austen: Henry. Percebendo uma oportunidade, Jane salpica pó fixador no trabalho, sopra para que seque e o coloca a salvo dentro da escrivaninha portátil. Escapole escada abaixo, veste a capa e sai para o jardim, seguindo os óbvios sinais de aflição até a sala dos arreios.

Em uma pequena cela ligada ao estábulo, no final da sequência de baias, Henry está largado no chão, bloqueando a entrada. Em geral, a sala dos arreios cheira a couro e cera de abelha. Nesta noite, Henri polui o aroma terroso com um forte cheiro de álcool e fumaça de tabaco. As longas pernas estão esticadas à sua frente. Uma vela, em um suporte de latão, brilha no chão a seu lado enquanto ele segura uma garrafa junto ao peito e enfia um cachimbo branco de barro entre os lábios virados para baixo.

— Esse é o vinho do Porto do papai? — pergunta Jane, tossindo, ao chegar perto dele.

Ele fuma o cachimbo, soprando a fumaça no rosto da irmã.

— E se for? Você vai dar com a língua nos dentes?

Henry tem os olhos vermelhos e uma barba de no mínimo dois dias crescendo no queixo. Os botões de latão da jaqueta militar estão desabotoados e não se vê gravata. Ele deveria ter retornado ao regimento e à faculdade assim que eles voltaram de Winchester. Em vez disso, enviou uma mensagem dizendo que estava doente. Jane tem absoluta certeza de que, qualquer que seja a doença, é totalmente autoinfligida.

Ela sopra a fumaça para longe, franzindo o nariz.

— Quando é que eu já fiz isso?

A sela de Greylass repousa em um banquinho de três pernas. Ela a levanta com as duas mãos e a larga no chão antes de se sentar. Faz anos que não lida com arreios, e a sela de couro acolchoado, com seus estribos de ferro, é muito mais pesada do que se lembrava.

— Queria que você falasse comigo — diz Jane.

Henry a olha furioso.

CAPÍTULO VINTE E CINCO

— Queria que você não insistisse em falar comigo.

Jane ignora o ar hostil do irmão.

— Você soube que Sophy Rivers se casou com Mr. Fitzgerald hoje de manhã?

Um lampejo de animação passa pela fisionomia de Henry.

— Bom para eles. — Ele dá um gole no vinho. — Um brinde aos noivos.

Jane chuta a batata da perna de Henry com a ponta da bota.

— Desembucha.

Ele passa a mão pelo cabelo castanho, agarrando um punhado e puxando-o pela raiz.

— O que vamos fazer, Jane? Nosso irmão, nosso doce e inocente irmão, está fadado à forca por um crime que não cometeu, e nenhum de nós descobre uma maneira de salvá-lo.

Uma pontada atravessa Jane. Lá no fundo, ela sabe que todos os membros da família estão igualmente atormentados com a sina de Georgy, mas o compromisso quase religioso com o estoicismo torna praticamente impossível a qualquer um dos Austen expressar emoções extremadas. Uma comprovação da tendência rebelde de Henry é ele às vezes deixar cair a máscara de compostura.

— Mamãe parece ter se juntado à campanha para Georgy se declarar culpado — comenta Jane.

— Papai nunca tolerará isso. Eles rotulariam Georgy como um bandido e o exilariam nas colônias.

— Eu sei — diz ela, cruzando os braços.

— Não é uma metáfora, Jane. Eles vão queimar a letra B no polegar dele com ferro quente...

— Eu sei! — Ela o interrompe, sem querer ouvir mais. — Talvez devêssemos mesmo pensar em internar Georgy. Um hospício não pode ser tão ruim quanto tudo isso, pode?

— Pior — diz Henry, olhando para ela. — Na próxima vez que você estiver na cidade, darei uma moeda para que entre em Bedlam e possa ver por si mesma. Papai tem razão. Seria negado a Georgy um mínimo de dignidade.

— E existe alguma dignidade em sapatear no cadafalso? — ironiza Jane. Ela estremece. Às vezes, suas brincadeiras são sinistras demais até para ela mesma. — Deus do céu! Henry, eles não vão mesmo enforcá-lo, vão? — pergunta. O irmão olha para a escuridão lá fora. — O que foi? O que você não está me contando? — questiona Jane.

— No ano passado, no julgamento de Winchester, dois garotos de catorze anos foram executados como gatunos.

— Mas não é justo.

— É a lei, Jane. Não pretende ser justa, pretende ser tão apavorante que um homem morreria de fome em vez de roubar um pedaço de pão.

Henry fecha os olhos e chora baixinho.

Jane desvia o rosto. Se olhar o irmão chorando, também começará a chorar.

— Temos que fazer alguma coisa. Não podemos ficar aqui sentados, esperando o juiz condená-lo.

Henry aninha a garrafa de vinho do Porto no colo, como se fosse Anna abraçando uma de suas bonecas de pano.

— Já tentamos de tudo. Aquele advogado está sugando Neddy e é mais do que inútil.

— Então temos que descobrir quem *realmente* matou Zoë Renard. E prová-lo, antes que seja tarde demais. Mas tudo bem, fique aqui sentado, emburrado por causa de suas questões românticas, chorando feito criança, se é isso que você prefere.

— Você não entende.

Jane arranca a garrafa das mãos de Henry.

— Eu poderia entender. Por que você e Eliza se indispuseram? Seu plano é se juntar aos soldados? Você deveria escutá-la. Ela sabe bem mais o que significa estar em meio a uma guerra de verdade do que você.

— Não foi isso... — diz Henry, a respiração entrecortada e o peito arfando. — Eu a pedi em casamento.

CAPÍTULO VINTE E CINCO

Jane cospe um bocado de vinho do Porto.

— Você fez o quê?

Ela não consegue acreditar que Henry tenha chegado a esse ponto. Eliza deve ter rido dele.

— Não me olhe assim. Sou um homem adulto, levando uma vida independente. O que há de errado em pedir a mão de Eliza?

Jane enxuga a boca na manga do vestido.

— Você quer dizer, além de ela ser sua prima de primeiro grau?

— Mr. Fitzgerald é primo de primeiro grau de Miss Rivers.

— É, mas é diferente.

Henry arqueia uma sobrancelha sardônica.

— Por quê?

— Porque *ele* não é meu irmão e ela não é *minha* prima. — Jane estala a língua, percebendo que é tão culpada quanto os irmãos por querer Eliza para si mesma. — Além disso, o capitão de Feuillide morreu há pouco tempo.

— Faz quase dois anos.

— É mesmo? Passou rápido.

Henry arranca a garrafa de volta da mão de Jane.

— Eliza nunca o amou, você sabe. Ele foi escolha de tia Phila.

— Ele era o pai do filho dela.

Henry se inclina para a frente, encarando-a por baixo dos espessos cílios escuros. Faz com que ela se lembre de um potro recém-nascido, lutando para ficar em pé.

— Eu a amo, Jane.

Ela ergue os olhos para o teto cheio de teias de aranha, resistindo à vontade de chutá-lo novamente.

— Todos nós a amamos. É a prima Eliza.

— Não como eu amo. — Henry inclina a cabeça para trás e dá um longo gole no vinho. — Bom, imagino que James talvez sinta o mesmo.

A vida toda, Jane observou os irmãos competindo pela atenção da glamorosa prima. Quando Henry era mais novo, parecia haver tamanha distância de idade entre ele e Eliza que sua paixão de menino era ridícula. Apegar-se com afinco a essa fixação na fase adulta parece francamente patético.

— O que ela disse?

Henry pousa a base da garrafa no joelho, olhando para ela e não nos olhos de Jane.

— Disse que também me ama, mas ainda não está pronta para voltar a se casar. Não tem certeza se um dia estará pronta.

Foi cruel da parte de Eliza satisfazer sua natureza coquete encorajando Henry. Deveria tê-lo livrado de sua angústia, para que ele pudesse aprender a renunciar à sua fantasia infantil.

— Sinto muito… Mas, se você realmente quer se casar, por que não consegue encontrar uma moça agradável e adequada, em vez de estar sempre atrás de mulheres que obviamente não poderá ter?

— Não sei, Jane. Por que você mesma não consegue encontrar um rapaz agradável e adequado?

Todo o ar nos pulmões de Jane se esvai rapidamente. Ela se encolhe, caindo para a frente. Faz mais de três semanas que não tem notícias de Tom. Queria muito que ele tivesse tido a decência de escrever e lhe dizer por conta própria que seu flerte estava acabado, mas aparentemente não. A dor lancinante se transformou num sofrimento entorpecido. Às vezes ela acha que são águas passadas, mas, quando visualiza os traços bonitos de Tom ou passa por um dos caminhos que eles percorreram juntos, a agonia volta. É como a dor persistente de um dente prestes a cair: está sempre ali, mas se intensifica se cutucarmos. Ela queria encontrar uma maneira de arrancá-la completamente e acabar com aquilo.

— Fui muito duro. Eu não deveria ter dito isso. O que aconteceu com Lefroy? Vocês pareciam estar se gostando, mas em seguida soubemos que ele saiu do condado.

— Não sei — diz Jane, pegando a garrafa e dando um grande gole. Tem gosto de amora silvestre e pimentas verdes. Uma sensação de calor difuso se espalha da boca à garganta e peito adentro, entorpecendo seu

CAPÍTULO VINTE E CINCO

coração ferido. — Ao contrário de você, não sou um homem adulto, ganhando uma vida independente. Essas coisas estão além do meu controle.

Henry vira a cabeça, deixando de prestar atenção à amargura do tom de Jane. Por alguns momentos, eles ficam em silêncio. Ela funga, piscando para afastar as lágrimas quentes e vergonhosas. Ele pita em seu cachimbo e sopra lânguidos anéis de fumaça no gélido ar noturno através da porta aberta.

— Quer que eu dê uns socos nele em seu nome?

— Não se atreva. Já tenho um irmão com problemas com a lei. A última coisa de que preciso é outro. Portanto, também chega de flertes com Mrs. Chute. Presenciei a fúria do marido dela quando nos cruzamos. Acredite em mim, ele não é nem um pouco o tipo que perdoa.

— Elizabeth Chute! Nem me lembre. — Henry cobre o rosto com a mão, fazendo caretas para Jane em meio aos dedos abertos. — Se não fosse por ela, Georgy não estaria nesse embaraço. Juro por Deus que eu jamais teria arrombado aquela fechadura.

A mente de Jane zumbe. Na noite do assassinato, ela havia deduzido que qualquer um poderia ter acesso à lavanderia. O número de convidados, criados e negociantes que poderia ter entrado rapidamente no cômodo naquele dia é incalculável. Mas, como Hannah ressaltou, o quarto está cheio de objetos valiosos que a família desejaria proteger.

— Você arrombou a fechadura?

— Arrombei. Na verdade, sou bem bom nisso. Elizabeth não acreditou que eu conseguiria, mas dois minutos com o meu canivete e desfiz o mecanismo.

Jane quer agarrar Henry pelas lapelas e sacudi-lo até que sua cabeça estúpida caia rolando.

— Por que você não nos contou isso na época?

— Pensei que tivesse contado. Por quê? É importante?

— Eu diria que sim, claro. Você não percebe? Madame Renard não teria se trancado naquele quarto. Teria? Se a porta estava trancada, significa que alguém, muito provavelmente o assassino, fechou-a lá dentro. E para aquela pessoa ter a chave...

— O assassino de fato *precisa* ser alguém da Deane House.

Henry se levanta rapidamente. Pega uma rédea, enrolando-a no pescoço, escolhe uma sela e cambaleia para fora do quarto dos arreios.

— Aonde você pensa que está indo?

Jane apaga a vela com os dedos, queimando-os, e se levanta com esforço para ir atrás dele.

— Deane House, é claro — grita Henry por sobre o ombro.

A esta altura, o céu está preto e o frio chega até os ossos de Jane. À distância, velas queimam nas janelas da casa paroquial e uma fumaça branca ondeia pela chaminé de barro no telhado vermelho. Quando Jane passa pela baia de Greylass, a égua sopra vapor pelo focinho e chuta a porta com os cascos da frente. Jane a ignora, indo até a baia de Severus. Ali dentro, Henry segura uma rédea junto à boca fechada do garanhão. O animal torce o pescoço, balançando o rabo e apresentando a Henry seu traseiro malhado, forçando o dono a recuar.

Jane fica parada, medrosa demais para entrar.

— Espere. — Ela avança para o braço de Henry, segurando o punho da jaqueta dele. — Você não pode simplesmente entrar lá.

— Por que não? — indaga Henry, franzindo o cenho.

Está extremamente sério. A única vez que Jane viu Henry parecendo tão severo foi quando o irmão mantinha guarda sobre o cadáver de Madame Renard.

— Porque tentei confrontar a família com isso, o que não me levou a lugar algum. Eles não vão admitir o crime.

— Jonathan irá, quando eu lhe mostrar meu sabre.

— Uma confissão obtida sob tortura não servirá de nada. E não temos provas suficientes para confirmar que foi Jonathan.

— Mas só pode ter sido. Como você disse, os dois eram amantes. Ele a queria fora do caminho para poder se casar com Miss Rivers pela fortuna.

— Mas isso não necessariamente significa que ele a tenha matado.

Henry se solta da mão de Jane.

— Quem mais teria feito isso?

CAPÍTULO VINTE E CINCO

Ele coloca as mãos no lombo de Severus, apoiando o peso no cavalo enquanto tenta virá-lo. Severus se mantém decidido. O único movimento do animal é abanar o rabo com desdém.

— E quanto a Sir John? — pergunta Jane.

— Que motivo ele teria para matá-la?

— O mesmo de Jonathan? Para tirar do caminho a amante grávida do filho, caso ela arruinasse as chances dele de desposar uma herdeira. Sir John deve ter mexido os pauzinhos no interesse de Jonathan por Sophy, você não acha? Ele precisava do dote dela para salvar a propriedade da ruína.

— Mas você viu o baronete naquela noite. Ele estava tão confuso quanto todos nós.

— Mas nem sempre as pessoas agem de acordo com a verdade. Agem?

Quando Jane diz isso, não é o rosto de Sir John que vem à mente, mas o de Tom. Será que algum dia ela esquecerá a centelha daqueles olhos azuis brilhantes e a curva daquele sorriso sedutor ao luar? Ela sacode a cabeça, querendo afastar a visão.

— Você tem razão — diz Henry.

— E também tem Mrs. Twistleton.

— Não parece muito provável, não é? — escarnece Henry.

— Por que não? Eu lhe disse que ela está tendo um caso com Sir John. — Jane aperta os lábios. — Você não acha que uma mulher seja capaz de matar?

Henry sai da baia dando passos para trás. Puxa o ferrolho, pendurando o cabresto na porta.

— Não, em geral, não. Mrs. Twistleton pode ser uma prostituta, mas isso não a torna uma assassina de sangue frio.

— Mas e se ela tiver feito isso para proteger Sir John? As pessoas dizem que ela faria qualquer coisa por ele. Pode ter tido medo de perder seu protetor e sua posição na Deane House. Ou talvez Madame Renard tenha descoberto o acordo entre os dois e tentado usar a informação para extorquir dinheiro de ambos.

Henry bufa.

— Isto não é um daqueles romances de que você e Eliza tanto gostam, Jane.

Atrás dele, Severus gira, apontando a cabeça por cima da meia-porta e mordiscando o ombro do dono. Henry lhe dá um tapinha de leve na bochecha.

— Sei disso — responde Jane. — E, seu hipócrita, você gosta tanto da obra de Mrs. Radcliffe quanto nós, se não mais. Seja como for, não pode simplesmente irromper na Deane House espumando pela boca. É provável que eles estejam protegendo uns aos outros e se unam para negar tudo, fazendo com que você pareça um homem insano e furioso. Temos que ser espertos e juntar provas se quisermos parecer críveis no tribunal. Mr. Craven disse que a melhor maneira de livrar Georgy seria a outra parte confessar o crime. Temos que convencer o verdadeiro assassino a se apresentar com a verdade.

Henry pousa a mão no quadril. Severus continua a passar o focinho na face dele. Jane consegue sentir o humor do irmão mudando, a ira dando lugar à curiosidade. Querido Henry, ele tem a índole boa demais para permanecer irritado por muito tempo.

— Se você é tão esperta, qual é o seu plano? — indaga ele.

Jane se esforça para reprimir um sorriso malicioso. Este é o momento pelo qual ela esperava.

— Bom, na verdade, andei pensando em uma coisa.

Ela visualiza os pontos caprichados de Cassandra: *confie no Senhor com todo o seu coração e não se apoie em seu próprio entendimento.* Jane não é tão cabeça-dura a ponto de não perceber quando precisa de ajuda. Pode não conseguir salvar Georgy sozinha, mas, com o Todo-Poderoso e, agora, Henry a seu lado, conseguirá descobrir uma saída.

No domingo seguinte, cristais prateados de gelo se agarram às beiradas da hera que cobre os muros de pedra do cemitério de St. Nicholas, transformando as sempre-vivas em reluzentes estrelas de cinco pontas.

CAPÍTULO VINTE E CINCO

Jane e Henry estão de pé ao lado da carruagem, tremendo, enquanto Mr. Austen aperta as mãos e conversa descontraidamente com cada um dos paroquianos que saem pela porta em arco. Com o reverendo George Lefroy ainda em Berkshire, James e o pai estão se revezando para dar conta dos cultos do colega na igreja de St. Andrew, além de cumprir seus próprios deveres. Nesse domingo específico, é a vez de Mr. Austen liderar o louvor em Ashe, o que é mais fortuito, já que o plano de Jane de induzir os Harcourt a confessar o assassinato se apoia na complacência de um pregador que não tenha o costume de improvisar.

Mr. Austen esfrega uma mão na outra enquanto atravessa com cuidado o caminho congelado com seus sapatos lustrosos.

— Pronto. Agora preciso ir para Ashe.

— Brrr. Parece que vai nevar — comenta Henry, inclinando o rosto bem barbeado para o céu branco. — Quer que eu o leve na carruagem?

Ele dá um tapinha em Severus, que está convenientemente atrelado à carruagem ao lado do cavalo de Mr. Austen.

Jane sorri e diz:

— Pensei em ir junto. Não é sempre que você conduz o culto na igreja de St. Andrew.

Com as mãos enluvadas, ela ajusta a capa.

Vincos verticais profundos surgem na pele fina do rosto de Mr. Austen.

— Conduzi o culto ali na terça-feira e na noite de quinta-feira.

— É, mas foram cultos do meio da semana. Domingo é especial — diz Jane, pegando o braço magricela do pai e o direcionando para a carruagem pela manga da casaca de lã.

Henry abre a porta.

— Deixe-me ajudá-lo a subir — oferece.

Conforme Mr. Austen sobe o degrau, a alça da sua sacola de couro cai do braço. Henry pega a bolsa, passando-a para Jane por trás das costas do pai. Ela tira as luvas e enfia as mãos lá dentro, trocando discretamente os papéis amassados do pai por várias folhas novas em sua própria caligrafia. Depois devolve a bolsa a Henry.

— Agora, sim — diz ele, entregando a bolsa ao pai.

Mr. Austen olha com desconfiança para o filho enquanto se senta. Jane enfia os papéis roubados dentro da capa antes de subir na carruagem ao lado do pai. Ele se arrasta no banco, abrindo espaço para ela a seu lado.

— Por favor, me digam: o que eu fiz para merecer filhos tão atenciosos?

— Nós não somos sempre atenciosos, papai?

— Não — responde Mr. Austen, olhando para a filha por baixo da larga aba do chapéu.

— Lamento ouvi-lo dizer isso. — Jane cruza os dedos e os coloca sobre o colo, formalmente. — Garanto que o senhor vem sempre em primeiro lugar em nossos corações.

— Huum....

Mr. Austen segura a bolsa com força junto ao peito enquanto Severus relincha e as rodas da carruagem rangem ao se movimentarem.

Flocos de neve dançam no ar frígido quando os Austen chegam em Ashe. Henry prende Severus em um pilar enquanto Jane desce da carruagem. Os irmãos vão direto para a porta de carvalho da igreja, abandonando o pai idoso para desembarcar sozinho. Eles entram e correm pela nave em direção aos primeiros bancos, em frente ao altar. A igreja de St. Andrew é quase idêntica à de St. Nicholas; a única diferença é que Ashe é uma paróquia mais próspera do que Steventon, então alguns candelabros de prata a mais brilham do altar e o cheiro de cera de abelha é mais pronunciado.

O culto é mais tarde do que o de costume, e a maioria dos aldeões está à espera do clérigo. Harry Digweed e seus irmãos se amontoam para acomodar Jane e Henry no banco.

Os Harcourt, assim como a outra família mais importante das redondezas, estão posicionados do outro lado da nave. Mãe e filho se sentam com as costas retas e olham à frente. Com o marido na prisão dos devedores, Lady Harcourt adotou o luto de viúva e usa bombazina preta e pele de coelho da cabeça aos pés. Jonathan tem a compleição

CAPÍTULO VINTE E CINCO

cadavérica. Afasta o cabelo da testa, alisando-o, e seus olhos claros têm uma expressão assombrada.

Algumas fileiras atrás, Mrs. Twistleton está sentada no final de um banco público, ao lado do mordomo dos Harcourt. Suas sobrancelhas escuras estão juntas e o cabelo loiro-acinzentado está puxado para trás, dentro do barrete. Ao lado da elegância das senhoras, sua capa esmeralda com o acabamento em pele de raposa é bem medíocre. Ela manuseia uma retícula de veludo verde que tem no colo, combinando com a capa.

Jane bate o pé no chão frio de ladrilho enquanto o pai lê a liturgia. Ao lado dela, Henry tamborila os dedos no livro de oração. Passam-se várias eternidades antes que os joelhos de Mr. Austen estalem quando ele sobe ao púlpito entalhado com ornamentos para fazer o sermão. Ele remexe o bolso em busca dos óculos, bafora as lentes de vidro e limpa com o lenço. Quando vira os papéis colocados no atril, uma ruga profunda em formato de V aparece em sua testa. Ele pega as páginas, folheando o pequeno maço e analisando cuidadosamente cada lado antes de voltar a pousá-las.

A igreja está em silêncio, exceto por algumas tosses impacientes que reverberam pela congregação, como que em conversa umas com as outras. Jane mal consegue respirar à espera da fala do pai. A seu lado, Henry está imóvel.

Mr. Austen levanta a cabeça e inspeciona a congregação.

— Meus companheiros cristãos, tomemos este momento de reflexão para examinar os próprios fundamentos da nossa fé, os dez mandamentos. E o principal entre eles: "Não... matarás" — diz, pousando o olhar em Jane.

Uma onda de arquejos e cochichos percorre a nave. Mrs. Twistleton agarra sua retícula, curvando um dedo ao redor do cordão e puxando-o com força. Jonathan engole em seco, mexendo no nó do plastrão de linho branco passado ao redor do colarinho erguido. Lady Harcourt enfia o regalo de pele de coelho entre sua cabeça e as costas do banco, posicionando-o como uma almofada na qual repousar a face antes de fechar os olhos delineados com lápis de olho.

De sua elevada posição, Mr. Austen fecha a cara para Jane.

Ela abre um grande sorriso e o incentiva a prosseguir com um gesto de cabeça.

— Todos vocês estão familiarizados com o mandamento e, na verdade, com o que a lei tem a dizer sobre o assunto, mas que consequências virão se ele for quebrado? — continua Mr. Austen, coçando a têmpora, despenteando os imaculados cachos brancos e prejudicando sua trança harmoniosa. — O Gênesis é claro: "Aquele que derramar o sangue do homem, pelo homem terá seu sangue derramado."

Ele empalidece enquanto fala. Em sua longa e estimada carreira, o reverendo George Austen não está acostumado a recorrer ao Velho Testamento, em especial aos versos mais vingativos.

Jane fica com a boca seca enquanto observa cada movimento do seu suspeito. A seu lado, Henry tem uma respiração rápida e ruidosa, a mão pousada no punho do sabre.

Do outro lado do corredor, os olhos amendoados de Mrs. Twistleton perfuram a parte de trás da cabeça da patroa. Jonathan fecha os olhos, a fisionomia ficando mais tensa a cada palavra proferida por Mr. Austen. Manchas vermelhas surgem em seu pescoço, e a testa fica ensopada de suor. Apenas Lady Harcourt está imperturbável. Permanece de olhos fechados, o rosto tão relaxado quanto o peito que, enfeitado com âmbar-negro brilhante, sobe e desce como as marés.

Mr. Austen limpa a garganta. Quando ele fala, sua voz está tensa, como se quase não a administrasse.

— E mais... temos que tomar como o fundamento de nossas leis terrenas: "Um homem que cause violência ao sangue de qualquer pessoa deve fugir até a cova; que ninguém o detenha."

Ele para, com o rosto parecendo o reflexo de uma das gárgulas esculpidas nos arcos góticos do teto abobadado acima dele.

Nem Mrs. Twistleton, nem Lady Harcourt se moveram. Na verdade, o desempenho do pai de Jane parece ter tido um efeito soporífico em Lady Harcourt, o que não chega a ser justo, considerando o esforço de

CAPÍTULO VINTE E CINCO

Jane ao compor o sermão. Não importa. Jonathan se tornou o único foco de sua atenção.

— "Jesus Cristo veio ao mundo para salvar pecadores", dos quais eu sou o chefe. — continua Mr. Austen. Ele exala audivelmente, tendo chegado a um território bíblico mais familiar. — Então, eu digo, arrependam-se e, embora possam ser condenados na Terra, sua alma pode alcançar a salvação.

Jane fica na beirada do banco. Os nós dos dedos ficam brancos conforme ela agarra o assento. Jonathan ergue os ombros na altura das orelhas. Embora não haja som saindo de sua boca, os lábios dele se movem.

Está funcionando. Ele está a um passo de desmoronar e fazer uma confissão. Jane coloca a mão no braço de Henry. Ele cobre a mão dela com a dele, segurando-a com firmeza. Juntos, eles se inclinam em direção a Jonathan.

Mr. Austen enrola os papéis em um canudo apertado.

— Isto basta... — Tira os óculos e desce do púlpito, olhando para os filhos. — Tenho certeza de que vocês compreendem a essência.

Quando ele volta para o altar-mor, a tensão evapora. Mrs. Twistleton engole em seco, relaxando o aperto em sua retícula e deixando o veludo amassado. Jonathan reclina no assento e abre os olhos. A fisionomia se abranda quando ele se junta ao monótono cântico do Credo. Ao lado dele, a mãe permanece comatosa.

Jane cai para a frente e Henry tira a mão da arma. Ela passou horas criando três páginas a mais de ameaças e persuasão para os Harcourt confessarem, mas o pai não está disposto a continuar colaborando. Só resta a ela rezar para que ele já tenha dito o suficiente para cutucar a consciência do assassino.

Fora da igreja, Henry curva os ombros e se recosta na carruagem.

— Eu disse que não funcionaria.

Agora, a neve está caindo com mais força, reclamando cada superfície. O telhado da igreja e a grama do cemitério que a cerca logo ficam cobertos de branco. Os paroquianos enrolam as capas bem junto ao corpo e se despedem rapidamente.

— Não, você não disse. — Jane cerra os dentes. — Disse que era uma ideia genial. E mais: que, se eu fosse homem, seria chefe de inteligência das forças do rei George na guerra continental — continua ela. A neve abafa os sons do campo. O silêncio é tal que Jane se vê forçada a sussurrar para Henry, para impedir que os paroquianos entreouçam o bate-boca. — E ainda não terminei com os Harcourt. Você vai ver. Aquilo foi só a primeira parte do meu plano.

O rápido cortejo das pessoas deixando a igreja transforma o caminho com neve em uma mistura cinzenta de lama e neve. Mr. Austen a atravessa pisando duro, olhando para os dois.

— Que raios foi aquilo?

— Quis ajudar o senhor com um material novo — diz Jane. — Deve estar ficando cansado de ler os mesmos sermões repetidas vezes.

Mr. Austen abre e fecha a boca, como um peixe recém-pescado.

— Pelo amor de Deus, por que não me disse?

Henry pega o pai pelo cotovelo e o dirige para a carruagem. Mr. Austen se livra da ajuda do filho e se lança para dentro.

Jane engole em seco enquanto entra depois dele.

— Pensei que seria uma surpresa agradável.

— Você perdeu a noção? — diz Mr. Austen, abrindo a bolsa, retirando as páginas ofensivas e as atirando para ela. — Você mudaria o programa de uma peça depois que os atores já estivessem no palco? Sua maneira de "ajudar" é incitando um grupo sedento de sangue? E quanto ao Georgy? O que as pessoas dirão, me ouvindo defender a pena de morte quando meu próprio filho está na prisão, aguardando julgamento por furto vultuoso? Vão pensar que eu o estou condenando.

Jane amassa o sermão rejeitado em uma bola conforme a carruagem sai.

— Sinto muito, pai. Não pensei...

Como ela pôde ser tão estúpida? É claro que qualquer um, com exceção do assassino, pensaria que seu pai se referia a Georgy.

CAPÍTULO VINTE E CINCO

O progresso deles é lento ao longo do caminho congelado. A neve se acumula na base das janelas da carruagem, reduzindo a visão dos campos brancos e das árvores polvilhadas. Mr. Austen coloca a mão sobre a de Jane e a aperta com os dedos gelados.

— Minha querida, se você realmente quer tentar compor sermões, ficarei feliz em deixá-los a seu cargo. Só me avise. E nada de ameaças de inferno e danação. Você vai acabar me conduzindo ao bispo.

Jane retira a mão, virando-se para a janela.

— Não se aflija, pai. Prometo que não serei tola de repetir a experiência.

A neve cai como um cobertor grosso de lã. Jane olha para fora, pelo vidro que rapidamente vai deixando de ser transparente. Quando eles chegam em Steventon, a janela está coberta de flocos de neve acumulados, e ela mal pode respirar com a sensação de estar enterrada viva.

Ao tentar salvar Georgy, Jane inadvertidamente piorou as coisas e pode até ter assinado a sentença de morte do irmão. Como um júri o julgará inocente, se é sabido que sua própria família o condena? Ao tentar usar o medo de Deus para atrair o assassino, ela revelou como seu próprio entendimento é inadequado.

Capítulo Vinte e Seis

Naquela noite, Jane vai para a cama de espartilho e combinação, as meias de lã ainda nos pés. Acorda a cada duas horas e espia a lua cheia, brilhando no alto do céu claro como uma moeda espanhola recém-cunhada. Quando o galo canta, ela sabe que só falta cerca de uma hora para o amanhecer. Até então, não conseguiu descobrir quem é que deixa flores no túmulo de Zoë Renard, mas nunca se levantou tão cedo. Em seu íntimo, uma agitação diz a Jane que o enlutado não se deterá, nem mesmo nesse clima inclemente. Nem Jane. Ela enfia um segundo par de meias e joga a veste de lã mais quente que tem pela cabeça. É um vestido de luto; um dos trajes batidos que sacrificou ao pavoroso tingimento preto quando tia Phila sucumbiu ao brutal tormento de sua doença terminal.

Desliza escada abaixo, com medo de acordar Anna ou seus pais. A escada e a cozinha estão às escuras, sem fogo queimando nem velas acesas, mas são tão familiares que ela consegue achar o caminho em meio às sombras tocando de leve ao longo da parede.

O luar se espalha pela abertura entre as cortinas da sala, onde Henry se esparrama no sofá. Dormiu em mangas de camisa, com um cobertor de patchwork jogado sobre si. As longas pernas, de calções e meias com-

CAPÍTULO VINTE E SEIS

pridas, pendem sobre o braço da peça delicada. Jane agarra o ombro dele, sacudindo-o com cuidado.

Henry vira de lado, jogando um braço por cima do rosto e babando em uma almofada bordada.

— Em um minuto...

Jane se ajoelha, dando uma sacudida mais forte no ombro do irmão. Algo duro atinge o joelho dela. Uma garrafa vazia de vinho do Porto rola de debaixo do sofá.

— Você disse que viria — sussurra ela em seu ouvido.

Henry puxa o cobertor ao redor dos ouvidos e mexe os lábios.

— Eu vou, eu vou...

O hálito dele exala um forte cheiro de álcool.

Jane vai até a janela na ponta dos pés e olha o jardim iluminado pelo luar. Pelo menos Henry cumpriu a promessa de abrir um caminho antes de desmaiar de bêbado. A nevasca durou a tarde toda, estendendo uma grossa camada de branco sobre Hampshire. Nevou mais durante a noite, mas apenas em lufadas mais leves.

No vestíbulo, ela abotoa a capa e veste as luvas de lã. Pega emprestado o xale claro da mãe, enrolando a lã fina ao redor do rosto, deixando apenas os olhos de fora. Com cuidado, vira a chave na fechadura de ferro da porta dos fundos até o mecanismo se soltar com um clique.

Avança afundada até o tornozelo na neve densa que cobre o degrau da porta dos fundos. A esta altura, começa a clarear. O sol ainda não saiu, mas um brilho suave atinge o horizonte. Além dos rastros de uma raposa rondando, os únicos passos na neve intocada são os dela.

Jane estremece ao subir a colina, mas o frio não se fixa no tutano dos seus ossos até ela chegar ao cemitério e subir no abraço do grande teixo. Torrões de neve pesam os amplos galhos da árvore para baixo, mas a terra abaixo dela está limpa. O sangue de Jane esfria. Ela se obriga a ficar em silêncio e parada enquanto se mantém de vigília. Puxa a capa mais para junto do corpo e enfia as mãos debaixo dos braços.

Os dedos das mãos enrijecem e os dos pés viram pingentes de gelo. Ela devia ter colocado as botas de cano alto de Henry em vez de suas próprias e inadequadas botas com cadarço que só chegam ao tornozelo. A bainha da capa e do vestido está embebida de neve. Os dentes batem. As orelhas estão tão frias que queimam.

Que irônico seria Jane congelar até a morte na tentativa de capturar um assassino. Se ela morresse, seria o assassino de Zoë Renard o responsável moral? Ou poderiam dizer que ela morreu por vontade própria ao se colocar à mercê da natureza? O bispo se recusaria a enterrá-la no cemitério da igreja, ainda que o Senhor estivesse disposto a recebê-la em terreno consagrado?

Ninguém achará o corpo dela até a neve derreter, quando a gralha preta bicar os seus olhos. Está ficando delirante. O que Mary diria? "Recomponha-se, Jane. Você nunca vai chegar a lugar algum deitada morta na neve."

Em algum lugar na escuridão, um casal de corujas-do-mato está namorando. A fêmea solta um guincho curto. Depois de alguns minutos, o macho responde com um "tuit, tuu" mais melodioso.

Um cavalo relincha. Pobre Greylass na baia. Será que algum dos trabalhadores da fazenda pensou em cobri-la com uma manta antes da chegada do frio? A pelagem malhada com fundo branco da pônei é espessa, mas até ela sentirá a ferroada desse inverno sombrio. Jane coloca as mãos em concha sobre o rosto e sopra, aquecendo a ponta do nariz com a respiração.

O cavalo volta a relinchar. Não é Greylass: o som está alto e próximo demais.

Jane espia por entre as aberturas dos galhos cobertos de neve. Uma sombra masculina caminha cansada, saindo devagar por detrás da igreja de pedra. A manta de neve aos pés do homem reflete o luar. Ele é alto e magro, usa um sobretudo escuro com o colarinho virado para cima. Puxa um chapéu tricórnio sobre a testa e esfrega as mãos com luvas de couro, soprando baforadas de vapor enquanto vai esmagando a neve.

CAPÍTULO VINTE E SEIS

As batidas do coração de Jane ressoam nos ouvidos.

O homem passa por Lord e Lady Portal em seus leitos gelados e pela única lápide para as múltiplas gerações dos Bolton. Segue em frente, patinhando pela neve na altura da panturrilha em suas botas de cano alto. Anjos chorosos e sequências de cruzes na vertical estão em silêncio e imóveis quando a sombra do homem cai sobre eles. Ele chega no canto extremo, onde Zoë Renard jaz enterrada na terra gélida, e enfia a mão dentro do casaco.

De fato, *é* Jonathan Harcourt.

Jane o reconheceria em qualquer lugar pelo andar esguio. Agora ela pode ver seu perfil claramente ao luar. A imaginação não a enganou; ele realmente foi amante de Madame Renard e pai do bebê. Os lábios de Jonathan se movem, mas ela não consegue entender o que estão dizendo. Ele está longe demais, e a neve reduz as palavras a um murmúrio.

Que motivo razoável poderia ter Jonathan para se infiltrar em um cemitério na calada da noite? Se sua ligação com Madame Renard era inocente, por que ele não se identificou? Ele *com certeza* a matou. E agora Jane precisa chegar ainda mais perto se quiser testemunhar a confissão de Jonathan. Ela se agacha, esgueirando-se pela árvore, tomando cuidado para não agitar o pó instalado nos galhos. Depois de escapar das garras do teixo, ela se move sorrateiramente pelo cemitério em direção a Jonathan.

Aqui não há caminho. Cristais de gelo são esmagados a cada passo, e as pernas afundam até os joelhos na neve. Jane puxa o capuz mais para junto dos olhos e se junta às sombras das lápides. Se Jonathan for um assassino, ela está se colocando em grande perigo. Deveria voltar para casa e acordar Henry. Mas não há tempo, e a vida de Georgy corre perigo.

Jonathan se agacha, murmurando consigo mesmo enquanto, com cuidado, coloca três orquídeas de um tom de marrom-avermelhado no monte branco. Elas são a única explosão de cor neste mundo em preto e branco. Jane está chegando perto. Mais alguns passos e ela pode se esconder atrás do sarcófago de Lady Portal. Vai recorrer à sua velha amiga para proteção enquanto escuta a confissão de Jonathan.

Ela ergue um pé, pisando com cuidado. A sola da bota encontra gelo. Jane escorrega, batendo os braços e aterrissando de cóccix. A neve fofa amortece a queda, mas gruda na roupa. Ela se levanta.

Jonathan se vira.

Estão cara a cara. Os olhos dele se arregalam, um branco leitoso rodeando o preto das pupilas aumentadas. Ele abre a boca, o lábio inferior se virando para baixo, como o de um bandido de caricatura. Ele urra, lançando-se contra Jane.

Ela grita.

O grito lancinante atravessa a noite, fazendo os pássaros voarem em pânico. Jane estava errada ao pensar que Jonathan fosse incapaz de uma violência mortal. Ele *realmente* matou Zoë Renard e agora também vai matá-la. Seu coração golpeia tão forte no peito que dói. Conforme Jane contempla o rosto da morte, visualiza sua escrivaninha em casa, em cima da cômoda. Lady Susan está aprisionada dentro da gaveta. Maços de papel em branco entulham a câmara e tinta de abrulho enche o tinteiro. Se ela morrer ali, sua Catherine jamais chegará à página.

Com os braços e as pernas trêmulos, Jane planta a palma das mãos na neve e consegue se levantar. Tenta fugir, mas não consegue se mover com rapidez suficiente. Sufoca, presa ao redor do pescoço e puxada para trás pela capa. Ao cair, braços fortes envolvem sua cintura.

Jane ergue um joelho e dá um chute para trás. O pé acerta a canela de Jonathan. Ele geme, soltando-a por uma fração de segundo. O mundo gira. Os dedos dele circundam o tornozelo de Jane como se fosse um torno.

— Zoë, por favor, não vá. Me perdoe... — diz Jonathan.

Jane tropeça, caindo com força sobre o joelho. Ele se deita no chão atrás dela, segurando a bota de Jane com ambas as mãos.

— Zoë!

Ela agita o pé furiosamente.

A culpa de tirar a vida de Madame Renard enlouqueceu Jonathan. Ele acha que Jane é um fantasma que voltou do túmulo para assombrá-lo pelos seus pecados. Os pulmões de Jane queimam enquanto ela se

CAPÍTULO VINTE E SEIS

contorce em busca de ar. Não consegue respirar. Os braços e as pernas estão pesados demais.

Um lampejo escarlate passa às pressas. É Henry, graças a Deus. Finalmente ele veio, como disse que viria.

— Solte a minha irmã! — grita, passando por cima de Jane e se jogando sobre Jonathan.

Jane puxa o tornozelo, vendo-se livre.

Henry e Jonathan rolam e rolam na neve, para longe de Jane, até chegarem ao túmulo dos Bolton. Henry prende Jonathan no chão. O rapaz joga os braços sobre o rosto, impedindo os socos de Henry.

— Henry? — chama Mr. Austen, vacilando pela neve com seu gorro de dormir e a túnica avermelhada. — Pelo amor de Deus, crianças, o que está acontecendo?

— Pai — diz Jane, levantando-se com o apoio dos joelhos.

Mr. Austen fica boquiaberto ao se virar para a filha.

Henry está montado em Jonathan, os punhos preparados.

— Eu precisava fazer isso, pai. Ele tinha agarrado Jane.

Jonathan cobre o rosto com as mãos, gemendo em agonia com o ataque de Henry.

Mr. Austen arregala os olhos.

— Jane, você e Jonathan Harcourt estão…

— Não! — grita Jane, ruborizando, indignada com a sugestão ridícula.

Ela deteve um assassino sozinha. No entanto, a primeira preocupação do pai é perguntar sobre a sua virtude.

— Eu… Eu sinto muito. — diz Jonathan, curvando-se de lado no chão coberto de neve, aos soluços. — Achei que fosse o espírito de Zoë.

Henry se levanta com as pernas afastadas enquanto aponta para seu prisioneiro.

— Ele é o assassino, pai. Matou aquela mulher na Deane House.

Jonathan se esforça para se sentar. O sobretudo está coberto de flocos de neve, e torrões de gelo pendem do cabelo solto.

— Não matei. Juro. Eu jamais a machucaria. Eu a *amava*.

Jane oscila até o pai, segurando o cotovelo dele.

— Eles eram amantes. Os dois se conheceram em Bruxelas, e ela estava grávida dele. Jonathan precisou tirá-la do caminho para poder se casar com Sophy Rivers por causa do dinheiro.

Mr. Austen pega as duas mãos da filha.

— De que diabos você está falando? — Cambaleando um pouco, ele se vira para os outros dois. — Jonathan, isso é verdade?

— Não, não é — responde, esfregando os olhos com os punhos. — Ela não era minha amante. Era minha *esposa*.

Capítulo Vinte e Sete

Os campos gelados reluzem como ouro sob o sol do amanhecer. Nas cercas-vivas, um coro de passarinhos chilreia o começo de um novo dia. O pai de Jane se apoia nela enquanto eles caminham penosamente pelo jardim. Atrás dos dois, Henry ergue o braço de Jonathan ao redor do seu pescoço enquanto meio carrega, meio arrasta o homem machucado e choroso para a casa paroquial.

Ao se aproximarem da porta dos fundos, a mãe de Jane espia pelo vidro, balançando uma Anna sonolenta no quadril. Ela escancara a porta.

— Alguém pode, por favor, me explicar o que está acontecendo?

Os passos de Jane desaceleram diante da fúria de Mrs. Austen.

— Henry e Jonathan estavam aos socos — diz Mr. Austen, atravessando a soleira e entrando no pequeno vestíbulo. — Na idade deles. Dá para acreditar? Pensei que estivéssemos livres de garotos briguentos em idade escolar. Pelo menos até começar o novo período. Mas, ao que parece, Jonathan pôs as mãos em Jane.

Mrs. Austen olha para a filha de soslaio, manchas vermelhas aparecendo nas bochechas.

— Jane, você e Jonathan...

— Não! — exclama ela. Por que todas as suas ações têm que ser interpretadas sob as lentes de um romance? Há muito mais para ela, para seu potencial, do que o matrimônio. Jane entra no vestíbulo batendo o pé, levando neve pelo tapete. — Ele pensou que eu fosse o fantasma de Madame Renard voltando para assombrá-lo.

— É de se estranhar? Olhe para você. — Mrs. Austen percorre a filha com o olhar, indo das botas com cadarço até o capuz pontudo. Jane está uma figura sinistra com a capa preta, o rosto completamente coberto. — Se você me aparecesse assim, eu morreria de medo. Você parece uma filha ilegítima de uma *banshee* irlandesa e uma múmia egípcia. O que estava fazendo no cemitério a esta hora? Quase nos matou de medo quando ouvimos o seu grito.

Jane abaixa o capuz e desenrola o xale, exibindo o rosto.

— Estava fazendo o necessário para salvar Georgy, provando que *ele* é o verdadeiro assassino — diz, apontando para Jonathan.

— Mas não sou. Já disse que não sou.

Jonathan pressiona o rosto no ombro de Henry, que olha para ele, claramente perplexo com o fato de a luta épica que tiveram ter se transformado em algo mais parecido com um abraço.

— Filhos, isto foi longe demais — diz Mr. Austen, esfregando as têmporas.

Sally aparece à porta da sala, já vestida com o uniforme de linho e tamancos de madeira. Olha boquiaberta para Jane enquanto pega a túnica molhada de Mr. Austen e lhe entrega o cobertor de lã de patchwork. Felizmente Jane está guardando o segredo de Sally; caso contrário, a notícia de sua própria contravenção percorreria a distância de Basingstoke até Winchester nos lábios dos criados antes do final do dia.

Mrs. Austen aperta Anna junto ao peito.

— Jonathan não é um assassino. Veja, vocês deixaram o pobre rapaz transtornado.

Trilhas de lágrimas marcam o rosto do jovem, e seu corpo esguio é sacudido por soluços.

CAPÍTULO VINTE E SETE

Henry afunda o queixo e olha para a mãe por entre os cílios escuros, em sua melhor imitação de um cachorrinho machucado.

— Foi ideia da Jane.

— Quem é o linguarudo agora? — questiona Jane, reprimindo a vontade de socá-lo enquanto pendura a capa ensopada.

Mrs. Austen empurra Anna para os braços da filha. A bebê agarra o nariz gelado de Jane com dedos quentes e pegajosos.

Jonathan manca ao atravessar a soleira. Mrs. Austen pega as mangas do sobretudo molhado do rapaz, puxando-o de seus longos braços.

— Vamos tirar estas coisas molhadas de você de uma vez. Está pingando por todo o chão.

Ela leva todos para a sala íntima, onde um novo fogo está aceso. Sally está parada ao lado dele, cutucando as toras com um atiçador, sem tirar os olhos do drama que se desenrola.

Jane fica ao lado de Jonathan, decidida a extrair a verdade dele, apesar do sofrimento do rapaz.

— Se você não matou Zoë Renard, por que estava pedindo desculpas ao espírito dela?

Jonathan desmorona em uma cadeira, pousando um cotovelo na mesa e segurando o rosto com a mão.

— Porque ela era minha esposa e falhei com ela — responde, o cabelo escuro pingando no colarinho da camisa. — Eu *sabia* que todos vocês achavam que fui eu quem fez aquilo. Foi por isso que o senhor fez aquele sermão, não foi? Contei à minha mãe, mas ela disse que eu estava sendo sensível demais, como sempre.

Mr. Austen ocupa seu lugar costumeiro, com as costas para o fogo. Com o cobertor jogado sobre o camisolão, ele parece um rei medieval.

— Henry, pegue meu vinho do Porto. Eu diria que todos nós merecemos um gole.

Henry faz uma careta.

— Tem certeza de que não prefere um conhaque, pai?

— Ah, de novo não. — Mr. Austen bate a mão na mesa. Ela não está coberta por uma toalha, e o som repercute nas paredes. — Era uma garrafa cheia!

Jane se instala no assento mais perto de Jonathan, acomodando Anna no colo. A bebê está quente, melhor do que qualquer aquecedor de cama. Sally pega seis copos de vidro lapidado do aparador e os coloca na mesa. Mr. Austen ergue uma sobrancelha. A criada franze a testa enquanto remove o sexto copo e o coloca de volta no aparador. Henry aparece com uma garrafa nova de conhaque e verte uma dose generosa do líquido dourado em cada um dos cinco copos restantes.

Jonathan segura o copo com as mãos trêmulas e vira o conteúdo rapidamente goela abaixo.

— É verdade... Nós nos conhecemos mesmo em Bruxelas, como você disse. — Ele estende o copo para mais uma dose. — Adorei aquele lugar. Queria nunca mais voltar para cá. Estava totalmente satisfeito, ganhando a vida como pintor de retratos. E Zoë era muito talentosa. Sua família, os Renard, fazem a renda mais fina da cidade. Têm feito isso por gerações.

— E vocês se casaram? — indaga Mr. Austen, colocando a mão no braço de Jonathan para evitar que ele trema.

— Casamos. — Jonathan dá um gole. Os olhos azul-claros estão marejados, com as bordas vermelhas. — Então, soubemos que os franceses estavam a caminho, planejando invadir. Zoë queria ficar. Era o lar dela. Toda a sua gente estava lá. — Ele dá mais um gole no conhaque. — Mas fiquei com medo de que, apesar da maneira como estava vivendo, de algum modo eles descobrissem minha posição social e eu fosse... bem, vocês sabem.

Henry passa um dedo pela garganta.

— Executado.

— Sim. Vocês devem ter lido as reportagens. Ninguém se livra dos jacobinos. — A face direita de Jonathan e seu lábio inferior vão ficando cada vez mais vermelhos. O rosto começa a inchar pelo impacto dos punhos de Henry. — Então, convenci Zoë a voltar para a Inglaterra comigo.

CAPÍTULO VINTE E SETE

Perdi tudo quando fugi. Aconteceu muito rápido; em um minuto Bruxelas era o meu lar, e no instante seguinte eu estava fugindo para salvar minha vida. Fui forçado a abandonar minhas pinturas e meu material. Procurei apoio nos meus pais, mas...

A voz dele falha.

Mr. Austen esfrega o braço do rapaz.

— Continue, Jonathan. Você sabe que está seguro aqui. Você sempre esteve seguro conosco.

Jane beberica o conhaque lentamente, lembrando-se do menino desesperado e de olhos arregalados que Jonathan era na primeira vez que veio à escola do pai. Acordava a casa toda com seus terrores noturnos e "acidentes", levando os outros meninos a caçoar dele com o vergonhoso apelido de "Johnny mijão". Nos primeiros meses em que ele morou na casa paroquial, ficava petrificado com a própria sombra e ainda mais apavorado com o casal Austen, o que as crianças consideravam ainda mais bizarro.

Jonathan apoia a testa na base da palma da mão.

— Eles não aceitavam Zoë como minha esposa. Diziam que era por ela ser católica, mas eu sabia que não tinha nada a ver com isso. Era por ela não pertencer ao "tipo certo de pessoas". A família de Zoë é de comerciantes, então eles a consideravam inadequada para ser sua nora. Mas nenhuma dessas bobagens me importava. Ela era inteligente, gentil e muito talentosa.

Ele fecha os olhos, uma grande lágrima escorrendo pelo rosto.

Em todos os devaneios de Jane sobre a natureza da relação de Jonathan com Madame Renard, nunca lhe ocorreu que ele poderia *amá-la* genuinamente. Conforme ele franze o rosto e luta para respirar, fica muito claro que a amava.

Mrs. Austen está atrás de Jonathan, com as mãos nos ombros dele.

— Ah, pobre rapaz.

Jonathan enxuga o nariz na manga.

— Eles tentaram me dizer que, como nós nos casamos em uma cerimônia católica romana, não era válida aqui.

Mr. Austen franze a testa.

— Isso não é verdade. Uma cerimônia católica é perfeitamente válida aos olhos da Igreja Anglicana.

— Eu sei — diz Jonathan, balançando a cabeça enfaticamente em sinal de concordância. — E eu nunca iria querer que fosse diferente. Fiz o possível para fincar o pé contra meus pais, mas estava desesperado pela ajuda deles. Eu havia fugido com nada além das roupas do corpo. Sem meu material, não tinha como ganhar a vida. Precisava recomeçar. Mas eles só me adiantariam dinheiro se eu concordasse em me casar com Miss Rivers. E... é tão difícil explicar, mas eles têm uma maneira de distorcer as coisas. Sempre têm. É o principal motivo de eu ter ido para o continente, para me livrar deles.

Mrs. Austen entrega um lenço limpo a Jonathan. Jane rói a unha do polegar, lembrando-se das palavras que ele usou no baile. *Queria, por Deus, nunca, jamais ter posto os pés de volta nestas terras.* Não por ser culpado, mas porque sua esposa tinha sido morta e ele estava de coração partido.

— Encontrei um lugar para Zoë ficar em Basingstoke enquanto eu voltava para a Deane House, tentando fazê-los mudar de ideia. Por fim, meu pai admitiu que não poderia ajudar, mesmo que quisesse, por causa de todas as dívidas que contraíra na mesa de carteado. Ele disse que, ao me recusar a me casar com Miss Rivers e garantir seu dote, eu estava abandonando todos. Eles iriam à falência, todos os nossos arrendatários perderiam suas casas e morreriam de fome. E, ainda por cima, eu não teria como cuidar de Zoë. Todos nós estaríamos arruinados por causa da minha teimosia. Então, cedi e concordei para ganhar um pouco de tempo. Nós... nós estávamos esperando um filho — diz, engasgando-se com um soluço. — Eu precisava pagar algum lugar mais adequado para Zoë morar, além de um médico. Não acho que eu teria tomado parte em uma cerimônia de casamento sabendo que seria uma farsa e um roubo do dote de Miss Rivers, mas na época não via outra saída.

Lágrimas ardem no fundo dos olhos de Jane ao ver Jonathan aos soluços, sem conseguir respirar. Está tão desesperado que já não tenta

CAPÍTULO VINTE E SETE

manter qualquer aparência de dignidade. Henry, incapaz de suportar aquilo, vai até a lareira e dá as costas para a cena. Esse tempo todo, os irmãos andaram procurando sinais de culpa, quando o que o pobre homem procurava esconder era dor.

— Na noite do baile, eu não sabia que Zoë estava lá — continua Jonathan, assoando o nariz no lenço e secando o rosto. — Eu nunca disse a ela que meus pais queriam que eu me casasse com outra, só que eles precisavam de um tempo para se acostumar com a ideia de eu ser casado. Só soube que ela tinha sido morta quando Henry descobriu o corpo... E ainda não sei o que aconteceu. Fiquei tão abalado e não podia explicar por quê. Meu pai nunca tinha posto os olhos em Zoë. Ele não sabia por que eu estava tão perturbado. Acusou-me de ser histérico. Fez com que o lacaio forçasse a tintura de mamãe na minha garganta antes de me arrastar para meu quarto e me trancar lá... E, quando Georgy foi achado com o colar, minha mãe tentou me fazer crer que *ele* a tinha matado, mas eu sabia que isso não era verdade, porque a corrente só poderia ter sumido *depois* de descobrirem o corpo de Zoë, ou não teriam conseguido recuperar meu anel.

Ele ergue a mão trêmula.

— Então, *era* seu? — indaga Jane, inclinando-se à frente para examinar o anel de sinete no dedo mindinho do rapaz. — Você o deu para Zoë e ela empenhou junto com o colar?

— Ela precisou fazer isso. Era a única maneira de cobrir o aluguel do quarto em Basingstoke. Trouxemos seu material de fazer renda conosco. Era muito mais portátil do que minhas telas e caixas de pigmentos. Mas levou um tempo para ela produzir um estoque e ganhar uma reputação. — Jonathan recolhe a mão, girando o anel várias vezes. — Era a aliança de casamento de Zoë. Enroscava nos carretéis quando estava fazendo a renda, então ela o usava na corrente. Devia estar com ele quando foi morta... — Ele desmorona à frente, os cotovelos pousados nos joelhos, enquanto solta um grito gutural nas mãos. O som entra em Jane, retorcendo seu coração. — P-por que *alguém* o retirou, e ele estava de volta no meu dedo quando acordei de manhã.

Mrs. Austen se ajoelha ao lado de Jonathan, tirando o cabelo do rosto do jovem.

— Ah, pobre rapaz. O que fizeram com você?

Jane se levanta, entregando uma Anna adormecida a Sally. As pernas tremem enquanto ela vai na ponta dos pés até a porta dos fundos, antes que os pais ou Henry possam notar e reagir. Enquanto a família está distraída com o sofrimento de Jonathan, Jane precisa terminar o que começou. Está óbvio que o rapaz não matou a rendeira. Se Sir John não sabia quem ela era, também não tinha motivo para matá-la. Isso deixa apenas um nome na lista de suspeitos: Mrs. Twistleton. E, depois do que acabou de ouvir, Jane está mais determinada do que nunca a confrontá-la.

Capítulo Vinte e Oito

Jane desanima ao chegar no jardim, mais uma vez com a neve fresca chegando aos tornozelos. Enquanto ela estava dentro da casa paroquial, outra tempestade atingiu Hampshire. Estava tão envolvida na história de Jonathan que não notou. A nevasca encobriu as pegadas de mais cedo e acabou com o caminho penosamente cavado por Henry. Nos campos, a neve deve estar com trinta centímetros de profundidade. Já foi difícil o bastante se esforçar para subir a colina até a igreja; nesta tempestade, nunca vai conseguir cumprir a pé os caminhos que levam à Deane House. Conformada com sua sina, ela investe pelo jardim, passando pelo terreiro em direção à cocheira. Se for para salvar Georgy da forca, precisa dominar cada um dos medos que lhe restam.

A sala dos arreios está destrancada. James está sempre repreendendo Mr. Austen para que ponha um cadeado nela, mas o pai de Jane tem fé demais na natureza humana para abrigar qualquer medo genuíno de ladrões. Ela busca entre os numerosos cabrestos de couro. Nunca montou qualquer dos cavalos que moram atualmente na cocheira dos Austen. A égua arisca da qual caiu foi destinada ao matadouro há muito tempo. Jane não faz ideia de qual cabresto servirá em Greylass, mas sabe que existe um, e só um, com uma trança marrom e preta na faixa da testa. Só Cassandra poderia ter escolhido algo tão meloso para colocar na pônei.

O silhão é fácil de identificar, projetado para uma mulher. Está no chão, onde Jane o jogou. Ela passa o cabresto em volta do pescoço e ergue a sela pesada com as mãos. Greylass levanta a cabeça e aponta as orelhas para a frente, em saudação.

— Sinto muito, minha garota. Nunca lhe trouxe aquela cenoura, não é? Mas, se você me ajudar a pegar esse demônio, vou trazer várias.

Ao entrar na baia, seu estômago endurece perante a perspectiva de ser achatada entre o lombo malhado da égua e a parede de tijolos. Greylass trota pela palha para abrir espaço para a visitante. O freio de aço está frio na mão de Jane quando ela o pressiona na boca da pônei. Os dedos tremem ao pensar nos enormes dentes quadrados de Greylass, mas o animal curva os lábios pretos e o aceita imediatamente.

— Pronto. Conseguimos.

Jane passa o cabresto pela cabeça da pônei e o prende, depois ergue a sela na traseira larga do animal. Reza para se lembrar das instruções de Frank para prendê-la corretamente. Não pode falhar nem cair. Greylass relincha, soltando vapor pelo focinho e chutando a neve com os cascos dianteiros enquanto Jane a conduz para o terreno.

— É, está funda, não está? — comenta, dando um tapinha no rosto da pônei e a guiando com as rédeas para o bloco de montar. — Em outras circunstâncias, você ainda estaria aninhada e confortável na baia, e eu não estaria me arriscando a quebrar o pescoço. Mas a necessidade exige.

Jane passa as saias por sobre o braço e, colocando ambas as mãos na sela, ergue um pé no estribo, fecha os olhos e se ergue no ar.

— Por favor, por favor, por favor...

Ri de prazer ao perceber que está ereta no estribo. Senta-se pesadamente, retorcendo-se na sela para encontrar a posição correta após tantos anos. Não pegou um chicote, mas a fiel pônei de Cassandra não precisa de um. Greylass sai trotando assim que Jane se firma. É como se o animal conseguisse perceber seu propósito.

CAPÍTULO VINTE E OITO

Nos primeiros passos, Jane fica rígida, o estômago dando voltas. Depois, um surto de energia explode em seu corpo, os músculos relaxam e o coração se expande com a liberdade. Lá vai ela, precipitando-se pelo terreiro em um trote.

O vento beija o rosto de Jane e as saias voam atrás dela. Com a neve acumulada, o chão não está tão longe. Henry sai às pressas pela porta dos fundos da casa paroquial.

— Jane, espere!

Ele sai correndo atrás dela, acenando com os braços acima da cabeça.

Mas Jane está em total controle do próprio corpo ao pegar o caminho. Agarra as rédeas junto ao peito e se ajeita na sela. Greylass acelera em um galope brando. É como se Jane estivesse voando enquanto se arremessa pela branquidão árida numa busca impetuosa pelo assassino de Zoë *Harcourt*.

Quando passa pelos portões da Deane House, está mais viva do que nunca. O rosto está afogueado e o coração golpeia no peito. Um cavalariço esfrega os olhos de sono enquanto varre a entrada.

— Tome — diz Jane, escorregando da pônei e jogando as rédeas para ele. — Vá até os Lloyd, em Deane, o mais rápido que puder. Diga ao magistrado que Miss Austen sabe quem é o assassino e está prestes a obter uma confissão. Eu lhe darei seis centavos. Agora, vá depressa.

— Está certo, senhorita.

O menino salta no lombo de Greylass e sai galopando. Jane fixa os olhos nos arbustos abaixo da sacada ogival envidraçada, onde Georgy deve ter encontrado o colar de Zoë. Tomada pela fúria e pela sede de justiça, ela bate com ambos os punhos na sólida porta de carvalho da imponente mansão Tudor e grita a plenos pulmões, querendo entrar. Após o que parecem horas, uma fresta se abre.

O mordomo aponta a cabeça com o gorro de dormir no ar gélido. Jane enfia o pé dentro da casa e passa por ele.

Mrs. Twistleton está no saguão de entrada pouco iluminado, revestido de carvalho, com uma camisola de babados.

— Miss Austen?

A governanta dá um passo atrás enquanto ergue junto ao rosto pálido uma vela que queima num receptáculo de latão.

Jane atravessa o tapete turco a passos largos, até as duas estarem cara a cara.

— A senhora sabia quem ela era? Encontrou-a em Basingstoke, na Estalagem Angel? — pergunta. As sobrancelhas escuras de Mrs. Twistleton sobem enquanto ela agarra a lapela. — Madame Renard era Mrs. Harcourt, esposa de Jonathan. Não amante, *esposa*. Ela deve ter vindo até aqui à procura dele. E, de algum modo, acabou morta e trancada naquela rouparia.

— Miss Austen, a senhorita está bem? Não está fazendo o menor sentido.

Mrs. Twistleton clama ao mordomo com os olhos, mas ele não se mexe para interceder.

Jane trava o maxilar. É sua última chance de salvar Georgy. Vai extrair a verdade, ou tudo terá sido em vão. Seu irmão, o mais inocente dos homens, morrerá pelos pecados de outra pessoa.

— A senhora precisa contar a verdade. É a única saída para a salvação. Esconda-a e o pecado manchará para sempre sua alma imortal.

A voz de Mrs. Twistleton sai aguda quando ela fala:

— Que pecado? *Eu* não tenho culpa de nada.

A seu lado, o mordomo revira os olhos.

A respiração de Jane é curta.

— Além do adultério, existe o fato de acusar outros em falso. Não houve nenhum invasor à espreita na mata da Deane, Mrs. Twistleton, e a senhora sabe disso. Tem muita sorte de a equipe de busca não ter flagrado nenhum vagabundo no dia seguinte ao assassinato, ou mais uma vítima infeliz poderia ter perdido a vida por algo que não fez. Quantos inocentes assistirá indo para a morte para proteger seu lugar nesta família, Deborah?

CAPÍTULO VINTE E OITO

— Não! — exclama Mrs. Twistleton, agarrando a própria garganta.

Jane se aproxima até poder sentir o hálito da mulher no rosto. Se não estiver enganada, há uma leve insinuação de gim nele.

— Sei quem é o assassino, Mrs. Twistleton. E mais, sei que a senhora também sabe. Já perdeu Sir John. Não há motivo para continuar escondendo.

— Não, Miss Austen... Não sei do que está falando.

— Não sabe? — diz Jane, apontando para a lavanderia. — Então, abra aquela porta.

— Não posso.

Os lábios da governanta tremem enquanto ela cambaleia para trás.

Punhos batem na porta da frente. O mordomo a abre e uma rajada gélida varre o saguão. O vento frio apaga a chama da vela de Mrs. Twistleton, mergulhando o vestíbulo na escuridão. Henry está parado na entrada, com o uniforme militar completo, recortado contra a ofuscante luz da manhã.

Terá sido mandado por Mrs. Austen para levá-la para casa? Jane sai do alcance dele, pousando a mão aberta na porta da temível lavanderia.

Henry entra.

— Jane?

Mr. Craven está atrás dele, o corpo volumoso bloqueando a luz.

— Miss Austen. O que está fazendo aqui novamente?

O lustre de bronze chacoalha quando Lady Harcourt desce às pressas pela escada de madeira, envolta em uma túnica cor de ameixa, com um turbante do mesmo tom cobrindo o cabelo.

— O que está acontecendo aqui? Estou tentando dormir.

Todos os músculos de Jane se contraem enquanto ela se prepara para resistir a ser levada daquele lugar. Eles não vão silenciá-la. Se for preciso, chutará e gritará até se fazer entender. Seu amor por Georgy supera qualquer dever de decoro.

— A porta para a lavanderia estava trancada quando Henry e Mrs. Chute encontraram o corpo. Sabia disso, Mr. Craven?

— Lembro-me de sinais de entrada forçada, sim. Parecia que alguém havia forçado a fechadura, de maneira inábil, com um instrumento pontudo.

Henry faz uma careta, parecendo envergonhado.

— Ah, sim. Acho que fui eu.

Mr. Craven assente, como que dizendo que já imaginava. É apenas mais um segredo entre cavalheiros. Que conveniente que eles sempre possam confiar uns nos outros em sua discrição!

— Então, Mrs. Twistleton. Exijo que abra esta porta imediatamente ou nos conte o que de fato aconteceu naquele dia.

As palavras de Jane saem em um grito estrangulado enquanto ela bate as palmas das mãos na madeira sólida.

— Não posso — repete Mrs. Twistleton, cobrindo a boca com a mão.

— Miss Austen, francamente — pede Mr. Craven. — Já a adverti quanto a pressionar a família Harcourt.

Lady Harcourt para no patamar, ao lado do busto de Edwin.

— Ponham-na para fora da minha casa.

Sem os cosméticos costumeiros, seu rosto está cinzento. Ela é um reflexo da máscara mortuária do filho, sem calor nos traços frouxos.

— Não se preocupe, Lady Harcourt, resolverei isto — garante Mr. Craven. — Agora, Miss Austen, venha comigo. Preciso ter uma séria conversa com seu pai.

Henry estende o braço, bloqueando a passagem de Mr. Craven. Ele respira fundo, enchendo o peito largo. Seus olhos estão ardentes com riscas cor de âmbar.

— Mr. Craven, como um oficial no exército de Sua Majestade, manter a paz é da minha jurisdição.

Mr. Craven concorda.

— É, de fato, senhor.

Henry se vira, encontrando o olhar de Jane.

Ela olha para o irmão do outro lado do saguão, suplicando que ele não a ignore. Silenciosamente, diz: *acredite em Mim, Henry. Você sabe que tenho razão.*

Henry joga os ombros para trás e coloca a mão no punho do sabre. Envolvendo-o com os dedos, tira a espada de prata da bainha. Jane treme

CAPÍTULO VINTE E OITO

quando ele aponta a lâmina curva diretamente para onde ela está parada, em frente à entrada da lavanderia. Quando ele fala, sua voz é clara e grave:

— Mrs. Twistleton, madame, estamos aqui a serviço do rei. Como tal, ordeno que faça o que minha irmã diz e abra essa porta imediatamente.

— Henry! — exclama Jane, o coração inundando-se de calor.

Como sempre, o irmão está do lado dela. Pode irritá-la, mas fica a seu lado contra o mundo.

A governanta se segura no aparador para se firmar.

— Não, tenente Austen. O senhor me entendeu mal, senhor. Não é que eu não queira, eu não *posso*. — Ela fecha os olhos, endireitando-se. — Nunca me confiaram meu próprio conjunto de chaves.

— Eu sabia! — exclama Jane, virando-se para encarar Lady Harcourt. — Foi a senhora! A senhora matou Zoë. É a única que poderia ter feito isso. Ela não estava usando o colar quando Henry a encontrou porque a senhora o arrancou dela para pegar o anel de Jonathan. Estava tão furiosa por seu filho ter ousado se casar sem sua permissão que matou a própria nora.

Lady Harcourt recua.

— Jonathan não tinha o direito de dar aquele anel. Nunca deveria ter sido dele. Nós o fizemos para Edwin.

— Mas o colar dela não tinha significado para a senhora, então o jogou pela janela do quarto nos arbustos, onde meu irmão, meu doce, inofensivo, inocente irmão o encontrou. E a senhora ia deixar que ele fosse enforcado pelo seu crime.

Jane não tinha nem mesmo pensado em incluir Lady Harcourt na lista inicial de suspeitos, mas a senhora tinha tanto a perder quanto Jonathan e o pai dele, e *ela* é o único membro da família Harcourt que Jane testemunhou perdendo a cabeça no calor do momento. E, como Hannah revelara, só ela tinha as chaves da Deane House.

— Saia da minha casa! Você é exatamente como ela. Como se atreve a poluir meu lar com sua presença imunda? Você é um nada, uma criatura insignificante, mas tiraria tudo de mim. Não foi feita para respirar o mesmo ar que eu respiro. Venho de uma família nobre, uma linhagem descendente do sangue mais azul — diz Lady Harcourt, inclinando-se para a estátua e envolvendo o busto com os braços, de modo que o rosto frio de pedra pressiona o peito dela. — Não basta meu Edwin ter sido tirado de mim, com sua linhagem pura demais para este mundo? E que o tolo do meu marido tenha gastado minha fortuna com jogos de aposta e prostitutas? E então *ela*, aquela meretriz papista, estrangeira, levaria Jonathan, o patético frangote, e o transformaria em nada mais do que um… um… — A palavra fica presa em sua garganta. — Um *negociante*. — Ela estremece de raiva. — Não aceitarei isso. Está me ouvindo? Se não for esposa de um baronete, mãe de seu herdeiro e dona da Deane House, eu não sou ninguém.

Os ouvidos de Jane ressoam com a enormidade das palavras de Lady Harcourt. É uma admissão de que ela matou Zoë.

Henry avança para o pé da escada, com o sabre em mãos.

— Madame, acho que a senhora precisa vir comigo.

Mr. Craven vai atrás, a um passo de distância. Lady Harcourt passa os braços ao redor da estátua, subindo os ombros até as orelhas e abaixando os lábios até a pedra lisa para beijar os cachos esculpidos de Edwin. Seus ombros se erguem quando ela empurra o busto do pedestal com as duas mãos. Ele tomba, despencando escada abaixo em direção a Henry e Mr. Craven. O Edwin de mármore golpeia os degraus de madeira. Seu nariz se lasca enquanto ele rola, batendo com força em cada degrau. Henry dá um pulo para sair do caminho, mas Mr. Craven está perto demais dele. Por um décimo de segundo os dois homens ficam suspensos em pleno ar.

A cauda da túnica de Lady Harcourt abana no patamar, sumindo da vista quando ela foge.

Henry e Mr. Craven dão de encontro um no outro, caindo ao chão em uma enorme confusão de braços e pernas. O sabre de prata de Henry retine no assoalho. O busto rola como uma bola de boliche, diminuindo até parar aos pés de uma transtornada Mrs. Twistleton.

CAPÍTULO VINTE E OITO

Jane ergue as saias, pulando os homens para alcançar a assassina. Ela salta os degraus de dois em dois. As solas de suas botas reforçadas batem nas ripas de madeira até ela chegar ao primeiro andar.

Sem fôlego, Jane para.

Há uma infinidade de portas no longo corredor. Aonde foi Lady Harcourt? Jane corre para a extremidade e para onde ela calcula que seja a direção da sacada em ogiva que dá para os arbustos. A porta mais distante está entreaberta. Uma armadura vazia, segurando um machado de guerra, monta guarda.

Jane a abre com um chute.

Lady Harcourt está de perfil, junto a uma cama de cabeceira alta, segurando um frasco. Ela escarnece de Jane, inclina a cabeça para trás e esvazia o conteúdo goela abaixo.

Jane grita, estendendo a mão e agarrando o ar à sua frente.

— Não!

Lady Harcourt aperta os lábios finos com uma coragem sombria. Jane corre até a mulher, derrubando o frasco da sua mão e o atirando contra a parede. Mas é tarde demais. Lady Harcourt se engasga, levando a mão à garganta. Ela continua a se sufocar, ansiando por ar enquanto a pele fica arroxeada.

Jane chegou tão perto. No entanto, sem uma confissão assinada, tudo pode ter sido em vão. Passos pesados vêm atrás dela. Henry e Mr. Craven irrompem no quarto, seguidos por Mrs. Twistleton e pelo mordomo. Eles ficam na entrada do cômodo, olhando boquiabertos, as fisionomias contorcidas de horror. Lady Harcourt cai ao chão, engasgando e se contorcendo no tapete, enquanto salpicos de vômito voam da sua boca.

Em desespero, Jane cai de joelhos e passa o braço em volta de Lady Harcourt. Bate com força nas costas da senhora, mas não consegue impedi-la de se sufocar com o próprio vômito.

— Jane, pare — diz Henry, agachando-se ao lado da irmã. — Deixe-a ir.

Relutante, Jane solta a mulher. Enquanto a pousa para descansar de lado, ela posiciona um braço de forma a amparar o rosto de Lady Harcourt.

A pele da mulher perde toda a cor, os olhos ficam vagos e as pontas dos dedos se tingem de azul.

Depois de um longo tempo, Mrs. Twistleton se adianta, uma das mãos junto ao seio. Ela se ajoelha junto à patroa, colocando o ouvido no peito de Lady Harcourt por vários minutos. Por fim, ergue a cabeça.

— Caro Senhor no céu, tenha piedade... Não consigo escutar a respiração — diz. Ela coloca dois dedos na altura da garganta da mulher, pressionando firme o pescoço. — Também não tem pulso.

Jane agarra o braço de Henry, voltando os olhos arregalados para Mr. Craven.

— Mas o senhor a ouviu. Escutou sua confissão. Por favor, me diga que a escutou confessando!

Mr. Craven se ajoelha em frente a Jane. Suas grandes sobrancelhas espessas se juntam.

— Eu a escutei, Miss Austen. Escutei-a e escutei a senhorita.

Jane desmorona nos braços de Henry, soluçando enquanto o irmão a ampara. Seu corpo amolece e, pela primeira vez desde que Georgy foi preso, ela enche os pulmões completamente.

Capítulo Vinte e Nove

Zoë, 11 de dezembro de 1795

A diligência para em frente à Estalagem Deane Gate e Zoë desce do andar de cima, recolhendo as saias de chita para proteger seu recato. Os assobios dos trabalhadores em frente à taberna são a última das indignidades que ela sofreu desde que chegou a esse país detestável. Uma porta vai-e-vem se abre e uma criada sai, segurando uma grande bandeja de tortas recém-assadas. Zoë lhe pergunta como chegar à Deane House e a menina inclina a cabeça em direção ao caminho. Ao avistar à distância o telhado ornamentado, o coração de Zoë dispara.

O que a impulsiona são os primeiros movimentos dentro do seu útero. Ela precisa confrontar os Harcourt pelo bem do filho que vai nascer. Não se arrepende de ter desposado seu "lorde inglês", como sua família o chama, mas lamenta profundamente ter deixado a amada terra natal. Tentou ser paciente e conceder aos pais de Jonathan um tempo para aceitarem o casamento. De início, sua própria família também fez objeção à união. Como um negociante bem-sucedido, o pai de Zoë tinha em mente um matrimônio mais lucrativo para a filha mais nova, com um burguês semelhante. Até Zoë, com sua disposição romântica, nunca esperou que seria tola o bastante para se casar por amor. Ingressou nas aulas na Academia Real para melhorar a técnica de desenho, não para agarrar um marido. A maioria dos homens ignorava o novo grupo de estudantes mulheres.

Quando o desconhecido jovem inglês ficou a encarando, Zoë deduziu que ele compartilhava a desaprovação arrogante dos outros. Sim, era bonito, com uma constituição nobre e o cabelo que lembrava a asa de um corvo, mas foi o talento inegável do rapaz para capturar a semelhança dos modelos que captou o olhar de Zoë. Então, um dia, ele se inclinou sobre o cavalete e cochichou:

— Diga-me, por favor, mademoiselle. Como é que, quando está usando a mesma combinação terrena de bastões de carvão e papel branco que o restante de nós, consegue criar um contraste tão sublime de luz e sombra?

E, com isso, o coração de Zoë se perdeu eternamente para Jonathan. Depois de enfim concordar em levá-lo para casa para conhecer os Renard, ela ficou surpresa ao vê-lo encantá-los com seu comportamento respeitoso e recatado. Aos poucos, o pai cedeu à ideia de os dois se casarem. Jonathan podia até ter nascido na aristocracia inglesa, mas não era um folgado. Durante o tempo em que estudou na academia, ficava no estúdio após as aulas para completar peças para vender e passava as noites rabiscando caricaturas no mercado. O pai de Zoë apresentou Jonathan para os amigos negociantes, e as encomendas choveram.

O futuro dos dois parecia garantido até o momento em que receberam a notícia aterradora: o Exército Revolucionário Francês estava prestes a entrar na cidade. Jonathan quis fugir na mesma hora. A família de Zoë ficou confusa, mas as matérias jornalísticas sobre os julgamentos e os massacres em Paris contavam uma história diferente. Se a rainha da França não estava a salvo de Madame Guilhotina, como Zoë poderia garantir a seu nobre marido que ele estaria?

Jonathan a alertou de que eles teriam que recomeçar, que seus pais não receberiam bem a notícia de que tinham se casado sem a sua aprovação. Disse que a mãe era uma megera e o pai, um covarde e um tirano, mas todos sabem que a raça inglesa é peculiar. Eles não têm conceito de família e não eram capazes de professar qualquer afeto uns pelos

CAPÍTULO VINTE E NOVE

outros. Zoë se surpreende ao ver como Jonathan, tão frio e reservado em público, faz amor com ela com uma paixão tão enlouquecida por detrás de portas fechadas.

Com seus votos matrimoniais ainda frescos nos lábios, Zoë não poderia desistir da promessa feita. Nunca se separaria do marido por vontade própria, não importando o tempo que levasse para que os familiares dele a aceitassem.

Mas Zoë está cansada de bancar a esposa obediente. Passou três meses vivendo como uma viúva, suportando a humilhação de empenhar as joias e vender suas criações para pagar por quarto e comida. Agora, uma de suas freguesas, a jovem lady com infelizes cicatrizes de varíola, conta que haverá um grande baile para celebrar o noivado do herdeiro da Deane House com uma herdeira linda e rica. Depois de tudo o que Zoë sacrificou para ficar com Jonathan...

Ela sabe que o marido é o herdeiro da Deane House e, por ser casado com Zoë, não pode ficar noivo de outra, perante Deus e as leis do homem. Então, ela veio até aqui para confrontar sua nova família. Como eles ousam tratá-la como se fosse amante de Jonathan? *Aquilo que Deus uniu, nenhum homem pode separar.*

A mansão Tudor branca e preta se ergue à distância, mas sua imponência não intimida Zoë. Os pais de Jonathan estão tão endividados que correm o risco de perder o próprio teto. Pragmático, Jonathan vem tentando convencê-los a deixar a casa e se mudar para um chalé na propriedade para saldar as dívidas, mas eles são orgulhosos e ignorantes demais para escutar. É assim com os aristocratas: eles não têm respeito por um livro-caixa equilibrado. É por isso que estão com os dias contados, ainda que sejam estúpidos demais para perceber.

Pelos portões da Deane House, comerciantes lotam o extenso caminho de cascalho. Um vendedor de vinhos descarrega engradados de vinho madeira do carroção. Criados uniformizados carregam cadeiras e mesas de um lado a outro. Então, é verdade. Os sogros de Zoë estão preparando um baile para celebrar o noivado de seu marido, pai da criança que carrega na barriga, com outra mulher. Uma herdeira rica, em cuja fortuna eles colocariam as mãos por meio de uma fraude. Zoë cerra os dentes enquanto vai até uma mulher de meia-idade, vestida de seda preta.

— *Excusez-moi, Madame.*

— Aí está você — diz a mulher de bochechas vermelhas. Ela está afobada pelo esforço de administrar as várias atividades. — Sua Senhoria passou a manhã toda perguntando se você havia chegado. — Ela dirige Zoë para um saguão de entrada revestido de carvalho. — Tome cuidado. Ela está de péssimo humor. Seu remédio acabou. Está tomando cada vez mais nestes dias. Está difícil de aguentar. Mandei uma criada até a cidade para buscar mais, mas ela ainda não voltou. Portanto, o que quer que você faça, não a deixe nervosa.

Zoë não sabe quem a mulher pensa que ela é ou de que remédio está falando. Se isso significa poder entrar na casa e confrontar sua nova família, ela prosseguirá com a farsa.

Se a mãe de Jonathan está doente, ele nunca lhe contou. Talvez seja esse o motivo de estar determinado a não as apresentar. Por mais que se ressinta da crueldade da mãe para com ele quando criança, Jonathan é gentil demais para querer incomodar uma senhora idosa no leito de morte. Ou talvez esteja torcendo pela morte da mãe, quando terá que lidar apenas com o pai, mais racional. Com certeza, Jonathan não traiu Zoë. Não o seu Jonathan. Ela não tem dúvida de que aquilo é obra dos pais dele.

Enquanto espera sozinha no hall de entrada, Zoë analisa os retratos que cobrem as paredes. Fica claro que não foi dos antepassados que o marido herdou a fisionomia atraente, e ele é um artista melhor do que qualquer um deles já havia contratado. E há o busto de mármore do falecido irmão, Edwin, uma criação grotesca moldada a partir da máscara mortuária. E os ingleses têm a audácia de acusar os católicos de adorar ídolos falsos.

Uma dama de olhar arguto, num vestido longo cor de ameixa, desce a escada batendo os pés.

CAPÍTULO VINTE E NOVE

— O que foi? — indaga ela, franzindo a fisionomia rabugenta. — Você não é minha cabeleireira costumeira. Disseram-me que ela havia chegado. Onde está ela? Está ficando tarde.

— Bom dia para a senhora, Lady Harcourt — cumprimenta Zoë, erguendo o queixo. Enfia a mão no corpete e tira o anel de sinete de Jonathan, preso na corrente de ouro e pérolas da falecida avó. — Acho que a senhora sabe exatamente quem sou e por que estou aqui.

A escada geme e o lustre de bronze balança quando Lady Harcourt desce trovejando os degraus que restam.

— Como você se atreve?

Jonathan havia alertado Zoë para manter distância, prometendo lidar com a sua família. Ela sabe que a mãe dele tem um temperamento difícil, que Jonathan tem medo dela, mas a família Renard tem uma grande quantidade de mulheres fortes, sendo Zoë uma delas. Se ela e Lady Harcourt puderem se sentar e conversar, ela tem certeza de que pode levar a sogra a ver como está se comportando de forma fútil.

— Vim dar um basta a essa bobagem. Quer a senhora aprove ou não, Jonathan e eu…

As garrafas de vidro tilintam quando o comerciante de vinho se esforça para passar o carrinho de mão pela soleira. Lady Harcourt agarra o braço de Zoë, enfiando os dedos na carne da jovem como se fossem garras.

— Calada. Qualquer um pode escutá-la.

Conforme é arrastada pelo corredor, tropeçando na borda do tapete turco, Zoë se contorce sob a pressão semelhante a um torno de Lady Harcourt.

— E se escutarem? Não tenho nada a esconder. A senhora é que tem motivo para se sentir envergonhada. Jonathan é seu filho, sangue do seu sangue. A senhora deveria o estar apoiando, ajudando-o a construir um estúdio e uma reputação como artista aqui na Inglaterra.

Lady Harcourt saca uma corrente do bolso. Com uma das mãos, enfia uma chave no painel de carvalho até que uma porta se abre, revelando um pequeno cômodo.

— Meu filho é um *cavalheiro*. Não vou vê-lo divulgando seu negócio como um comerciante vulgar.

O espaço é escuro e apertado, mas Zoë deixa a sogra puxá-la para dentro. Não irá embora até dizer o que pensa a Lady Harcourt. Jonathan e o pai estão errados em adulá-la. Só há uma maneira de lidar com tiranos: enfrentá-los.

— Seu filho é um artista muito talentoso. Não existe vergonha nisso. O mundo está mudando, Lady Harcourt. Seu título e seu brasão não vão protegê-la dessa verdade. Agora, o que importa é trabalho duro e talento, não apenas nascimento ou nome de família. Jonathan entende isso e escolheu uma esposa que compartilha seus valores.

— Você não é esposa dele — diz Lady Harcourt, contraindo a boca. Partículas de saliva se acumulam nos cantos dos lábios vincados. — Você é um ninguém, um nada, uma miserável meretriz estrangeira sem nome nem fortuna, e *jamais* a aceitarei nesta família.

Os insultos resvalam por Zoë. Essa mulher é ridícula. Como ousa falar assim dos poderosos Renard? Zoë endireita o corpo, atingindo plena estatura. Ainda assim, só chega ao lóbulo da orelha de Lady Harcourt. Ela pode ser pequena, mas sabe que Deus está do seu lado.

— Não cabe à senhora decidir. Nós nos casamos segundo a Sagrada Igreja Católica Romana. É impossível a senhora nos separar.

Lady Harcourt agita um dedo nodoso a centímetros do rosto de Zoë.

— Escute aqui, sua meretriz papista ardilosa...

Os olhos de Zoë se ajustam à luz fraca. Ela não está em uma salinha de visitas, como presumira. Cestos de roupa suja se escondem nos cantos, e um batalhão reluzente de panelas de cobre forra as paredes. Nem agora a sogra de Zoë lhe dará o respeito que ela merece e a ouvirá até o fim com dignidade. Em vez disso, leva-a para um quartinho e a insulta, como se Zoë fosse uma de suas criadas.

O corpo da jovem é tomado pelo calor.

— Não. É hora de a senhora me ouvir. — Ela bate na mão de Lady Harcourt, afastando-a do rosto. — Se a senhora forçar seu filho a ir adiante

CAPÍTULO VINTE E NOVE

com essa paródia de casamento, vai torná-lo um bígamo, e qualquer neto que ele lhe der com a nova esposa será bastardo.

Um lampejo de cobre... e Zoë vacila para trás. Uma onda de dor percorre seu crânio enquanto estrelas dançam na escuridão. Ela coloca as mãos na barriga, protegendo a amada criança. O tornozelo acerta algo duro, e ela luta para recuperar o equilíbrio. Zoë tenta agarrar o trinco do armário de roupas, mas ele lhe escapa por um fio de cabelo.

Ela bate com a parte de trás da cabeça no chão de madeira.

Acima dela, Lady Harcourt revira o lábio superior em um feio esgar e, com as duas mãos, empunha um aquecedor de cama sobre ela.

Jonathan tem razão. A mãe é um monstro.

Tarde demais, Zoë percebe que cometeu um erro terrível ao confrontar Lady Harcourt sozinha. Um terrível, terrível erro.

Onde está Jonathan? Ele a encontrará. Precisa encontrá-la...

Capítulo Trinta

12 de fevereiro de 1796

— Aí está você, Georgy.

Jane está parada no jardim do chalé de Dame Culham. O clima está excepcionalmente moderado para essa época do ano. Uma luz solar suave aquece seu rosto e ilumina as colinas ondulantes à distância. Um grupo indisciplinado de galinhas amarronzadas bica a ponta de suas botas e ao redor dos seus pés, revirando os canteiros de vegetais prontos para a primavera. Jane dobra o braço esquerdo em diagonal sobre o peito e, com a mão direita, bate duas vezes no cotovelo.

— Aproveite seus biscoitos — diz.

Georgy sorri, segurando junto ao peito o pacote de biscoitos amanteigados da padaria de Mrs. Plumptre. O cabelo castanho cresceu tanto que Dame Culham o amarrou para trás com um pedaço de barbante. As roupas ainda estão largas demais, mas ele recuperou o apetite e tem a pele quente por ter caminhado pelo interior de Hampshire com Jack. Está usando uma nova camisa engomada, costurada às pressas por Cassandra, com um dos coletes de linho de Henry e uma elegante calça preta. Está tão parecido com James que é estranho.

CAPÍTULO TRINTA

Jack tenta pegar o pacote de papel pardo. Georgy franze o cenho, mantendo Jack à distância com uma das mãos enquanto levanta os biscoitos para fora do alcance do homem mais baixo.

O rapaz ri, os olhos castanhos brilhando ao sol.

— Georgy, você precisa dividir — diz Jack.

Ele também está voltando à aparência costumeira. Enrolou as mangas até o cotovelo, revelando os músculos vigorosos dos antebraços, e amarrou um lenço estampado de algodão no colarinho aberto da camisa de linho (quase, mas não exatamente, cobrindo os cachos escuros no peito duro). Ele se vira para Jane e dá uma piscadela. Realmente tem uma postura mais aberta e amigável que qualquer homem que Jane já tenha conhecido. Ela espera que Sally saiba a sorte que tem.

Infelizmente, Jack não está mais perto do sonho de possuir uma porca, e o chiqueiro permanece parcialmente construído e vazio. No entanto, Mr. Austen entregou alguns dos seus campos, barrentos demais para os carneiros pastarem, para Jack cultivar. A terra permaneceu intocada por anos, portanto deve ser fértil, e um riacho corre por ela, possibilitando um acesso constante a água fresca. Mrs. Austen sugeriu o cultivo de morangos, uma vez que eles se multiplicam rápido e exigem pouca manutenção, mas Jack tem uma estranha ideia de que agrião se revelará popular e está determinado a tentar a sorte com isso.

Cassandra pega o braço de Georgy, alcançando um biscoito. Ela o entrega a Jack, olhando para o irmão com uma severidade fingida.

— É, você precisa dividir, Georgy. Eles foram comprados para todos vocês — diz Cassandra. Jane ri. A julgar pela expressão sisuda de Georgy, ele está longe de se sentir feliz, mas sua atitude desafiadora não é páreo para a doçura de Cassandra. — Se você quiser um, é melhor se apressar, Ba.

— Vou deixá-los para os meus meninos — diz Dame Culham, recostando-se na entrada da cozinha, sorrindo de leve, enquanto cruza os braços. — Temos bastante comida. Cada um dos vizinhos trouxe alguma coisa. Até Mrs. Fletcher. Sempre digo que temos mais do que o suficiente, mas ela não para de mandar tortas novas da estalagem todos os dias. Cá entre nós, não acho que ela esteja muito feliz com o marido por fazer nosso Georgy passar por tal provação. Sinceramente, duvido que ele se oferecerá para a função de policial da paróquia no ano que vem, não se ela puder intervir.

Jane sorri com satisfação. Depois que ela expôs Lady Harcourt como a assassina, todos os envolvidos no encarceramento do irmão estão excessivamente arrependidos. Mr. Craven providenciou para que as acusações contra Georgy fossem retiradas de imediato, uma vez que ficou claro que a corrente de Zoë Harcourt tinha sido descartada, e não roubada.

Desde então, Jane e a família estão se recuperando da angústia, voltando às rotinas costumeiras. Henry voltou para o regimento e os estudos. Enviou a Jane uma carta divertida dizendo que tinha conhecido uma jovem excepcionalmente adequada e muito agradável e estava determinado a cortejá-la. Outra Mary, como se uma não fosse suficiente. Henry diz que está planejando conquistá-la contando que capturou, sozinho, uma assassina. Ele é mesmo um patife. James ainda não pediu Mary Lloyd em casamento, mas todos os Austen sabem que não demorará muito. Jane retornou para comprar a musselina verde e está bordando um xale para a amiga como presente de casamento, mesmo que ele a faça, com toda certeza, parecer uma folha de grama.

Jane e Cassandra se despedem de Georgy e caminham pela aldeia de Steventon. Elas acenam com a cabeça e sorriem ao passar por mulheres pondo roupas no varal e crianças brincando descalças em frente a chalés com telhados de palha. Até então, Cassandra andou distraída demais com o drama na Deane House e o bem-estar de Georgy para fazer qualquer pergunta quanto ao estado de Jane em relação à perda do amigo irlandês. Mas Jane sabe que não conseguirá evitar o assunto para sempre e está se preparando para fazer pouco caso da dor de amor quando finalmente chegar a hora. Está muito feliz por ter a irmã em casa. Pelo menos por um curto período. Só até Mr. Fowle voltar das Índias Ocidentais, onde está fazendo fortuna.

Cassandra enrola um dos cachos dourados ao redor do dedo e, com o braço livre, enlaça o braço de Jane.

CAPÍTULO TRINTA

— Repita para mim o que Mr. Craven disse depois de Lady Harcourt confessar o assassinato — pede.

Sob as capas abertas, Jane e Cassandra estão usando seus coincidentes vestidos azul-claros. Enquanto a irmã esteve fora, Jane tomou tão pouco cuidado com o de Cassandra que os dois estão quase no mesmo tom desbotado.

— Eu já lhe contei centenas de vezes. A esta altura, você deve conhecer a história melhor do que eu.

Cassandra puxa o cotovelo de Jane.

— Mas deve ter sido tão satisfatório!

— É, foi mesmo — diz Jane, esticando-se e jogando os ombros para trás. — Mas não tão satisfatório quanto cavalgar até Winchester para trazer Georgy para casa, livre da forca.

Cassandra aperta o braço de Jane, sorrindo.

— Estou tão orgulhosa de você! Agora vai voltar a cavalgar comigo?

— Nem pensar — diz Jane, fechando a cara. — A não ser que haja outro assassino à solta.

— Sinto muito que eu a tenha deixado para lidar com tudo sozinha.

Jane ergue o queixo, deixando os raios quentes relaxarem os músculos tensos do seu rosto.

— Não foi culpa sua. Deixamos você sozinha e abandonada em Kintbury.

Cassandra aperta o braço da irmã com mais força.

— Nunca deixei de me preocupar com você, o tempo todo em que estive longe. Pelo tom das suas cartas, temi que estivesse perdendo o juízo sem mim.

Jane dirige à irmã o que espera ser um olhar fulminante.

— Bom, se você vai deixar de ser uma Austen, acho que deve renunciar à sua parte em nossos teatros amadores.

— No fundo, sempre serei uma Austen, Jane. Quando foi que eles perceberam que Lady Harcourt ainda estava viva?

— Quando o carpinteiro veio medi-la para o caixão — responde Jane, os olhos arregalados com um prazer mórbido. — Ao que parece, ele tinha acabado de pegar a fita métrica quando ela se sentou e lhe deu um susto horroroso.

— Pobre homem. É de se admirar que isso não o tenha feito desistir totalmente da profissão.

— Ninguém poderia ter previsto isso. Mrs. Twistleton e o mordomo juraram que ela não tinha pulsação, e Mr. Martin disse que ela tinha tomado uma quantidade de láudano suficiente matar um cavalo — diz Jane, estalando a língua. — Aparentemente, ela o usou durante anos, desde o nascimento dos filhos. Sir John incentivava isso para controlar os acessos de raiva dela, mas seu consumo dobrou, às vezes até triplicou, todos os meses desde a morte de Edwin. Mr. Martin também disse que tal dependência poderia deixar a pessoa com tendência a rompantes violentos. Ele vinha avisando a família de que ela precisava largar aquilo, mas Sir John nem queria ouvir falar no assunto, já que a droga a deixava submissa.

— Mas ela não se recuperou completamente. Não se Jonathan conseguiu interná-la no Bedlam.

— Não. O médico da Coroa disse que tomar uma quantidade tão grande de opioide tinha causado tal dano em sua mente racional que ela não estava em estado adequado para enfrentar um tribunal. Em vez disso, aconselhou que ela fosse internada numa instituição para insanos pelo resto da vida.

— Você preferia que ela tivesse ido para a forca? — pergunta Cassandra, arqueando uma sobrancelha.

Elas haviam chegado à igreja de St. Nicholas. As bordas afiadas dos muros de pedra reluziam à luz do sol.

Jane respira fundo.

— Não cabe a mim julgar, mas eu preferia que ela não tivesse matado Zoë.

Cassandra faz Jane parar ao avistar, do outro lado do cemitério, Jonathan em pé junto ao túmulo da esposa.

— Imagino que você não seja a única.

— Eu deveria falar com ele. Jonathan vem todos os dias, sabia? Ele a amava de verdade.

CAPÍTULO TRINTA

— Deve ter sido terrível perdê-la quando eles estavam apenas começando a vida juntos. Pelo menos, agora ele pode lamentar a morte dela de um jeito adequado, como seu marido — diz Cassandra inclinando a cabeça, os olhos cor de mel marejados.

— Antes que eu me esqueça, você deve um maço de cenouras a Greylass.

— Devo? — indaga Cassandra, franzindo o cenho.

— Prometi a ela que você lhe levaria algumas. Você vai se lembrar, não vai?

— É claro. Vou ver o que mamãe tem sobrando.

Cassandra atravessa o portão de ferro enferrujado com um pulo. A irmã de Jane é mesmo a mais doce, mais generosa, mais ingênua das criaturas. Jane ficará desolada quando ela estiver distante, em Berkshire. Vai visitá-la, mas não será a mesma coisa. Cassandra terá um marido e muito em breve, sem dúvida, os próprios filhos. Jane já não reivindicará o principal lugar em seus afetos. Ela teme o dia em que, em vez de celebrar os absurdos de Jane e lamentar suas decepções como se fossem dela mesma, os olhos de Cassandra ficarão vidrados ao ouvir os detalhes das várias ninharias insignificantes da irmã.

Jonathan levanta a cabeça e abre um leve sorriso quando Jane se aproxima. Os hematomas da briga com Henry sumiram, mas ele continua pálido. À frente dele, o monte está quase nivelado, e a grama cresce sobre a ferida na terra em que sua esposa jaz enterrada. Em mais alguns meses, o solo estará compacto o bastante para uma lápide. Por enquanto, ele continua a marcar o local do enterro com flores frescas, podadas diariamente na estufa da Deane House.

— Essas são bonitas — comenta Jane, olhando para a oferenda do dia: três orquídeas verde-limão em uma única haste.

Ela nunca precisou perguntar por que ele sempre traz três. Sabe que uma é para Zoë, outra para o bebê e uma para o homem que Jonathan deveria ter sido.

Ele concorda com a cabeça, olhando para o chão.

— Ainda não lhe agradeci, Jane. Eu realmente deveria.

— Me agradecer? — repete ela, perplexa.

— É, você me libertou. — O peito dele arfa. — Apesar de tentar ao máximo, nunca consegui de fato escapar dos meus pais. Mas você arrumou um jeito de me resgatar, e quero que saiba como estou sinceramente agradecido.

Jane luta contra a vontade de dar as costas. O luto de Jonathan lhe tira o ar dos pulmões sempre que olha para ele.

— O que você vai fazer?

— Foi-me conferido o poder de decisão, então indiquei um corretor para vender quaisquer posses que nos restaram. Deixarei a casa, se alguém quiser ficar com ela. E então imagino que farei o possível para manter a propriedade em dia, proteger nossos arrendatários e pagar o que conseguir das dívidas do meu pai — diz ele, encarando Jane, os lábios se curvando em um sorriso irônico. — Mas talvez não seja o suficiente para trazê-lo para casa.

— Soube que Mrs. Twistleton foi para Londres ficar com ele.

— É. Eles montaram uma casa juntos e estão vivendo como marido e mulher dentro de Marshalsea. Isso é possível na prisão de devedores.

— Que pitoresco. — As complexidades dos relacionamentos românticos de outras pessoas nunca deixarão de fascinar Jane. — E ela está...

— Sóbria como um juiz — completa Jonathan, entendendo o que ela quer dizer. — Fica tentando convencer meu pai a também praticar abstinência, mas não acho que vá conseguir. No entanto, com ela ali para mantê-lo sob controle, talvez ele não arrume muita confusão.

Jane consegue imaginar Mrs. Twistleton perambulando triunfante pelas ruas de Londres, com a chave da cela de Sir John amarrada a uma fita e enfiada no peito.

— Espero que fiquem bem.

— Quanto a mim, mudei-me para um dos chalés da propriedade, de modo a poder continuar perto do túmulo de Zoë. Sabe que ela me lembrava um pouco você, quando nos conhecemos?

CAPÍTULO TRINTA

— Eu?

Jane leva a mão ao pescoço. Vindo de Jonathan, ela sabe que é o maior elogio possível.

— É. Nós nos conhecemos quando estávamos estudando na Academia Real. Zoë era uma artista muito talentosa, além de artesã. Alguns dos outros colegas não gostavam de compartilhar um estúdio com o novo grupo de moças, mas achei uma inovação maravilhosa. — Jonathan sorri, e desta vez há um brilho em seus olhos claros. — Isso me lembrou de quando seu pai costumava levá-la à sala de aula para ler suas histórias em voz alta. Você nos fazia chorar de rir. Ainda escreve?

Jane ruboriza, um pouco orgulhosa e constrangida com o fato de ele se lembrar.

— Escrevo, sim.

— Ótimo. Espero que, um dia, permita que eu leia suas histórias de novo. Nunca vou me esquecer dos esquemas que seus vilões e vilãs armavam. Chutando uns aos outros pelas janelas, sendo pegos em ciladas e coisas assim.

— Agora, estou trabalhando em algo com um final muito mais alegre. Acho que todos nós já tivemos tristeza suficiente.

A nova heroína de Jane é a moça mais improvável que já agraciou as páginas de um romance. Catherine é humilde e comum, até um pouco boba. No entanto, no final, ela triunfará sobre seus demônios.

— Você tem razão — concorda Jonathan, sério.

— E você? Ainda pinta?

— Tenho feito alguns esboços, sim. A maioria são retratos de Zoë. Não quero esquecer o rosto dela, entende?

A voz de Jonathan enfraquece e os olhos ficam marejados.

— Sinto muitíssimo — diz Jane, estendendo a mão e pousando-a no braço de Jonathan.

— Eu também. Se ao menos tivesse tido a força para enfrentar meus pais... — A respiração do rapaz está entrecortada. — Mas, no mínimo, posso ter certeza de que agora Zoë estará em paz, graças a você. E seguirei em frente até que, se Deus quiser, a gente se reúna no céu.

— Jane! — interrompe a voz de Cassandra.

Ela e James, com praticamente a mesma expressão de preocupação, estão lado a lado na entrada do terreno particular dos Austen.

Jane se despede depressa de Jonathan e corre para se juntar aos irmãos.

— O que foi? O que aconteceu?

Ela prende a respiração, preparando-se para uma má notícia. Sem dúvida sua família já sofreu o suficiente para merecer um curto período de tranquilidade antes do próximo desastre.

Cassandra olha para James e diz:

— Conte a ela.

James coça os cachos empoados.

— É o Lefroy. Ele veio até aqui cerca de uma hora atrás. À sua procura.

— Mr... Tom Lefroy?

Jane mal ousa acreditar nisso. Ela fez o possível para se convencer de que não se importa mais. No entanto, os joelhos fraquejam à mera menção ao nome de Tom.

— É. Ele disse que ia pegar a diligência para Londres, mas estava na maior ansiedade para falar com você antes de partir. — James olha para ela com cautela. — Posso levá-la até lá na carruagem, se quiser.

Jane balança a cabeça, ficando tonta com o movimento.

— Não, não, tudo bem.

Cassandra aperta o alto do braço da irmã.

— Vá, Jane. Pelo menos ouça o que ele tem a dizer.

Com isso, Jane percebe que a irmã não perguntou como ela está suportando a perda do amigo irlandês por já saber que a resposta seria muito dolorosa.

Jane anda sozinha à luz do sol. Seu coração traidor dispara, ainda faminto pela mínima demonstração de afeto por parte de Tom, enquanto o estômago, mais pragmático, revira de medo. Quando ela chega à Estalagem

CAPÍTULO TRINTA

Deane Gate, Tom está parado no cruzamento com uma sacola de couro pendurada no ombro e uma mala gasta aos pés. Ao vê-la, seus olhos azuis se iluminam, como se o sol tivesse surgido por detrás de uma nuvem.

— Você veio — diz ele, baixinho.

— E você ainda está aqui.

Jane sorri para ele. Suas pernas estão fracas e as entranhas se contorcem. Gostaria que eles estivessem no bosque, onde ele pudesse segurá-la nos braços e afastar suas dúvidas com beijos, em vez de parados a uma distância educada, levando-a a se sentir ainda mais sozinha.

Ele olha os outros viajantes ao lado deles.

— Não temos muito tempo. O carro vai chegar a qualquer momento. Imagino que você saiba que minha tia está furiosa comigo. Ela acha que andei enganando você. E é verdade. No fim das contas, lutei em vão para reprimir meus sentimentos por você. Foi por isso que me deixei levar por eles. Espero que, retirando-me, eu possa cortar nossa ligação. Sou um homem racional, Jane. Tenho *mesmo* que abrir meu próprio caminho no mundo e preciso pensar na minha família. Tio Langlois sempre deixou perfeitamente claro que espera que eu me case por dinheiro. — Tom abre os braços, dá um sorriso indeciso e bate as mãos nas coxas. — Ou, como ele diria, consolidar minha posição na vida me ligando a uma mulher de boa linhagem e fortuna ainda melhor.

Incapaz de encarar Tom, Jane fixa o olhar no movimento dos lábios macios do jovem. Seu coração se arrasta no chão de pedra e seus braços e pernas viram chumbo. Seu rapaz inteligente está certo: no fim, tudo se reduz a amor ou dinheiro. Nesse caso, não há uma quantidade suficiente de nenhum dos dois.

Tom leva a mão ao peito, a testa franzindo de fervor.

— Minha querida Jane, meu afeto por você é verdadeiro. Basta que diga uma palavra e eu abro mão dessas aspirações. Não tenho dúvida de que haja inúmeras pessoas entre nossos amigos e família que acharão nossa ligação reprovável. Mas, com o tempo, tenho certeza de que acabarão aceitando a nossa aliança.

Jane olha para o cachecol de lã lápis-lazúli de Tom. Ela nunca perguntou qual das cinco irmãs dele o tricotou.

— Mr. Lefroy... Tom. — Ela ensaia um sorriso, mas perdeu o controle dos músculos do rosto. — Quero que saiba que lhe desejo toda a felicidade e sucesso na vida...

O rosto de Tom fica sombrio.

— Diga, Jane.

Ela recua, piscando para evitar as lágrimas. Uma imagem de Mrs. Trigg, esposa do carcereiro, com três bebês apalpando seu seio, vem à mente, reforçando sua decisão. Jane não pode, não vai, se encarcerar numa prisão construída por ela mesma.

— E meu coração juvenil sempre se lembrará de você com carinho...

Ela não consegue dizer mais nada sem fraquejar a voz.

Vira-se para ir embora.

— Jane, eu lhe imploro... — diz Tom chamando-a de volta, mas o ranger de rodas e cascos de cavalos abafam seu grito.

A diligência chegou.

Jane corre, saltando três raízes de árvores no caminho empoeirado. Folhas verdes estão prestes a se desenrolar entre as cercas-vivas espinhosas, e campânulas brancas pendem ao longo da margem, as pétalas firmes. Ela não olha para trás para vê-lo partir.

Quando Jane chega à casa paroquial, Cassandra está à espera no jardim, com um vinco na testa.

— E?

Jane funga, enxugando os resquícios de lágrimas com as costas da mão.

— Ele queria se despedir. Só isso.

Apertando a mão no peito, Cassandra continua olhando para a irmã. Jane passa roçando nela para chegar à porta dos fundos. Sobe correndo a escada, indo direto para o quarto de vestir. Quer bater a porta, mas Cassandra está apenas um passo atrás, e ela não se arriscaria a machucar a irmã.

CAPÍTULO TRINTA

Em vez disso, Jane agarra a escrivaninha, abrindo-a para retirar uma página escrita até a metade sobre a história de Catherine. A heroína está em Bath. Arrumou um novo amigo, mas nem sempre as amizades saem como desejamos. Com um pesado suspiro, ela se afunda na cadeira, ajeitando a escrivaninha no colo. Pega o canivete, escolhe uma pena e faz cortes rápidos e suaves, sacudindo a lâmina para longe de si.

Cassandra se demora na entrada do quarto, olhando-a com intensidade.

— Sally fez um pouco de pão de mel. Quer que eu veja se posso trazer um pouco, com uma xícara de chá?

Jane para o trabalho.

— Seria bom — responde, sem levantar os olhos.

Cassandra permanece onde está.

— Depois, vou cortar um pouco de papel para você. Quer? Você está quase sem, e estou vendo que está num ritmo acelerado com essa nova criação.

Jane ergue o queixo, tentando ficar firme enquanto encontra o olhar da irmã.

— Obrigada, Cass. Estou feliz que esteja em casa.

Cassandra sorri, a luz do sol iluminando seus lindos traços.

— E eu por estar em casa, boba.

Ela desce, pulando os degraus, ansiosa por suprir qualquer necessidade da irmã.

Lágrimas agridoces se acumulam nos olhos de Jane. Seu coração está magoado e o orgulho, ferido, mas ela está livre, a salvo no seio da família que a valoriza e acredita nela. E está pronta para despejar a alma na escrivaninha portátil.

Continua...

Nota da Autora

Jane Austen conheceu Tom Lefroy na Deane House, em janeiro de 1796. Alterei o estilo da casa, transformando-a em Tudor e elizabetana em vez de georgiana. Os Harwood, e não os Harcourt (que aparecem em *Henry & Eliza*, obra da juventude de Austen), viviam ali. A estufa iluminada ficava em Manydown Park.

Em 1795, James Austen vivia em Deane Parsonage, e Mary Lloyd tinha se mudado para Ibthorpe, no norte de Hampshire. Anna Austen vivia na Casa Paroquial de Steventon, também no norte de Hampshire. Deixei-a mais nova. Quando pequenas, as crianças Austen foram abrigadas pela família Littleworth, de Deane. Mais tarde, George Austen Jr. ficou aos cuidados da família Culham no vilarejo de Monk Sherborne, em Basingstoke. O príncipe de Gales ficou em Kempshott Park, em Basingstoke, até 1795.

Tomei emprestado muitos nomes da vida e do trabalho de Austen e os usei para meus personagens. Mrs. Twistleton era a adúltera que Austen observou em Bath; os Austen empregaram várias criadas chamadas Sally; e, na adolescência, Jane Austen realmente colocou que era casada com Jack Smith na página de amostra do registro da paróquia. Austen menciona a família Rivers em suas cartas, mas Sophy é uma personagem de ficção. Douglas Fitzgerald é minha invenção, mas suas circunstâncias se baseiam em contemporâneos de Austen: os irmãos Morse, nascidos na Jamaica (que herdaram grande fortuna e se casaram com membros da alta sociedade britânica).

Da mesma maneira, alterei alguns acontecimentos para se inserirem na linha do tempo da trama. George Austen comprou a escrivaninha portátil para a filha pouco antes do aniversário dela em 1794. Austen começou a escrever *Susan* (*Northanger Abbey*) em 1798. Adiantei os fatos pois esta é minha homenagem à obra.

A maior liberdade que tomei é que, apesar do gênio de Austen, seu interesse pela lei, um apurado senso de justiça e um conhecimento inato de psicologia, não encontrei qualquer prova de que ela tivesse resolvido algum crime. No entanto, uma vez que apenas poucas de suas cartas sobreviveram, não podemos dizer que ela nunca tenha tentado fazer isso. E, se alguma vez ela tivesse aplicado suas habilidades para tal, tenho certeza de que teria sido da maior competência.

Agradecimentos

É graças aos amigos e família de Jane Austen que tanto de sua obra tenha sobrevivido para nosso deleite. Com *Jane Austen investiga* quero celebrar esse elenco de personagens coadjuvantes, incluindo os que foram deliberadamente apagados da história de Austen, e prestar homenagem à própria vida e obra da escritora. Sempre que precisei dela, ela esteve lá. Minha gratidão, ao me entregar de corpo e alma para escrever este romance, vai para meus maravilhosos apoiadores. Especialmente... para minha incrível agente, Juliet Mushens, e todos da Mushens Entertainment (Rachel Neely, Liza DeBlock, Kiya Evans e Catriona Fida) por acreditarem em mim e na minha Jane desde o início. Para minha editora, Jessica Leeke, por entender exatamente o que eu queria alcançar, me guiando tão habilmente até lá. Para minha equipe na Penguin Michael Joseph: Grace Long, Emma Plater, Emma Henderson, Hazel Orme, Jen Breslin, Gaby Young, Ciara Berry, Claire Mason, Nina Elstad, Helen Eka e Donna Poppy. Estou tão orgulhosa do que criamos.

Para minha parceira de escrita, Elizabeth Welke (Felicity George), e minha mentora, Suzy Vadori, por me encorajarem a dar tudo de mim para esta história. Para meu grupo de escrita por me incentivar durante todo o processo: Ceinwen Jones, Joni Okun, Joanna Wightman, Katy Archer, Liz Brown e Trudi Cowper.

Para os biógrafos e estudiosos de Austen cujo trabalho é inestimável para mim: Susannah Fullerton, Claire Tomalin, Lucy Worsley, Helena Kelly, Devoney Looser, Paula Byrne, John Mullen e Deirdre Le Faye (*in memoriam*). Para minhas primeiras leitoras sensíveis: Dami Scott (apresentadora do grupo Black Girl Loves Jane no Facebook) e Olivia Marsh por me desafiarem a ser melhor. Para a comunidade Janeite nas redes sociais (em podcasts, no TikTok, Instagram, YouTube e X, e também os criadores de memes etc.), por me fazer sentir parte de algo maior que eu mesma.

Para todos os professores de inglês que já tive, mas especialmente Jonathan (da universidade MPW, de Londres), que em 1995 me mandou pegar um exemplar de *A abadia de Northanger* na biblioteca (provavelmente para me impedir de distrair a turma com novas discussões sobre certo drama de época da BBC estrelado por Colin Firth e Jennifer Ehle). Para minha mãe, meu pai e minha irmã, Kelly, por elogiarem minha capacidade de sonhar acordada sem tentar amarrar meus pés ao chão uma única vez. Para meu marido, Stephen, e nossas filhas, Eliza e Rosina, por aceitarem minha tendência a viver metade no presente e metade no longínquo século XVIII. Finalmente, para a filha de um clérigo de Hampshire, que fez uma escolha ousada sobre como viver sua vida e mudou silenciosamente o mundo.

Impressão e Acabamento:
BARTIRA GRÁFICA